U0108157

跨界思維與在地實踐

亞美文學研究的多重視角

文學觀點 31

跨界思維與在地實踐

亞美文學研究的多重視角

單德興 著

國家圖書館出版品預行編目資料

跨界思維與在地實踐：亞美文學研究的多重視角 ／
單德興 著 －－ 一版, 臺北市：書林，2019.03
面；公分　（文學觀點：31）

ISBN 978-957-445-829-5（平裝）

1.美國文學　2.亞美文學　3.海外華文文學　4.文化研究

874.07　　108001275

文學觀點 31

跨界思維與在地實踐：亞美文學研究的多重視角

Border Crossings and Local Practices：Multiple Perspectives on Asian American Literary Studies

作　　者　單德興
執行編輯　張麗芳
校　　對　張力行、王建文
出 版 者　書林出版有限公司
100 台北市羅斯福路四段 60 號 3 樓
Tel (02) 2368-4938・2365-8617　Fax (02) 2368-8929・2363-6630
台北書林書店　106 台北市新生南路三段 88 號 2 樓之 5　Tel (02) 2365-8617
學校業務部　Tel (02) 2368-7226・(04) 2376-3799・(07) 229-0300
經銷業務部　Tel (02) 2368-4938
發 行 人　蘇正隆
郵政劃撥　15743873・書林出版有限公司
網　　址　http://www.bookman.com.tw
經銷代理　紅螞蟻圖書有限公司
台北市內湖區舊宗路二段 121 巷 19 號
Tel (02) 2795-3656（代表號）　Fax (02) 2795-4100
登 記 證　局版臺業字第一八三一號
出版日期　2019年3月一版初刷
定　　價　360元
I S B N　978-957-445-829-5

欲利用本書全部或部分內容者，須徵得書林出版有限公司同意或書面授權。
請洽書林出版部，Tel (02) 2368-4938。

目 次

自序

論述亞美

導讀亞美

訪談亞美

自序
跨界與在地的思維與實踐

進入花甲之年後，身心感受到前所未有的交叉感與迫切感。交叉感來自於一方面隨著年齡增長，明顯感覺到體力與心力下滑；另一方面隨著閱世愈深、閱讀愈廣，覺得可以寫作的範圍與題材愈寬，想要出版的書愈多，外界各種邀約也愈頻繁。以往行事雖然未必心想事成，但有幸大抵依照計畫進行，如今卻須多所考慮，量力而爲，甚至自我設限，一下一上，遂成交叉。同時出現的則是時不我予的迫切感：想寫、想做的東西那麼多，身心的承受力卻不如前，而且只會愈來愈走下坡。然而研究與寫作畢竟不能因爲急切而草率行事，覺察到強烈的交叉感與迫切感，也只得學習坦然面對，接受當下的身心狀態，一步一腳印往前行去，隨時把握一期一會的因緣，以個人所學所寫與人結緣。也因爲如此，心中急切之情逐漸緩和，本書就是這種生命狀態下的產物之一。

《跨界思維與在地實踐：亞美文學研究的多重視角》是我繼2008年《越界與創新：亞美文學與文化研究》（臺北：允晨文化）之後的另一本亞美文學研究之作，持續運用臺灣學者的利基與發言位置，力求從論述、導讀、訪談三個不同面向，呈現亞美文學研究在跨越國家、地理、語言的界限之後，在多重視角下所展現的多元現象，希望這種多元呈現的方式能吸引更多人來關注此一領域。

第一輯「論述亞美」收錄四篇學術論文。筆者曾屢次呼籲我國學者拓展亞美文學研究的視野，多鑽研華美文學之外的其他亞裔美國文學作品，〈戰爭・眞相・和解：析論高蘭的《猴橋》〉是個人繼前書〈階級・族裔・再現：析論卜婁杉的《美國在我心》〉一文對菲美作家的研究之後，在這方面的另一次嘗試。本文討論越南裔美國作家高蘭（Lan Cao）的成名作《猴橋》（*Monkey Bridge*），剖析書中人物如何面對戰爭記憶，尋求眞相，努力和解。應黃寬重先生之邀，此篇 2010 年以英文版“Crossing Bridges into the Pasts: Reading Lan Cao's *Monkey Bridge*”刊登於《長庚人文社會學報》，爲我國較早的越美文學研究，並承蒙原作者聯繫，收入她個人的研究檔案。此番爲了納入本書，改寫成中文並補充資料。到目前爲止，我國的越美文學研究屈指可數，存在著很大的開拓空間。晚近越美學者／小說家阮越清（Viet Thanh Nguyen）以長篇小說《同情者》（*The Sympathizer*, 2015〔臺北：馬可孛羅，2018〕）獲得 2016 年美國普立茲獎，短篇小說集《流亡者》（*The Refugees*, 2017〔臺北：馬可孛羅，2018〕）也頗有可觀之處，成爲亞美文學一大亮點，再加上他論述能力強，積極介入美國族裔與移民等議題，儼然成爲具代表性的亞美公共知識分子，當能吸引更多人關注越美人士的處境及其文學與文化生產。

〈說故事・創新生：析論湯亭亭的《第五和平書》〉的英文版“Life, Writing, and Peace: Reading Maxine Hong Kingston's *The Fifth Book of Peace*”獲得費雪金（Shelley Fisher Fishkin）教授青睞，刊登於 2009 年 2 月《跨國美國研究學報》（*Journal of Transnational American Studies*）創刊號，至 2019 年 3 月總計有 2671 人次點閱，並有不少人下載。中文版以正體字與簡體字版刊登於海峽兩岸的期刊與文集。此文綜合了個人自 1990 年起對於湯亭亭的研究，兩次訪談，以及兩度參與她帶領的退伍軍人寫作坊（Veterans Writing Workshop）的經驗，討論她如何結合自己的寫作專長及其越南裔師父一行禪師的正念禪（Mindfulness），來面對自己生命中的苦厄，協助自戰爭歸來的美國退伍軍人，並寫下自己版本的和平書，致力轉化「戰爭的老兵」（veterans of war）爲「和平的老兵」（veterans of peace）。由於兩度參與寫作坊的經驗頗爲難得，我曾以散文〈火・戰火・心之火——湯亭亭的和平書寫與實踐之一〉以及〈老兵・書寫・和平——湯亭亭的和平書寫與實踐之二〉發表於2006年法鼓文化《人生》雜誌，得到一些法師與讀者的注意，第二篇並成爲越戰退伍軍人／作家／僧人湯瑪斯《正念戰役——從軍人到禪師的療癒之旅》（Claude Anshin Thomas, *At Hell's Gate: A Soldier's Journey from War to Peace*, 2004〔臺北：法鼓文化，2007〕）中譯版的導讀。三文展現了個人試圖兼顧學術與社會、研究與修行的努力，彼此參照當更能了解湯亭亭的心路歷程、良苦用心、具體實踐、豐碩成果。亞洲佛教的不同傳承，如中日韓的禪宗、達賴喇嘛的藏傳佛教、一行禪師的正念禪，在歐美各地都有許多追隨者，因此從身心靈的角度切入，探討亞美研究裡文學藝術與終極關懷的互涉，或可另闢蹊徑，開出亮麗的花朵。

亞美文學研究主要集中於小說，詩歌研究相對稀缺，此情況在歐美與亞洲皆然。但是詩歌畢竟是亞洲與英美文學傳統的重要文類，不宜因爲困難而裹足不前。我先前曾運用中西比較文學的背景，撰寫長文〈「憶我埃崙如蜷伏」——天使島悲歌的銘刻與再現〉討論中英對照、兼具文史價值的《埃崙詩集》，也撰有〈「疑義相與析」：林永得・跨越邊界・文化再創〉，探究第三代夏威夷華美詩人林永得（Wing Tek Lum）在《疑義相與析》（*Expounding the Double Points*）中如何中爲英用、古爲今用，轉化中國古典詩歌成爲自己的詩藝。本書第一輯的〈創傷・攝影・詩作：析論林永得的《南京大屠殺詩抄》〉與第二輯的〈文史入詩：詩人林永得的挪用與創新〉可謂姊妹作。我多次在不同地方與林永得見面，也曾在夏威夷、西雅圖與他進行訪談。惜墨如金的他1997年讀到張純如的《南京浩劫》（Iris Chang, *The Rape of Nanking: The Forgotten Holocaust of World War II*，正體字版書名爲《被遺忘的大屠殺》〔臺北：天下文化，1997〕）義憤填膺，開始以此爲題發表詩作，並隨著蒐集資料增加，一寫再寫。筆者承蒙不棄，不時接到詩人提供的最新作品。我一路追蹤他的詩作，並在臺北、高雄、南京、東京、夏威夷、舊金山、西雅圖等地，聆聽他面對不同觀眾演講，朗誦有關南京大屠殺的血淚之作，頗有所感。我曾數度問他，這系列詩作何時結集出版，總因他仍在撰寫，未能得到明確答案。因此，就時序而言，〈文史入詩：詩人林永得的挪用與創新〉在前，有如南京大屠殺系列詩作的「追蹤報導」，意在連結《疑義相與析》與當時尚不知何年何月能出版的《南京大屠殺詩抄》。此文是應張錦忠之邀，爲馬來西亞歷史悠久的文學刊物《蕉風》的「林永得專輯」所撰。該專輯出版於 2011 年 12 月，包括了編者引言、詩人的英文摘要、中文前言、英文詩作、中文譯詩、筆者的論文以及與詩人的訪談，由東南亞出發，爲華文世界引介這位身在美國卻心繫中國歷史、亞洲戰爭記憶、人類公理正義的華美詩人，可視爲鑽研《南京大屠殺詩抄》的暖身之作，因性質之故收錄於本書第二輯。

〈創傷・攝影・詩作：析論林永得的《南京大屠殺詩抄》〉則是在詩集千呼萬喚始於 2012 年出來後所寫的長文，分別以中文、英文、日文（北島義信教授日譯）發表，是個人第一篇以三語呈現的論文，而以中文版篇幅最長，論證最細。該詩集前後撰寫十五年，多達一〇四首，參考數十種著作，加上詩人在南京的實地考察，將心中的義憤與人道關懷，以多種不同題材、技巧與敘事觀點發而爲詩，不僅透露出以詩歌面對此一慘絕人寰的悲劇實難周全處理，而且如此多元的詩歌再現對研究者也是重大挑戰。筆者根據該詩集的註釋，揀選涉及攝影之處，一一察考史料，找出相關照片，從影像的角度切入，結合創傷論述、詩文解讀、視覺研究，析論詩人的技巧與用心。由於題材悲慘嚴肅，處理起來心情特別沉重，卻不能見難而退，遂鼓起勇氣面對，只期透過詩作與照片的互文性解讀，重新省視此一歷史事件，不讓當今無知短視的政客與別有用心的黨派之見，掩飾了歷史眞相。希望藉由一再地重探與反思，以示不忘前事，用意一如筆者 2016 年走訪波蘭奧斯維茲集中營時，所見牆上銘刻的西哲桑塔雅那（George Santayana）的警語：「遺忘歷史的人注定要重蹈覆轍」（"The one who does not remember history is bound to live through it again."）。

〈黃金血淚，浪子情懷：張錯的美國華人歷史之詩文再現〉是藉詩人、學者、政大西語系學長張錯教授七十壽慶文集的機緣（孫紹誼、周序樺編，《由文入藝：中西跨文化書寫——張錯教授榮退紀念文集》〔臺北：書林，2017〕），針對他有關美國華工的一書三詩（《黃金淚》與〈石泉・懷奧明〉、〈天使島〉、〈浮遊地獄篇〉）所撰的長文。此文剖析自稱「浪子」的離散華人張錯，如何以「史料性的文學特寫」與現代詩，呈現百年前美國華人移民面對的種種艱難險阻、歧視虐待、不公不義，以及今日的回憶、反思與詩文再現。此文之新意在於從華美文學（而非中國文學或臺灣文學）的角度來閱讀張錯，並點出美國之外，臺灣的華美文學研究的另一在地淵源，涉及 1980 年代臺灣的歷史情境與文化生態。《由文入藝》收錄了此文以及我的長篇訪談〈文武兼修，道藝並進：張錯教授訪談錄〉。張錯學長在訪談中一一回答我的問題，甚至示範擒拿術，手到擒來，令人甘拜下風，爲我三十餘年訪談生涯中唯一動口又動手之作。兩篇並讀，當可對其人其詩其文有更深的體認。

或謂第一輯所處理的主題多涉及歷史、創傷與苦難，實非筆者有意爲之。尋根究底，可能因爲年事愈長，對婆娑世界之苦感受愈深，總希望世人能透過文學來抗拒遺忘，提升覺知，從歷史中汲取教訓，從苦難中淬煉智慧，不要重複以往的錯誤，與歷史進行協商並和解，以期引進更和平美好的未來。此一用心與好友李有成教授再三強調的「文學的淑世功能」應可相通。

第二輯「導讀亞美」收錄的是比較「接地氣」的文字，旨在引介臺灣於亞美研究領域的若干成果，讓人更留意在地的成績，除了前文提到的〈文史入詩〉之外，計有兩篇期刊專號與論文集的緒論，兩篇翻譯文集的序言，一本學術專書的序言，以及一本亞美短篇小說的序言。〈創造傳統與華美文學：華美文學專題緒論〉是為「創造傳統與華裔美國文學」研討會論文刊登於《歐美研究》季刊所撰的專題緒論。該會議為中央研究院歐美研究所繼「文化屬性與華裔美國文學」（1993）、「再現政治與華裔美國文學」（1995）之後所舉辦的第三屆以中文為會議語言的華美文學研討會。前兩次會議成品《文化屬性與華裔美國文學》（1995）與《再現政治與華裔美國文學》（1997）為華文世界此一領域最早的學術論文集，頗受矚目。此次會議則順應當時臺灣強調期刊論文的學風，將匿名審查的論文刊登於《歐美研究》。該文說明會議的背景與意義，介紹所刊各文，並針對「創造」、尤其「傳統」之意加以闡發，並對臺灣的華美／亞美文學研究有所期許。

經過三次中文研討會，國內相關研究風氣與學術社群已然形成，於是中研院歐美所舉辦多次以英文為會議語言的國際會議，建立了我國在亞美與亞英文學研究領域的國際名聲，直到 2013 年才再度舉行中文研討會「他者與亞美文學」，距離 1993 年首次會議不覺已二十年。這些年間臺灣不僅在此領域累積相當成果，在華文世界居於前導地位，在國際學界也建立起一定的聲譽，而且出現不少臺灣學界對此領域的後設論述與學術評價。〈臺灣的亞美文學研究：《他者與亞美文學》及其脈絡化意義〉便將筆者籌劃的「他者與亞美文學」研討會與主編的同名論文集（臺北：中研院歐美所，2015）置於此脈絡下，既回顧篳路藍縷的過程，也提供圈內人的見證與反省，期待後來者能在此基礎上繼續邁進。

〈亞美研究的翻譯、越界與扣連〉與〈流汗播種，歡喜收割〉分別為《全球屬性‧在地聲音》上下冊的序言（臺北：允晨文化，2012-2013）。此大型翻譯計畫緣起於2009年7月南京大學舉行的美國華裔文學國際研討會（林永得因參加該會得以走訪南京大屠殺紀念館與拉貝紀念館）。當時亞美研究的領頭羊期刊《亞美學刊》（*Amerasia Journal*）即將邁入四十年，正值美國學界風氣改換，具有國際視野的美國學者，如曾任美國研究學會會長的艾理特（Emory Elliott）與費雪金等人，都大力提倡美國研究的國際轉向（international turn），美國的亞美研究也強調亞洲轉向（Asian turn）。會議期間，擔任《亞美學刊》主編三十年的梁志英（Russell C. Leung）和我商量如何讓美國多年的亞美研究成果能與華文世界分享，談笑之間定下進行這個空前的亞美研究大型翻譯計畫。雙方決議秉持三個基本原則（學術專業，優良譯者，完整呈現），由他負責選文、聯繫作者、取得版權，由我負責組織翻譯團隊與出版事宜。此計畫於他而言是使該刊的研究成果能跨越語言界限，進入與亞美研究關係密切的華文世界；於我而言則是動員我國學者累積多年的亞美研究能量，引入該刊的代表作，開拓讀者的眼界，培育我國與華文世界的文化資本，強化我國學界在此領域的話語權。此翻譯計畫的參與者大抵為此領域中學有專長並具有翻譯經驗的學者兼譯者，我戲稱他們為「夢幻團隊」（Dream Team）。編者與譯者都秉著奉獻的精神，義務從事此事，前後歷時數載才完成，為筆者所策劃與執行的最大規模翻譯計畫，期間與編者、作者、譯者、校對者、出版者多方聯繫，箇中艱辛不足為外人道。總之，透過主編之間的協商，譯者與作者的交流，編者與譯者的互動，譯者的翻譯與註解，校對者與出版者的審慎行事，使中文讀者有機會透過這些忠實可靠的譯文，閱讀涉及美國不同亞裔人士的多元文本（文學作品、文學評論、文化理論、歷史、法律、政治、社會學、性別研究、華人離散……），並且省卻查察背景資料的繁瑣工夫。上冊序言〈亞美研究的翻譯、越界與扣連〉強調此翻譯計畫的宗旨與效應，下冊序言〈流汗播種，歡喜收割〉則綜覽此大型計畫成果，說明其意義，也表達了大功告成之後的欣喜之情。

余生也「早」，在學術養成階段尚未躬逢族裔文學、弱勢文學、後殖民研究之盛，亞美文學研究只能靠自修，故自稱「半路出家」，卻希望爲年輕學者與學子打造出能夠悠遊其中的環境，最具體的行動就是研討會與學術出版，有幸獲得志同道合的學者共襄盛舉，共同成就相關學術生態。馮品佳教授是這些學者中的佼佼者，自 1995 年參加第二屆華美文學研討會，此後無會不與，多年勤於研究與著述，不僅有中英文論述發表於國內外期刊，英文專書《再現離散：閱讀華裔美國女性小說》（*Diasporic Representations: Reading Chinese American Women's Fiction*〔Berlin: LIT, 2010〕）獲得中央研究院第一屆人文及社會科學學術性專書獎，所譯林露德長篇小說《木魚歌》也於海峽兩岸出版（Ruthanne Lum McCunn, *Wooden Fish Songs*〔北京：吉林出版集團，2012；臺北：書林，2014〕）。她於 2013 年出版《她的傳統：華裔美國女性文學》（臺北：書林），從女性與離散的角度切入華美文學，並視其爲一獨立傳統。〈書寫離散，析論華美，解讀女性：序馮品佳《她的傳統：華裔美國女性文學》〉便是爲她的首部華美文學中文專著所寫的序言，旨在彰顯該書的論點、特色與貢獻。

前文提到筆者以〈階級・族裔・再現〉一文解讀菲美作家、知識分子、工運人士卜婁杉的經典之作《美國在我心》（Carlos Bulosan, *America Is in the Heart*）。其實，卜婁杉早年便以短篇小說於美國文壇嶄露頭角，可惜臺灣學界既少研究菲美文學者（所幸晚近已有陳淑卿、傅士珍等人投入），更乏文學譯作，以致社會大眾無緣閱讀。卜婁杉短篇小說集《老爸的笑聲》（*The Laughter of My*

Father〔桃園：逗點文創結社，2013〕）的譯者陳夏民爲傅士珍教授在東華大學的學生，畢業後自營出版社，在老師的建議下選擇出版這本書，讓華文世界的讀者在原作出版七十年後，終於有機會透過中譯接觸到菲美文學經典作家的代表作品。筆者樂於見到學術研究的外溢效應以翻譯的形式出現，因此在2017年《老爸的笑聲》再版、以小開本印行以招廣徠之際，欣然答應譯者／出版者之邀，撰寫〈卜婁杉的笑聲：陳夏民譯《老爸的笑聲》導讀〉，介紹作家與作品在亞美文學中的地位，以及此時此地在華文世界翻譯與出版該書的意義，以示支持。

第三輯「訪談亞美」收錄清華大學外文研究所吳貞儀同學爲了碩士論文〈利基想像的政治：殖民性的問題與臺灣的亞美文學研究（1981-2010）〉（"Politics of Niche Imagination: The Question of Coloniality and Asian American Literary Studies in Taiwan, 1981-2010"，2013，王智明指導）所進行的訪談〈亞美文學研究在臺灣：單德興訪談錄〉，讓我有機會暢談亞美文學研究在臺灣發展的情況與意義。她的論文觀點與我的立場和認知雖有出入，但其訪談卻是做足了準備，我藉由問答回顧了亞美文學研究在臺灣的建制化，反思此學術現象所具有的意義，也期待能開展出具有臺灣在地特色的外國文學研究。前文提到我進入此領域是「半路出家」，但因緣際會，隨著亞美文學研究逐漸進入臺灣的學術建制，不少年輕學子在大學或研究所階段都有機會修習相關課程，甚至撰寫學位論文。他們接受正統訓練與晚近學術思潮的影響，學術生態與我們那時當然不能同日而語，因此代際差異就成爲不可避免、甚而值得歡迎的現象，從這篇訪談就可看出一些端倪。

文學史或文學研究常有分期的作法，此舉雖屬武斷，常有「抽刀斷水」之嘆，但也有其方便、甚至必要之處。回顧臺灣的外文學界，可有不同的分期方式，依據學術風潮（不同理論）或時代（如十年爲期）爲其中之二，然而不同風潮、年代之間也難以截然劃分。此處野人獻曝，提供另一個以世代分期的方式，以供參考。臺灣的英美文學學者自 1945 年起，大致可分爲四代。第一代如英千里、梁實秋、黎烈文、夏濟安等在中國大陸即已任教大學、甚至享有盛名，在國共內戰中隨中華民國政府來臺，驚魂甫定，在資源欠缺的情況下，以從事教學爲主。身爲箇中翹楚的梁實秋除了完成翻譯莎士比亞全集的大業之外，還撰寫英國文學史，夏濟安則透過教學、寫作與編輯刊物教育出一批作家與學者，影響深遠。第二代學者如朱立民、顏元叔等，由臺灣赴國外取得英美文學博士學位，返國後大力引介新批評（New Criticism），改革我國的外國文學教育，在國際外交節節敗退之際，秉持書生救國之心，結合中文系與外文系學者，推動比較文學，包括創立中英文學術刊物，成立學會，開設比較文學博士班，召開全國與國際比較文學會議等，對內致力於學術生根，提倡以中文撰寫論文，厚植文學與文化資本，對外力圖與國際接軌，將臺灣置於國際學術版圖上。第三代學者（筆者可算其中之一）立於前一代學者殫精竭慮打下的基礎上，益加與國際接軌，於國內、外取得英美文學或比較文學博士學位，對西方現當代文學與文化理論有一定程度的了解與掌握，並運用於學術論述。至於與政府學術資源的關係，先是以出版的研究成果申請國科會獎助，後則配合獎助辦法的更迭，改爲研究計畫導向。固然資源投入與成果產出的質、量是否必定優於先前的獎助方式待考，然而研究資源比早先優渥則是不爭的事實，也塑造出更豐富多元的學術生態。第四代學者於國內、外取得博士學位，由於資訊科技的發達與政府資源的挹注，在許多方面可說與國際同步。然而面對國際化的要求，全球競爭的日益激烈，加上政府與學校對外重視國際排名，對內實行方便管理的量化考評，固然衝出了研究數量，但輕薄短小之譏不時可聞，嚴格的同儕審查制度造成許多壓力，「重研究、輕教學」的考評方式也可能埋下學界與教育界「短多長空」的隱憂。由於國際化的目標與個人學術生涯的考量，學者往往致力於將研究成果以外文投稿國際期刊，此舉雖然增加了臺灣在國際學界的曝光率，但學術的專業化與國際化，也可能造成學院與社會益發疏離。因此，如何努力跨界並維持在地關懷，值得深思並付諸實踐。

我在 2018 年 12 月《華美的饗宴：臺灣的華美文學研究》座談會上，特別挪用艾略特的「傳統與個人才具」（T. S. Eliot, "Tradition and the Individual Talent"）之說，來闡釋臺灣的華美文學研究，指出此傳統一如其他傳統，並非理所當然、原本如此，而是逐步形塑、創造出來的。此一「創造之傳統」與「傳統之創造」，有賴於許多個別的學者閉門讀書，埋首書寫，並且群策群力，切磋琢磨，日積月累方能冒現。因此，在積極國際化的同時，也宜努力「耕耘自己的園地」（"cultivate our own garden"），正如朱敬一院士在《給青年知識追求者的十封信》（臺北：聯經，2018 全新版）中所指出的：「本土化與國際化不是兩個互爲對立的主張」（139）。臺灣的英美文學學者多年穿梭於東西之間，對於廖咸浩在〈情理之間、常變之交、天人之際〉一文中的說法當別有會心：「在後殖民理論的啓發之後，研究西學已不再是亦步亦趨的一昧以西方爲師，而必須根植於在地的土壤，因爲西學已屬於全球而非西方禁臠，而在地正是全球性的體現與落實。故研究德勒茲（或任何西學）就必須以互補研究（complementary study）的方式將中西傳統互相燭照、彼此激發，甚至開發出更超前於新物質主義的思維」（《人文與社會科學簡訊》19.3 (2018.6): 92-93）。謹此寄語年輕學者，在以外文向國際進軍之際，也能多留意腳下這片土地，以中文分享學術經驗與研究心得，共同厚植我國與華文世界的學術與文化資本。至於年過花甲的我，發願但求在有生之年能繼續「善用資源，廣結善緣，源源不斷，緣緣相續」，爲我國與華文世界的文學與文化盡一份個人微薄的心力。

總之，本書所收錄的論文、導讀與訪談，爲一位臺灣的英美文學與比較文學學者，處於東西交集與中英雙語的情境下，從自己的學術專長與生命關懷出發，以多元方式介入亞美文學與文化研究的部分成果，以期達到廖咸浩所提到的目標：「對生命嚴肅看待，並時時詰問現實、回顧傳統，才能在切身問題中找到對個人及社會具相干性而又能介入國際學術圈的議題」（94）。盼望更多志同道合之士加入此一行列。

本書得以出版，要感謝各計畫的合作者、中外文期刊與專書的主編與邀稿人——李有成、馮品佳、黃心雅、張錦忠、王智明、梁志英、唐・中西（Don T. Nakanishi）、費雪金、李所姬（So-Hee Lee）、北島義信、孫紹誼、周序樺、許通元、黃寬重、程愛民、張彤等——以及與我進行訪談的吳貞儀同學。結集出書時又做了一些修訂與補充。各文與全書編輯過程中，承蒙陳雪美、張力行、黃碧儀、吳汀芷等助理以及書林出版部張麗芳編輯多方協助，本書才得以目前面貌問世。蘇正隆、蘇恆隆兩位先生對臺灣外文學界與翻譯學界多年熱心支持，已使書林出版公司成爲此領域的代表性文化生產機構，謹致敬意與謝忱。外甥女紹安去年夏天自法返臺，爲我畫了兩張素描，剛好作爲封面及折口設計之用，以誌這段因緣。

2019 年 1 月 10 日

臺北南港

論述亞美

戰爭·眞相·和解：析論高蘭的《猴橋》

從遠處甚或近處看，這〔猴〕橋都只不過是一條纖細、顫危危的閃爍竹光。當外人或未經此道的人知道這個、這個不起眼的結構，既無寬度，又無強度，卻要承受他們全身的重量，都大吃一驚。不僅如此，他們還驅策自己往前渡過。

——高蘭，《猴橋》

（Lan Cao, *Monkey Bridge*）[1]

你瞧，到頭來業報是你所造的
你所受的以及你留給
別人的。
業報甚至始於
你牙牙學語之前
但不只是終於文字。

——梁志英，〈第四十九日〉

（Russell C. Leong, "Forty-ninth Day"）

1 筆者於 2018 年 12 月 31 日以臉書通訊與 Lan Cao 聯繫，她表示不知道自己的漢字姓名，「高蘭」爲筆者之翻譯，並向她說明此譯名之意義。

一、無窮的可能，無盡的躁動

「或許他眞像我擔心與想像的那樣慘遭橫死」，十七歲的敘事者阮梅（Mai Nguyen）揣測爲何 1975 年 4 月 30 日，外祖父「關爸爸」（Baba Quan）未能在西貢約定的地點和她母親清（Thanh）見面，那天正是美軍歷經多年血戰後從越南撤軍的日子。她繼續猜想：「或許是我母親運氣不好，才會在約定會面的那天親眼目睹此事，以致棄他不顧。或許她嚇壞了，所以才保持一段安全距離，不能或不願冒險幫助她的父親抵擋危險。可能的原因無窮無盡」（Cao, *Monkey* 213-14）。高蘭的第一部長篇小說《猴橋》接近尾聲時，讀者跟書中住在美國維吉尼亞州瀑布教區（Falls Church）「小西貢」的敘事者一樣處於懸念之中。直到次章，也就是全書倒數第二章，清才在自殺前留下的遺書中將眞相對女兒和盤托出。故事結束時，敘事者翻過家族史上艱辛困苦、糾纏不清的一章，期盼自己成爲曼荷蓮學院（Mount Holyoke College）1983 年班的學生，在這所女子大學「挑戰卓越」（260），開展新生。這部作品彷彿指出，人必須以某種方式與過去周旋協商，整理安頓，才能有嶄新的開始，邁向更美好的未來。而且，每個人心目中各有不同面貌的過去，必須以不同的方式來協商、處理、安頓。

對越裔美國人來說，過去與越戰，也就是大多數美國人眼中的「敗戰」，息息相關。[2] 因此，「越南」長久以來一直是「戰爭」的

2 高蘭與諾瓦思（Himilce Novas）合著的《亞美歷史須知》（*Everything You Need to Know about Asian-American History*）指出，「在 1964 年，據報有六〇三個越南人在美國，大部分是學生、教師與外交官，他們只是暫時留在國外」（207）。然而越戰突如其來的結束使得「越南人在 1975 年大舉逃亡美國，這在越南歷史上是絕無僅有的」，其中許多人兩手空空地離開，「對他們逃往的國家的語言、習俗、文化一無所知」（Tran, "From" 274）。逾八萬六千名南越人在短短幾天抵達美國

同義詞，被視爲戰場和異域，而在那裡的越南人則「被視爲無助的農民、野蠻的戰士或廉價的妓女」（Võ ix）。有關越戰的故事和反省在美國起初受到壓抑，後來才逐漸出現。正如高蘭在接受伊藤海姆（Susan Geller Ettenheim）訪談時所觀察到的：

> 我於 1975 年抵達美國，多年來觀察美國人嘗試如何處理越南經驗——起初是壓抑與遺忘經驗，所以越南便成了禁忌，幾乎變成一種名爲越南症候群（Vietnam Syndrome）的疾病；之後選擇性地允許某些聲音被聽見，所以美國退伍軍人能夠開始訴說他們的故事；隨之而來的是其他的聲音，像是退伍軍人家屬的故事，以及他們如何因應老兵與國家的經驗。（Cao, "Crossing" 1）

然而，無論是右派或左派的故事與經驗，幾乎無一不是從美國人的角度訴說，而「越南人這一面的聲音，不論是北越或南越，卻一直不爲人所聽聞」。促使高蘭創作的動機，就是「渴望爲這故事增添另一面」（Cao, "Crossing" 1）。[3] 因爲，就像克里斯多夫（Renny

---

（Truong, "Emergence" 30）。根據但寧（Bruce B. Dunning）的說法，「到了 1979 年年底〔越戰結束四年後〕，幾近二十五萬越南難民已在美國安身」（Dunning 55）。到了 1985 年，「六十四萬三千二百名越南人在美國尋得庇護」（Cao and Novas 207），此後越裔美國人的數目持續增加。《亞美歷史須知》除了以問答方式提供關於亞裔美國人的史實之外，也可作爲《猴橋》的潛文本（subtext）。此外，但寧對越裔美國人於 1975 年到 1979 年在美國適應情形之研究，也可視爲這部長篇小說的社會學潛文本。

3 距離此小說出版二十一年後的 2018 年，高蘭在〈越南不只是一場美國戰爭〉（"Vietnam Wasn't Just an American War"）第一段便指出，「美國一直無能也不願納入越南觀點」，並且感慨這「明顯印證了美國與世界其他地方的關係。美國人要別人了解他們，卻罕於了解別人」（"Vietnam"）。

Christopher）所感嘆的，「到 1990 年為止，在美國出版的七千多本有關美國在越南的戰爭的書籍中，只有十來本出自越南流亡作家」（Christopher 25）。因此，高蘭撰寫這部小說的動機之一，就是要為越戰及其餘波或「殘像」（“after image”），提供一個越南人、或者該說越裔美國人的另類觀點。不可否認的，這場戰爭是越裔美國人最主要的關懷，[4] 因此，越裔美國人對此一集體記憶與創傷的反省與敘事，構成了越裔美國文學不可或缺的部分，也就不足為奇了。陳魁發（Qui-Phiet Tran）引用拉岡（Jacques Lacan）對於文學的強調，認為文學的獨特功能在於「揭開被壓抑的無意識，符徵（“signifiers”）與真實語言的貯藏所」，他主張「要了解越裔美國人心靈的錯綜複雜，就應該轉向他們的文學」（Tran, “From” 273）。考渥特（David Cowart）則指出《猴橋》的重要意義在於，「這個故事比起大部分作品，都更有技巧地把美國的觀點，整合、歸併或納入『他者』的、被殖民者的觀點，而此『他者』或被殖民的角色到頭來畢竟是鏡中的面孔」（Cowart 159）。因此，本文旨在析論高蘭在越戰結束二十多年後問世的長篇小說《猴橋》，針對這部廣受好評的初試啼聲之作進行個案研究。

這部小說呈現了多種與過去協商的方式。對高蘭而言，撰寫這部帶有半自傳色彩的小說是她與自身過往的協商方式。高蘭 1961 年出生於越南西貢（現胡志明市），1975 年越南落入共產政權前兩天

4 有關越裔美國文學的一般背景，參閱張（Monique T. D. Truong）的〈越裔美國文學〉（“Vietnamese American Literature”）與珍妮特（Michele Janette）的〈以英文書寫的越裔美國文學，1963-1994〉（“Vietnamese American Literature in English, 1963-1994”），尤其是珍妮特的〈英語越裔美國文學精選編年書目〉（“Selected Chronological Bibliography of English-Language Vietnamese American Literature”）（Janette, “Vietnamese” 280-83）及註 2（284）。遺憾的是，珍妮特之文雖然出版於 2003 年，卻未包含 1995 年之後出版的越裔美國文學，如 1997 年出版的《猴橋》。

才搭機撤離西貢，因此符合第1.5代越裔美國人（the 1.5 generation of Vietnamese Americans）的定義：「出生於國外，但在美國受教育及社會化的移民與難民……跨越兩個國家和兩個文化的世代」（Cao and Novas 198）。這個世代的特色是急切地想融入美國的生活方式，並且疏離原本的文化和家庭結構（199）。他們往往等到在美國的社會地位安穩之後，才會開始回顧被自己拋在身後的國家和文化。許多訪談都印證了高蘭本人就是這個世代的典型人物。她於1987年取得耶魯法學院（Yale Law School）博士學位，1994年於紐約布魯克林法學院（Brooklyn Law School）取得教職，之後才開始認眞思索自己的根源，並於1996年造訪越南。就像譚恩美（Amy Tan）一樣，高蘭是在母親罹患重病之際才萌生創作小說的念頭。[5] 譚恩美的首部長篇小說《喜幅會》（*The Joy Luck Club*）有如下的獻詞：

> 獻給我的母親
> 以及對她的母親的記憶
>
> 你有一次問我
> 我會記得什麼。
>
> 這個，還有更多。

同樣地，《猴橋》也是一部女兒獻給母親的作品，而且可以解讀爲一位作家在母親生命中的關鍵時刻，同時也是自己生命的轉捩

5 當時高蘭在紐約工作，重病的母親則住在華盛頓，她於往返兩地的頻繁飛行中開始寫這部小說。她在與希娜德（Martha Cinader）的訪談中說：「情感上的衝動其實來自我母親的病，但越南的故事這部分……也變得有點嵌入母親／女兒的故事中」（Cinader 77-78）。

點，所進行的一種回憶行爲（act of remembering）。[6] 正如巴巴（Homi K. Bhabha）所主張的：「回憶絕非平靜的內省或回顧之舉。它是痛苦的重整，把肢解的過去重新組合，以了解當前的創傷」（Bhabha 63）。高莎芙（Mirinda J. Kossoff）在探討高蘭的文章中寫道：「記憶有時是痛苦的，但高蘭說：『我已經變得善於區隔。每當某些回憶出現，我就會作噩夢。接著我就處理它，並移向下一件差事』」（Kossoff 2）。因此，這部半自傳性的小說是對她過去的記憶／回憶以及呈現／再現，同時也探究越裔美國人個人和集體的記憶與創傷，並對這場戰爭及其後果，或者高蘭所理解的佛教的「業報」觀（"karma"），[7] 提供一個越南的觀點。但她絕不是以一種簡單、直截了當的方式與過去協商。小說中處理了不同版本的過去，其中既有謊言，也有眞相。因此，《猴橋》所再現的與其說是獨一無二的過去，不如說是多層次、多面貌的過去，必須以繁複多元的方式來斡旋與協商。

二、交疊的聲音，糾結的故事

正如林玉玲（Shirley Geok-lin Lim）所指出的，亞裔美國文學集中於種族、性別、家庭等主題。她進一步說明：「親子關係不僅意指一整套主題，也成爲敘事策略的模式——諸如敘事觀點、情節、角色、聲音和語言的選擇」（Lim 21）。《猴橋》也不例外。小

6 這多少證實了楊（Ian Duong）所主張的，本書的意義在於試圖「以明確的性別觀點，來觀看放逐與異地而處的政治性與創生性」（Duong 377）。

7 「業報」一詞在書中反覆出現。高莎芙觀察到高蘭所理解的是「作爲後果的業」（Kossoff 3）。對小說中此一母題的討論，參閱本文第五節〈書寫創傷，改變業報〉。

說中的母女關係固然頗爲顯眼，然而傳奇性的外祖父關爸爸卻在事件的進展上扮演了關鍵性的角色。在希娜德的訪談中，高蘭指出：「外祖父……在故事中是個重要的催化劑，因爲他推動故事往前發展……。透過外祖父的故事，使得《猴橋》也成爲一個關於身分認同的故事，他發生了什麼事，他是誰，他爲什麼失蹤，以及在那背後的謎團」(Cinader 78-79)。整篇小說環繞著母親與女兒分別訴說的兩套敘事。全書十三章大半是女兒／敘事者的敘事，母親的敘事則以斜體字區隔開來，[8] 其形式不是日記（第四章和第九章的部分內容），就是一封長信（第十二章全部)。兩套敘事分別代表了兩人努力去理解造成自身當前處境的原因，而這的確是巴巴所說的「痛苦的重整」，其中以放逐與家庭成爲全書最凸顯的主題。[9]

就女兒而言，她所面臨的主要問題包括母親中風與逐漸痊癒，自己努力在越南尋找並拯救外祖父，以及申請優良的女子學院，讓自己有機會進一步融入美國社會。弔詭的是，這些努力彼此既密切相關，又相互矛盾。她想要拯救外祖父，因爲這樣才能解除母親內心深處的罪惡感，以期中風加速痊癒。然而，母親對女兒的努力反應冷淡。直到阮梅讀了母親的遺書後，始能一窺外祖父的複雜面貌，了解爲何他未與母親會面，一起搭機離開西貢。此外，大學能提供機會讓女兒離開家庭和越南社區，接受良好教育，更加融入美國主流社會。然而，上大學也意味著斬斷母女之間的緊密連結，而這絕非母親所樂見。

相對於女兒急欲找出眞相、聯絡並營救外祖父、離家上大學，母親則顯得很守舊、抗拒、落伍、迷信。她身體和心理的脆弱，加上不諳英語，使得她在美國這個新世界格外依賴女兒。簡言之，這

---

8 爲了配合中文讀者的習慣，下文中母親的敘事以粗體呈現。

9 根據陳魁發的觀察，在當代越裔美國女性書寫中，放逐與家庭構成「兩個首要的主題」(Tran, "Contemporary" 71)。

對母女之間的關係劇變，以致身病體弱、適應不良的母親，和具企圖心、能隨機應變的女兒，兩人之間的角色互換。母親不再是發號施令的人，她必須接受現狀，並與女兒建立新關係。然而，這樣的處境絲毫沒有減損她對梅的愛，她強烈的母愛在日記和最後的書信中表露無疑。直到讀了母親的遺書，梅才了解母親多年的隱情，是試圖保護女兒免受家族史上一樁可怕悲劇的傷害。

三、「翻譯者，反逆者也」？——文化翻譯者的角色

在美國的母女角色互換，這種處境在通篇故事中昭然若揭，而以換公寓這個插曲最爲鮮明。這個事件可說是以戲劇性的方式再現了跨文化的遭遇，其中女兒扮演了「文化翻譯者」（“cultural translator”）的角色，宛如「翻譯者，反逆者也」（“traduttore, traditore”〔“Translator, traitor”〕）此一義大利諺語活脫脫的例證。這對母女剛搬到維吉尼亞州瀑布教區的公寓住宅區時，清對她們承租的公寓極爲不滿。在她看來，公寓對面大樓屋頂的巨大天線直指她們的客廳，而「長長的金屬尖端形成一把致命的劍，威脅著把我們的福氣與健康劈成兩半」（Cao, *Monkey* 21），因此清要求租屋經理爲她們換一間公寓。儘管從亞洲的風水觀來說，這個想法合情合理，至少是可理解的，但在她們必須打交道的美國經理眼中，則會顯得迷信、荒謬。梅接受過「十三年良好的儒家倫理教養」，也受過「家庭禮儀」和「幾近自動自發的順從」的教誨（21），必須遵奉母命解決這個問題，卻又要不致讓美國經理感到荒唐無稽。

換言之，年僅十三歲的年輕移民女孩宛如扮演著「亞洲故鄉的女兒與美國社會的繼女之雙重角色」（Newton, “Attacking” 138），陷入對越南母親的職責與美式思維的兩難。梅深切意識到自己所處

的奇特夾縫位置：「我左右爲難的窘境就是，看得到每件事情的兩面，卻不屬於任何一方。我成了居間的調停者……」(Cao, *Monkey* 88)。爲了完成任務，她想出底下的謊言來處理這個棘手的問題：有蛇在浴室出現，引發了她母親的恐懼症。她刻意將母親的訊息「誤譯」爲流行的心理學術語，因爲正如美國叔叔麥可告訴她的，「心理學是美國的新宗教」(22)。如此一來，梅既能達成母親對她的要求，也不致成爲美國人眼中既迷信又不理性的外國人。弔詭的是，在與美國經理交涉成功後，達到目的的母親不無驕傲地在女兒耳邊輕聲道，「記住這次教訓：如果想在這個國家得到任何東西，就得挺身對抗美國人」(23)。

雖然這只是個小插曲，但對於置身「機會之地」(the Land of Opportunity) 的年輕亞裔移民女子而言，所展現的不僅是她的生存策略，也是成功策略。橫跨兩個文化，面對彼此的不同要求，梅採取了她所謂的「新世界的把戲」(“New World Tricks,” 21)，以便能在新公寓裡落戶安居。當清驕傲地宣告凱旋時，並不知道梅爲了實踐身爲子女的孝道，不得不扮演翻譯者／反逆者的角色，才能達成母親交付的任務。使命必達的梅並未遵照母親的意義逐字翻譯，而是刻意扭曲訊息，採取她判斷當下最能達成母親願望的方式。[10] 此事能順利完成，證明了對年輕越南難民來說，這是在美國生存並成功的有效策略。諷刺的是，這個插曲也多少印證了母親對女兒的懷疑，認爲她是個「善變而不可靠的人，知道內在消息的局外人〔“an

---

[10] 如同梅在他處所言，「在我新的舌頭裡，我眞實的舌頭裡，存在著一股驚人的新力量。對我母親和她的越南鄰居來說，我變成語言的守護者，是唯一能通達光明世界的人。如同亞當，我擁有上帝賜予的權力，能爲空中飛鳥、野地走獸命名」(Cao, *Monkey* 37)。然而，她當時並不了解，母親因爲知道家族秘密，也有充分理由被稱爲「語言的守護者」或「舊世界的守護者」，舊世界的資訊和秘密必須透過母親才能揭露。

outsider with inside information"〕——一個必須永遠檢查與控制其言詞的人」(41)。然而，也正是藉由這種「知道內在消息的局外人」，或者該說是「知道外在消息的局內人」("an insider with outside information")，[11] 鼓起她不受檢查與控制的如簧之舌，孝順的女兒才能順利達成任務，滿足母親的願望。因此，這個插曲生動呈現了一個年輕移民女子的「跨文化位置」，以及她努力「藉著探索及學習不同文化，形塑自己的跨文化認同」(Newton, "Attacking" 128)。[12]

然而這並不意味清和她那一代的越南人不知如何適應新環境，儘管他們適應的方式比不上年輕一代。「如果想在這個國家得到任何東西，就得挺身對抗美國人」，這種說法正顯示了老一輩省悟到自己身處的放逐情境，也的確努力運用自己的傳統文化資源以及新世界的環境。例如，清的老友貝太太（Mrs. Bay）建議難民同胞好好利用「這個眞正一乾二淨的開始，完全沒有身分認同，沒有歷史」，既然許多人在戰爭期間遺失了身分證明文件，那就依靠他們的「騙徒智慧」，在新世界重新開始(Cao, *Monkey* 41)。角谷美智子（Michiko Kakutani）指出，這種欠缺反而「賦予他們重新創造自我的能力」(Kakutani)。此外，越南傳統的「會」(*hui*)，讓社區成員可以聚集資金應付急用；想要申請食品藥物管理局認證的執照，開創製造和

---

11 參閱圖昂（Bunkong Tuon）在〈知道內在消息的局外人：高蘭《猴橋》中的1.5代〉("An Outsider with Inside Information: The 1.5 Generation in Lan Cao's *Monkey Bridge*")中對1.5代處境的說法。筆者則有意藉由「知道內在消息的局外人」，以及由之引申而來的「知道外在消息的局內人」的說法，強調這種內／外夾縫之間既左支右絀、又左右逢源的處境。

12 傅琦（Chi Vu）在〈作爲後殖民翻譯者的1.5代越裔美國作家〉("The 1.5 Generation Vietnamese-American Writer as Post-colonial Translator")中指出梅所扮演的「文化翻譯者」的困境（135），點明此類語言與文化翻譯者的角色來自其「雙語能力與雙文化性」，並說「翻譯者，反逆者也」的說法適用於1.5代的程度超過第一代或第二代（144）。

配銷醃製蔬菜的新事業——在在顯示了他們對新環境的適應力。有如儀式般定期舉行的餐會也爲這些移民補充了新力量，以面對在美國的命運。換言之，這些離散海外的越南長者本身在不知不覺間即成爲文化翻譯者／協商者。

在某種程度上，高蘭本人在這部宣稱是第一部由越南觀點書寫的越戰小說中，已然成爲一位文化翻譯者。身爲越南與美國文化之間的中介者，她可根據不同的角度被視爲「知道內在消息的局外人」或「知道外在消息的局內人」。她和書中的梅一樣，是第 1.5 代的越裔美國女子，試圖達成兩個文化之間的傳遞者的使命，其中很可能也不無扭曲。[13] 因此，《猴橋》的吸引力之一，在於作者有如「當地資訊提供者」（native informant）般所提供的民族誌式的訊息。書中呈現的越南新年（Tet），各種不同的宗教儀式、傳說、神話、食物、景色等等，便是明顯的例子。[14] 這些描述增添了豐富的地方色彩，使得故事更爲活潑生動，同時也強化了作者以文化中介者自許的角色。如同一位書評者所指出的，「越南帶著〔美國〕此地諸多小說中罕見的美麗和神秘活了過來」（Steinberg 64）。簡言之，高蘭積極涉入越裔美國人論述，並透過自己的中介，以文學重新形塑了越戰及其後續效應。[15]

---

[13] 巴納瑞恩（James Banerian）在書評中就提醒美國讀者，不要「把這本小說當成越南教科書」（Banerian 692）。

[14] 這種情形類似弱勢族裔聚落的導覽，而高蘭對越南食物的描繪幾乎到了趙健秀（Frank Chin）所稱的「食物情色」（food pornography）的地步。黃秀玲（Sau-ling Cynthia Wong）將此詞定義爲「藉著剝削自己民族具『異國情調』的飲食方式來謀生」（Wong 55）。她進一步將之轉譯爲文化術語，指的是「將眾所周知的文化差異加以具體化，並誇大自己的差異性，以便在白人宰制的社會體系中佔得一席之地」（55）。

[15] 珍妮特強調高蘭的「游擊反諷」（"guerrilla irony"）策略，質疑將《猴橋》當成「具有文化代表性」的讀法（Janette, "Guerrilla" 50n1）。雖然珍妮特反對道地性

四、不同的觀點，多重的過去

清和梅母女倆之所以逃難到美國，是由於她們過去的個人與集體的作爲。她們必須以各自的方式面對過去，因爲如果她們想在新世界獲得心靈的寧靜，不僅要了解過去，並且要與之和解。在個人層次上，兩人必須分別面對與處理自己的過去。在集體層次上，她們的過去是宏觀歷史的一小部分，而這個歷史就是美國人眼中的「越南戰爭」（the 'Vietnam War'），但對越南人來說，則是「『美國』戰爭」（the 'American' War）或「第二次中南半島戰爭」（the 'Second Indochina War'）（Cao, *Monkey* 126-27）。[16]

梅的關懷基本上是雙重的。她從移居美國的年輕越南難民的觀點，想要知道外祖父在與她母親約定會合的那天發生了什麼事，試圖把他接來美國以便在新世界重建家園，並且自由自在地追尋一位未來的美國大學生可能有的理想。換言之，她的過去絕不是與現在和未來毫無關聯的前塵往事；相反地，過去、現在、未來三者息息相關。[17] 身爲移居美國的越南青少女，梅現在所有的努力，既是在

（authenticity）的主張有幾分道理，但不可否認的是，即使高蘭本人都宣稱她是從越南觀點來書寫越戰，因此多多少少扮演了「當地資訊提供者」的角色。換言之，有關道地性和本質論的宣稱和看法，應以暫時的、脈絡的方式看待或檢視，但不宜完全忽略。否則，類似「越南人」或「越裔美國人」的稱號就會自我解構。珍妮特的文章〈以英文書寫的越裔美國文學，1963-1994〉開宗明義的說法，就是最佳印證：「**幸運的是，現在不用說我們也知道**，爲了了解美國與越南的牽連，或越裔美國文化，**很重要的一點就是我們必須傾聽越南人和越裔美國人自己的聲音**」（Janette, "Vietnamese" 267，粗體字標示爲本文所加）。

[16] 在越南的千年歷史中，這只不過是內戰和抵禦帝國（主義）侵略（如中國、蒙古、法國和日本）的另一場戰爭（Cao and Novas 199-202）。

[17] 這說明了扉頁題詞所引的艾略特（T. S. Eliot）《荒原》（*The Waste Land*）中的那五行詩。詳見本文最後一節〈連結過去、現在、未來的橋樑〉的討論。

回顧並照應一場漫長苦戰中的過去，也是在展望和諧光明的未來，屆時所有健在的家族成員都能擺脫戰爭的陰影，而她也能順利上大學並展開新生。

相形之下，母親對過去的探索則複雜得多。梅就宛如來自現在的提醒，召喚出母親被壓抑的痛苦往事，並藉由書寫傳達給女兒。其實，清必須面對與處理的是縱橫糾葛的多重過去：在她出生前就被壓抑隱瞞的往事；她孩提時期先爲貧農之女，後來有幸被當地最富有、但最欺壓農民的大地主康（Khan）收爲養女；在養父的資助下，成爲少數能上法國寄宿學校的特權女孩，享受了短暫的快樂時光；嫁給來自另一個富家豪門的哲學教授，一開始對身爲進步知識分子之妻的生活充滿了憧憬，日後卻淪入越南父權社會的傳統主婦角色；無助地陷入一場大規模戰爭中的交戰雙方，也陷入佃農父親與地主養父之間長久的家族恩怨；最後，到了美國，她身受中風與夢魘不斷之苦，努力試圖恢復身心平安與健康。

爲了幫助母親，梅熱切地想知道外祖父究竟發生了什麼事，目前身在何方，如何才能救他脫離赤色越南。儘管她努力探尋過去，換來的卻是身體已明顯康復的母親的冷淡回應。清出於母愛，希望保護女兒免遭殘酷、難以承受的過去之害，試圖隱瞞家族歷史中的秘密創傷，直到在遺書中才向女兒揭露所有秘密。眞相使得關爸爸原先的英雄形象頓時冰消瓦解——他先前因爲冒著生命危險拯救一支受困地雷區的美國特遣部隊，被視爲英勇的越南佃農，而獲得越南和美國官方頒贈的勳章。

整個家族的秘密和國家的悲劇具體而微地表徵於清的傷疤，也銘記於有關這個無法忘懷的記憶之軀的兩個不同版本。這個明顯的傷疤不斷提醒並痛苦銘刻著一段悲慘的過去，可有兩種不同詮釋：一個是「隱藏」（covering）或「再隱藏」（re-covering）；另一個是「揭露」（uncovering）和「恢復」（recovering）。第一種詮釋或故事把傷疤視爲表徵清的心理創傷：她在廚房「準備焦糖豬肉」時，突然起火，「燒到她頸上的絲巾」（Cao, *Monkey* 3）。然而清對這傷疤的反應令女兒感到不解，因爲「她似乎毫無疑問地接受它〔這個永遠的傷害〕」（3）。對於這不幸事件的「家庭式」詮釋和淡然的反應其實是清的僞裝，以便隱藏傷疤背後的眞相，並降低對梅的衝擊。換言之，爲了保護女兒，母親不斷隱瞞這「意外」（3）的眞相。

然而，正如清的母親臨終前告訴清，她的生父其實就是康地主，以及這個家族秘密背後的理由（「**你盡一切所能拯救自己的家庭**」〔234〕），清也決定在自殺前留下遺書，把傷疤的眞相告訴梅。對清來說，揭露眞相是坦然面對自己的過去，並從前後兩代的創傷中恢復的必要步驟。正是藉由這個揭露之舉，梅才得知母親身體和心理上的傷疤背後的眞相。眞相大白之後，梅才能擺脫自己對關爸爸的執著，帶著「尚待探索的未來的種種契機，以及在其庇護下的安全感」（260），展望美國大學的新生活。

五、書寫創傷，改變業報[18]

若引入佛教的業報觀，整個敘事則呈現另一個面向。由於越南與中國的悠久歷史關係，儒、道、釋三家都已融入其文化與思想。業報的觀念在故事初始就已出現，當時梅試圖了解爲何住院的母親在安眠藥的藥力作用下一遍又一遍喊著關爸爸（Cao, *Monkey* 8）。梅知道她的解釋（「業報與天道崩壞」〔8〕）對美國醫護人員來說是

---

[18] 越南人長久以來對佛教思想便耳熟能詳，其中「業報」是重要又複雜的觀念，下文的討論僅限於本小說中所呈現的業報觀。巴納瑞恩批評，「即使她對業報運作的闡釋也保持了一個知性的距離，缺乏虔心信奉的熱忱」（Banerian 692-93）。然而細讀全書便會發現情況複雜得多。

無稽之談，而移民故事中常見的世代差異的主題也在此出現。在美國化的女兒眼中，清是迷信的母親，相信「造就隱祕宇宙的無量無邊、無法觸及的力量：魔法與詛咒，命運與業報」(24)。而「業報」一詞更是清「獨有的咒語」，其「神聖的法則」超乎梅的理解範圍(10)。儘管如此，清卻能給它一個平易近人的詮釋：「業報意味著總是會有你必須繼承的東西」(20)，與西方科學中的遺傳學無異。[19]身爲女兒的梅理所當然地把這觀念套用來解釋母女之間的緊密連結，「母親就是我的業報」(20)。在母親心目中，女兒「無知，不識危險」，所以她必須一直陪伴在側，以扭轉「魔法與詛咒，命運與業報」的種種力量；然而在梅看來，眞實的情況恰恰「相反」(24)，因爲母親不僅不諳英文，還罹患重病，恰恰需要女兒的照料。

無論如何，母女的業報緊密聯繫，以致「**我們生命中所共有的事實繼續貫穿我們的肉身。母女的事實如同左右、上下、前後、日月，同時並存又密不可分，在所難逃**」(170)。一直要到家庭悲劇的眞相揭曉，梅才了解母親一路從越南到美國所揹負的擔子何其沉重：她不是關爸爸之女，而是富裕的康地主的親生女兒；她在美軍大轟炸之前，親眼目睹關爸爸在墓地殺害了她的親生父親。讀了遺書之後，梅才明瞭母親非比尋常的過往創傷，以及何以她害怕「**如同鷹隼追捕獵物般一直緊追著我們家族的業報**」(251)。這種勢不可擋的業報主要具現於仇恨、罪惡與恐懼中，開始於「錯誤的一步」(25)：貧困的農家爲了擺脫債務，要清的母親去引誘膝下無子的富裕地主。

儘管業報的觀念看似相當宿命，但無論對個人或集體，仍有改

---

[19] 清在給梅的遺書中，對業報與遺傳有如下的說法：「**遺傳與業報因果……有如一塊刺繡裡的兩股絲線彼此糾纏**」(Cao, *Monkey* 169-70)，而「**業報……只不過是倫理上、精神上的染色體，是父母與子女的連結，就像 DNA 的雙股是我們歷史的一部分**」(170)。因此，子女會繼承「**父母的業史**」(170)，而這正是清爲了保護摯愛的女兒，所極力避免的事。

善的契機。清把業報視爲美國的天命觀（Manifest Destiny）之「對比」(55)，主張「**業報所根據的與其說是權利，不如說是道德責任與義務，與其說是慶祝勝利，不如說是懺悔與贖罪**」(56)。[20] 這種「**道德責任與義務**」以及「**懺悔與贖罪**」有可能促成正面的事物。清見證了加諸於自己一生的業報，對其深信不疑（169），但仍盡力保護女兒免受家族歷史的業報。換言之，即使業報看似遺傳、無可遁逃，但若有足夠的願力與努力，依然可能被導上正途，產生善報。這個故事本身就提供了幾個例證來說明業報的積極面向。

在敘述有關越南的事物時，梅說：「我的母親就像那個國家本身，都執著於業報。其實，越南文裡『請您』的『請』，依字面直解就是『造善業』」(34)。反映於日常生活中，清會從市場「一次買一百隻」金絲雀和蜂鳥，然後在他們的花園裡一隻一隻地放生，認爲這個「善行能爲家庭帶來善業」(34)。這是佛教中慈悲對待所有有情眾生，解脫其恐懼苦難之善行。再者，在集體和儀式的層面上，越南新年也是復始的吉兆：「卸下去年的重擔……。新年帶來新業」(73)。

善有善報，惡有惡報，對梅的家族而言，關爸爸的不同行爲導致了不同的果報。因爲他殺害了康地主，以致在他女兒清的心裡留下了一個永難抹滅的傷痕，一個永遠無法平復的創傷。然而，也正因爲他的慈悲與勇氣，冒著生命危險拯救了一支美國特遣部隊，包括麥可，進而建立起麥可和梅一家人的聯繫。因此，麥可先將梅從飽受戰禍的越南救出，再幫助清撤離西貢。換言之，關爸爸雖然設下埋伏、冷血謀害了康地主，但身爲越共的他，卻也甘冒生命

---

[20] 有趣的是，清將因果對比「天命」這個被用以辯解美國西部擴張的觀念。作爲「**拓荒者之國**」，美國歷史教科書帶著「**征服和自豪**」來討論此議題，不像越南人帶著「**苦痛和恥辱**」來談論他們向南的擴張行爲（Cao, *Monkey* 55-56）。此處間接批評了美國的擴張主義。

危險拯救一支美國大兵部隊。如果「錯誤的一步」導致一連串的惡果，那麼正確的一步也會產生一連串的善果。而這正是清的希望所繫——**「由於信仰和報應的粗糙紊亂」**，關爸爸**「救了麥可，而麥可隨之救了我們。我以希望來安慰自己，希望這個心靈的收穫之後，或許真能彌補過錯」**（252）。簡言之，希望存在於愛與勇氣。

若是如清所說，**「愛與恨在他〔關爸爸〕的血管中流動，爆發穿透他的肉體」**（251），那麼善惡業報也驅使他女兒歷經人世的浮沉，直到清與梅母女倆成爲安抵美國的難民。清身爲母親，所作所爲都是爲了防止梅知曉家族悲劇的眞相，逃避家庭的惡業，接受可能的善業。如同遺書中所言：**「如何盡力愛你、保護妳，使你免受業報，因為業報就像在我們生命的邪惡黑暗中叛變的細胞般，不斷分裂增殖。我不斷想著如何才能在如塵埃般遍布於我們生命的動亂中，點燃一支希望的火炬」**（229）。顯然母女兩人皆以各自的方式愛著對方。當慈愛的母親發現家族業報的負擔過於沉重，就選擇犧牲自己的生命，讓女兒得以自由自在。

六、連結過去、現在、未來的橋樑

高蘭在與紐頓（Pauline T. Newton）的訪談中指出，自己「一向對橋感興趣得多〔相對於固定的立足點〕」，而且「不論身在何方，更感興趣於製造連結」（Newton, “Different” 176）。她對橋的興趣表現於《猴橋》中。敘事者一開始並非從家人或越南人那裡得知關於猴橋和她家族的故事，而是從麥可叔叔這位由她外祖父拯救、進而與她父母結交的前美國大兵。基本上，與梅的家族直接相關的猴橋故事有兩個。根據麥可的說法，猴橋是「一排排細長的天橋，高懸在網狀的運河上三十公尺左右，像是熱帶的威尼斯。村民稱之爲

『猴橋』，因爲這橋是根細細的竹竿，不比一個成人的腳掌寬，以藤蔓和水筆仔的根綁在一起。一邊綁了扶手，這樣至少你能像猴子般扶著前進」（Cao, *Monkey* 109）。依照麥可的說法，「只有最大膽、最靈巧的人，才會想到使用這個稱作橋的虛懸物」（110）。然而梅的父親正是在此首度與她母親相遇，她當時看起來像個「身著『白色寬褲的幽靈』，……異常輕盈地飄過橋」（110）。換言之，就在這猴橋上，這對背景迴異的男女初次相遇，彼此吸引（179）。相對於這橋浪漫、脫俗的一面，它也有傳奇、英勇的一面。當麥可的特遣部隊遭遇危險時，關爸爸越過猴橋，把他們安全帶出地雷區。因此猴橋除了是特異的天橋之外，也是聯繫與相會之處——猴橋連結了兩岸，梅的父母在此初次相遇，關爸爸也藉由它解救了麥可。

梅的父母在猴橋上的相遇將他們連結在一起，這對清來說「**永遠改變了我的命運**」（180）。後來在婚禮當天，清才意外發現關爸爸、她母親與康地主之間的秘密。這發現啓動了一連串揪心的事件，從此不斷縈繞心頭，困擾不已。另一方面，關爸爸與麥可的相遇也顯示出命運的神秘難測：正由於救了他的美國敵人，關爸爸也一併救了她的女兒和外孫女。關爸爸的正確與錯誤之舉，在不知不覺間永遠改變了清與梅的命運。

由於親眼目睹關爸爸謀殺康地主，清把恐懼和罪惡感從舊世界帶到新世界。她說：「**我害怕我們那充滿罪惡、報復和謀殺的家族歷史，也怕它會在我們孩子的生命中留下痕跡；它扯穿了一個世代，又撕裂了下一代**」（252）。這多少說明了小說伊始引自艾略特《荒原》的題詞：

（來吧，走進這紅岩石的陰影下），
而我要讓你看的東西既不同於
早晨時在你身後昂首闊步的陰影

也不同於黃昏時起身與你相迎的陰影；
我要讓你在一掬塵土中看見恐懼。

當這五行詩抽離原詩的脈絡而重置於《猴橋》的脈絡時，其恐懼與陰影的絃外之音連結了過去與未來。人究竟要如何面對週遭的恐懼與陰影？其實，人對於過去與未來的恐懼與陰影，取決於他們面對現在的態度。換言之，過去、現在與未來無法分割。這就是清從自己的痛苦經驗中學來的教訓：「**業報正是如此，一直存在，就像關爸爸的執念般持續不斷，就像我們對時間的觀念般無可分割。你瞧，我們的真實同時存在於過去、現在與未來**」（252）。

既作之事，無論好壞對錯，便已存在，無法取消，也各有其後果。然而雖然無法逃避後果，卻總存在著更新與轉化的機會。因此必須發掘過去，與之協商——這不只是爲了過去本身，也是爲了現在與未來。這也就是爲什麼巴納瑞恩把這故事解讀爲「一個移民的精神探索，追究自己的身世，希望能與過去和現在和解，並能得到未來的解脫」（Banerian 693）。因此，清沉思觀照並寫下自己身爲女兒／妻子／母親的個人創傷，以及家族和國家的集體創傷。她心目中不僅帶著「**道德責任與義務**」，也帶著母愛、「**懺悔與贖罪**」（Cao, *Monkey* 56）。藉由坦然面對自己的過去與現在，清希望爲女兒在新世界引進一個更美好、不受牽累的未來。[21]

當高蘭被問到猴橋的象徵意義時，她答道：「在象徵層面上，我想要討論跨越與橋樑，而對我來說，在象徵層面上，這故事其實是關於荒原……」她接著解釋這個荒原的本質以及和解的可能：「這個特殊案例中的荒原，來自一場悲慘、殘暴的戰爭，但人們終究會

21 在與賴登（Jacki Lyden）的訪談中，高蘭對於本書的題詞及其意義有如下的說法：「不管發生何事，不管個人承接的荒原如何……最終總會有和解的希望。而這希望其實存在於第二代身上……。第二代重新開始」（Cao, “All”）。

從那荒原跨入某個領域，而那很可能是一個和解與和平的心靈或心理領域。所以這是從戰爭到和平的行動」(Cinader 80)。

因此，猴橋除了連結兩岸並象徵「從戰爭到和平的行動」之外，也連結了男人和女人，自我和他者，朋友和仇敵，以及過去、現在和未來。虛懸於空中的猴橋有如一條渠道，各種差異和區隔都能透過它來溝通、跨越、連結，尤其當移民努力試圖在舊世界與新世界之間找到微妙的平衡點時更是如此。身為有過去「包袱」的移民，高蘭說自己「看一個事件……幾乎都是同時透過兩種不同的文化透鏡」，因為「過去和現在同時出現在我眼前」(Newton, "Different" 174)。高蘭在接受《書女》(*Bookgrrl*) 訪談時，對於《猴橋》有如下的說法：「整體而言，這本書的感性是個人的演化，從戰爭的荒原(因而以艾略特的詩句為題詞) 走向和平的空間，不管就身體或隱喻上都是由一個邊界走到另一個邊界，從移民到成為美國人」(Cao, "Crossing" 2)。

清和梅兩人都經歷了流亡者的命運，根據薩依德 (Edward W. Said) 的說法，這種命運「想像起來出奇地吸引人，但體驗起來卻很可怖」(Said, "Reflections" 173)。薩依德以二戰時從納粹統治下的歐洲逃出的著名猶太裔知識分子奧爾巴赫 (Erich Auerbach) 為例，主張正是因為寫作的可能，使得他免於「淪為具體的流亡危險的受害者：喪失文本、傳統、持續，這些構成文化網絡的要素」(Said, "Introduction" 6)。意義深遠的是，正是透過清的書寫，才保存並揭露了有關她的傷疤／創傷的眞相，其女也不再受制於對關爸爸和想像的家族史的執念。進一步說，正是透過像《猴橋》這類的作品，才提供了關於「**那場**戰爭」的另類版本與看法，賦予重塑自我的機會。[22] 在與母校曼荷蓮學院的人進行訪談時，以優等成績畢業的高

---

[22] 高蘭在與賴登的訪談中指出：「整個國家試著要遺忘那場戰爭，但我們卻提醒」

蘭表達了自己對寫作的感受與著迷：「透過寫作，我……發現，注視我們的人生是多麼令人振奮的事，我們所見、所經歷的人生，現在與過去，在我們的想像中重新形塑。我發覺重新想像、虛構一個事件，讓我能夠誠實地、不受限制地剖析它，因而使它成為一個很有感受的經驗」（Cao, "Interview" 2）。藉著跨越這些文字之橋，人們得以明瞭隱藏與壓抑了什麼。隨著這種新的知見與體悟，嶄新的現在與未來將會出現，帶來更美好的希望與期盼。

引用書目

Banerian, James. Rev. of *Monkey Bridge*, by Lan Cao. *World Literature Today* 72.3 (1998): 692-93.

Bhabha, Homi K. *The Location of Culture*. London and New York: Routledge, 1994.

Cao, Lan. "All Things Considered." Interview with Jacki Lyden. 20 July 1997. Academic Research Library. ProQuest. Web. 4 Mar. 2010. <http://proquest.umi.com/pqdweb?did=388415851&sid=6&Fmt=3&clientId=28610&RQT=309&VName=PQD>

---. "Crossing Bridges: Bookgrrl Interviews Lan Cao." Interview with Susan Geller Ettenheim. Bookgrrl. 2001. 1 Sept. 2003. <http://www.cybergrrl.com/fun/bookgrrl/art373>

---. Facebook message to the author. 31 Dec. 2018.

---. "Interview with Lan." 2 Sept. 2003. <http://www.myholyoke.edu/acad/

（Cao, "All"）。因此，《猴橋》含蓄地要求美國人以不同的視野來面對這個不光采的過去，特別是這場造成「美國巨大的心理傷痕的戰爭」（Cinader 80）。

programs/wcl/leadership/women/advocates/restricted/alum9.shtml>
---. *Monkey Bridge*. New York: Penguin, 1997.
---. "Vietnam Wasn't Just an American War." *The New York Times*. 22 Mar. 2018. <https://nyti.ms/2G07IUD>
Cao, Lan, and Himilce Novas. *Everything You Need to Know about Asian-American History*. New York: Plume, 1996.
Christopher, Renny. *The Viet Nam War/The American War: Images and Representations in Euro-American and Vietnamese Exile Narratives*. Amherst: U of Massachusetts P, 1995.
Cinader, Martha. "Lan Cao—Nov. 1997." *American Authors Unplugged*. N.P.: Cinasphere, 2017. 77-87.
Cowart, David. "Assimilation and Adolescence: Jamaica Kincaid's *Lucy* and Lan Cao's *Monkey Bridge*." *Trailing Clouds: Immigrant Fiction in Contemporary America*. Ithaca, NY: Cornell UP, 2006. 138-59.
Dunning, Bruce B. "Vietnamese in America: The Adaptation of the 1975-1979 Arrivals." *Refugees as Immigrants: Cambodians, Laotians, and Vietnamese in America*. Ed. David W. Haines. Totowa, NJ: Rowman & Littlefield, 1989. 55-85.
Duong, Ian. Rev. of *Monkey Bridge*, by Lan Cao. *Journal of Asian American Studies* 3.3 (2000): 376-78.
Janette, Michele. "Guerrilla Irony in Lan Cao's *Monkey Bridge*." *Contemporary Literature* 42.1 (2001): 50-77.
---. "Vietnamese American Literature in English, 1963-1994." *Amerasia Journal* 29.1 (2003): 267-86.
Kakutani, Michiko. "The American Dream with a Vietnamese Twist." *New York Times* 19 Aug. 1997: C13.
Kossoff, Mirinda J. "Visiting Law Professor Lan Cao's Vietnam Memories Turned into Praised Work of Fiction." 1 Sept. 2003. <http://www.bowiestate.edu/academics/english/Freshcomp/lcarticle.htm>

Leong, Russell C. "Forty-ninth Day." *Amerasia Journal* 28.3 (2002): xx-xxi.

Lim, Shirley Geok-lin. "Asian American Literature: Leavening the Mosaic." *U.S. Society & Values* 5.1 (2000): 18-22.

Newton, Pauline T. "Attacking Immigration 'Drunken Monkey Style' in Lan Cao's *Monkey Bridge*." *Transcultural Women of Late-Twentieth-Century U.S. American Literature: First-Generation Migrants from Islands and Peninsulas*. Burlington, VT: Ashgate, 2005. 127-46.

---. "'Different Cultural Lenses': An Interview with Lan Cao." *Transcultural Women of Late-Twentieth-Century U.S. American Literature: First-Generation Migrants from Islands and Peninsulas*. Burlington, VT: Ashgate, 2005. 173-83.

Said, Edward W. "Introduction: Secular Criticism." *The World, the Text, and the Critic*. Cambridge, MA: Harvard UP, 1983. 1-30.

---. "Reflections on Exile." *Reflections on Exile and Other Essays*. Cambridge, MA: Harvard UP, 2000. 173-86.

Steinberg, Sybil S. Rev. of *Monkey Bridge*, by Lan Cao. *Publishers Weekly* 244.21 (26 May 1997): 64.

Tan, Amy. *The Joy Luck Club*. New York: G. P. Putnam's Sons, 1989.

Tran, Qui-Phiet. "Contemporary Vietnamese American Feminine Writing: Exile and Home." *Amerasia Journal* 19.3 (1993): 71-83.

---. "From Isolation to Integration: Vietnamese Americans in Tran Dieu Hang's Fiction." *Reading the Literatures of Asian America*. Ed. Shirley Geok-lin Lim and Amy Ling. Philadelphia: Temple UP, 1992. 271-84.

Truong, Monique T. D. "The Emergence of Voices: Vietnamese American Literature 1975-1900 [1990]." *Amerasia Journal* 19.3 (1993): 27-50.

---. "Vietnamese American Literature." *An Interethnic Companion to Asian American Literature*. Ed. King-Kok Cheung. Cambridge and New York: Cambridge UP, 1997. 219-46.

Tuon, Bunkong. "'An Outsider with Inside Information': The 1.5 Generation in

Lan Cao's *Monkey Bridge*." *Postcolonial Text* 7.1 (2012). <www.postcolonial.org/index.php/pct/article/viewFile/1114/1291>

Võ, Linda Trinh. "Vietnamese American Trajectories: Dimensions of Diaspora." *Amerasia Journal* 29.1 (2003): ix-xviii.

Vu, Chi. "The 1.5 Generation Vietnamese-American Writer as Post-colonial Translator." *Kunapipi* 32.1 (2010): 130-46. <http://ro.uow.edu.au/kunapipi/vol32/iss1/13>

Wong, Sau-ling Cynthia（黃秀玲）. *Reading Asian American Literature: From Necessity to Extravagance*. Princeton, NJ: Princeton UP, 1993.

說故事·創新生：析論湯亭亭的《第五和平書》

> 說故事非常有魅力。糾纏我們記憶的不僅是影像與文字，而是在影像與文字背後的實際經驗世界。
>
> ——凱博文，《道德的重量》
>
> （Arthur Kleinman, *What Really Matters*）

> 一個女人若要寫一部和平書，就得先領會何謂摧殘。
>
> ——湯亭亭，《第五和平書》
>
> （Maxine Hong Kingston, *The Fifth Book of Peace*）

> 和平不只是沒有暴力，和平是培養理解力、領悟力和慈悲心，並結合行動。
>
> ——一行禪師，《耕一畦和平的淨土》
>
> （Thich Nhat Hanh, *Creating True Peace*）

一、令人不知所措的文本

湯亭亭的《第五和平書》自 2003 年出版至今已十餘載，但美國書市和學界的反應相對冷淡。她先前的作品甚爲風光，獲得不少美國文壇大獎，如成名作《女勇士》（*The Woman Warrior*, 1976）得到

1976 年美國國家書評圈獎（the National Book Critics Circle Award），《金山勇士》（*China Men*, 1980〔又譯《中國佬》〕）獲得 1981 年美國國家書獎（the National Book Award）及美國國家書評圈獎，《猴行者：他的僞書》（*Tripmaster Monkey: His Fake Book*, 1989）獲得 1990 年美國筆會文學獎（the PEN USA Literary Award）。相形之下，《第五和平書》顯得格外落寞。查詢現代語言學會國際書目（MLA International Bibliography）資料庫就會發現，截至 2010 年 11 月有關該書的資料只有七筆，相較於《女勇士》的兩百九十二筆，《金山勇士》的九十六筆和《猴行者》的六十七筆，差距不可以道里計。[1] 一般報章雜誌上的書評也少之又少，迥異於先前幾本書的盛況。

為什麼會出現如此懸殊的落差？筆者認爲主要原因之一在於批評家或書評者不知如何處理這部龐雜、甚至有些怪異的文本。再者，作者期望透過書寫促使讀者面對、逼視近代美國的集體創傷、病徵（尤其是越戰），並探尋可能的解決之道，但這種作法卻與讀者大眾對湯亭亭的想像與期盼相距甚遠。最明顯的例子就是該書出版後不久舒曼（Polly Shulman）發表於《紐約時報》上的書評。她指出全書是個「奇怪、傷痕累累的東西，由碎片串成，帶有煙燻和焦灼味」，「作者未能統整全書」，「理念與抽象使故事模糊不清」，人物不眞實，充斥著過度的、不實的、牽強的烏托邦式想法

---

1 相關的七筆資料中，一爲在中國大陸出版的九頁專書論文，一爲美國的博士論文（湯亭亭是其中探討的三位亞美作家之一），一爲土耳其出版的十二頁期刊論文（討論的是湯亭亭的三本著作《女勇士》、《金山勇士》與《第五和平書》），一爲德國出版的十七頁專書論文，一爲筆者在臺灣出版的三十七頁中文期刊論文，二爲美國的期刊論文（筆者爲其一），相較於美國學界的出版，可謂相當邊緣。此外，這個資料庫雖然號稱「國際」，但由本文的引用資料便知，遺漏了如佐藤桂兒（Gayle Sato）這般美國之外的相關英文資料，遑論其他語文的論述。2019 年 2 月重查資料庫之結果爲：《第五和平書》二十二筆，《女勇士》三百七十八筆，《金山勇士》一百二十三筆，《猴行者》八十筆。佐藤的論文也已納入。

（utopianism）……她在結論時甚至說：「對我來說，這種對於快樂結局的需要絕非和平的。彷彿湯亭亭遭到很大的打擊——大火？戰爭？喪失雙親？……——以致無法面對更多的痛苦。我希望這本書能讓她度過消毒和快樂化的需要，然後也許她會回到以往那般勇敢訴說的更悲傷、尖銳、深沉的故事」（Shulman）。言下之意是：湯亭亭接連遭逢個人、家庭和國家的鉅變——書稿和住宅燬於大火，父母相繼去世，美國入侵伊拉克——飽受打擊，無法如以往般勇敢面對種種痛苦，以致寫出這部相形見絀、令人大失所望的作品。這種說法遭到資深亞美批評家聖・璜（E. San Juan, Jr.）嚴厲批評，認爲這類書評者無法理解該書「構造的形貌」（"architectonic shape"）或欣賞作者成就的新奇之處（"novelty"）。他甚至憤憤不平地說：「對這些受制於習慣的書評者，我們還有什麼好期待的？」（San Juan, "Dialectics" 186）。

的確，湯亭亭以往作品的呈現方式也有其龐雜、多音、怪異、費解之處。如果讀者和書評家不健忘的話，應該還記得湯亭亭的《女勇士》、《金山勇士》和《猴行者》都曾經造成出版社、讀者與論者不少困擾，以致出版社把前兩本書歸類爲「傳記」，有些評論者則爲三本書冠上「後現代」一詞，彷彿如此一來便可解釋或解決問題。然而這些著作往往因爲其中的陌生、奇異及族裔成分，反倒更吸引人閱讀，試圖一探究竟。[2] 在結構上，相較於《女勇士》的五章以及《金山勇士》中的六長章和十二短章，《第五和平書》長短不一的〈火〉、〈紙〉、〈水〉、〈地〉四章和僅有四頁的〈尾聲〉其實並不見得更支離零散；在主題上，儘管書中有虛構也有紀實，但都緊

2 如佐藤便指出，「湯亭亭的六本書之特色在於顚覆傳統定義下小說與自傳的界線，並以華裔美國歷史的對反記憶（counter-memories）針對宰制的美國國家認同敘述提出多元文化的、女性主義的批判」（Sato 115）。如此看來，顯然批評家對於作者在各書中所呈現的顚覆與批判之接受程度有所不同。

扣著作者長久關懷的「和平」議題，並且落實於具體的行動；在手法上，全書主要以紀實的方式來呈現湯亭亭自《猴行者》出版後的人生遭遇，也不乏對生命境界的陳述與省思。[3] 質言之，四章中除了第三章試圖重構燬於大火中的長篇小說之外，其餘皆爲作者的生命實錄，原因在於「火災之後，我無法再進入虛構／小說」（Kingston, *Fifth* 61），體悟到「虛構／小說解決不了的事情，必須在人生／生命中處理」（"Things that fiction can't solve must be worked out in life," 241），結果反而獲得另一種「自由——如寫日記般，沒有形式、沒有藝術、不是好英文都無妨」（"Freedom—to write diarylike, okay to be formless, no art, no good English," 62）。這種自由在湯亭亭心目中已經超越了形式、藝術、語言的要求，不再斤斤計較於虛構／小說的技巧，轉而正視人生，直書生命，藉書寫來挖掘並探尋人生／生命的深邃與幽渺。[4] 因此，與湯亭亭其他作品相較，《第五和平書》就寫作的背景、動機、過程、藝術和形式（或者該說「沒有藝術」、「沒有形式」），以及最後的成果來看，都稱得上是她最具自傳性、

---

[3] 游班克思（David B. Eubanks）則認爲此處「生命書寫者不僅以後設評論和小說來補充明顯的歷史敘述，而且所留下來的文本既不假定權威的主宰敘述之幻相，也不假定放棄該敘述之愉悅」（". . . the life writer not only supplements ostensibly historical narratives with metacommentary and fiction but also leaves a text that posits neither the fantasy of an authoritative master narrative nor the *jouissance* of having abandoned the same," Eubanks 6）。爲了協助讀者，《第五和平書》的目錄在各章之下附了一至三行的摘要，這也是湯亭亭的作品中前所未見的。

[4] 正如她告訴奚蒙絲（Diane Simmons）的，燬於火災的著作是虛構／小說，「但火災後我要爲個人的自我寫作。我要直接寫我的所思所感。我不要想像虛構的人物。我要寫我自己。我要像自己兒時那樣寫作，也就是說出我最深沉的感情和思想，以個人的方式表達，而不是爲了大眾的消費。甚至不是讓其他人閱讀，而是讓自己閱讀，來自我表達」（Simmons 163）。這種深入自我內心的探索、剖析與表白，以及不著重虛構人物、不在意大眾消費的寫作取向，部分說明了爲什麼這本書相對地受到冷落。

最內省、最如實面對自我與人生／生命之作。[5]

湯亭亭在接受施樂德（Eric J. Schroeder）訪問時曾以創傷後壓力症候群（post-traumatic stress disorder，簡稱 PTSD）來形容火災後的自己，表示自己甚至有一段時間無法集中注意力、閱讀或寫作（Schroeder 222）。她也提到，重新提筆時僅能回到兒時的書寫方式，只寫自己的感覺，滿紙的「我」，記不得多久之後才能開始寫別人、寫小說，於是便把這些全放入書中（223）。她在此書尚未出版前曾把它描述爲「非小說 小說 非小說的三明治」（a "nonfiction fiction nonfiction sandwich," 223），2004 年於上海演講時則說此書「以我的新形式寫成。有趣的是，看看批評家能想出什麼來？邊界的觀念是什麼？因爲這本書中有小說，有非小說，有詩，而它不是混合，不是綜合」（Kingston, "What" 377）。

在筆者看來，《第五和平書》對讀者和批評家的挑戰不僅在於形式與類別的異質、紛雜、曖昧，[6] 而且與先前書評家的惡評正好相反，更在於所處理的是比她以往任何作品都更「勇敢訴說」的、「更

5 對於此點，審查人之一表示，「或許〔湯亭亭的作品中〕何者更趨近自傳並非要旨，只是相對而言，撰寫《第五和平書》的湯亭亭，對自我的遭遇、全人類的關懷，展現更深切的智慧及超越本我侷限的寬廣胸懷。」本文第二節以脈絡化的觀點來討論湯亭亭作品中的一貫主題「和平」，至於第三節「火祭與蛻變」和第四節「以正念面對創傷，以書寫締造和平」正是著眼於《第五和平書》中逼視自我、超越自我局限的努力。而湯亭亭選擇以「自我－生命－書寫」（即英文「自傳」〔"auto-bio-graphy"〕一詞的字義 "self-life-writing"）的方式來撰寫此書，重要原因之一也在於此。

6 聖・瓚把它形容爲「這個混雜、拼貼式的伎倆」（"this hybrid, collage-like artifice," San Juan, "Fifth" 197）；林玉玲（Shirley Geok-lin Lim）則指出此書結合了「回憶錄、日記、札記和小說」，可歸類爲「雜集」（"mélange"）（Lim, "Sino/Anglophone" 4），呈現出「文類混雜」（"the genre-hybridization," 7）。林玉玲在與湯亭亭的訪談中，也當面指出此書爲「混合文類之作或創作的非小說／虛構」（"a mixed genre work or creative nonfiction"）（Lim, "Reading" 160）。

悲傷、尖銳、深沉的故事」，並帶入了更寬闊、群體、現實、悲憫的面向。因此，本文擬從「生命書寫」（life writing）的角度切入，討論這部遭人冷落，甚至感到有些徬徨無措、不知如何面對的作品。

二、脈絡化與整體觀照

筆者認爲在討論《第五和平書》時宜將視野擴大，將此書置於湯亭亭的寫作脈絡與生命軌跡中，予以整體的觀照。其實，任何作品都是作者不同生命階段的呈現與成果，各有其意義，弱勢作家尤其如此。就湯亭亭而言，出道之作《女勇士》是以華裔美國女子的身分，運用書寫來反抗美國社會的種族歧視以及中、美父權體制的性別歧視；與該書同時撰寫的《金山勇士》試圖爲在美國歷史上銷聲匿跡的華裔美國男子重新認據（reclaim）應有的歷史地位，建立其英勇的群像；長篇小說《猴行者》則描寫成長於 1960 年代美國北加州的華裔文藝青年，如何藉由戲劇創作來建立自己的族裔歸屬與文化認同。[7]《猴行者》出版後，湯亭亭積極構思第二部長篇小說，作爲續集。然而，1991 年 10 月北加州天乾物燥，導致柏克萊─奧克蘭山區大火，外出祭父的湯亭亭在開車歸途中從收音機聽到火災訊息，急忙趕回，卻只能站在警方封鎖線外，眼睁睁看著全部家當付之一炬，包括自己嘔心瀝血重寫好的一百五十六頁書稿（"156 good, rewritten pages," *Fifth* 61）悉數化爲純白的灰燼（34）。

---

[7] 2002 年出版的哈佛大學系列演講集《成爲詩人》（*To Be the Poet*）是湯亭亭作品中的異數，表達了以小說創作爲主的她對詩人的嚮往，以及寫詩的努力，其中對於詩與詩人有不少浪漫之思與揄揚之詞，但也不妨視爲她在多年小說創作之後嘗試另闢蹊徑。至於有心了解湯亭亭在夏威夷生活點滴的人，可閱讀她的散文集《夏威夷一夏》（*Hawai'i One Summer*, 1987）。

《第五和平書》開頭就是描寫湯亭亭一路匆忙趕回家的情景，充滿了動感、焦灼與緊張，彷彿帶領讀者一齊奔馳，並由此開展出屋燬文亡的創慟，以及其後的生命轉折。〈火〉、〈紙〉、〈水〉、〈地〉四章之名多少讓人聯想到佛教的四大（地、水、火、風）或中國的五行（木、火、土、金、水）。[8] 第一章〈火〉描寫柏克萊—奧克蘭遭逢大火，焚燬了她的房舍、財物和書稿，使得她的全部家當頓時煙消雲散，並帶走了二十五條人命，造成數千人無家可歸。第二章〈紙〉敘述她在七次中國大陸、香港、臺灣之行中，到處尋訪傳說中的三本和平書之經過。第三章〈水〉重寫燬於大火中的長篇小說稿《第四和平書》（*The Fourth Book of Peace*），由於該稿係接續《猴行者》之作，因此〈水〉也可稱爲續篇的續篇。第四章〈地〉則記述湯亭亭如何自 1993 年 6 月以來帶領退伍軍人寫作坊（the Veterans Writing Workshop），成員先後約五百人（Kingston, "Introduction" 2），以文學創作與佛法來協助這群在戰爭中受創的人。四頁的〈尾聲〉描寫九一一之後的美國處境，以及這群嚮往和平的人如何將理念化爲行動，在非暴力示威中遭到警方逮捕。全書以對和平與創新的期盼告終。嚴格說來，這些篇章之間的關聯並不緊密，有些「各自爲政」，但不管是就此書、湯亭亭的創作脈絡或她的生命歷程而言，都可在其中找到一以貫之的主題：和平。

上述說法對《第五和平書》而言是不證自明的，因爲書名就標示了「和平」（有個版本的封面甚至用上這兩個漢字）。然而若將視野擴及湯亭亭其他作品，並參照她的個人經歷與創作脈絡，便會發

8 筆者在 2008 年 3 月訪談湯亭亭時，詢問這些章名是否與四大或五行有關，她簡短答道：「是的，我當時是想到這些元素，也想到小孩子玩的遊戲：剪刀、石頭、紙」（Shan 55），但並未申論。審查人之一則指出：「中國的五行爲『金木水火土』，若將『紙』與『木』相比，那《第五和平書》獨缺〈金〉一章。對一本宣揚『和平』要義的作品而言，刪去象徵戰爭與武器的『金』，是否有其深意？」此提問值得深思，答案可能見仁見智。

現「和平」一直是她生命與創作的主軸。如《女勇士》雖以「戰士」（warrior）爲名，強調的則是女性英勇、奮鬥的一面，所要抗爭的其實是對華裔女子的性別歧視與種族歧視。《金山勇士》則要抗爭對華裔男子的種族歧視與歷史輕忽。因此，該二書主要是從族裔的角度發出不平之鳴，因爲唯有剷除外在的不平之象與內在的不平之氣後，才有可能獲致眞正的和平。類似情況也出現在《猴行者》中，男主角阿辛（Wittman Ah Sing）是北加州的亞裔文藝青年，內心充滿了挫折、怨懟、憤怒與不平，試圖藉由結合亞裔文學傳統的劇作與演出，宣洩多年的積鬱。也就是說，這些作品呈現的是在長久多重歧視下的不平之鳴，並以其作爲創作的素材與動力，化消極被動爲積極主動，從長年銷聲匿跡、被宰制者的弱勢族裔狀態，轉而現身、高聲疾呼，將久積的塊壘化爲創作的基石，層層疊疊搭建出文字的城堡。簡言之，先前這些爲批評家及讀者稱頌的書，所展現的是作者爲美國弱勢族裔發聲、「平反」、「從不平到和平」的努力。

至於燬於大火的《第四和平書》則是《猴行者》的續集，描述阿辛和妻子譚孃（Taña）帶著兒子馬力歐（Mario）離開美洲大陸，原本計畫前往日本，途中卻於夏威夷停留，以及在那裡的生活情況。由於《第四和平書》的書稿早已化爲灰燼，渺不可得，重創下的湯亭亭不得不勉力重新創作，成果即爲《第五和平書》中的〈水〉。該章第一句直言「當和平示威者變得暴力，鴿派和鷹派使用同樣的戰術……這時阿辛和譚孃決心離開美國」，並把動用國民兵鎭壓、開火的雷根（Ronald Reagan）州長轉化爲陽剛、暴戾的“Ray Gun”（意譯爲「雷射槍」，*Fifth* 65），顯示夫妻二人之所以攜子出走是爲了逃離暴力的美國，遠走異地，尋找安身之處，這種情景有如《夏威夷一夏》中〈戰爭〉一文所寫的：「1967 年，厄爾〔Earll，湯亭亭的丈夫〕和我帶著我們的兒子，由於對戰爭的絕望而離開柏克萊」（*Hawai'i* 15）。書名和其他紀實的三章更凸顯了和平的主題。

葛萊絲（Helena Grice）曾表示，儘管湯亭亭的書中經常提到戰爭，如鴉片戰爭、中日戰爭、二次大戰、韓戰、越戰（還應加上波斯灣戰爭與伊拉克戰爭），「其實這只反映了她在面對整個政治議題時，有心探索和平行動主義（peaceful activism）所有的可能途徑，而在這些政治議題中，戰爭、種族歧視、性別不平等、暴力只是其中最明顯的」（Grice 14）。對葛萊絲而言，湯亭亭的「每一部作品多多少少都以和平主義爲主題」（14），而且她「長期關切和平主義」（115）。類似看法也見於佐藤：「將湯亭亭的作品整體觀之〔作爲敘事的重演（narrative reenactment）〕，凸顯了它和平主義的軌跡，而且和平主義是湯亭亭作品中互文性的一種形式」（". . . pacifism is a form of intertextuality in Kingston's writings," Sato 116）。其實，張敬珏（King-Kok Cheung）在 1990 年的論文中便提到，「湯亭亭對於和平主義的投入——透過將古老的『英雄的』材料加以重新省視、重新脈絡化」，不僅出現於她早先的作品中，「在近作《猴行者》中更爲明顯」（Cheung 243）。林澗（Jennie Wang）也指出，湯亭亭給她的 2004 年演講題目爲「五本和平書」（"Five Books of Peace," Wang 373〔不含《夏威夷一夏》〕），可見她對自己作品的基本定位。而底下的說法更表達出她在創作《第五和平書》時的視野與胸懷：「我認爲我能整合東西方的唯一方式，就是思索全球政治或全球締造和平任務（global peace-making mission），因此我現在所從事的涉及：你如何在世界上締造和平？你如何停止戰爭？你如何寫一本和平書？……在我眼中，自己所寫的是《奧狄賽》（*Odyssey*）的對位之作（counterpoint）。那本書所寫的人類意識是關於在戰爭中找到英雄主義。而我要如何寫女勇士？和平勇士？」（Simmons 164）。凡此種種不僅證明「和平」的確是湯亭亭念茲在茲的主題，相當程度地反映了林玉玲與湯亭亭的「回顧訪談」（"retrospective interview"）中所強調的「作者的整體」（"an authorial totality"）（Lim, "Reading"

157），而且表現出她有心「透過藝術的和平途徑來改變世界」（Perry 168）。[9]

三、火祭與蛻變

湯亭亭繼《猴行者》之後的另一部心血之作竟然付之一炬，對任何作家都是非常沉重的打擊。重寫之後的〈水〉共計一百七十三頁，比原先燒燬的文稿更長，但已非原貌，其差異不僅讀者無從得知，即使作者本人恐怕也難以分曉。重寫稿不單獨出版，卻納入另一本書中，可見在作者心目中此一虛構／重寫的一章與其他部分已共同形成其生命之書寫，並有著虛實相間且再現重寫成果的效應。

對於湯亭亭而言，這場突如其來的大火有如火祭一般。她在驚魂甫定及傷慟之餘也不免追問為何會遭此鉅變。她雖然知道「野火和及時雨一樣同屬正常現象。這場火肇因於五年的乾旱」（Kingston, *Fifth* 9），[10] 然而這類理性、科學式的分析並無法滿足當時連遭喪父之慟和大火之災等人倫與自然雙重磨難的她。因此，她所找到的理由之一是過世剛滿月的父親覺得家人焚燒祭拜的供品不足，怒火中燒，以致引發這場大火，要女兒以全部的家當、房舍和心血來獻

---

[9] 本文宣讀於 2007 年 10 月中央研究院歐美研究所主辦的生命書寫研討會。巧合的是，林玉玲同年 12 月於哈佛大學宣讀的論文“Sino/Anglophone Literature, Maxine Hong Kingston and Peace Writing”中，也指出湯亭亭所「再現的和平想像（imaginary of Peace）是重寫三部先前的中國和平書」（4），而其「全部作品的中心主題是和平計畫（the project of peace）」（6）。

[10] 湯亭亭的作家朋友史耐德（Gary Snyder）在 2007 年出版的文集中則更深入觀察，指出自己以往曾擔任森林瞭望員，致力於監控防範火災，但晚近逐漸發現，其實從生態（而非人類中心）的觀點來看，加州的大火是自然界的正常現象，適足以提醒人類在大自然之前要謙卑，體認無常（Snyder 3-8）。

祭（14）。以傳統中國觀點來解釋大難的作法也見於母親英蘭（Brave Orchid），只是完全換了一個角度，轉為正面的說法：若非父親英靈冥冥之中庇佑，讓湯亭亭回出生地斯德頓（Stockton）祭奠亡父，否則以她閱讀、寫作之專心，必然無法警覺到起火，勢必與其他二十五人同樣葬身於延燒三天的燎原大火中（24）。因此，在湯亭亭面臨生命的關卡時，樂觀、勇敢、堅韌的英蘭再度扮演重要的角色，提醒她中國文化長久以來「禍福相倚」、「知足安分」、「留得青山在，不怕沒柴燒」的道理。經由母親這番開導（「爸爸救了你的命」），作者終能轉換看法：「那才是看待父親的正確方式，不是美國人的父神，陰魂不散地跟著子女，因為憤怒而燒東西，而是爸爸以他的葬禮來救我的命」（24）。[11]

然而，此一火祭更大的意義在於形成湯亭亭轉化及蛻變的契機。的確，重寫固然多花了十年左右的工夫，而且完成的也非原先之書，但更深遠的影響則是個人生命之書因而展開了新頁，正如她在《第五和平書》第一句開宗明義指出：「一個女人若要寫一部和平書，就得先領會何謂摧殘」（"If a woman is going to write a Book of Peace, it is given her to know devastation," 3）。[12] 換言之，不能領會何

---

11 姜永朔（Young Sook Jeong，音譯）綜合湯亭亭在此書和《金山勇士》中對父親的描述，認為「在《第五和平書》中，與父親的關係影響到和平與和平主義之女性主義的主題（the main theme of peace and pacifist feminism），以及湯亭亭心目中作家的社會角色」（Jeong 72）。

12 這句話其實來自湯亭亭的貴格會（Quaker）詩人朋友唐普笙（Phyllis Hoge Thompson）與她的電話交談，湯亭亭當場記下這句意義深遠的話，決定當作《第五和平書》的開場白（Kingston, *Fifth* 40）。貴格會一向崇尚和平與非暴力，湯亭亭在書中數度提到此會（128, 130, 287），有時且與佛教徒並稱，也一塊舉辦活動。林玉玲則不僅認為這句話是「經典的矛盾修辭」（"a classic oxymoron"），具有「諺語般的力量」（"proverbial power," "Sino/Anglophone" 10），並具體而微地呈現了全書「敘事的不和諧之張力」（"the tension in the incongruity of the narrative," 11）。

謂摧殘的（女）人是寫不出和平書的。若非親身體驗過摧殘，再好的想像力也難以產生深切的同理心（empathy），傷人之傷，慟人之慟，並進一步以遭受摧殘的體驗來協助他人走出傷慟。正如站在劫後火場的湯亭亭「體悟到爲什麼會有這場火。上帝將伊拉克顯現給我們看。從事殺戮卻拒絕去看我們的所作所爲，這是錯誤的」(13)。她更指出：「因爲拒絕意識到我們所引發的苦難……所以就讓我們目睹自己的城市化爲灰燼。上帝在教導我們，讓我們看到這個類似戰爭的場景」(14)。因此，大火一方面把湯亭亭的一切燒個精光，迫使她歸零，重新開始，另一方面使她深切感受到摧殘之慟，因而連接上更多人的摧殘與苦難，從一己走向群體，藉由寫作與佛法，帶領一群遭受戰火摧殘的人，走出內心的創傷與不平，由原先的戰爭參與者、受害者，轉而成爲和平創造者、書寫者，這種蛻變與轉化顯見於後來她爲退伍軍人寫作坊所主編的文選之名：《戰爭的老兵，和平的老兵》(*Veterans of War, Veterans of Peace*, 2006)。[13] 若將遭逢山火洗禮的湯亭亭喻爲浴火鳳凰，那麼後來的她更致力於協助遭到戰火洗禮的美國退伍軍人轉化成一隻隻傳遞和平訊息的鳳凰。[14]

由一己到社群、由小我到大我的走向，顯見於湯亭亭的言談與文字中。她在與包爾絲（Maggie Ann Bowers）訪談時提到，「我認爲我們能創造出一個和平的世界——我們如何改變世界？首先必須有

[13] 在這本六百多頁的選集正式出版前，湯亭亭於 2006 年 4 月率領寫作坊部分成員前往夏威夷參加當地藝文活動，朗誦作品。出版該書的夏威夷柯亞書店（Koa Books）特地爲此編了一百五十多頁的濃縮版，選錄爲此活動專程前來的老兵之作，書名爲《老兵：反思戰爭與和平》(*Veterans: Reflecting on War and Peace*)，揭示了他們的關懷與反思的性質。

[14] 因此，許綬南（Hsu Shounan）根據巴迪烏（Alain Badiou）有關事件（event）的理論，指出此大火對湯亭亭構成「一重大事件」，並涉及她「探討和平的性質與尋求和平的方法」(Hsu 104)。

和平、社群與愛的觀念……」（Bowers 175）。她在與費雪金（Shelley Fisher Fishkin）訪談時也提到自己有意「化武器爲樂器，一如化劍爲犁」，「我們必須改變人類的意識，而那是邁向改變物質世界的第一步」（Fishkin 160）。湯亭亭在與瑟莎查麗（Neila C. Seshachari）的訪談中更提到，自己雖然長年獨自寫作，但逐漸體認到社群（community）或團體的重要，「必須時時凝聚團體的能量。……有許多事情必須以團體來做，但願我更早就開始這麼做」（Seshachari 199）。至於《第五和平書》的寫作，更是得力於許多人提供資料，因爲湯亭亭在災後的多次演講中告訴聽眾「你們就是我的社群」，並請他們提供協助及資料（Seshachari 199）。因此，湯亭亭在該書中明白表示，「大火的後果也給了我如何寫作此書的方法——與其他人，在社群中」（*Fifth* 40）。[15]

因此，如果說《女勇士》和《金山勇士》以虛實相間、甚至虛實不分的方式再現了自己、家人與族群，《猴行者》以長篇小說的方式呈現出 1960 年代出身的亞裔藝文創作者的處境，那麼《第五和平書》則是在身遭家變、天災、巨慟之後，直接投入並帶領承受（更大）創傷的退伍軍人，以集體的方式來面對並書寫自己的傷慟，反省戰爭與暴力的性質，致力於書寫和平與和平書寫，促使昔日「戰爭的老兵」轉化爲「和平的老兵」。正如一行禪師在《耕一畦和平的淨土》一書中所指出的：「和平不只是沒有暴力，和平是培養理解力、領悟力和慈悲心，並結合行動。和平是正念的修習，對我們的

---

15 這種對於社群的重視也見於書中不時出現的“sangha”一詞。此詞原意爲「集團」或「團體」，並不限於宗教團體，後來則專指佛教的出家眾，尤其是受過比丘戒和比丘尼戒的團體（即「僧伽」或「僧團」），然而也有人用來泛指佛教的僧（出家人）、俗（在家人）二眾。湯亭亭和寫作坊的成員採取的是此詞的廣義解釋，即佛教的修行團體或社群，而她在爲《戰爭的老兵，和平的老兵》所寫的序言中，更是將「工作坊／社群／團體」（“workshop/community/sangha”）三者並提（“Introduction” 2）。

念頭、行爲和行爲的結果保持覺知的修習」(5/14)。[16] 正是由於身爲戰爭的老兵，其見證有著更確切的可信度與更動人的感染力，成爲刻骨銘心的生命書寫。而造成這一切的關鍵就是那場突如其來的火祭。

遭逢大火的湯亭亭在後來的演講中屢屢訴說自己的遭遇，引來許多人的同情與關懷，她並央請大家寄東西、「寄夢」給她，協助她重新書寫，請他們寄「找得到有關於失傳的和平書、庇護的城市、阻止戰爭之術的任何東西」，而「每個人都答應爲我的未來之書寄夢給我」(Kingston, *Fifth* 42)。在寄東西給她的人之中，較特殊的是曾遭戰火蹂躪的退伍軍人。她在〈地〉的第二頁寫道：「因爲我向每個人問和平書的事，我告訴每個人，我失去了正在寫的和平書，曾參與戰爭的退伍軍人開始送給我他們的故事」(243)。當年爲了和平、避戰而選擇遠離美國大陸的湯亭亭，對於這群擺脫不了戰爭陰影而飽受摧殘的人有著一份獨特的感情，再加上她跟從修習佛法的一行禪師也來自昔日烽火連天的越南，尤其關懷美國越戰退伍軍人的遭遇，曾特別爲他們舉辦禪修。湯亭亭在 1996 年接受施樂德訪談時說：

> 我初次動念要舉辦退伍軍人工作坊大約是在六或八年前，當時正參加一行禪師爲參戰的退伍軍人舉行的禪修工作坊。他稱這些工作坊爲「療癒戰爭的傷口」(“Healing the Wounds of War”)。參加者大多是來自美國和越南的越戰退伍軍人。他們齊聚一堂，靜坐，討論。當時我心想，「他們還需要一個成分；他們需要一種藝術，特別是寫作。」因此，在一行禪師所舉辦

[16] 爲了方便讀者，本文中凡是列出兩個頁碼的引文，前者係指原書，後者係指中譯本。

> 的這些禪修活動中，我要求主持一個寫作工作坊。我把寫作納入佛教的一天修行中。幾年後〔火災次年〕華萊士基金會（the Lila Wallace Fund）頒發獎助金給我，問我能不能挑選、執行一個社群計畫（a community project）。我決定自己要做的就是舉辦更多那種寫作工作坊——定期舉行，而且包括所有戰爭中的退伍軍人。（Schroeder 225）

根據湯亭亭的說法，寫作坊的作用便是「讓我們齊聚一堂，想辦法以藝術表達自己的心聲。讓我們從自己置身的這場戰爭中創造出藝術」（Schroeder 226）。這便是退伍軍人寫作坊的緣起，名稱除了先前提到的"the Veterans Writing Workshop"之外，還有"the Veteran Writers Group"、"the Veteran Writers' Workshop"和"the Veterans Writing Sangha"（Kingston, "Introduction" 3），無論哪個名稱，都顯示對退伍軍人、寫作、團體／社群的重視。因此，湯亭亭於 1993 年起以自己專長的寫作與修行，一步步引領著自「地獄門口」[17] 歷劫歸來的戰士，拒絕失憶，勇敢面對昔日的創傷與罪愆，「學習如何以詩和散文來驅逐戰爭的魔鬼」（S. P. Thomas 653），努力尋求轉化並提升自己，重新融入社會與人群，成為和平的老兵，傳達自己從傷慟的經驗中所得到的寶貴教訓。巴巴（Homi K. Bhabha）有關"remembering"與"re-membering"的說法值得我們深思：「回憶絕非平靜的內省或回顧之舉。它是痛苦的重整，把肢解的過去重

[17] 此處指涉的是同為越戰退伍軍人的湯瑪斯之自傳／生命書寫（Claude Anshin Thomas, *At Hell's Gate: A Soldier's Journey from War to Peace*），其書名直譯為《地獄門口：一個軍人從戰爭到和平之旅》，中譯本名為《正念戰役：從軍人到禪師的療癒之旅》。此人曾參與湯亭亭的寫作坊（C. A. Thomas 49/78），接受一行禪師的指導（40-48/66-77），後來在日本曹洞宗的葛萊斯曼（Bernie Glassman，徹玄老師）座下出家（49/79）。

新組合，以了解當前的創傷」（Bhabha 63）。而這些退伍軍人不僅面對過去的痛苦，了解現在的創傷，並期盼致力於未來的和平。正如湯亭亭在《戰爭的老兵，和平的老兵》的〈序言：說眞話，致和平〉（"Introduction: Tell the Truth, and So Make Peace"）中所寫的：「聆聽那些活下來說故事的人，我相信是『說』使他們活著。他們從地獄九死一生，回來警告在家的我們」（1）。換言之，說故事對身爲作家的湯亭亭既是藝術，也發揮許多功能：消極而言，可以保持警醒，對抗消音，拒絕失憶（Skenazy 121）；積極而言，可以表達自我，代言他人，組織團體，傳達經驗，力求「說眞話，致和平」。因此，有批評家指出，這些文本的「題材與組成展現了回憶錄的彈性與包容性，以及透過社群來再現的可能性」，既「運用創傷的結構」，也「重組傳統的因素」，並「強調他者的聲音」，凡此種種都強調了「在社群裡文本創作的創造與和平的可能性」（McDaniel 77）。

四、以正念面對創傷，以書寫締造和平

《第五和平書》中雖未過於流露出湯亭亭有關自己大火之後創傷的情緒性字眼，但從客觀的描述仍可看出作者受創之深（她用的是相當中性的字眼「火災後症候群」〔"post-fire symptoms," *Fifth* 21〕），以及如何尋求自我重建。其實，她尋求和平之舉在大火降臨前便已展開，經此鉅變後更爲殷切，具體方式與步驟大致如下：四處尋訪和平書；親自書寫和平書；由火災中體認到自己與他人所受的摧殘與痛苦；爲自己創造內在的和平與安詳；藉由演講與讀者，尤其是退伍軍人，建立起聯繫；透過寫作坊引領退伍軍人學習書寫與靜心，成爲文字創作者與和平的戰士；協助眾人共同締造和平的契機。

尋訪和平書的歷程可見於她七次走訪中國大陸和臺灣、香港，到處詢問她耳聞的三部和平書的下落，回答各有不同，許多人從未聽說過這些書。得不到圓滿答案的湯亭亭只得繼續求索，直到聽了中國大陸作家王蒙的一席話才讓她茅塞頓開：「你自己想像出來的和平書。既然是你自造出來的，你喜歡什麼就寫什麼。你自己來寫」（Kingston, *Fifth* 52）。因此，她自認「受命於中國前文化部長來寫和平書」，可以「自由」地撰寫（52），而她的「責任就是從無到有地寫出和平書」（53）。[18] 由此可見，她著手的《第四和平書》可說是遍尋不獲之後的「自力救濟」或「自我創作」，有意延續她心目中已在中國失傳的三本和平書。筆者要指出的是，其實不管以往的和平書存不存在，重點是湯亭亭尋求、書寫和平（書）的過程中，所展現的決心和毅力，以及努力的成果。大火使她多年努力撰寫的《第四和平書》燬於一旦，卻也提供了另類的創作方式：不再深鎖於書齋中單人獨寫，而是聚集別有懷抱的傷心人致力於下一本和平書。質言之，大火造成了作者某種程度的創傷後壓力症候群，然而她卻未因此畏懼退縮、自我封閉、自怨自艾、怨天尤人，反而在長久尋求和平的她身上引發了同理心（如對當時在美國轟炸下的伊拉克人和美國本身的退伍軍人），積極投入成立並帶領寫作坊，與退伍軍人同舟共濟，進行集體治療以及書寫治療／治療書寫（writing therapy/therapy writing），化自身的創傷爲協助他人的動能，從而協助療癒、至少是減輕自身和他人的傷慟。

在創傷論述中經常提到兩個特色：延遲（belatedness）與無法理解（incomprehensibility）。如卡露絲在《不被承認的經驗：創傷、敘事與歷史》（Cathy Caruth, *Unclaimed Experience: Trauma, Narrative,*

---

[18] 布蕾克（Shameem Black）認爲湯亭亭這種尋訪的記述方式是其「跨國再現的策略」，並名之爲「全球書寫或全球詩學」（"cosmopolitan writing, or cosmopoetics," Black 278），連同取得中國知識菁英的「授權」，以期超越東方主義式的再現。

and History）中指出：「創傷事件的重複……暗示著與事件更大的關聯，此一事件超過單純可見、可知的範圍，與延遲和無法理解密不可分，而此二者是這個重複觀看的核心」（"The repetitions of the traumatic event . . . suggest a larger relation to the event that extends beyond what can simply be seen or what can be known, and is inextricably tied up with the belatedness and incomprehensibility that remain at the heart of this repetitive seeing," 92）。此外，拉卡帕拉在《書寫歷史，書寫創傷》（Dominick LaCapra, *Writing History, Writing Trauma*）中認定，「創傷是一種斷裂的經驗，使自我解體，於存在中製造破洞；它具有延遲的效應，只能勉強控制，可能永遠無法完全駕馭」（"Trauma is a disruptive experience that disarticulates the self and creates holes in existence; it has belated effects that are controlled only with difficulty and perhaps never fully mastered," 41），「創傷表示經驗的重大破裂或停頓，具有延遲的效應」（"Trauma indicates a shattering break or cesura in experience which has belated effects," 186）。然而，延遲只不過是讓問題或創傷遲遲未能解決，甚至衍生出其他問題。因此，拉卡帕拉提出「書寫創傷」的觀念，認爲「在我所稱的創傷與後創傷書寫中——或一般的表意實踐中——書寫創傷會是顯著的後效之一」（"Writing trauma would be one of those telling after-effects in what I termed traumatic and post-traumatic writing (or signifying practice in general)," 186）。拉卡帕拉對此表意實踐及其意義引申如下：「它包含了在分析過去和『賦予過去聲音』之中，展演、重訂並（就某種程度而言）解決的過程；這些過程與創傷的『經驗』調和，限制事件以及事件的病徵效應，而這些效應以不同的組合與混雜的形式得以抒發」（"It involves processes of acting out, working over, and to some extent working through in analyzing and 'giving voice' to the past—processes of coming to terms with traumatic 'experiences,' limit events, and their symptomatic effects that achieve articulation in different combinations and hybridized forms," 186）。[19] 由此觀之，湯亭亭之所以成立退伍軍人寫作坊就是爲了協助當事人正本清源，不再繼續迴避、拖延、抗拒，選擇正視創傷，去理解、表達原先無法理解、表達之事物，試圖釋放過往的壓抑，把創傷的壓力化爲再出發的動力，將失序重整爲秩序，甚至達到前所未有的更高層次的秩序。

在美國，各式各樣的寫作坊不勝枚舉，但像湯亭亭這樣結合寫作與修行且以退伍軍人爲主體的有如鳳毛麟角。質言之，她採取一行禪師正念禪（Mindfulness）的教法，來協助成員面對並書寫創傷與生命，以期獲得內在的和平，進而致力於世界和平。[20] 正念禪強調活在當下，雖也主張坐禪（sitting meditation），但更發展出可以運用於日常生活中的種種方便法門（如行禪〔walking meditation〕、食禪〔eating meditation〕），以利禪修與生活的結合。至於書寫禪（writing meditation）則是湯亭亭所增添的（Kingston, "Introduction" 2）。一行禪師也根據華嚴宗的緣起說，提出「相即」（interbeing）之說，亦即法不孤起，萬事萬物之間相依相存。這些見解在他的文章和詩作中屢屢出現。此外，來自戰火燎原的越南背景，促使他更加重視和平，呼籲各人從自身做起，透過禪修，提起正念，灌溉內心

---

[19] 筆者在〈創傷・回憶・和解——析論林瓔的越戰將士紀念碑〉一文中也曾引用這兩位學者的創傷論述，來討論華裔美國女建築師林瓔（Maya Lin）所設計的越戰將士紀念碑（the Vietnam Veterans Memorial），惟該文討論的是建築，強調紀念與反思，尤其是如何透過紀念碑來照見創傷並傳遞「無言之教」（139-41）。此處探討的則是文字文本，集中於遭逢苦難的人以親身遭遇作見證，透過「說故事」的方式傳達經驗與訊息。

[20] 有關佛教與和平的關係，可參閱文粲周所編的《佛教與和平：理論與實踐》（Chanju Mun, *Buddhism and Peace: Theory and Practice*）；有關佛教與心理健康的關係，可參閱該書第四部。

和平安詳的種子，拔除暴力邪惡的根苗，進而促成群體與世界的和平安詳。他多年來提倡入世佛教（Engaged Buddhism），身體力行，在越戰期間組織獨立於敵對雙方之外的第三勢力，出生入死，積極從事救援工作，早年作品《越南：火海之蓮》（*Vietnam: Lotus in a Sea of Fire*, 1967）的封面就註明是「佛教的和平主張」（"A Buddhist Proposal for Peace"）。凡此種種都使得他特別關懷美國退伍軍人，多次爲他們舉行禪修活動。因爲一行禪師的禪法與理念深入淺出、平易近人、契機契時、善巧方便，所以成爲在歐美世界聲望僅次於達賴喇嘛的佛教宗師，吸引了成千上萬的信徒，湯亭亭便是其中之一。[21] 葛萊絲也提到，湯亭亭「對佛教的興趣雖然可以追溯到早期的作品，但就《第五和平書》而言卻是中心的」（Grice 114）。

---

21 對一行禪師而言，正念與和平密不可分，俱爲入世佛教的基礎，因爲個人內心安詳平和，才可能進一步致力於世界和平。歐美有關當今入世佛教的論述幾乎都會提到一行禪師，可參閱奎恩所編的《西方的入世佛教》（Christopher S. Queen, *Engaged Buddhism in the West*）。有關正念禪，可參閱一行禪師的 *The Miracle of Mindfulness: A Manual on Meditation* (1975), *The Sun My Heart: From Mindfulness to Insight Contemplation* (1988) 和 *Breathe! You Are Alive: Sutra on the Full Awareness of Breathing* (1988) 等書。他的不少著作直接以「和平」命名，如 *Being Peace* (1987), *Creating True Peace: Ending Violence in Yourself, Your Family, Your Community, and the World* (2003), *Peace Begins Here: Palestinians and Israelis Listening to Each Other* (2004)，而魏麗絲（Jennifer Schwamm Willis）幫他編的選集更命名爲 *A Lifetime of Peace: Essential Writings by and about Thich Nhat Hanh* (2003)。他的入世佛教論述包括了 *Interbeing: Fourteen Guidelines for Engaged Buddhism* (1987) 和 *Love in Action: Writings on Nonviolent Social Change* (1993) 等。以上只不過是一行禪師上百本著作中的幾個例子，有關他的背景、禪法與理念，可參閱杭特—裴理和范恩（Patricia Hunt-Perry and Lyn Fine）合著的"All Buddhism Is Engaged: Thich Nhat Hanh and the Order of Interbeing"與筆者的〈人間步步安樂行〉，以及晚近出版莎德拉和波杜安（Céline Chadelat and Bernard Baudouin）合著的《一行禪師傳記：正念的足跡》（*Thich Nhat Hanh: Une vie en pleine conscience*, 2016；林心如譯〔臺北：時報文化，2018〕）。

深知摧殘之苦的湯亭亭爲了幫助美國退伍軍人，尋求佛教徒正念生活社群（the Community of Mindful Living, Buddhists）協助組織寫作坊，於 1993 年 6 月 16 日舉行初次聚會，主題爲「反思的書寫、正念與戰爭：退伍軍人與家屬日」（"Reflective Writing, Mindfulness, and the War: A Day for Veterans and Their Families"）（Kingston, *Fifth* 248），地點在加州大學柏克萊校區，對象是「每場戰爭」中的退伍軍人與家屬。因此除了越戰之外，還有韓戰、甚至一位曾參與二次大戰的老兵（259）。湯亭亭在開場白中歡迎這些歷劫歸來的戰士，爲寫作坊宗旨做了最佳的說明：「你們活過、見證過、蒙受過恐怖的事件 —— 戰爭」（259）。而參與越戰者這二十年的歷程，宛如十年征戰、十年漂泊的古希臘戰士奧狄修斯（Odysseus）。他們回到美國「描繪著、回憶著、想著往事」，「身上帶著其效應和後果」，幾乎滿溢。她進一步指出：「從創傷的事物到轉化的文字之旅花了二十年。意識之心如今正在覺醒！你們現在準備蒐集碎片，把它們說成故事。我們要把那場戰爭化爲文字，透過語言來了解它、使它具有意義、成爲藝術，創造美的事物，善的事物」（260）。[22] 湯亭亭詳細記錄了自己帶領這個團體的方式和過程，以致〈地〉的篇幅幾乎與〈水〉相當（各約佔全書的五分之二），見證了這個團體的萌生以及自己與寫作坊的成長，共同步上「從創傷的東西到轉化的文字之旅」。她不僅捐款創立退伍軍人寫作坊，還親自帶領他們禪修與寫作，悉心呵護、照顧，引領這個特殊的團體逐漸走出自己的和平、書寫之路，並協助編輯、出版他們的作品，

---

22 可參閱提克的《戰爭與靈魂：療癒我國退伍軍人的創傷後壓力症候群》（Edward Tick, *War and the Soul: Healing Our Nation's Veterans from Post-traumatic Stress Disorder*）中〈靈魂的返家之旅〉（"The Soul's Homeward Journey," 189-99）和〈說故事的療癒力量〉（"The Healing Power of Storytelling," 217-34）兩章。有關「返家」（"homecoming"）的母題，詳見本文第五節〈說故事與創新生：生命．書寫．和平〉。

其用心之切，著力之深，成爲她十餘年來念茲在茲的志業。

寫作坊的基本作法是以簡易的禪修（如坐禪、行禪、禁語）和書寫來讓成員面對自己身心的創傷，不再逃離、迴避、掩飾、排斥，並透過朗誦、訴說、傾聽與回應來分擔與分享，彼此扶持，不只兼具書寫治療與集體治療的作用，而且透過佛法的轉化與社會的關懷，提升爲個人與集體的和平運動。[23] 由於對象爲退伍軍人，寫作坊開始時的紛亂在所難免，有人在面對多年的創傷時反應激烈，悲從中來，流淚不已，甚至嚎啕痛哭，難以自抑，遑論下筆。然而隨著一次次的面對與抒發，輔以宗教的修持與薰陶，以及團體成員之間的相互支援與照應，層層揭去傷口上的掩飾，深入觀察病根，逐漸與自己以及他人和解。其中雖然難免波動起伏，甚至整個寫作團體一度面臨是否中止的抉擇，卻終能在眾人的努力下克服困難，繼續運作至今。

湯亭亭在書中細膩生動地描繪了退伍軍人寫作坊的多項活動，此處茲舉二例。一是其中幾個成員隨同湯亭亭到一行禪師位於法國梅村（Plum Village）的道場參訪（*Fifth* 368ff.），當面聆聽開示（380ff.）。作者以相當的篇幅描寫這次參訪的經過。另一就是某次寫作坊聚會時，湯亭亭邀請兩位越南作家參與，其中一位當年曾在地面遭受美國軍機的轟炸，而寫作坊成員中有人當時每天在越南上空執行美軍轟炸任務，多年來爲此不安。今日雙方一會面，見到同爲圓顱方趾之人，老兵慶幸當初未曾犯下更大的過錯，臨別前的一抱，泯除雙方在國家機器操弄下的無知與仇恨，與昔日的敵人和

---

[23] 根據該組織「法友」（Dharma Friends）於 2007 年 9 月 28 日致筆者的電子郵件中描述，進行方式爲「修習坐禪和行禪，正念的行動，在禁語中分享餐點，團體寫作以及對話」（Dharma Friends）。湯亭亭於 2006 年 2 月 11 日致筆者的電子郵件中並附上時程表，相關活動描述可參閱筆者〈老兵‧書寫‧和平——湯亭亭的和平書寫與實踐〉。

解，化解了心中長久以來的內疚（349-59）。

因此透過書寫與正念修行，寫作坊的成員在湯亭亭的帶領與相互支持、鼓勵下，逐漸步上療癒之旅，進而投入和平運動，可謂另一種形式的「火海之蓮」。就湯亭亭本人而言，這本和平書已不再是一己、私密的創作，而是協助自我和他人重生，共同書寫生命、和平與希望，成果也逐漸顯現。如《正念戰役》的作者湯瑪斯是透過「作家、行動分子湯亭亭的介紹」，得知以「寫作具有關鍵角色的正念禪修」（C. A. Thomas 49/78）。穆利根的《購物車戰士》（John Mulligan, *Shopping Cart Soldiers*, 1997）、簡軻的《水牛小子和傑羅尼牟》（James Janko, *Buffalo Boy and Geronimo*, 2006）和湯亭亭編選的《戰爭的老兵，和平的老兵》都是這個獨特的寫作坊最具體的成果。[24] 湯亭亭曾在成名作《女勇士》中玩了一個文字遊戲，把「報導罪行」（"report a crime"）和「報復」合而爲一：「報導就是報復——不是斬首，不是剖肚，而是文字」（"The reporting is the vengeance—not the beheading, not the gutting, but the words," *Woman* 53）。《第五和平書》尤進一籌，除了由沙場歸來的戰士以親身經驗報導罪行之外，更賦「報」予希望、積極、正面的意義，以文學創作與和平運動來「回報」、「報答」、甚至「報恩」，企盼藉由個人和集體的努力，達到和解、和諧、和善、和平。相較於湯亭亭以往的作品，此書更是個人與集體的生命之書，也是由小我邁向大我、用書寫結合行動、以專長搭配信仰的轉捩點，允稱湯亭亭所「勇敢訴說」的「最」「悲傷、尖銳、深沉的故事」，同時也是她最積極、有力、轉化、昇華的生命書寫。

---

[24]《第五和平書》中提到簡軻之處有二十頁上下，是寫作坊中較活躍且出道較早的成員。他的 2018 年新作《更衣室之賊》（*The Clubhouse Thief*）獲得美國作家與寫作計畫的長篇小說獎（AWP Award for the Novel）。

五、說故事與創新生：生命・書寫・和平

醫療人類學者凱博文於《道德的重量：不安年代中的希望與救贖》（英文書名直譯爲《眞正重要之事：在不定與危險中過道德的生活》）一書結尾指出：「說故事非常有魅力。糾纏我們記憶的不僅是影像與文字，而是在影像與文字背後的實際經驗世界」（217/285）。對筆者而言，《道德的重量》一書的意義不僅在於內容，也在於呈現的方式。學術著作等身的凱博文不諱言先前曾經寫了幾個歷史和哲學的章節，意圖將一生中遇到的幾位可茲紀念的人物納入架構，但後來發覺這種寫法過於學術性（247/305），於是決定以八個不同背景的小人物之生命敘事建構成全書主體的七章，而把自己的理論、反思與感受納入緒論與尾聲，以彰顯該書的重點：處於充滿不安、威脅、危險、無常的世間，人們要如何過道德的生活。依他看來，「危險和不確定是人生中無法逃避的面向，事實上，我們應該瞭解的是，危險和不確定讓人生變得更有意義，因爲它們定義了身爲人類的價值」（1/51）。

該書以一些小人物或他所謂的「反英雄」（anti-hero）來闡揚這個主題，運用精神分析和人類學的手法，重述令他印象深刻的人物故事。爲顧及當事人的隱私，除了更動一些可能透露身分的細節之外，還納入了其他人相似的經驗（"Note to the Reader"〔中譯本未譯〕），其中與退伍軍人寫作坊成員相似的就是第二章所描述的二次大戰退伍軍人科恩（Winthrop Cohen）。此君在戰爭中英勇作戰，兩度獲頒勳章，退伍後事業也很得意，卻一直對曾在戰爭中槍殺小型野戰醫院裡一位手無寸鐵的日本軍醫耿耿於懷，抱憾而終。凱博文提到，官方說法或傳統價值觀（如愛國）並無法化解個人的創傷與內疚，這類事例在湯亭亭所帶領的退伍軍人中屢見不鮮。[25] 不幸的

[25] 這在與越戰相關的自述中也常常出現，如柯維克的《七月四日誕生》（Ron Kovic,

是，科恩終其一生未能遇到轉化與蛻變的機會，無從得到內心的和平，也造成家人的遺憾。其實，同樣的遭遇在曾經參與戰役的美國退伍軍人中比比皆是。類似的故事反襯出湯亭亭的寫作坊對那些退伍軍人所發揮的積極效應。[26] 一如凱博文所指出的：科恩所遭遇的情形「並不必然需要接受治療，取而代之的方式是，懂得去表露自己在人生中必須不時面對失敗的痛苦：當我們面對那看來似乎已經絕望的現實時，只有選擇去經歷它，想像自己能夠忍受那些無法掌握的事物。我們在這裡所看到的，正是宗教、倫理和藝術的功能，即重新賦予事物意義，並且創造希望」（44/100）。實際面對越戰退伍軍人身心創傷多年的精神科醫師謝伊（Jonathan Shay），在《奧狄修斯在美國：戰鬥創傷與返家的試煉》（*Odysseus in America: Combat Trauma and the Trials of Homecoming*）一書結論也指出表達、團體、藝術與療癒之間的密切關係：「療癒需要聲音。創傷的團體化之圈（the circle of communalization of trauma）對療癒創傷是必要的，深受

Born on the Fourth of July）和湯瑪斯的《正念戰役》就是明顯的例子。二書的作者／主角／敘事者由原先激情投入戰爭的愛國者、戰場上奮勇殺敵的戰士，到飽受身心創傷且被國家、社會棄絕的退伍軍人，終致幡然悔悟，積極投入和平志業。

26 湯瑪斯在《正念戰役》中提到前往法國梅村參加一行禪師主持的禪修，從以下他摘錄一行禪師對退伍軍人的開示，可以看出與湯亭亭的寫作坊相同之處：「一行禪師對我們說：『各位退伍軍人都是蠟燭頂端的火光，你們燃燒出炙熱和明亮，你們深刻了解苦的本質。』他告訴我們，治癒、轉化苦的唯一之道就是面對苦，徹底明白苦的細節，明白我們當前的生命如何為苦所影響。他鼓勵我們講述自己的經驗，他說我們的經驗值得人傾聽，也值得讓人了解。他說我們代表世間一種強大的治療力量。／他也告訴我們，非退伍軍人比退伍軍人更要為戰爭負責；說萬物互為關聯，所以無法逃避責任；說那些自以為不用負責的人最需要負責，因為是非退伍軍人的生活形態支持了戰爭的機制。他說：非退伍軍人需要和退伍軍人一起坐下來傾聽，眞心傾聽我們的經驗。他們需要擁抱自己和我們在一起時所產生的各種感覺，而不是在我們面前隱藏自己的經驗，不是要設法控制，而只是在當下和我們在一起」（42/69）。此處文字略加修訂，以便使譯本更加完備、順暢。

藝術之助」(243)。他進一步指出，「避免創傷之道就在正義、倫理的領域之內，並且認知彼此的人性，認知我們全都置身其中，也都參與了彼此的未來」(243)。

就生命書寫而言，凱博文所重述的小傳限於篇幅及紀實，有如冰山一角，不似一般自傳的現身說法，直抒胸懷（儘管其中一章是作者自述影響其生平的兩個人物），也不像小說般鋪陳，求取藝術效果。然而，該書的特色在於認知生命中的危機與無常，肯定生命書寫與敘述的重要，並以一個個小人物的故事建構出理論，爲抽象的說法賦予血肉與生命。謝伊則根據許多越戰退伍軍人的個案，配合對荷馬史詩《奧狄賽》的解讀，描述這些如奧狄修斯般在海外征戰的軍人，在迢迢的返鄉之路遭逢多少試煉與煎熬，如何才能眞正「返家」，安頓身心。他針對創傷、恢復及預防提出深入的觀察，強調團體如何形成相濡以沫的環境，藝術又是如何讓潛藏在內心深處的創傷得以找到出口，而這些對療癒都是不可或缺的。此外，他也指出消除創傷的根本之道在於體認人類的共通處，休戚與共。同樣地，退伍軍人寫作坊的成員也是名不見經傳的小人物，在時代與環境的因素下，受到戰爭種種影響，身心俱創，幸而在湯亭亭的帶領下，以書寫與禪修面對並逐漸走出昔日的創傷，進而轉化、昇華爲致力於和平的志士。

這種轉化具體而微地見於湯亭亭再度改寫的花木蘭故事，特別是在「返家」的母題上。她曾向奚蒙絲描述當時撰寫中的《第五和平書》要如何處理「返家」的母題：從花木蘭談起，並提到把它引申到「如何從戰爭返家？如何從越南返家？」(Simmons 165)。一般對〈木蘭詩〉的解釋多著重於代父從軍、忠孝兩全的傳統儒家說法。其實，「歸來」與「返家」也是其中的重要母題，如「將軍百戰死，壯士十年歸」中便提到從九死一生的長年征戰中歸來。「木蘭不用尙書郎，願借明駝千里足，送兒還故鄉」更是向天子表明征人的歸心似箭。全詩後四分之一描述的是家人歡迎來歸，以及木蘭歸來之後的情景。湯亭亭初試啼聲的成名作《女勇士》以散文敘事的方式改寫花木蘭代父從軍的故事，增添了弱勢族裔與女性主義的色彩。在將近三十年後的《第五和平書》中，湯亭亭再度回到花木蘭的故事，但這次以詩的形式呈現，並與〈木蘭詩〉有部分出入：在花木蘭多年征戰期間父母衰老、亡故；她在多次戰役中身先士卒，鮮血自盔甲的開口處滴落；在逐戰中，她六度路過家門而未能到父母墳前祭拜。然而，這首改寫的詩最大不同之處在結尾：

> 她出現在軍隊前，並說
> 我是帶領你們的將軍。
> 現在，回家吧。憑著她的聲音，
> 這些男人認出這是他們的將軍——
> 一位美女。
> 你是我們的將軍？！一位女子。
> 我們的將軍是女子，一位美女。
> 一位女子帶領我們走過戰爭。
> 一位女子帶領我們回家。
> 花木蘭解散了軍隊。
> 返家。道別。
> 觀看——並形成——陰，陰柔（Yin, the Feminine），
> 自戰爭返家。
> 唧唧唧。唧唧唧。（Kingston, *Fifth* 391-92）

這首改寫的詩雖然簡短，卻呈現了作家於不同生命階段的心境。《女勇士》中的花木蘭返鄉後怒沖沖地將故鄉的男性沙文主義者斬首，解放受壓迫的女性（*Woman* 44）。然而《第五和平書》中的

花木蘭具現了女性的陰柔／陰柔的女性，不僅率領一群男戰士在沙場上出生入死，更帶領他們「自戰爭返家」，解散了長年征戰的軍隊。換言之，湯亭亭特意把自己原先「戰爭的故事」和「女子解放的故事」，改寫爲「返家的故事」，並提供了「有關陰柔的願景。戰士是有可能成爲陰柔的。老兵可以回到平民的社會，不必無家可歸」（*Fifth* 390）。至於全詩最終的「唧唧唧。唧唧唧。」則又回到初始，形成循環，而她也將原先仿機杼織布的擬聲法（onomatopoeia）予以新解：以「唧」來表示「（編）織」和「治（癒）」（" 'Jik' means 'to weave,' 'to knit,' 'to heal'," 390），彷彿把受創的身心和撕裂的世間重新織合與治癒，重歸於和平。就湯亭亭而言，雖然當年選擇離開美洲大陸，並未在越戰中衝鋒陷陣，但心理上一直認爲自己是這場漫長戰爭中的一員，甚至把它當成「我的戰爭」（Bowers 179）。藉由帶領退伍軍人寫作坊，就如她所改寫的〈木蘭詩〉中的女主角一般，發揮陰柔之力，帶領他們「自戰爭返家」，並且積極投入和平運動。[27] 因此，花木蘭故事的再次改寫，顯示了作家如何藉由一次次的書寫與重寫，賦故事予新意，寄寓了作家個人的成長與生命境界的提升。

本文以「說故事•創新生」爲題，旨在強調在生命書寫中說

---

27 湯亭亭在2004年爲先前與包爾絲的訪談所寫的按語中指出：「……我完成了《第五和平書》，爲它以詩的形式重寫女勇士的神話，藉此把自己吟唱成詩人，而這是我在《成爲詩人》中所揭露的過程。我在華盛頓特區的一場集會中朗誦新的女勇士自戰爭返家的詩（the new Woman Warrior come-home-from-war chant），嘗試阻止震懾伊拉克的軍事行動（the shock-and-awe of Iraq）。我被捕下獄。我旅行各地，口中不停誦念『和平和平和平』，堅信文字改善世界的力量」（Bowers 172）。此外，她在回答裴莉（Donna Perry）的問題時說道：「……我現在認爲自己是個很政治的作家，因爲我想要影響政治，想要透過藝術的方式擁有力量」，「我想要讓世界更和平。我想要協助阻止戰爭」（Perry 168），而方法就在於「使用並創造出一種美麗的、人性的、藝術的和平語言」（169）。凡此種種都展現了湯亭亭試圖透過書寫和平／和平書寫積極介入的態度與作爲。

故事的重要性，以及如何藉由說故事來開創新生，並將此主題落實於批評家卻步或忽略的《第五和平書》。湯亭亭打從《女勇士》起便一再強調「說故事」（“talk-story”）的重要，在她為退伍軍人編輯的文選序言中重申：「我們說故事，我們聽故事，以活下去。以維持意識。以聯繫彼此。以了解結果。以保存歷史。以重建文明」（“Introduction” 1）。就《第五和平書》而言，其中的「說故事」可以是虛構或重複虛構（如第三章〈水〉），也可以是令人神傷、心痛、魂牽夢繫的眞人實事（如其他各章）。與之相得益彰的則是「創新生」，這至少可分為底下幾個層次，而且都與她的生命、書寫、信仰、使命感息息相關：就一介凡夫的湯亭亭而言，是從火災之後的一無所有中重新站起，面對人生；就身為作家的她而言，是從文學成品的付之一炬而重新出發，以新的寫作方式與形式，創作出新的成果；就身為禪修者和美國公民的她而言，火災讓她領悟摧殘，體驗無常，經由同理心與相即相依，更體驗到戰火中眾生之苦難，並以正念的修行法門及自己的寫作專長，引領並透過與美國退伍軍人的互動，不僅找到自己生命的更高意義，更協助這群飽受戰火摧殘的人轉化內心的創傷，尋得內在的安詳，並將餘生致力於和平運動。換言之，對此寫作坊而言，生命、書寫、和平三者已合而為一。而湯亭亭的《第五和平書》便是這個一己和群體的轉化，經由「宗教〔佛教〕、倫理〔和平〕、藝術〔書寫〕」而「重新賦予事物意義，並且創造希望」（Kleinman 44/100）的最佳見證，也是「自癒癒人」、「自立立人」、「自達達人」（「自我表達」及「表達別人」）的實錄，既是她個人的生命書寫，也代表了該群體的生命書寫。此處，個人的除了是集體的、政治的之外，也是宗教的、倫理的、藝術的。

總之，《第五和平書》雖然讓許多批評家與書評者瞠目、迷惘、卻步，但是從生命書寫的角度來觀察，該書不僅延續並凸顯了湯亭亭以往作品中的和平主題，更展演出作者個人在遭逢鉅變後的蛻變，由「重創」（「嚴重創傷」）到「重創」（「重新創造」），[28] 由個人到群體，以一己專長的寫作與修行人的信念、悲憫及方法，協助遭到戰火摧殘的退伍軍人勇於面對過往的創傷，獲得新生，爲自己和他人開展另一階段的生命書寫。

引用書目

一行禪師（Thich Nhat Hanh）。《耕一畦和平的淨土》（*Creating True Peace*）。陳麗舟譯。臺北：商周，2006。

林和編。《民主的重創與重創》。臺北：允晨文化，1991。

莎德拉（Céline Chadelat）、波杜安（Bernard Baudouin）。《一行禪師傳記：正念的足跡》（*Thich Nhat Hanh: Une vie en pleine conscience*）。林心如譯。臺北：時報文化，2018。

單德興。〈人間步步安樂行——一行禪師《觀照的奇蹟》導讀〉。《我打禪家走過》。臺北：法鼓文化，2006。123-41。

——。〈老兵・書寫・和平——湯亭亭的和平書寫與實踐〉。《正念戰役：從軍人到禪師的療癒之旅》。11-18。

——。〈創傷・回憶・和解——析論林瓔的越戰將士紀念碑〉。《越界與創新——亞美文學與文化研究》。臺北：允晨文化，2008。134-68。

湯瑪斯（Claude Anshin Thomas）。《正念戰役：從軍人到禪師的療癒之旅》（*At Hell's Gate: A Soldier's Journey from War to Peace*）。陳敬旻譯。臺北：法鼓文化，2007。

凱博文（Arthur Kleinman）。《道德的重量：不安年代中的希望與救贖》（*What Really Matters: Living a Moral Life Amidst Uncertainty and Danger*）。劉嘉雯、魯宓譯。臺北：心靈工坊，2007。

---

28 此雙關語借自林和編的《民主的重創與重創》。

Bhabha, Homi K. *The Location of Culture*. London and New York: Routledge, 1994.

Black, Shameem. "In Search of Global Books: Unwriting Orientalism in *The Fifth Book of Peace*." *Querying the Genealogy: Comparative and Transnational Studies in Chinese American Literature*. Ed. Jennie Wang（林澗）. Shanghai: Shanghai yiwen chubanshe, 2006. 277-85.

Bowers, Maggie Ann. "Maxine Hong Kingston with Maggie Ann Bowers." *Writing across Worlds: Contemporary Writers Talk*. Ed. Susheila Nasta. London and New York: Routledge, 2004. 171-82.

Caruth, Cathy. *Unclaimed Experience: Trauma, Narrative, and History*. Baltimore and London: Johns Hopkins UP, 1996.

Cheung, King-Kok（張敬珏）. "The Woman Warrior versus The Chinaman Pacific: Must a Chinese American Critic Choose between Feminism and Heroism?" *Conflicts in Feminism*. Ed. Marianne Hirsch and Evelyn Fox Keller. London and New York: Routledge, 1990. 234-51.

Dharma Friends. E-mail to the author. 28 Sept. 2007.

Eubanks, David B. *Purely Coincidental Resemblance to Persons Living or Dead: Worry and Fiction in Contemporary American Life Writing*. Diss. U of Maryland, College Park, 2005. Ann Arbor: UMI, 2006. AAT 3202034.

Fishkin, Shelley Fisher. "Interview with Maxine Hong Kingston." Skenazy and Martin 159-67.

Grice, Helena. *Maxine Hong Kingston*. Manchester and New York: Manchester UP, 2006.

Hsu, Shounan（許綬南）. "Writing, Event, and Peace: The Art of Peace in Maxine Hong Kingston's *The Fifth Book of Peace*." *College Literature* 37.2 (2010): 103-24.

Hunt-Perry, Patricia, and Lyn Fine. "All Buddhism Is Engaged: Thich Nhat Hanh and the Order of Interbeing." *Engaged Buddhism in the West*. Ed. Christopher S. Queen. Boston: Wisdom, 2000. 35-66.

Jeong, Young Sook. *Daughtering Asian American Women's Literature in Maxine Hong Kingston, Nellie Wong, and Ronyoung Kim*. Diss. Indiana U of Pennsylvania, 2006. Ann Arbor: UMI, 2006. AAT 3229955.

Kingston, Maxine Hong（湯亭亭）. E-mail to the author. 11 Feb. 2006.

---. *The Fifth Book of Peace*. New York: Alfred A. Knopf, 2003.

---. *Hawai'i One Summer*. 1987. Honolulu: U of Hawai'i P, 1998.

---. "Introduction: Tell the Truth, and So Make Peace." *Veterans of War, Veterans of Peace* 1-3.

---. *To Be the Poet*. Cambridge, MA: Harvard UP, 2002.

---. "What Is Common in Chinese World Literature?—Speech on International Women's Day at Fudan University." 8 March 2004. In Wang 374-78.

---. *The Woman Warrior: Memoirs of a Girlhood Among Ghosts*. 1976. New York: Vintage, 1989.

---, ed. *Veterans of War, Veterans of Peace*. Kihei, HI: Koa, 2006.

Kleinman, Arthur. *What Really Matters: Living a Moral Life Amidst Uncertainty and Danger*. Oxford and New York: Oxford UP, 2006.

LaCapra, Dominick. *Writing History, Writing Trauma*. Baltimore and London: Johns Hopkins UP, 2001.

Lim, Shirley Geok-lin（林玉玲）. "Reading Back, Looking Forward: A Retrospective Interview with Maxine Hong Kingston." *MELUS* 33.1 (2008): 157-70.

---. "Sino/Anglophone Literature, Maxine Hong Kingston and Peace Writing." Globalizing Modern Chinese Literature: Sinophone and Diasporic Writings Conference. Harvard University, Cambridge, MA. 6-8 Dec. 2007.

McDaniel, Nicole. "'Remaking the World': One Story at a Time in *The Fifth Book of Peace* and *Veterans of War, Veterans of Peace*." *MELUS* 36.1 (2011): 61-81.

Mun, Chanju, ed. *Buddhism and Peace: Theory and Practice*. Honolulu: Blue Pine, 2006.

Nhat Hanh, Thich（一行禪師）. *Creating True Peace: Ending Violence in Yourself, Your Family, Your Community, and the World*. New York and London: Free Press, 2003.

Perry, Donna. "Maxine Hong Kingston." Skenazy and Martin 168-88.

Queen, Christopher S., ed. *Engaged Buddhism in the West*. Boston: Wisdom Publications, 2000.

San Juan, E., Jr. "Dialectics of Aesthetics and Politics in Maxine Hong Kingston's *The Fifth Book of Peace*." *Criticism* 51.2 (2009): 181-209.

---. "The Fifth Book of Peace." *Amerasia Journal* 31.3 (2005): 197-206.

Sato, Gayle. "Reconfiguring the 'American Pacific': Narrative Reenactments of Viet Nam in Maxine Hong Kingston's *The Fifth Book of Peace*." *The Japanese Journal of American Studies* 16 (2005): 111-33.

Schroeder, Eric J. "As Truthful as Possible: An Interview with Maxine Hong Kingston." Skenazy and Martin 215-28.

Seshachari, Neila C. "Reinventing Peace: Conversations with Tripmaster Maxine Hong Kingston." Skenazy and Martin 192-214.

Shan, Te-hsing（單德興）. "A Veteran of Words and Peace: An Interview with Maxine Hong Kingston." *Amerasia Journal* 34.1 (2008): 53-63.

Shay, Jonathan. *Odysseus in America: Combat Trauma and the Trials of Homecoming*. New York and London: Scribner, 2002.

Shulman, Polly. "Out of the Ashes: Maxine Hong Kingston's Memoir of Loss Incorporates Part of a Vanished Novel." *New York Times Book Review* (28 Sept. 2003): A8.

Simmons, Diane. *Maxine Hong Kingston*. New York: Twayne, 1999.

Skenazy, Paul. "Kingston at the University." Skenazy and Martin 118-58.

---, and Tera Martin, eds. *Conversations with Maxine Hong Kingston*. Jackson: UP of Mississippi, 1998.

Snyder, Gary. *Back on the Fire: Essays*. Emeryville, CA: Shoemaker & Hoard, 2007.

Thomas, Claude Anshin. *At Hell's Gate: A Soldier's Journey from War to Peace*. Boston and London: Shambhala, 2006.

Thomas, Sandra P. "From the Editor—Of War and Peace." *Issues in Mental Health Nursing* 25.7 (2004): 653-54.

Tick, Edward. *War and the Soul: Healing Our Nation's Veterans from Post-traumatic Stress Disorder*. Wheaton, IL: Quest, 2005.

Wang, Jennie（林澗）. *The Iron Curtain of Language: Maxine Hong Kingston and American Orientalism*. Shanghai: Fudan UP, 2007.

Willis, Jennifer Schwamm, ed. *A Lifetime of Peace: Essential Writings by and about Thich Nhat Hanh*. New York: Marlowe, 2003.

創傷・攝影・詩作：析論林永得的《南京大屠殺詩抄》*

> 一個影像是一項邀請：去觀察、學習、專注。照片不能代我們做知性及德性的工作，但能助我們踏上此途。
>
> ——桑塔格，〈戰爭與攝影〉
>
> （Susan Sontag, "War and Photography"）

> 我無意軟化先前的說法：在奧許維茲之後寫抒情詩是野蠻的；它以負面的形式表達了激發投入的文學（committed literature）那種衝勁。
>
> ——阿多諾，〈投入〉
>
> （Theodor W. Adorno, "Commitment"）

* 本文係執行國科會計畫（NSC 99-2410-H-001-018-MY3）之部分成果。初稿 2013 年 3 月 23 日宣讀於國科會外文學門 99-100 年度專題計畫成果發表會，謹此感謝主辦單位國科會人文處外文學門（尤其是召集人馮品佳教授）與承辦單位國立政治大學英國語文學系，也感謝兩位匿名審查人的意見。本文英文精要版 "Photographic Violence, Poetic Redemption—Reading Wing Tek Lum's *The Nanjing Massacre: Poems*" 2013 年 9 月 14 日宣讀於韓國光州全南國立大學（Chonnam National University）舉行的東亞之亞美研究現況會議（the Conference on Current Asian American Studies in East Asia），後刊登於 *Studies in Modern Fiction* 21.1 (2014): 107-32，謹此感謝主辦單位韓國近代英文文學學會（the Korean Association of Modern Fiction in English）與二十一世紀英語語文學會（the 21st Century Association of English Language and Literature），尤其是前者的理事長李所姬（So-Hee Lee）教授，大力促成臺灣學者團與會的馮品佳教授，講評人佐藤桂兒（Gayle Sato）教授的評論與提供的 PowerPoint，以及三位韓國匿名審查人的意見。特別感謝詩人林永得多年來隨時保持聯繫，提供不同階段的相關詩作，在此詩集出版前、後兩度接受筆者訪談，閱讀英文論文初稿並提供意見。

中華民族是個健忘的民族，許多重大歷史事件都沒有在文學中有相應的表達。

——哈金，《南京安魂曲》〈序〉

一、以文史入詩

1997 年，適逢南京大屠殺六十週年，第二代華人作家張純如（Iris Chang）於美國出版《南京浩劫：被遺忘的大屠殺》（*The Rape of Nanking: The Forgotten Holocaust of World War II*），引起廣泛矚目，在華人世界中尤其造成震撼。[1] 在亞美文學界，至今最明顯可見的就是對第一代華美作家哈金（Ha Jin）和第三代華裔夏威夷詩人林永得（Wing Tek Lum）的影響。哈金在《南京安魂曲》（*Nanjing Requiem*）正體字版序言開頭就指陳：「小時候常聽老人們說起南京大屠殺，但對其中的來龍去脈和具體情況並不清楚。來美國後，發現這裡的華人每年都要紀念這一歷史事件。我和太太也參加過數次集會。眞正開始對這件事了解是在張純如的《南京大屠殺》出版之後」（1）。[2] 同樣地，林永得在詩集《南京大屠殺詩抄》（*The Nanjing Massacre: Poems*）末尾的「謝辭」伊始便說：「我首先必須向已逝的張純如致謝，她的《南京浩劫》提昇了我對於南京大屠殺的認知」

1 此書出版後甚爲轟動，但作者本人也承受巨大壓力，甚至因而得到憂鬱症，於 2004 年 11 月 9 日自殺身亡，詳見其母張盈盈（Ying-Ying Chang）撰寫的《張純如：無法遺忘歷史的女子》（*The Woman Who Could Not Forget: Iris Chang before and beyond* The Rape of Nanking），尤其是有關此書的寫作過程以及出版前後所承受的各式各樣的杯葛與壓力（第 13 至 15 章）。

2 哈金的英文著作至今爲止除了三本詩集以中文選譯合爲《錯過的時光》之外，其他所有小說與評論集都有中文全譯本在臺灣以正體字出版，大都增添了中譯版序或跋，雖然篇幅簡短，卻提供了英文版所沒有的訊息。

(235)。[3] 如果說哈金的《南京安魂曲》是透過敘事手法爲南京大屠殺的亡魂、美國傳教士暨教育家魏特琳（Minnie Vautrin，中文名爲「華群」）、作家本人以及所有關切此事的芸芸眾生來安魂，[4] 那麼林永得費時多年完成的這本詩集則試圖透過詩歌來銘刻與再現這個慘絕人寰的歷史悲劇。

在當代華美作家中，林永得可說是相當特殊的一位。在夏威夷從事房地產的他，以文學爲志業，協助創辦竹脊出版社（Bamboo Ridge Press），多年來每月與當地文學同好見面討論彼此作品，切磋文藝，鼓勵出版，投入當地文學教育，發揮了相當的作用。然而惜墨如金的他，自 1987 年出版《疑義相與析》（*Expounding the Doubtful Points*）之後，直到 2012 年才出版第二本詩集《南京大屠殺詩抄》。就一位詩人而言，這種出書速度的確緩慢，然而在筆者看來，相隔二十六年的兩部詩集各有獨特的意義。[5]《疑義相與析》之名典出林永得最心儀的中國古典詩人陶淵明的兩首〈移居〉之一。筆者曾在〈「疑義相與析」：林永得・跨越邊界・文化再創〉一文中討論他如何在英文詩作中多方挪用中國古典詩詞，翻轉出新意，以

---

3 詩人在 2014 年 4 月 1 日致筆者的電郵中表示，張純如不僅是他的系列詩作「最初的靈感，也一直是廣泛的資源」（"initial inspiration and has always served me as a general resource"），並強調張挖掘出拉貝（John H. D. Rabe）日記之功。林在張生前曾保持相當聯繫。他的第一首有關南京大屠殺的詩作〈南京，1937 年 12 月〉（"Nanjing, December, 1937"）發表時便寄給張純如以示謝意，後來並與一位夏威夷大學教授合作，邀請她到該校演講，介紹她與里格斯之子認識（Charles Riggs，中文名字爲「林查理」，曾任金陵大學農藝學系教授，日軍佔領南京時擔任南京安全區國際委員會委員），安排她接受當地公共電臺訪問，並有機會當面與張討論她的作品。

4 參閱單德興〈重〉，尤其頁 10-12。

5 其實，這段期間林永得創作不懈，陸續發表詩作，並於 1994 年與另三位夏威夷詩人大岡信（Makoto Ooka）、史丹屯（Joseph Stanton）、富山珍（Jean Yamasaki Toyama）共同出版《風箏之思：連詩》（*What the Kite Thinks: A Linked Poem*）。

成就個人詩藝；也曾在〈文史入詩——林永得的挪用與創新〉一文中進一步納入當時仍在發展中的《南京大屠殺詩抄》，並分別用「以文入詩」與「以史入詩」來形容這兩部作品。[6] 後文發表時雖然該詩集尚未正式出版，但其中若干詩作已在不同的詩刊及文學刊物發表（Lum, *Nanjing* 235），而根據詩人於 2011 年 7 月提供給筆者的詩稿，可看出自 1997 年以來的主要關懷及全書架構，與後來正式問世的詩集相較，除了詩作數量增加四十三首，且由四部增爲五部之外，基本上並沒有太大的變動。[7]

細究之下就會發現，《南京大屠殺詩抄》不僅與中國近代史息息相關，而且照片在其中發揮了相當大的作用。[8] 其實，林的詩作特色之一就是不時從攝影汲取靈感，作爲自己創作的出發點。[9] 如果說《疑》書是以個人與家族照片爲主，那麼《南》書則除了家族照片之外，更多的是與南京大屠殺相關的歷史照片。[10] 因此，本文旨在從攝影的角度切入，探討詩人如何運用多年熟稔的文類，針對自己關心的歷史事件與人道關懷積極介入，在創作中活用史料，包括照

6 參閱單德興〈疑〉；〈文〉（見本書頁 255-69）。

7 根據該書出版資料，係於 2012 年秋季出版，爲《竹脊》（*Bamboo Ridge*）期刊第 102 期，但實際問世則於 2013 年初，筆者於 2 月初接到詩人寄來的簽名詩集。

8 例如，張純如本人就是因爲 1994 年 12 月在加州庫柏提諾（Cupertino）參加世界抗日戰爭史實維護聯合會（the Global Alliance for Preserving the History of World War II in Asia，簡稱「史維會」）主辦的會議，看到會場展示的南京大屠殺照片（「這輩子所看過的一些最毛骨悚然的照片」〔I. Chang 9〕），初次目睹自兒時便耳聞父母所說的慘案，甚爲震驚，決心深入探索，而寫出她的成名作。

9 筆者在〈「疑義相與析」〉中便提到了這一點。佐藤更指出，《疑》書的五十九首詩中有三十九首與「家庭照相簿」有關（Sato, "Witnessing" 214），比例高達三分之二，並以「暴行照片」（atrocity photos）指涉《南》書中的照片。

10 雖然如此，兩部詩集本身並未附照片。詩人在 2014 年 4 月 6 日致筆者的電郵中表示，《南京大屠殺詩抄》之所以未附照片，有三個原因：竹脊出版社的出版品通常不含照片；詩集中已有畫家朋友的畫作（詳下文）；強調本書爲創作，不是歷史書。

片，再現這樁二十世紀的人間慘劇，藉此重新認據（reclaim）這件爲日本官方所迴避、爲許多世人所遺忘的歷史事件，企盼使之獲得應有的重視，爲被消音者發聲，爲受害者尋求公理正義，以史／詩爲鑑，進而避免類似事件重演。[11]

二、見證之必要

《南京大屠殺詩抄》與《疑義相與析》在形式上最顯著的差別就是書末增加了十一頁的註釋（Lum, *Nanjing* 223-33）來說明許多詩作的歷史根據與靈感出處，這在一般詩集甚爲罕見。細數這些註釋就會發現，在全書一〇四首詩中，加註的就有七十四首，比例高達七成。在這些註釋中，提到照片的至少有十二首，其中九首註明來自史詠（Shi Young）與尹集鈞（James Yin）共同撰述的《南京大屠殺：歷史照片中的見證》（*The Rape of Nanking: An Undeniable History in Photographs*），兩首註明來自日本軍醫麻生徹男（Aso Tetsuo）的回憶錄《從上海到上海》（*From Shanghai to Shanghai*）。[12] 此外，至少

---

[11] 張純如把對於南京大屠殺的遺忘稱爲「二度強暴」，見《南京浩劫》第十章〈被遺忘的大屠殺：二度強暴〉（"The Forgotten Holocaust: A Second Rape"）（I. Chang 199-214）。此書中譯正體字版以原書副標題「被遺忘的大屠殺」作爲主標題，簡體字版則維持原樣。臺灣的甲審查人提到論文中的「性別主題」，並建議「可以再深入討論林永得對於此一主題的反覆使用有何特別意義。」由於本文已近三萬字，不便就此議題再作發揮，此處僅能指出歐美人士將南京大屠殺命名爲 The Rape of Nanking，不僅涉及日軍在南京陷落之後對中國女性令人髮指的暴行，也將居於弱勢、受害的南京予以性別化的表述。林永得的詩集（尤其第三部）多處呈現女性受害者的悲慘處境，甚至死後都不得安寧，屍體依然遭受凌辱，詳見下文對於相關詩作與照片的討論。

[12] 前者爲英中對照，林永得參照其英文，本文引用中文；後者爲麻生徹男日文回憶錄的英譯本。

有兩首雖未加註，卻都與攝影有關——其中之一就是序詩〈我從你的大學年鑑得知〉（"What I Learned from Your College Annual," 13-14），另一首就是〈這張照片〉（"This Photograph," 205-07）。[13] 此外，這本詩集的視覺性甚強，除了因為詩作、註釋及其指涉的照片，還包括了該書的封面設計與插圖。[14]

林永得在第一本詩集中並未積極自作解人，主要讓作品本身說話；相反地，《南》書中詩人不僅現身說明自己的創作動機、參考資

---

[13] 林永得在 2013 年 9 月 10 日致筆者的電郵中表示：「〈這張照片〉一詩不是根據眞實的照片，而是想像的」，其想像源自張塀言（Leslie C. Chang）的《不再讓我高興的事》（*Things That No Longer Delight Me*），該詩集「描寫她的家庭在戰前、戰後的情況，多次涉及照片。」他坦言：「我看似描述一張照片，其實卻是身為詩人的我所創造出來的；這種情形帶有若干反諷。」換言之，照片激發了女詩人寫詩的靈感，而女詩人的詩作進一步激發了林永得重新創作一首有關照片的詩。

[14] 臺灣的乙審查人提到《南京大屠殺詩抄》呈現了詩、註釋、照片「多重文本並置」的現象。筆者認為，其視覺性強烈的另一原因在於出版時的藝術設計。詩人的好友日裔夏威夷畫家谷川直美（Noe Tanigawa）受其詩作激發而創作出一系列畫作（包括油畫與炭筆畫），2009 年於夏威夷大學馬諾阿校區（University of Hawaii at Manoa）藝廊展出，筆者曾親往觀賞，並在與林的訪談中討論（〈詩〉34）。後來出版社在設計詩集時，擷取谷川直美油畫《南京之蓮》（*Nanjing Lotus*）的部分作為封面，內文各部之前各有一張炭筆畫。若說內文的六張炭筆畫呈現的是苦難與創慟，那麼封面的紅底白蓮在筆者心目中則象徵和平、希望、超越與療癒。筆者在 2013 年與詩人的訪談中提到，《南京之蓮》讓我聯想到「越南籍一行禪師（Thich Nhat Hanh）第一本英文書的書名《越南：火海之蓮》（*Vietnam: Lotus in a Sea of Fire*），充滿了佛教的意味。佛教有『火海紅蓮』之說：『火海』可以指人的欲望，也可以指人的苦難等等，蓮花則指在苦難中美與善的存在。」林則表示：「白色在中國文化裡有死亡和哀悼的涵義……白蓮周圍的紅色……也可以是生命的脈動，血色的流動。……在中國文化裡，紅色代表許多事物。在紅色和潑撒的血色圍繞下，我們看到一朵美麗的白蓮花，既是和平的象徵，也含有哀悼的意思，模稜兩可，兼容並蓄。畫家很高明，擅於賦予單一圖像多重的涵義」（單，〈創〉144-45）。佐藤在講評時也強調封面、插圖及其作用（Sato, "Visual" 19-25）。

料、靈感出處等，甚至在全書出版之前數年就已在美國、臺灣、中國大陸等地的朗誦會及研討會中朗讀詩作，自我說明，並且回應學者與聽眾的提問。筆者就曾親身參與下列幾項活動：2006 年 11 月他在高雄中山大學以「在華人離散中寫作：個人的歷史」（"Writing within the Chinese Diaspora: A Personal History"）爲題現身說法，朗誦的詩作中有幾首有關南京大屠殺；2009 年 7 月在南京大學的美國華裔文學國際研討會中，他首度前來南京，除了朗誦及說明詩作之外，並走訪若干與南京大屠殺有關的地點，如南京大屠殺紀念館與拉貝故居；[15] 2010 年 6 月在中央研究院歐美研究所舉辦的「亞美研究在亞洲」國際工作坊（Asian American Studies in Asia: An International Workshop）中，詩人朗誦多首有關南京大屠殺的詩作，並回應日本學者佐藤有關這些詩作的論文；[16] 2013 年 4 月 19 日在美國西雅圖舉行的亞美研究學會（Association for Asian American Studies）年會中，他與夏威夷作家朴蓋瑞（Gary Park）與詩人斐諾（Amalia Bueno）在「以證據塡滿抒情：夏威夷的紀錄文學」（"Loading Up the Lyric with Evidence: Documentary Literature in Hawaii"）爲題的場次，朗誦有關南京大屠殺的詩作，[17] 並於次日在同市的華美傳

15 南京大屠殺紀念館全名爲「侵華日軍南京大屠殺遇難同胞紀念館」；「拉貝」雖爲現在通行的譯名，但根據史詠與尹集鈞書中所收錄的商業名片照片，他的中文名字爲「艾拉培」，當時爲「德商西門子電機廠代表」（Representative of Siemens China Co.）（229），其故居位於現南京大學一隅，設有拉貝與國際安全區紀念館以及拉貝國際和平與衝突化解研究交流中心。

16 參閱兩人於國際工作坊手冊的摘要，以及佐藤後來出版的專文"Witnessing Atrocity through Auto-bio-graphy: Wing Tek Lum's *The Nanjing Massacre: Poems*"與林永得的回應"Notes to Gayle Sato"。筆者解讀哈金的《南京安魂曲》的論文與佐藤的論文不約而同地用上桑塔格與巴特勒（Judith Butler）的若干觀念。

17 該次年會主題爲「帝國的來生」（"The Afterlives of Empire"），林永得等人的場次爲 F19（Association for Asian American Studies 76）。

承協會會議（Chinese American Heritage Societies Conference）中再度朗誦相關詩作。[18] 此外，詩人也受張錦忠之邀，2011 年 12 月於馬來西亞歷史悠久的華文文學刊物《蕉風》出版「林永得專輯」，內容包括編者引言、詩人英文摘要、中文前言、英詩、中譯、論文、訪談（6-37）。這種行爲迥異於個性低調的他，主要原因是出於義憤（moral indignation），認爲自己必須以詩歌一次又一次地爲南京大屠殺的受難者發聲。正如他再三強調的：

> 歷史太常是由倖存者、勝利者所撰寫（筆服務於劍）。戰爭的受害者，尤其是未能倖存的人，罕能訴說他們的經驗。沒有人知道他們的遭遇，也太常沒有人關心。必須訴說他們的生命、苦難，以提供眞正的紀念。必須由創作者來想像那些被遺忘者的故事，他們的存在可能已被有意地抹煞。這些故事必然是虛構，不是自傳，不是回憶錄，但聽來卻似眞實。如此做時，見證也提供了對勝利者的些許報復（在這種情況下，拔筆反抗劍）。[19]

---

[18] 他於會議結束後前往在加州舊金山與洛杉磯舉辦的新書發表會並朗誦其中的詩作。此外，他於 2011 年 11 月應邀參加母校布朗大學（Brown University）的「中國年」（Year of China）活動，以南京大屠殺爲題發表演講及朗誦作品，以校友的身分接受訪問，並與哈金見面。在那之前一個月，哈金也曾參加該活動並朗誦《南京安魂曲》。筆者於 2014 年 4 月中旬參加在美國舊金山舉行的亞美研究學會年會，林永得再次在與其他作家組成的場次中朗誦相關詩作，並私下向筆者表示，張純如的雙親參加他在聖荷西（San Jose）的《南京大屠殺詩抄》朗誦會，對於有人如此重視此歷史事件及其女兒的著作甚感欣慰。

[19] 這段文字出現於他爲 2010 年中研院的國際工作坊所撰的摘要（8）以及爲 2011 年《蕉風》的林永得專輯所撰的英文摘要（8），後來成爲《南京大屠殺詩抄》註釋的第一段（223）。臺灣的乙審查人對於林永得的「必然是虛構」之說有疑，並詢問：「林永得的『虛構』涵意爲何？」綜合詩人的相關詩作、文字與呈現方式，可知儘管他力求眞實確鑿，並多方提供史實與根據，然而受害者人數眾

由此可知，詩人選擇站在弱勢的一方，有心藉由自己的創作，爲被遺忘的戰爭受害者仗義執言，即使有時必須虛構，未必全然符合史實，卻具有眞實感，並以此見證來報復戰勝者，從而顯示了筆與劍的對反關係。就南京大屠殺這個歷史慘劇而言，日軍是詩集中屢屢出現的「入侵者」（invaders）及「鬼子」（demons），受害的則是中國軍民百姓。雖然有時必須虛構一些故事，但詩人面對如此重大事件絲毫不敢掉以輕心，多年四處蒐羅並研讀相關資料，並爲七成的詩作加註，以示確有所本。在這些資料中，最生動有力且駭人聽聞的無疑是照片了。除了張純如的書之外，詩人自承頗得力於底下四本著作，並視爲「必要的書目」（"an essential bibliography"）：

Shi Young and James Yin, *The Rape of Nanking: An Undeniable History in Photographs*（1996）（史詠與尹集鈞，《南京大屠殺：歷史照片中的見證》）；

Honda Katsuichi, *The Nanjing Massacre*（1999）（本多勝一，《南京大屠殺》）；

[John Rabe] *The Good Man of Nanking: The Diaries of John Rabe*

多，加以事隔多年，相關人證日漸凋零，資料與文物相對於該事件之龐大慘痛也極不成比例，身爲詩人的他必須仰賴想像或詩的特權（poetic license），以再現此一爲世人忽略多年的慘劇（亦即他所說的「必須由創作者來想像那些被遺忘者的故事」）。正如林永得在回應筆者有關「詩與重新創造過去（the recreation of the past）之間的關係」時說道：「對於南京大屠殺，我並沒有個人的經驗，因此必須在詩裡重新創造歷史事件，虛擬過去，而那就是『信仰的躍進』（leap of faith）。那並不是第一手的回憶錄，不是第一手的自傳，卻依然是一種不同的眞相。希望我的詩中描述了足夠的意象、足夠的情境，能讓讀者可能來想像我寫作的題材。因此，它會帶來眞相」（林，〈詩〉35）。簡言之，除了「歷史之眞相」（historical truth）外，詩人也試著藉由「虛構之眞相」（fictional truth）傳遞給讀者「感性之眞相」（emotional truth），以期爲受害者發聲並伸張正義，故有此「虛構」之說。此處有關三種眞相之說，來自 2014 年 3 月 27 日與鄭樹森教授的討論。

（1998）（拉貝，《拉貝日記》）；

Hua-ling Hu and Zhang Lian-hong, eds. and trans., *The Undaunted Women of Nanking: The Wartime Diaries of Minnie Vautrin and Tsen Shui-fang*（2010）（胡華玲與張連紅編譯，《無畏的南京女子：魏特琳與程瑞芳的戰時日記》）。（Lum, *Nanjing* 223-24）[20]

根據林永得的說法，「這四本書從人的層面來描述大屠殺」，並透過不同的方式提供詩人對於這個事件的素材：「第一本透過倖存的照片，第二本透過根據受害者的訪談或者侵害者的日記或證詞而來的敘事，後兩本透過試圖爲平民百姓提供庇護者的日記。對我而言，它們提供了獨特的窗口去了解這個歷史事件，把它當成發生在個別人士身上的個別事件之集合」（Lum, *Nanjing* 224）。在這幾本書中，尤其以史詠與尹集鈞的圖文集最令人震撼。林永得在九首詩的註釋中提到該書，其他註釋往往也有著直接或間接的關係，並且提供了重要的氛圍，因而列於「必要的書目」之首。[21]

---

[20] 南京出版社於 2016 年出版中、英、日三語版的《程瑞芳日記》。日記始於 1937 年 12 月 8 日，程瑞芳時年 62 歲（1），是魏特琳的重要助手（3），終於 1938 年 3 月 1 日。該書除了原件彩色影印版之外（1-57），並有加了註解之中文版（59-111）、英文版（113-99，胡華玲與張連紅譯）與日文版（201-69，汪麗影與彭曦譯）。該日記於 2015 年被聯合國教科文組織選爲世界記憶遺產，有如「中國的《安妮日記》〔*The Diary of Anne Frank*〕」，然而「在關於戰爭暴行的記錄方面比《安妮日記》更爲直接具體」（4）。該書封底也將其與《拉貝日記》、《魏特琳日記》、《東史郎日記》並提，指出可「彼此認證，是揭露日軍南京大屠殺罪行的又一重要鐵證。」

[21] 林永得在 2013 年 3 月 20 日致筆者的電郵中說：「史與尹的書是我很早就發現的，而且不時重訪。很攪擾心神。」（“The Shi and Yin book is one that I discovered very early on, and one that I revisited periodically. Very disturbing.”）

三、照片之意義

林永得一向對照片具有濃厚的興趣，並曾以攝影來譬喻自己的詩作：「我寫詩是因爲我對於快照（snapshot）、時間的切片感興趣」（林，〈竹〉165）。換言之，時間之流滔滔向前，一去不返，而詩人藉由寫詩得以在川流不息的時間中，如同快照般截取特定的瞬間，加以定格，顯影，不僅使其不致流失，保留詩人所觀、所感、所思、所悟，並可讓不同時空下的讀者根據各自的機緣與能力來凝視、沉思、解讀、品評、發揮……這種說法與一般對攝影的說法相似，著重於從逝者如斯的時間之流中「攝」取而留「影」，除了記憶與保存的基本功能之外，還保留了發揮與創造的可能性——尤其是對詩人而言。

以《疑義相與析》爲例，其中便有若干詩作提到照片，有些甚至從中得到靈感，如〈哥哥返鄉〉（"My Brother Returns"）（Lum, *Expounding* 83）一詩提到自己的兄長在闊別三代後重返故鄉，與家族見面，就以全家族拍攝團體照結尾。該詩集中提到的照片多爲紀念性或儀式性的，作用在於寫眞、紀實、見證或紀念。相形之下，在《南京大屠殺詩抄》中，固然篇首的獻詩（Dedication）〈我從你的大學年鑑得知〉（Lum, *Nanjing* 13-14）與篇末的尾聲（Epilogue）〈旗袍姑娘〉（"A Young Girl in a Cheongsam," 218-20）兩首詩中提到母親 Louise Lee Lum 的照片，更多的則是有關南京大屠殺的史料照片，因此就由原先小我的、家庭的個人史與家族史，擴及大我的民族史與人類史，除了紀實與見證的作用之外，更增加了「『介入』、『申冤』與『平反』的強烈意圖」（單，〈文〉133n9，亦見本書頁263n8）。

就家族史而言，若說沒有日本侵華，就沒有現在的林氏家族當不爲過。林永得在接受筆者訪談時，曾對自己的家世簡述如下：「我是第三代華人，父親出生於夏威夷，但母親出生於上海，在南京有親友，也去過南京一次，她來夏威夷是爲了逃避日本人的侵略，隨身帶了一本相簿」（林，〈詩〉33）。換言之，若不是爲了逃避日本人造成的戰禍，那個時代安土重遷的中國女子似乎不太可能遠赴海外。而林母大學年鑑中的照片引發了詩人的聯想與詩思。首先，這些照片記錄與見證了林母在中國的大學時代，詩人因而寫下了獻詩／序詩〈我從你的大學年鑑得知〉，並在扉頁將此詩集題獻給母親。其次，母親的歷史背景使得詩人對於同時代的中國人，尤其是中國女子，產生了一份特殊的感情。母親由上海赴南京之行，更強化了詩人對於南京的感受以及免於劫難的倖存感。[22] 就是這樣的「後記憶」（postmemory），[23] 使得詩人在 1997 年讀到張純如的書時，感受到極大的震撼，進而寫下一首又一首有關南京大屠殺的詩。[24]

---

[22] 如林永得在〈旗袍姑娘〉一詩中提到，他在母親生前並未詢問此事，以致未能知道這些攸關家族史的細節，如相關的年份。在與詩人數度往返電子郵件討論後，可大致推測其母很可能是在 1932 年日軍於上海發動一二八事變時，前往尚未遭到戰火蹂躪的南京，後來爲了逃避戰禍，於 1934 年毅然決定遠赴夏威夷。若是如此，林母更是受到日軍戰禍的牽連。華人的身分與母親的關係強化了「這種認同，這種同情，成爲我的動力」（Lum, "Notes" 227）。

[23] 賀希（Marianne Hirsch）以此詞來形容未直接遭遇猶太大屠殺（the Holocaust）的「倖存者的子女」（22），並擴及其他間接獲得有關此一慘案相關記憶的人。這種說法也適用於林永得，因爲他不僅藉由閱讀張純如和其他人的書間接獲得有關南京大屠殺的相關記憶，而且透過家庭相簿得知母親曾前往南京，並爲了避免日軍造成的戰亂而前往夏威夷，因此算得上定義比較寬鬆的「倖存者的子女」。

[24] 張純如對於林永得詩作的影響可分爲直接與間接兩種。詩人在 2014 年 4 月 1 日致筆者的電郵中表示，在他有關南京大屠殺的第一首詩〈南京，1937 年 12 月〉發表後，曾寄給張純如，「感謝她寫出那本書」。此外，「〈在暗房中〉（"In the Darkroom," 79-81）和〈它們是記號〉（"They Were Markers," 108-10）這兩首詩的靈感也來自張純如，並在註釋中註明〔227, 229〕。」至於間接的影響則來自拉貝日記，因爲「要不是她，拉貝的日記就不會譯成英文，在這裡出版，我也就沒有靈感寫出第一五九、一六〇頁那兩首詩〔〈一鍋稀飯〉（"A Pot of Rice Gruel"）

母親的大學年鑑照片固然引發了詩人倖免於難之感，也強化了民胞物與之情，促使他進一步蒐集相關資料，作爲寫作素材。詩人曾向筆者表示，多年來大約閱讀了五十多本有關南京大屠殺的英文圖書，而在其中的二十七本「主要書籍」（"the major books"）中，第一本就是史詠與尹集鈞的圖文集，可見歷史照片在其心目中的重要。[25] 在接受筆者訪談時，詩人提到：「我受到一些意象的激發和影響。就像在這些詩稿中，有些我必須看著圖片，然後描述我所看見的意象。那是我想繼續做的事。那與我的風格有關」（〈詩〉34）。此處，詩人坦言意象與圖片對他的重要，不僅把它們連接上自己如何創作《南京大屠殺詩抄》，而且認定那是自己的方向與風格。在回答筆者有關其「視覺靈感」（visual inspiration）的詢問時，林永得答道：

> 基於某些原因，照片讓我很著迷，尤其是黑白照片。這些照片提供我寫作的材料，我看著它們，寫下一些東西，並希望讀者也能體驗到我所經歷的。我一向相信透過殊相可達到共相。因此，在我描繪這些照片時，試著盡量具體、詳細，因爲我要傳

與〈拾荒者〉（"The Scavenger"），註見 231〕」。此外，我們也發現，〈我沒有死〉（"I Am Not Dead," 47-48）來自「1938 年 1 月 22 日拉貝日記中的觀察」（Lum, *Nanjing* 226），而〈我們的任務〉（"Our Mission," 116-18）則來自詩人 2009 年親訪拉貝故居的現場觀察（Lum, *Nanjing* 229）。

[25] 此一書單見林永得於 2009 年 12 月 17 日致筆者的電郵。除了史詠與尹集鈞的歷史照片集之外，「其他則爲文字文本〔其中不乏附有照片者〕，包括了時人的見證（如著名的《拉貝日記》，或日本士兵自己的說法〔《日本士兵的故事》（*Tales by Japanese Soldiers*）〕），更多的是後人的歷史著作與檔案資料，作者或編者包括了中國人、日本人、美國人等」（單，〈文〉132，亦見本書頁 263-64）。相關書單參閱本文附錄一。此書單尚未包括前述 2010 年胡華玲與張連紅編譯、出版的《無畏的南京女子》，而在 2014 年 4 月 1 日致筆者的電郵中，詩人表示他看過的相關出版品總共超過一百種。

> 遞一個特殊的意象，傳達給讀者一種眞實感。因此，看照片是會有幫助的，因爲我能從照片中偷取一些東西。（〈詩〉34）

此外，林永得於2011年回到母校布朗大學接受在校生李查絲（Jocelyn Richards）訪問時，關於照片對身爲詩人的他之作用有更仔細的描述：

> 當我看著照片的時候，那對我經常是個靈感。我看著它，記下一些看到的細節，再看，記下更多的細節，然後再看。因此，我在試著描述完整的單一影像時發現靈感。而我認爲那和我腦部的連結（wiring）有關；我能看著某件事物，但它必須固定在時間裡。因此，我認爲我的詩是描述時間的切片（a slice of time）。再說，散文作家對於個別的時間的切片不感興趣，而是感興趣於時間的流動，因此相較於照片，他們更感興趣的是電影，如何在時間中有個開始、中間與結尾——也就是眾所周知的情節。我無法構思情節，因此我擁有的是不同的連結。（Lum, "Interview"）

以上引文透露出不少訊息，可與詩人的創作相互檢證。要言之，詩人自承照片對他具有獨特的吸引力，尤其是具歷史性的黑白照片。其次，這些照片將歷史的瞬間凍結，有如「時間的切片」，提供了詩人創作的素材與靈感。至於實際創作時，詩人的方法是一看再看照片中的細節，「具體、詳細」地「描繪」截取自特定瞬間的影像，目的在於「傳遞」與「傳達」「特殊的意象」與「眞實感」，並企盼透過特定的「殊相」來達到普遍的「共相」，以喚起讀者的共鳴，這也成爲他個人的風格、特色與信念。至於「偷取」之說，實乃詩人自謙之詞，意指從他人或他處得到靈感，並加以挪用與轉化，成就自己的創作（林，〈詩〉34）。[26] 正如林永得所言，他希望能「找到一種方式從一個不同的角度來重新觀看或重新詮釋照片」，並且「掌握機會挪用這個中立的東西〔this neutral thing，意指照片〕來達到我們自己的目的」（Lum, "Notes" 227）。

四、照片之挪用

(一) 照片出處

林永得多年寓目的資料中，史詠與尹集鈞合撰的《南京大屠殺》，正如其副標題「歷史照片中的見證」所示，提供了中英文字敘述以及最悲慘、駭人的照片，既有個別的具體圖像，也有整體的歷史脈絡，成為強有力的歷史見證。細讀林永得的註解，可知底下九首詩得到此書照片的激發，但詩人卻未明確指出到底是哪些照片。然而，我們根據詩中的描述比對史詠與尹集鈞的圖文集，便會發現個別詩篇中有的受到一張照片啓發，有的受到數張照片啓發。因此，除了張純如的作品對於林永得的「啓蒙」之外，此圖文集的確是影響最大的單一來源（以下各照片之小圖參閱本文附錄二）：

第一部

〈優待憑證〉（"Preferential Certificate," 20）（一張）；

---

[26] 這與詩人在他處提到的「吸血鬼」（"vampires"）之喻相仿：「我有一首詩形容詩人就像吸血鬼，從別人那裡吸血或偷取想法。我完全承認那就是我的作法，即使寫的是歷史詩以外的作品，也會把閱讀或聽說的一些想法放入詩裡，有時會加註說明這些詩的靈感來源」（林，〈詩〉32）。

第二部

〈新兵〉（“New Recruits,” 59-60）（數張）；

〈丟入土裡〉（“Thrown into the Earth,” 61）（數張）；

〈顛倒〉（“A Perversion,” 64-65）（兩張）；

〈務實〉（“Pragmatic,” 71-72）（數張）；

〈任性〉（“Capricious,” 73-74）（數張）；

第三部

〈以這個姿勢〉（“In this Pose,” 105-07）（一張）；

〈它們是記號〉（108-10）（數張）；

尾聲

〈旗袍姑娘〉（218-20）（一張）。[27]

再者，其他註解中提到的照片有些與南京大屠殺相關，有些則來自其他戰亂中的照片，被詩人借來描寫南京大屠殺。前者集中於第三部：〈赤裸〉（“Naked,” 124）來自詩人 2009 年親訪南京大屠殺紀念館所見；〈椅子〉（“The Chair,” 125-26）與〈突擊一番〉（“Best Attack”，直譯〈最佳攻擊〉）（127）來自當時服務於中國幾處「慰安所」（comfort station）的軍醫麻生徹男的回憶錄（Lum, *Nanjing* 230）。[28] 後者則有第一部的〈手推車〉（“The Hand Cart,” 24）來自

[27] 第二部的〈在暗房中〉（79-81）雖未註明受到史詠與尹集鈞的激發，主要提到張純如和他處（Lum, *Nanjing* 227），但兩人合撰的書中也提到 1938 年 11 月 22 日出版的《瞭望》（*Look*）並附照片（Shi and Yin 141）。詩人於 2009 年特地走訪紐約市立圖書館取得這份雜誌（Lum, *Nanjing* 227）。

[28] 該書副標題更爲明確：「一位日本皇軍陸軍軍醫戰爭日記，1937-1941」（“The War Diary of an Imperial Japanese Army Medical Officer, 1937-1941”）。所謂「慰安」一詞爲日方用語，除了意在粉飾之外，也具有濃厚的軍國主義與男性沙文主義色彩，對受害者實爲陰影終生揮之不去、甚至抱憾而終的「性奴役」，而「慰安婦」則爲不折不扣的「性奴隸」（sex slave）。爲行文方便，暫用此類表達方式，但加

1949 年的上海逃難。

另有兩首雖未註明，但標題或內容均與照片有關：〈我從你的大學年鑑得知〉（13-14）；〈這張照片〉（205-07）。此外至少有四處在詩中提到相簿、照片或攝影師：「相簿」（"photograph albums"，〈逃亡〉〔"Fleeing," 26〕）；「不許拍照」（"No photographs were allowed"，〈1644 單位〉〔"Unit 1644," 86〕）；「情婦在背包發現他〔日軍上尉〕姐妹的一張照片」（"The mistress found a photo of his sister in a knapsack"，〈頭髮〉〔"Hair," 173〕）；「攝影師死了」（"The photographer is dead"，〈殺害〉〔"The Murder," 199〕）。

查閱史詠與尹集鈞的圖文集便會發現這些照片主要集中於第二章〈南京的陷落〉（"The Fall of Nanking"）、第三章〈有組織有計劃〔畫〕地屠殺戰俘〉（"The Systematic Massacre of Prisoners of War"）、第四章〈慘無人道的殺人手段〉（"Killing Methods"）、第五章〈對婦女的姦殺暴行〉（"Brutal Assaults on Women"）及第六章〈搶劫與縱火〉（"Arson and Looting"），而這些暴行大都發生於攻陷南京的前六星期。

上括號。同樣地，詩人也未明確指出照片的頁碼，但由於兩詩之前都有引文，而且詩中的描繪相當精準，因此不難查證。

由於南京大屠殺受到國際普遍譴責，日軍於是在所到之處廣設慰安所，其中以中國數量「最多、時間最長、規模最大，先後有 20 多萬女性被強制淪爲日軍的性奴隸，相當數量的女性在日軍殘暴的性虐待中死亡」（朱，〈前言〉）。爲了保存此歷史記憶，南京市於 2014 年 11 月開始「利濟巷慰安所舊址修繕保護和陳列布展工作」，陳列館於 2015 年 12 月對外開放，爲目前全世界有關慰安所的最大展場，「整個陳列分爲基本陳列、舊址陳列和四個專題陳列，介紹了日軍『慰安婦』制度的起源與確立，中國、朝鮮半島、東南亞及太平洋諸島等地〔包括臺灣〕的慰安所，以及遺留的日軍『慰安婦』問題與相關歷史記憶」（朱，〈前言〉）。筆者於 2016 年 3 月親往參訪，感觸良多。此外，筆者於 2018 年 11 月 28 日參訪上海師範大學中國「慰安婦」問題研究中心，對該議題與海內外相關研究有更進一步的認識。

對照《南京大屠殺詩抄》的架構，便會發現：獻詩與尾聲均係針對單一照片的細描與感觸；第一部多與日軍攻城有關；第二部主要爲日軍佔領後的一般暴行；第三部集中於日軍對女性的暴力（包括所謂的「慰安婦」），涵蓋了多重強暴、污辱與傷害，甚至連死者都不放過；第四部與第五部雖難以截然劃分，但依舊與日軍暴力與淫威犯下的種種罪行密切相關。[29] 換言之，此詩集的架構大致相應於史詠與尹集鈞一書的主體，也類似相關史書的一般順序或內容，最大的不同則是其中若干爲詩人根據這些史實而創作的虛構之作，這類作品雖無意於歷史的眞實，但目標卻在於擬想的眞實。換言之，由於往者已矣，無法吐露自己的悲慘遭遇，詩人於是根據相關史料，發揮想像，以彌補歷史之不足，力求建構並達到詩的眞實與正義（poetic truth and justice）。

㈡ 書寫策略

1. 直接翻譯

由於篇幅所限，下文無意逐一分析這些詩作，而是分類討論。鑽研林永得多年的佐藤指出，這本詩集「用字簡單、直截了當；明顯偏好描述可感知的現象，創造出一種事實性與就事論事的氛圍（an aura of factuality and matter-of-factness）。……這些描述本身刻意中立，彷彿就像照片般複製一個已經存在的『外在』形象……」。

---

[29] 林永得在此書出版後接受筆者訪談時，對於全書架構有如下的說法：「第一部分提供一個場景，並且描寫日軍攻城的情形。第二部分處理南京陷落後，城中居民所面對的殘暴悲慘處境。第三部分寫女人的遭遇，不僅是大屠殺那六個星期內發生的事件，也包含慰安婦的處境。第四部分繼續描寫日軍各式各樣的暴行。簡言之，前四個部分描寫人如何在那種情況下求生或送死。第五部分是反思，主要反映我的思考方式，或是我對整部詩集、整個大屠殺以及戰爭本身的思考」（林，〈創〉137）。

再者，這些詩註明出處，「強化了『攝影複製』之感」（“the sense of ‘photographic replication’”），在她看來「有如文件本身，一種暴行照片詩歌」（“as documents themselves, a kind of atrocity photo poetry”）（Sato, “Witnessing” 213）。的確，詩人維持了個人一貫的詩風，在面對及處理如此重大的歷史創傷時審慎行事，務求實在。其中，最直接的手法出現於〈優待憑證〉，詩人坦言「這是一首現成的詩，翻譯自尹集鈞與史詠書中的傳單」（Lum, *Nanjing* 225）。根據原書的圖片說明，此傳單爲日本飛機所散發，針對中國軍隊進行心理戰，全文如下（依照原傳單的格式分行）：

優待憑證（絕對不殺投誠者）

凡華軍士兵，無意抗戰，樹起白旗，
或高舉兩手，攜帶本憑證，前來投誠
歸順日軍者，日軍對此，必予以充分
給與，且代謀適當職務，必示優待，
聰明士兵，盍興乎來！
日本軍司令（Shi and Yin 33）

林永得全詩如下：

PREFERENTIAL CERTIFICATE

(We absolutely will not kill
anyone who surrenders.)

Any soldier of the Chinese army
not interested in the war of resistance

and who holds up a white flag
or raises both hands
carrying this certificate
may come forward to surrender
and pay allegiance to the Japanese army.
This the Japanese army will affirm,
and will provide full provisions
and offer suitable jobs
as expressions of our preferential treatment.
Intelligent soldiers, why not come?

The Japanese Military Command (20)

兩相對照，就會發現正如林永得所言，此詩的確是中文傳單的忠實英譯，無怪乎稱其爲「一首現成的詩」（“a found poem,” Lum, *Nanjing* 225），是整本詩集中最貼近「原本」之作，也是唯一的「翻譯」之作。至於光譜的另一端，則是類似〈二胡〉（“The Chinese Violin,” 183-87）這類詩人坦承的虛構之作。

2. 實物描繪

如果說《南京大屠殺詩抄》中最忠實的再現是對（圖像）文本的逐字翻譯，其次則是對實物的描繪，以〈椅子〉與〈突擊一番〉爲代表。這兩首詩係根據日本軍醫麻生徹男回憶錄英譯本中的照片及圖片說明。前者看似稀鬆平常的器具，但前言引用軍醫的照片圖說：「陸軍野戰建設公司金田單位根據我的設計製造出這……」（“The Kaneda Unit of the Army Field Construction Company made this . . . after my design,” Lum, *Nanjing* 125; Tetsuo 74）。全詩以軍醫的口吻描述自己匠心獨具設計出的「椅子」，這種呈現方式多少讓人聯想到戲劇性獨白（dramatic monologue）此一詩體及其特色之戲劇性反諷（dramatic irony）。第四、五行提到「一個超寬的座位／超過桌子的高度」時，已透露出些許不尋常，接著「一邊／附了兩級階梯／以便他〔她〕們能夠／輕易爬上爬下」更顯蹊蹺，而且不知其中的"they"究竟是何許人也。讀者依照詩中敘述者的描述一路看下，先前心中的疑團逐步化解，才知原來這位日本軍醫設計出此款特殊的「椅子」是爲了方便檢查慰安婦的「瘡口／或具有徵兆的分泌物」（126）。結尾時，軍醫以沾沾自喜的口吻說道自己對國家的貢獻：

我雖然不在
前線
但克盡己責
以確保
那些在前線的我方
能夠發揮
他們全副的戰力。（126）

此詩在有如客觀、無害的白描中，逐步透露出可怖的訊息，讓日本軍國主義下的一員，驕傲地訴說如何在軍醫的工作崗位上發揮創意，努力扮演好一己的角色，更有效率地檢查「慰安婦」的身體情況，及早發現異狀，避免感染日軍，以保全「前線的我方」戰力，俾利遂行軍國主義的侵略目的。然而，仔細對照軍醫該書英文版便會發現，其實詩人爲了藝術效果，在這裡動了一點手腳——或者該說，發揮了一點創意。因爲原先的照片說明爲「這婦科檢查檯」（"this gynecological examination table," Tetsuo 74），該詩爲了達到懸疑效果，強化讀者的期盼與實際之間的落差，刻意直觀此設計物的外形，加以白描，並在前言中刪去關鍵的三個英文字，成爲"this . . ."，且將題目定為「椅子」，讓讀者以對於一般椅子的認知來閱讀，逐步發現箇中詭異之處。換言之，詩人為了達到懸疑目的而運用刪節技巧，並另闢蹊徑，把原先看似現今生產檯的「婦科檢查檯」置換為「椅子」，以降低讀者的「戒心」，也避免與第五行的"table height"（「桌子的高度」）重複，並逐漸讓人發現這張「椅子」非比尋常，而是日本軍醫匠心獨運，為了特定的作用與目的而設計，以奉行自己身為日本帝國主義侵略擴張的一分子之職責。總之，若不對照英文版的照片與說明，就無法深入了解詩人挪用與再現的巧思，以及其中隱含的譏諷、憤怒與批判。[30]

〈突擊一番〉再度引用軍醫的文字作為前言，指出「國際橡膠公司製造並提供的『突擊一番』保險套是標準的軍需品」（". . . the *Totsugeki Ichiban* condoms were supplied by the maker, Kokusai Rubber Company, as items of standard military supply," Lum, *Nanjing* 127; Tetsuo 70）。此詩運用全知的觀點以指控日軍的暴行開始：

> 城市投降
> 　　軍隊有時間強姦
> 但他們怕留下證據
> 　　於是也殺死受害者
> 因此許多女人失蹤
> 　　街道現在空蕩蕩的
> 其他的都躲了起來（127）

接著描述日軍設立「慰安所」，所內的女性日夜服務，然而日

30 南京利濟巷慰安所舊址陳列館以及上海師範大學中國「慰安婦」問題研究中心都依照麻生徹男的照片與尺寸，複製了該婦科檢查檯，並附上文字說明，讓參觀者得以了解該木製品的用途。

軍淫慾無度，很快就筋疲力竭，「疾病快速傳播給所有人／醫師加入戰局」，爲了維護軍人的健康以保全戰力，於是在「慰安所」門口分發作爲「標準的軍需品」的保險套。日軍對平民女性的姦淫與殺害罪無可逭，對「慰安婦」的傷害也令人髮指，而理應以救人爲職志的軍醫也加入了這場慘無人道的戰局，如前一首詩般自豪地奉獻於祖國的軍國大業。不僅如此，諷刺或可怖的是，此事還涉及日本本土的後勤支援：

> 故鄉的工廠愛國
> 　　橡膠套展現了他們的熱忱
> 在每個上面印了戰爭標語
> 　　最好的品牌就是「突擊一番」（127）

此詩控訴日軍在攻陷南京城後對中國女性的暴行，爲了湮沒證據，先姦後殺。即使後來爲了避免國際輿論壓力而設立「慰安所」，在門口分發保險套以維護日軍的健康與戰力，但連如此私密的物件依然不免於軍事用語及宣傳，足證其軍國主義無所不在。「愛國的」故鄉工廠所提供的保險套中，最佳品牌的名字「突擊一番」，既是鼓勵日軍在戰場發揮「最佳攻擊」，也適用於對「慰安所」中被迫屈從的異國弱勢女性的性攻擊，以看似巧妙的命名戲謔／虐地將兩種違反人性／女性的攻擊行爲合而爲一，並名之爲「一番」（「最佳」）。[31]

緊接的短詩〈奇怪〉（"Wonder," 128）主題相近，雖未提到照片，但轉換角度，以受害的中國婦女的口吻，詢問在日本本土橡膠

---

31 筆者 2016 年 3 月於南京大屠殺紀念館、南京利濟巷慰安所舊址陳列館、南京民間抗日戰爭博物館，以及 2018 年 11 月於上海師範大學中國「慰安婦」問題研究中心都看到展出實物。

工廠工作的婦女，是否知道自己已淪爲軍國主義的幫兇，方便她們的男人用她們製造的保險套大肆攻擊另一國的婦女。原詩只有一句，共三十六個英文字，卻分爲十七行，是全書字數最少、詩行最短的詩之一，其中只有兩行爲三個英文字，其餘均爲兩字，似乎爲了模仿性攻擊下的中國婦女以短促、氣急敗壞、斷斷續續的口氣質問同爲女性的「鬼子婦女」（"demon/women," 128）：

在故鄉
橡膠
工廠
工作的
鬼子婦女
是否奇怪
爲什麼
她們製造的
那麼多
保險套
必須
運到
我們國家
讓她們的
男人
用在
我們身上？（128）

總之，詩人在接連兩首詩中運用當時服役於中國「慰安所」的日本軍醫的資料與照片，採用不同的角度，或以軍醫爲敘事者的戲劇性獨白，或運用全知的觀點加以控訴，揭露入侵日軍的罪行，即使不在前線從事戰鬥任務的軍醫，依然以一己之力發揮創意，在祖國的愛國者後勤支援下，共同協助軍國主義的侵略。詩人依此延伸，在另一首詩中以受害的中國婦女的口吻，質疑同爲女性的日本平民，是否納悶爲什麼國外的日軍需要使用那麼多保險套？而在日本本土橡膠工廠生產包括「突擊一番」在內的保險套的女工，即使並未加入戰鬥行列，但她們的角色也類似未在前線服役的軍醫，都是在各自的崗位上不分男女、「舉國皆兵」般效力於日本帝國主義，可能在不知不覺間淪爲傷害同爲女性的中國婦女的共犯——若是有所知覺，則更是明知故犯，罪加一等。在前兩首詩中，詩人根據在華日本軍醫戰爭日記的第一手資料與照片，運用白描和戲劇性獨白的手法，爲了懸疑效果必要時略加轉換，以成就自己的詩藝；在後一首詩中，詩人進一步發揮想像，以「我們」中國受害婦女的角色質問「她們」日本女工／「鬼子婦女」。三首詩各以不同方式指控日本軍民不分前線後方、男男女女，都淪爲愛國主義的人質與侵略主義的工具，甚至以能報效軍國爲榮。相對地，幾十年後這位第三代華裔夏威夷詩人則根據殘留的史跡與照片，苦心孤詣，投入創作，試圖「拔筆反抗劍」，以一己的詩作進行「對勝利者的些許報復」（Lum, *Nanjing* 223）。

3. 再現暴行

此系列的第一首詩〈南京，1937 年 12 月〉（92）寫於 1997 年，刊登於 2002 年 9 月的《詩刊》（*Poetry*）。他在 2006 年刊登於《亞美學刊》（*Amerasia Journal*）的六首有關南京大屠殺詩作的說明中指出，「我讀張純如的《南京浩劫》時很難過，於是寫了一首詩列舉（cataloging）她描述的一些暴行」（Lum, "At" 105）。全詩二十九行，分爲長短懸殊的兩節，前二十八行爲第一節，描寫日軍在攻陷南京之後，如對待禽獸般虐殺中國人的各種匪夷所思的殘酷手段，第二節只有一行：「然後就輪到女人」（Lum, *Nanjing* 92），不僅把原先的手段轉用到女性身上，也因而加上了更殘暴、侮辱的性犯罪。此詩位於第三部之首，既承接了第二部中的各種罪行，也開啓了第三部中對女性的多重強暴、虐殺與污辱。

就第二部而言，註解中指出運用到史詠與尹集鈞的照片的五首詩中，分別根據這些照片再現種種不同的暴行與心態，每一首都涉及該書中的幾張照片。〈新兵〉是有關如何將中國男子作爲日本新兵練習刺刀的活靶子（Shi and Yin 63, 107, 134-36）。[32] 此詩特殊之處在於從刺刀下的中國男子的角度來訴說整個事件，由他道出日本新兵的笨拙與怯懦，被綁在柱子上的男子在有限的範圍內極力閃躲，菜鳥兵士未能刺死人肉靶子而被旁觀的同僚取笑，惱羞成怒，決意置他於死地，無處可逃的男子「咆哮」、「尖叫」、「乞憐」（59-60），但喪失人性的新兵彷彿瘋狂般一刺再刺，刺遍受難者全身上下內外，即使男子已喪命，仍不罷休：

直到他濺滿了
揚自我的碎肉
和著他的汗水，
他狂亂的淚水
落入我的肺腑……（60）

此詩另一獨特之處在於詩人呈現肉體已死的男子，其神識依然

[32] 詩人之妻林李志冰（Chee Ping Lee Lum）曾將五首有關南京大屠殺的詩翻譯成中文，是爲《蕉風》林永得專輯中的〈《南京大屠殺》組詩選刊〉（9-15）。此詩及下一首詩是其中兩首，底下引用時文字有些更動。另外三首爲“The Near Dead”（〈垂死〉）、“A Village Burial”（〈村葬〉）與“A Soldier Returns”（〈一個士兵的歸來〉）。

存在，不僅覺知到新兵的汗水和著刺刀頻頻猛刺下受害者的碎肉，加害者「狂亂的淚水」也落入受害者的肺腑，使得新兵與他刺刀下的亡魂合而爲一，接下來的最後三行更將兩人的生死做了根本的轉換與連結：

> 我生命之死亡
> 如今交織入
> 他死亡之新生。（60）[33]

如果先前「狂亂的淚水」已將新兵轉換爲兼具加害者與被害者的角色，此處則更加深了新兵與他刀下亡魂之間牢不可分的關係：刺刀下的受害者固然生命已經亡逝，但新兵經此暴行——或者，「血浴」之「洗禮」與「啓蒙」——也已喪心病狂，步上人格／人性的「死亡之路」，以致雖生猶死，中國男子碎裂的血肉與日本新兵的汗水、淚水混爲一體，前者亡逝的生命（「生命之死亡」）與後者人性的淪喪（「死亡之新生」）從此糾纏不清，形影不離。詩人藉此強烈譴責侵略之舉，不僅使被侵略者受害，即使表面佔上風的侵略者，也因爲喪失人性而同時成爲加害者與被害者，而這一切災難的根源則來自日本軍國主義者的野心、貪婪與狂妄。

在日軍的種種暴行中，除了讓新兵以活肉靶練習刺刀術之外，對於中國男子常見的殺人手段還包括了活埋，以砍頭來試刀、取樂或炫耀，以機槍集體處決手無寸鐵的平民百姓，將人推入水中溺斃。〈丟入土裡〉（61）一詩想像被活埋者所遭遇的境況。[34] 在詩人

---

33 "the death of my life / now woven into / his new life of death." 林李志冰將這三行加以引申，譯爲四行：「我窒息了的生命／如今／與他死亡的新生活／編織在一起」（11）。

34 相關照片參考 Shi and Yin 144-47。林李志冰將此詩名譯爲〈被擲到地下〉（12）。

筆下，這些受害者有如被拋入海中，然而卻「沒有浮力」可讓身體升到表層，也沒有空間可讓他們「踢腿」或「划水」，而是處於完全無法動彈的狀態。詩人進一步描述這些被埋在土坑中的活人四周既「沒有光線」，也「沒有聲音」。更悽慘的是，「鏟落的泥土中的／一點點空氣／瞬間／被吸光」，若再猛吸，「土屑」就會「落入嘴巴／鼻孔和眼睛」。詩人的描述由外而內，再由心理而生理，以致於命終：這些被活埋者的內心爲「恐慌」所攫，「心臟繼續砰跳／肺部塌陷／肌肉呆滯／腦部休克」，最終則是「靈魂／無處可逃」（61）。

〈顛倒〉（64-65）一詩特殊之處在於根據的是史詠與尹集鈞書中同一場景的兩張照片（116, 117），呈現的是另一種難以想像的荒誕行徑：日軍不僅殺人取樂，以此炫耀，而且特意拍照留念。由這兩張角度稍微不同、時間只相差一瞬的照片可知，當時至少有兩人在攝影。兩張照片的說明分別如下：

> （系列之一）日軍在南京評事街屠殺無辜。圍看的日軍官兵把這種慘無人道的屠殺當成娛樂。圖中至少有兩名日本軍人在用照相機拍攝留念。（Shi and Yin 116）

> （系列之二）這張照片是由另一架照相機拍下的與左圖同一個場景。兩張照片只相差幾分之一秒的時間。在左圖中，屠夫的刀刃剛剛臨頭；在上圖中，刀鋒已過，俘虜的頭已被砍斷。（Shi and Yin 117）

此處的照片與圖說甚爲清楚。對於許多人來說，這兩張照片的「刺點」（punctum）就是頭顱被砍斷之前、之後的受害者，更精確地說，就是刀鋒所及之處，因爲在那瞬間身首異處，一條生命就此成爲刀下亡魂。而與單張照片相較，這兩張連續照片增添了時間的面向，對比之下，最大的差別就是受害者身首異處，使看照片的人更加「刺痛」、「受傷」、「痛切」。[35] 詩人在以文字再現時，加上了自己的創意，以強化其批判、諷刺與控訴。首先，詩人在前言加了如下的引文：「『白兵戰』〔白刃戰〕（"*hakuheisen*"）——一個正式的術語，意思是『拔劍戰鬥』」（64），使讀者期盼看到戰場上的短兵交接，近身肉搏。然而全詩卻完全不是想像中的兩軍對壘，雙方各憑本事以兵刃近距離一決生死，而是一群人圍觀一位日本軍官揮劍斬首毫無抵抗力的戰俘。此詩打一開始就刻意製造懸疑與諷刺，詩中人如導演般發號施令，叫人挖坑，圍立四周，接著「也命令周遭的幾位攝影師／有些跪在這裡，有些站在那裡，／一組攝影機準備／在彼此一瞬間拍照」（64）。然而此人卻不是導演，而是「我們的大尉」（"Our captain," 65）；此日本軍官不是在戰場上拔劍公平地與對手進行你死我活的肉搏戰，而是要斬首手無寸鐵、無力抵抗的中國戰俘。他大陣仗地安排觀眾和攝影師，準備見證並記錄他「英勇」的時刻，等到「舞臺」（"the stage," 64）布置妥當，令人把戰俘帶來，任憑他擺布。

詩人以旁觀軍士的口吻敘述整個荒謬又奇慘的事件，在展現事件的整個過程中就隱含了批判，並以一些關鍵字眼直接評斷。所以讀者在詩中讀到，即使這些下屬也對自己的大尉如此煞費周章的表

---

[35]「刺點」之說來自巴特（Roland Barthes）的《明室・攝影札記》（*Camera Lucida: Reflections on Photography*）。他認爲照片中的這種元素會「從場景中升起，如箭矢般從它射出，刺穿我」，有如「尖銳的工具造成的傷口、刺孔、記號」（26），而「一張照片中的刺點就是刺痛我的意外（但也使我受傷，痛切）」（27）。雖然各人對於刺點的看法與感受不同，可能在同一張照片中看出不同的刺點，而在詩作中更因爲文字的中介與再現，隔了一層，復以全書未附任何照片，一般讀者很少會按文索圖，找出原照，以致無法領會，但詩人已註明出處，因此不能排除這種可能性。本文正是充分利用這種可能性，來進行批評的介入。感謝一位韓國匿名審查人提及巴特的論點與可能的關聯。

現慾與狂妄的英雄感表示厭惡，逕以「這個狂熱者」（"This fanatic," 64）和「這個自大的蠢蛋」（"This pompous fool," 65）來形容。他們之所以會有如此反應，是因爲面對如此場景時，「起初我們震撼驚異，／但此刻只有厭惡」（65）。全詩結尾既是強烈的諷刺，也預示了旁觀者知道自己也被扯入這種違反武士道的變態惡行，成爲共犯，終將爲此付出慘痛的代價：

那是多麼勇敢——
拔劍而戰
而你的對手卻沒有武器？
這是顚倒了武士精神，
而我們將會是
爲此丟掉腦袋的人。（65）[36]

日軍的罪行罄竹難書，此系列的第一首詩〈南京，1937 年 12 月〉（92）就臚列了詩人「在 1997 年閱讀張純如的書時，所發現的較駭人聽聞的暴行」（Lum, *Nanjing* 228）。在經年蒐集資料，發現了更多的犯行之後，林永得在另一組詩中以兩個字眼——「務實的」（"pragmatic"）與「任性的」（"capricious"）——加以概括。〈務實〉一詩描述的是對中國的戰俘、平民百姓、男女老少的各種有計畫、系統性的暴虐行徑，目的在於達到軍事侵略，練習戰技，劫掠財物，滿足慾望，降服意志，殺人滅口，毀屍滅跡⋯⋯林林總總，不一而足（71-72）。〈任性〉所呈現的更是各種一時興起的任性行爲，包括了許許多多令人匪夷所思的虐待與殺害方式（73-74）。不論是

36〈詛咒〉（"The Curse," 84）一詩更預言了後來在日本投下的原子彈，使得許多人遇害。換言之，窮兵黷武、燒殺擄掠的軍國主義不僅危害自方前線的軍人，甚至禍延日本本土的平民百姓、男女老少。

「務實的」或「任性的」方式，透過詩人一一細數與再現，都讓讀者得以窺見南京淪陷之後被害者蒙受的種種慘烈情事，以及在戰爭中侵略者人性之淪喪。

4. 再現對女性的強暴

在諸多暴行中，最令人震驚且痛心的就是對女性的多重傷害與侮辱。在有關南京大屠殺的許多著作中，以"The Rape of Nanking"來形容此慘案便是訴諸性別化、甚至性侵害的呈現方式，這一方面因爲受害者的相對弱勢，另一方面則因爲受害者中有數以萬計的女性。

前文提到日軍拍攝了不少照片作爲留念與炫耀之用，史詠與尹集鈞的書中就有不少照片來自日軍，上文討論的〈顛倒〉一詩便是明證。面對受害的女性，日軍更是顯露了侵略者的殘忍暴虐以及男性沙文主義的惡形惡狀，這些在有關南京大屠殺的著作中所在多有，如史詠與尹集鈞就闢專章〈對婦女的姦殺暴行〉(157-90)。而對詩人最大的挑戰之一，就是如何在以文字再現如此駭人、噁心的史料與照片時，不僅要求不因憤怒而損其詩藝，也要避免對受害者造成再度傷害，更要運用自己專長的文類介入，爲這些女性受害者發聲、申冤，以伸張正義。

《南京大屠殺詩抄》的第三部聚焦於日軍對於中國女性的各種暴行，其中有兩首詩提到史詠與尹集鈞。〈以這個姿勢〉(105-07)全詩七十六行，分爲六節，明言「根據尹與史的一張照片」(Lum, *Nanjing* 229; Shi and Yin 166)。詩人之筆有如攝影機般逐步掃描，第一節以遠景統攝在陽光下狀似漠然的三位裸身女子，其中兩位面對鏡頭，最左邊一位的上半身則在照片之外，只露出下半身。第二節將鏡頭拉近，先照到右邊兩位女子的頭部和圍巾，接著下移到三人的足部及鞋襪。第三節指出這些是三位女子身上僅有的遮蔽物，而足部則透露了「女性的祕密」（“feminine secrets,” 106）。詩人接著聯想今昔：「今天我們習慣／在雜誌和電影裡看到正面全裸」，但這張照片中的舊式鞋子卻透露出另一個迥然不同的時空：「那是 1937 年，而且在中國南京」（106）。第四節進一步將這三位女子連接上眾多受害的女性：「這些女子也許像其他成千上萬的人一樣／遭到強暴，也許一次，也許幾十次，／其他的衣物不再有用」（106），並接著將鏡頭轉向她們的裸體，以特寫的方式逐一描繪她們的胸部、中腹、腰部、陰部以及被迫張開的雙腿。第五節接著表述「而她們在這刺眼的太陽下如此／絲毫不顧羞恥／因為她們已經超越了這種色情暴力。／我在她們的表情看不出害怕或恐懼」（106）。此處詩人直接指控為「色情暴力」（“pornographic violence”），並猜測這些受害者之所以表情木然，全然不顧羞恥地赤裸於相機前，可能因為「至少／她們的確還活著」（107），能夠暫時苟活於亂世。此處的「這刺眼的太陽」（“this glaring sun,” 106）也讓人聯想起「『日』本」的太陽旗。最後一節則指出，如果攝影的日本兵像他的同僚般，就可能會在強暴之後再解決掉這三位女子：

> 只是在他的情況下，不會
> 在他以這最後一個紀念品捕捉住她們之前
> 而他頭部的陰影突出，
> 意外地出現在照片的底部，
> 地上的一個鬼魂，一個惡魔，
> 地獄自她們的腳下升起。（107）

史詠與尹集鈞的照片說明以平鋪直述的方式提供史實：「三個在輪姦後被強迫脫光供日本兵照相的中國婦女。前景是照相者的黑影」（166）。相較之下，詩人之筆如運鏡般由遠而近，由小而大，由外境而內心，由過去而現在，由三人而集體，不僅將三位受害的中國女性置於歷史上一時一地的可怖情境，也連結上半個多世紀之後的詩人以及他所欲傳達的讀者。照片前景中照相者的陰暗頭影——彷彿戴著軍帽——更是如鬼魅般的存在，而三位女子則是懾於他的「淫威」，木然赤裸於相機前，任其擺布，只盼留得活命。而在此「軍人—攝影者」（“soldier-cameraman,” Shi and Yin 166）留下「紀念品」的同時，也見證了其「色情暴力」，並使得這些女子所受到的恥辱與不人道待遇，隨著「陰魂不散」的日軍之照片一直存留、甚至傳播，成爲日本軍國主義泯滅人性的另一項具體罪證。[37]

若說〈以這個姿勢〉是對單一照片的「工筆細描」，緊接的〈它們是記號〉（108-10）則是根據幾處資料和多張照片而來。[38] 此詩前言引用布朗米勒書中所引用的艾莫（Menacham Amir）報告之字眼「過分的糟蹋」（“Extravagant defilement”），並直言這是「一種委婉的說法」（“a euphemism,” 108）。開頭三行「他們被告知／不要留下／證據」，接著便是這些日軍令人髮指的暴行，「大舉強暴導致／大舉殺害」（“mass rape led / to mass murder,” 108）。令人難以想像的是，他們既然奉命「不要留下／證據」，卻又在難以想像的虐待狂與虛榮心作祟下，展現出戀屍癖的行爲，連遇害的女體也不放過，彷彿在比賽創意般，極盡糟蹋之能事，留下各式各樣的「記號」，有如野犬般「標示／地盤」（“staking of / territory,” 109），給予死者

37 其實在史詠與尹集鈞的圖文集中，該照片前景的頭部陰影並不大，若無文字說明，讀者難以辨識。朱成山編的慰安所圖文集也收錄了同一張照片（14），前景則包含了該人肩部的陰影，更爲明顯。

38 林永得的註解在提到史詠與尹集鈞之前（即第五章〈對婦女的姦殺暴行〉，157-90），先提到布朗米勒（Susan Brownmiller）的《違反我們的意願》（*Against Our Will*）、本多勝一、張純如，以及佘曼（M. J. Thurman）與瑟曼（Christine A. Sherman）的《戰爭罪行：日本二戰暴行》（*War Crimes: Japan's World War II Atrocities*）（Lum, *Nanjing* 229）。

「痛苦與凌辱」（“pain and humiliation,” 109），以「這種／私密的侵犯」（“this / intimate violation,” 109-10），留下「被永遠糟蹋的／淫穢」（“obscenity of / being defiled forever,” 110）。這些惡行固然給受害者多重傷害——強暴，殺害，糟蹋，留傳——也見證了加害者喪盡天良，爲他們的罪行留下了鐵證，在糟蹋、凌辱他人的同時，也糟蹋、凌辱了自己，並且記錄在案，無所遁形。

㈢ 暴行與家族史

林永得之所以撰寫這一系列的詩作固然是出於族裔與人類的義憤，另一方面也因爲涉及家族史，這在開頭的獻詩〈我從你的大學年鑑得知〉和尾聲的〈旗袍姑娘〉便可看出。置於《南京大屠殺詩抄》之首的〈我從你的大學年鑑得知〉，自有作爲序詩的獨特意義。筆者曾指出，可將該詩「視爲林永得由家族史到中國近代史的過渡之作」（〈文〉28，亦見本書頁 262）。詩人從母親的大學年鑑照片得知，當時的女學生穿著旗袍——也就是他筆下的「長衫」（“cheongsam”）。雖然母親在其中並不是最美的，卻是學校裡的風雲人物：「打籃球」，擔任「壘球隊的秘書」、「學校英文雙週刊的體育編輯」，「畢業時獲得社會科學學位」（13），「活躍於基督教女青年會」（14），被認爲是「1929 年的社交明星」（13）。然而，如此傑出的女大學畢業生卻因爲中國戰亂，於 1934 年——七七抗戰之前三年——毅然遠赴夏威夷，與詩人的父親成婚，在他鄉落地生根，開枝散葉，養兒育女，成爲華裔美國社會的一員，終其一生。相較之下，留在中國的同學卻遭遇截然不同的命運：

> 這本書裡所有的人
> 現在無疑都死了——雖然冷酷的眞相是，

並不是因爲他們活到壽終。
不像妳，他們留了下來，
而之後他們的世界如此迅速亡逝，
在他們能到達壯年之前。（14）

此處的說法未必盡然符合史實，因爲這些人也有可能在日本的侵華戰爭、國共內戰或後來中共的統治下倖存，然而詩人此處的說法（「在他們能到達壯年之前」），以及全詩置於《南京大屠殺詩抄》之首，的確造成一種印象：母親的大學同學都未能倖存於日本的武力侵略，也因此讓詩人對南京大屠殺有著更深一層的感觸，加強了一己的倖存感，懍於生命的偶然與無常。

此外，年鑑中的母親和其他女大學生都穿著旗袍，這使得詩人對史詠與尹集鈞的圖文集中一個穿著旗袍、卻被迫袒露下體讓人拍照的女子感到「特別悲哀」（220），爲此寫下了尾聲的〈旗袍姑娘〉，並在詩中聯想到母親與自己。兩詩一首一尾，都涉及詩人的母親與照片，中間則爲有關南京大屠殺的一〇二首詩，藉此連接上家族史與民族史。

〈旗袍姑娘〉是全書較長的一首詩，總共九十一行，分爲七節。詩人首先白描照片中那位旗袍姑娘被迫暴露的慘相，由她身上的旗袍聯想到學生時代也穿著旗袍的母親，接著回溯母親曾因上海戰亂到過南京，家庭相簿中留下當時親人的照片，不知影中人有多少在後來的“The Rape”（219）中倖存。詩人多少語帶遺憾地表示，自己未在母親生前詢問這些世間慘事，但她有幸逃過戰禍，並可能耳聞其悲慘、巨大。詩人接著想像照片中的女子可能如其母般在生前都穿著旗袍上市場買菜，最後詩人則想像若是母親留在中國，可能也會遭到相同的命運，以致他看到這張照片時特別覺得悲哀，並感覺自己的存在「只是偶然」（“mere whim,” 220）。這些表達方式更強化了前文有關「後記憶」的說法，以及詩人如何運用後記憶來進行自己的文學介入。

佐藤曾以「自我—生命—書寫」（“auto-bio-graphy”）的角度集中討論這一首詩，而林永得在回應時自陳，有意藉著這首詩「再次活生生呈現（“re-lives”）年輕女子遭遇的苦難，卻爲了另一個不同的目的。……我們透過她的裸露，不是更暴露她，而是爲她重新著裝，安慰她，還給她端莊，還給她眾人都尋求的尊嚴」（Lum, “Notes” 228）。由於《南京大屠殺詩抄》全書的結構與視野，使得這篇尾聲除了個人與家族的層面之外，還涉及二十世紀中華民族重大的歷史創傷，套用佐藤的表達方式，我們可說其中還存在著一個重要且寬廣的「民族—書寫」（ethno-graphy）的角度與意義，而這兩類書寫都相當仰賴「光的書寫」（photo-graphy）。此處除了從字源與科學的角度指涉「攝影」是利用光線的作用來達到「攝」取「影」像以存眞、留念之外，也可引申爲藉由照片與書寫，使原先多年隱埋的事情得以曝光，攤開於光天化日之下，供眾人觀看、反思，可能的話並採取行動。

總之，林永得在這些詩作中綜合了多方蒐羅與閱讀到的南京大屠殺的資料，努力嘗試以自己擅長的詩藝來再現，其中以對於照片的呈現較易引發如圖似畫（graphic）之感，多少讓人聯想到「以文傳象」（ekphrasis）的文學傳統。此傳統的歷史悠久，有狹義與廣義之分：前者爲「一個次要且相當隱晦的文類（描述視覺藝術品的詩）」，後者則爲「視覺再現的文字再現」（“the verbal representation of visual representation,” Mitchell 152）。柯理格（Murray Krieger）甚至將其擴大爲「一種普遍的『原則』，示範了他所謂的『靜止時刻』（“still moment”）的語言之美學化（“the aestheticizing of language”）」（Mitchell 153），並強調其中的複雜性：一方面企圖以文字再現圖像，另一方面體會到文字藝術的局限（Krieger 9-13）。若將林永得有關南京大屠殺照片的詩作比對這個傳統，可以看出其異同與特殊之處。首先，由以上分析可知，這些詩作大多綜合了不少的照片與文字資料，不限於對單一照片的文字再現，更不是「以文傳象」中常見的對於單一靜物或「視覺藝術品」的描述。至於靈感來自單一照片的作品，如〈椅子〉與〈以這個姿勢〉，詩人在試圖以文字忠實再現照片的同時，也加入了其他的元素或聲音——前者如日本軍醫沾沾自喜的口吻，後者如詩人對於「軍人—攝影者」的批判語調——已逾越了單純的忠實再現，不以一般定義的「以文傳象」爲滿足，顯示出詩人的立場、用心與介入。

此外，林永得這些有關照片的詩作至少還有幾項複雜之處。首先，即使作爲根據視覺再現（照片）的文字再現（詩作），但是那些視覺再現本身的性質與目的並不在藝術再現——如「以文傳象」傳統中著名的荷馬（Homer）口中的阿奇力士（Achilles）的盾牌，或濟慈（John Keats）筆下的希臘古甕——而是有關眞實歷史事件、慘劇的攝影再現與檔案。換言之，其詩作所根據的圖象本身之性質有異於一般的「以文傳象」。其次，正如柯理格所強調的，「以文傳象的野心賦予語言藝術異乎尋常的功課：尋求再現實則無法再現者」（"to represent the literally unrepresentable," 9），或如密契爾（W. J. T. Mitchell）所說的，「文字只能『引用』，卻從不能『瞄準』其對象」（"Words can 'cite,' but never 'sight' their objects," 152）。更何況林永得的對象是南京大屠殺這類巨大的人間悲劇。這說明了爲什麼林永得在從張純如的著作得知這段歷史後，多年來念茲在茲，不斷蒐集資料，寫出一篇又一篇的詩作，並以註釋說明出處，不斷研究、寫作、「引用」，主要原因是他依然覺得力有未逮，未能充分「瞄準」並再現此一事件。最後，儘管如此，詩人依然在能力所及的範圍，努力試圖以自己專長的語言藝術來再現南京大屠殺，爲世人多年遺忘的受害者發聲，這種人道關懷與創作意圖恰恰符合了「以文傳象」

一字在字源上的意義：「說出」、「道出」（“ekphrasis” 中的 “phrasis” 意爲 “speak”，“ek” 意爲 “out”）。[39]

五、可慟、再現、當責與未來

筆者在討論哈金的《南京安魂曲》時，曾引用拉卡帕拉（Dominick LaCapra）和卡露絲（Cathy Caruth）的創傷論述，指出其中的兩大特色——延遲（belatedness）與無法理解（incomprehensibility）（LaCapra 41; Caruth 92）——以及巴特勒有關可慟（grievability）的論點，這些也都可用於詮釋《南京大屠殺詩抄》。[40] 然而，此處要指出的是，林永得與哈金分別運用自己擅長的文類——詩歌與小說——重探南京大屠殺這個沉冤多年的人類慘劇，試著爲受害者與自己安魂。在林永得的例子中，由於一些具有代表性的詩作是根據照片，更讓人領會到桑塔格的若干論點，如《旁觀他人之痛苦》（*Regarding the Pain of Others*）中論道：「這類影像充其量只是邀請：去注意、反思、學習、檢驗既有勢力所提供的有關集體受難的說法。誰造成照片所顯示的？誰該負責？這件事可以原諒嗎？這件事無可避免嗎？有沒有什麼到目前爲止我們所接受的事物的狀態應該受到挑戰？所有這一切，並且了解到義憤就如同慈悲，是無法指定行動的進程的」（Sontag 117）。她在〈戰爭與攝影〉中更言簡意賅地指出：「一個影像是一項邀請：去觀察、學習、專注。照片不能代我們做知性及德性的工作，但能助我們踏上此途」（桑塔格 221）。

---

[39] 感謝一位韓國匿名審查人詢問「林書在以詩傳象的歷史中的某個位置」（“some location of Lum’s book in the history of ekphrastic poetry”），促使筆者進一步思索其中的關係。

[40] 參閱筆者〈重〉，頁 10, 11, 12。本書討論湯亭亭的論文也提到（頁 55-57）。

換言之，影像只是媒介，至於何時、何地、由誰、爲何、如何、爲誰使用，產生何種效應，則視情況而定。日本軍醫麻生徹男回憶錄中的照片充斥了軍國主義的色彩，並未「代我們做知性及德性的工作」，卻弔詭地促使對南京大屠殺及其「二次強暴」深惡痛絕的人士據以進行反思與反擊。史詠與尹集鈞的書以及類似的紀錄式的照片或影片——張純如的書也附了二十四頁的銅版紙照片（爲書中夾頁，未標頁碼）——以及許多的文字文本，正是在各自的脈絡下痛定思痛，試圖介入，進行「知性及德性的工作」。在個人閱讀以及家庭史、民族史的脈絡下，義憤塡膺的林永得藉由這些文字與圖像文本之助，十多年來運用自己擅長的文學技巧，不斷創作有關南京大屠殺的詩作，積極介入，試圖激發世人對此事件的認知與反思，也正是進行「知性及德性的工作」。質言之，那些有關南京大屠殺的文字與圖像文本在在邀請著詩人「去觀察、學習、專注」，進而「去注意、反思、學習、檢驗既有勢力所提供的有關集體受難的說法」，並挑戰日本官方、遑論右翼分子這些「既有勢力」多年來對於南京大屠殺的說法與做法：迴避歷史、抹煞眞相、拒絕道歉與賠償。[41]

雖然阿多諾於二戰結束四年後的 1949 年曾說：「在奧許維茲之後寫詩是野蠻的」（"To write poetry after Auschwitz is barbaric."）（Adorno, "Cultural" 34），以語出驚人的方式強調寫詩、甚或任何文藝創作在面對大屠殺時的無能爲力、甚至野蠻或不道德，然而後來他也技巧性地表示自己其實說的是反話：「我無意軟化先前的說法：在奧許維茲之後寫抒情詩是野蠻的；它以負面的形式表達了激發投入的文學那種衝勁」（"I have no wish to soften the saying that to write

---

[41] 有關日本與德國面對自己二戰罪行的不同態度，參閱布魯瑪（Ian Buruma）的《罪惡的代價：德國與日本的戰爭記憶》（*The Wages of Guilt: Memories of War in Germany and Japan*）。

lyric poetry after Auschwitz is barbaric; it expresses in negative form the impulse which inspires committed literature.")("Commitment" 312)。他在後文中把原先的「詩」悄悄改爲「抒情詩」，並表示自己先前的說法是「以負面的形式表達了激發投入的文學那種衝勁」，足證他並非全然反對詩或抒情詩，而是以負面、出人意表的方式來肯定「投入的文學」。多年來見證納粹罪行的猶太大屠殺文學（the Holocaust literature）深入人心，感人肺腑，喚醒世人「去注意、反思、學習」此一滅絕人性的悲劇，協助人們踏上「知性及德性的工作」之途，便是對於「投入的文學」之性質與效應的最佳明證與肯定。

在討論〈旗袍姑娘〉時，詩人坦陳，對他而言「康德（Immanuel Kant）的倫理學之所以重要」，就在於反對「物化」（"objectifying"）他人（「把他人當成達到目的的手段」），尊重他人的主體性（林永得稱之爲「主體化」〔"subjectifying"〕，亦即「把他人當成目的，視爲主體」），並且「希望透過詩歌來爲她〔詩中女子〕創造一個新的定義，使她解放於原先強加在她身上的定義」（Lum, "Notes" 228）。藉由詩歌來創新、解放與平反，正是林永得多年不懈地以不同角度、技巧一再書寫南京大屠殺的動機。因此，在面對慘絕人寰的悲劇時，文學的介入（literary intervention）非但不是野蠻之舉，反而是藝術與道德的投入，値得高度肯定的義行。

《南京大屠殺詩抄》正是林永得受到此事件的相關文字與圖像文本所「激發」——他多次使用"inspire"這個字眼——展現出的衝勁，以長達十五年的不懈創作所產生的具體成果。他以許多註解來證明自己的創作不僅有所根據，並視之爲「紀錄詩」（"documentary poetry"）。質言之，詩人以自己擅長的藝術手法努力爲多年來遭到消音滅跡的受害者呼喊正義，爲亡者招靈、安魂，證明他們是値得同情、可慟的（grievable）眾生。[42] 身爲詩人的他以種種事實或虛構的

---

[42] 相關定義參閱 Butler, esp. 14-15, 22-31, 38-43。

細節——他主動告知其中有些是自己想像的——從生者、亡者、被害者、加害者、第三者、全知等不同觀點，力求再現這個二十世紀中國、亞洲與全人類的慘劇，甚至指出加害者其實也淪爲受害者。他寫這一系列詩作的目的不僅在於讓受害者現身，賦予他們聲音與身形，也要求加害者認清自己對別人的傷害，坦承錯誤並承當責任，以示不忘前愆，更要避免歷史重演。正如林永得在接受筆者訪談時，如此回答有關詩歌、創傷、遺忘、懺悔、寬恕與療癒的關係：

> ……我認爲，把事情攤開，而不是藏匿，是邁向療癒的第一步。此外，我特別試著把受害者加以人性化，並不是爲了報復，而是爲了賦予他們生命。那的確是我一部分的動機，我試著爲他們開始某種療癒。……不寫報復的詩是另一種方式。我認爲讀這些詩的人，當他們判斷這種暴行不該再發生，日本人應該坦承犯下的暴行，虔誠懺悔，尋求寬恕，保證不再犯過，這時就會產生療癒。我認爲這是日本人要療癒的過程。至於中國人，我認爲人們不該遺忘那些人，要阻止將來再度發生戰爭。這些說法雖然很理想化，因爲總是有戰爭，而且我也相當務實，知道未來還是會有戰爭，但我們所能努力的就是盡己所能地防範未然。（〈詩〉35-36）

因此，林永得透過《南京大屠殺詩抄》試圖至少達到三個目標：受害者的可慟，詩人的可再現性（representability），以及加害者的當責（accountability）。而且詩人不僅關注過去的歷史，也著眼於現在與未來。正如大力投入於眞相與和解的議題與行動的南非大主教杜圖（Desmond M. Tutu），在爲史詠與尹集鈞的《南京大屠殺》所撰寫的〈前言〉中語重心長地指出：「隱瞞 1937 至 1938 年發生在南京的暴行，無視歷史眞相是一種不負責任的犯罪，至少是對後世心靈的嚴重損害」(x)。他進一步說道:「爲促使作惡者認罪並尋求和解,有必要使人們了解發生在南京的事實眞相。我們只能原諒我們所了解的事物,而沒有原諒的和解是不可能的」(x)。華人史學名家余英時在該書序言末段也有如下的期許:「中國是一個健忘的民族,這一部《南京大屠殺》也許可以喚醒中國人的痛苦記憶。當然,我們更盼望這部畫冊也可以激發日本民族的集體良知」(xii)。

總之,林永得的《南京大屠殺詩抄》始於詩人在得知這個集體創傷之後的義憤與「衝勁」,結合自己的家庭、族裔與人類關懷,多年來念茲在茲,以蒐集到的文字與圖像文本協助他進行「知性及德性的工作」,並以自己擅長的文學手法積極介入,尋求正義。在他所看到的資料中,以照片最爲驚悚駭人,稱之爲「攝影暴力」(“photographic violence”)也不爲過。然而詩人卻以這些資料爲素材,化暴力爲「衝勁」,不斷藉由自己的創作進行「詩的救贖」(poetic redemption),令久埋的慘劇得以詩歌的形式再現,使受害者的創傷與冤屈得以公諸於世,要求加害者當責,坦然面對歷史,並把握道歉與懺悔的機會,以期創造出和解的未來,以史爲鑑,避免類似的慘劇重演,爲和平盡一己之力。[43]

---

43 臺灣的乙審查人針對《南京大屠殺詩抄》與亞美文學的關係提出以下的問題:「他完成此書,對夏威夷亞〔裔〕美國文學的詩作處於邊緣的情況是否有所影響?這本書一方面『認據』了南京大屠殺的血腥歷史,在另一方面,又是『認據』了何種的亞美文學?」首先必須指出,夏威夷(亞美)文學遭到美國本土主流社會與學界邊緣化由來已久,不可能因爲一個文本便改觀。在此書出版後與林永得的訪談中,筆者詢問有無受到日本右翼分子的干擾時,他說詩歌只是小眾文學,讀者有限,所以沒遇到張純如當初的困擾。從亞美文學的脈絡來看,在小說方面,湯亭亭(Maxine Hong Kingston)的《女勇士》(*The Woman Warrior*)和《金山勇士》(*China Men*)以及凱樂(Nora Keller)的《慰安婦》(*Comfort Woman*)都寫於夏威夷。湯是林的舊識,凱樂這本成名作最初是在林與當地文友每月文學聚會中分享的短篇小說〈母語〉(“Mother Tongue”),得到眾人的回饋後,發展成長篇小說,而且林爲了凱樂設想,鼓勵她由美國本土的主流出版社出版。在詩歌方面,

附錄一[44]

James Yin and Shi Young, *The Rape of Nanking: An Undeniable History in Photographs,* Innovative Publishing Group, Chicago, 1996

Iris Chang, *The Rape of Nanking,* Basic Books, New York, 1997

Honda Katsuichi, *The Nanjing Massacre*, M. E. Sharpe, Armonk, 1999

The Good Man of Nanking: The Diaries of John Rabe, [Alfred A.] Knopf, New York, 1998

Hua-ling Hu, *American Goddess at the Rape of Nanking*, Southern Illinois University Press, Carbondale, 2000

Xu Zhigeng, *Lest We Forget: Nanjing Massacre, 1937*, Chinese Literature Press, Beijing, 1995

Masahiro Yamamoto, *Nanking: Anatomy of an Atrocity*, Praeger, Westport, 2000

Timothy Brook, editor, *Documents on the Rape of Nanking*, University of

較有名、多產的亞美詩人宋凱悉（Cathy Song）是林的多年好友，共同致力於當地文學的推廣與出版（林，〈詩〉36-37）。即使這些較林出名的作者都無法改善夏威夷（亞美）文學的邊緣化處境，因此我們無法奢求單單一本詩集就可對此現象或偏見有所影響。質言之，《南京大屠殺詩抄》比較是林永得個人對於此一民族記憶與集體創傷的義憤之抒發與執念之完成。至於其所「認據」的亞美文學，則因處理的題材以及詩人在美國、臺灣、中國大陸等地參加會議、朗誦詩作，以及學者對其詩作的討論，吸引了不少美、臺、中、韓學者以及具有反思能力的日本學者的注意。佐藤之文最先發表於 2010 年 6 月中央研究院歐美研究所舉辦的「亞美研究在亞洲」國際工作坊，現場討論頗爲熱烈，後來出版於強調亞洲發言位置的《亞際文化研究》（*Inter-Asia Cultural Studies*），便是一例。筆者 2013 年 9 月宣讀於韓國的東亞之亞美研究現況會議的本文英文精要版，也激起與會者的強烈興趣。因此，我們可以說《南京大屠殺詩抄》所認據的是與亞洲（內部）歷史與集體創傷有關的亞美文學，多少類似凱樂的《慰安婦》，卻因爲文類（詩歌）、族裔（華人）、題材（中國歷史）、視覺性（涉及照片）、視野（跨太平洋）與呈現方式等的不同，拓展了亞美文學的領域，益顯其多元豐饒。

44 這二十七本「主要書籍」來自林永得 2009 年 12 月 17 日致筆者的電郵。爲了存眞，依原件方式呈現。

Michigan Press, Ann Arbor, 1999

Zhang Kaiyuan, editor, *Eyewitness to Massacre*, M. E. Sharpe, Armonk, 2001

Yuki Tanaka, *Hidden Horrors*, Westview Press, Boulder, 1996

M. J. Thurman and Christine A. Sherman, *War Crimes: Japan's World War II Atrocities*, Turner Publishing, Paducah, 2001

Lawrence Rees, *Horror in the East*, Da Capo Press, Cambridge, 2002

Lord Russell of Liverpool, *The Knights of Bushido*, Greenhill Books, London, 2002

R. J. Rummell, *China's Bloody Century*, Transaction, New Brunswick, 1991

Susan Brownmiller, *Against Our Will*, Fawcett Books, New York, 1975

Simon Winchester, *The River at the Center of the World*, Henry Holt, New York, 1996

Hal Gold, *Unit 731 Testimony*, Yenbooks, Tokyo, 1996

Daniel Barenblatt, *A Plague against Humanity*, HarperCollins, New York, 2004

Sheldon Harris, *Factories of Death*, Routledge, New York, 2002

John Dower, *War without Mercy*, Random House, New York, 1986

John Dower, *Embracing Defeat*, W. W. Norton, New York, 1999

Ian Buruma, *The Wages of Guilt*, Jonathan Cape, London, 1994

Kittredge Cherry, *Womansword*, Kodansha International, Tokyo, 2002

Maria Rosa Henson, *Comfort Woman*, Rowman & Littlefield, Lanham, 1999

Haruko Taya Cook and Theodore F. Cook, *Japan at War*, New Press, New York, 1992

Kazuo Tamayama and John Nunneley, *Tales by Japanese Soldiers*, Cassell, London, 2000

Patrick K. O'Donnell, *Into the Rising Sun*, Free Press, New York, 2002

附錄二[45]

Shan Te-hsing's meticulous investigation:
matching of poems to photographs

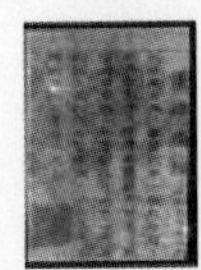
page 33

page 63

page 132-33

page 135

pages 136-7

page 146

page 116

page 117

page 144

Shi and Yin's book is 300 pages,
easily 600+ photographs
[400+ photographs];
Lum does not cite page
numbers

page 145

pages 146-7

page 166

page 175

---

45 因爲相關照片甚爲殘酷，所以本文並未附上。佐藤在韓國會議評論本文英文精要版的 PowerPoint 中，參考此文找出史與尹書中的相關照片，並以小圖的方式依序呈現（Sato, "Visual" 9），可供參考，謹此致謝。

後記

學術不只是知性的操演（intellectual exercise），更涉及個人的興趣與關懷，隨著年歲增長，更深切感受到每篇論文都是以時間與生命來換取，代價高昂。再者，學者無法遺世獨立，身為臺灣的英美文學學者，而且任職於從事歐美研究的單位，必須扮演特定的角色。如何兼顧專業要求與個人關懷，以學術介入所關切的議題，便成為個人的抉擇與投注。我從事亞美文學研究如此，撰寫此文更是如此。

亞美文學研究多集中於美國大陸，並以小說為主，因此第三代華裔夏威夷詩人林永得就成了邊緣中的邊緣。加上他惜墨如金，行事低調，更易為人忽略。我自 1990 年代中期注意到他的詩作，發覺他除了繼承美國詩的傳統，也頗受中國古典詩的啓發，風格平淡，意境深遠，故於 1997 年赴夏威夷訪談。我於 1998 年發表的〈林永得訪談錄〉與〈林永得詩作中譯五首〉很可能是華文世界有關他最早的訪談與翻譯（《中外文學》27.2），2001 年發表的論文〈「疑義相與析」：林永得・跨越邊界・文化再創〉（《逢甲人文社會學報》2）也是如此。我多年來與他保持聯繫，並於 2009 年再赴夏威夷訪談他和幾位具代表性的亞裔夏威夷女詩人與小說家。

臺灣的亞美文學研究，由於族裔、文化、歷史等緣故，泰半集中於華美文學。因此，我曾呼籲臺灣學者把視野擴及非華裔的亞美文學，並有若干論文，也得到一些回應。不容諱言的是，由於文學與文化背景，對作品中挪用中華文化與歷史相關的華美文學文本的感受，還是強過其他亞裔文學作品，類似現象也出現在日本、韓國、菲律賓學者對日美、韓美、菲美文學的態度與研究成果。尤其面對像南京大屠殺這類重大歷史事件與集體創傷，更是無法讓人淡忘或迴避，因爲這是我這一代在臺灣長大、從中華民國教科書和其他許多地方所得知的大事。

林永得在 1997 年讀到華美作家張純如該年出版的《南京浩劫：被遺忘的大屠殺》，大受震撼，義憤塡膺，寫下了第一首有關南京大屠殺的詩作。但這並不足以消他胸中塊壘，隨著廣蒐並大量閱讀資料，相關詩作源源不絕。這段期間我們一直保持聯繫，他隨時提供詩作，讓我了解他的相關創作進展。2009 年我們在南京開會以及在不同場合會面或聯繫時，我多次詢問他還要寫多少首，以及出版詩集的可能性（英文版？中文版？甚至中英對照版？），他都表示還一直在寫。面對昔日日本軍國主義的侵略暴行，以及今日日本官方的無恥漠視，詩人單人隻筆一字一行以書寫對抗抹煞，以記憶對抗遺忘。

個性一向低調的他，爲了這些詩作四處「拋頭露面」。多年來我在臺北、高雄、南京、東京、舊金山、西雅圖等地聽他朗誦這些詩，並且回答不同聽眾的問題。我也曾在夏威夷大學馬諾阿校區看過相關詩畫展，展出的是日裔女藝術家谷川直美受他詩作啓發所創作的藝術品，對其創意與多元印象深刻。在我看來，林永得多年的相關詩作、朗誦與呼籲，是一個爲自己與民族「除魔」（exorcism）的過程。

經過多年辛苦創作，林永得的《南京大屠殺詩抄》終於在 2012 年出版，次年 3 月我在國立政治大學舉行的國科會外文學門 99-100 年度專題計畫成果發表會宣讀中文初稿，9 月在韓國光州舉行的東亞之亞美研究現況會議宣讀英文初稿 “Photographic Violence, Poetic Redemption: Reading Wing Tek Lum’s *The Nanjing Massacre: Poems*”，由出身夏威夷的日本女學者佐藤評論。韓國在二戰時同受日本軍國主義之害，所以韓國學者對此文頗感興趣，邀請投稿該國期刊 *Studies in Modern Fiction*，但因受限於字數（上限七千字），未能盡情發揮。《文山評論》的中文版則允許我暢所欲言。日本學者北島義信一向關切日本的戰爭責任，邀我投稿他爲 2015 年二戰結束七十週年主編的論文集《リーラー「遊」〈Vol. 9〉戦後 70 年と宗教》。我參考中文版以增訂英文版，由他親自日譯〈写眞が示す暴力の姿、詩的贖罪——林永得（Wing Tek Lum）の『南京虐殺：詩集』〉。因此，此文有中、英、日三種長短不一的版本於臺灣、韓國、日本出版，是我個人以最多語文流通的論文。

此文與我討論哈金及其他幾位亞裔作家有關南京大屠殺的論文構成更大的研究計畫，也就是如何從臺灣的英美文學學者之角度介入此一事件，並集中於華美作家以英文再現的南京大屠殺。此研究計畫對我意義重大，多年持續關切，2016 年 3 月特地前往南京近三個星期，實地參訪，蒐集資料，拜訪歷史學者與民間專家，住處便是張純如當年前來訪問與蒐集資料時所待的南京大學西宛賓館。由於相關資料繁多，內容更是殘酷，研究與撰寫時心情之沉重爲我整個學術生涯中所僅見，但仍需面對並處理，因此撰寫這系列文章也算是身爲學者的我個人「除魔」之舉，並以此文紀念難得的文學因緣。

引用書目

布魯瑪（Ian Buruma）。《罪惡的代價：德國與日本的戰爭記憶》。林錚顗譯。臺北：博雅書屋，2010。

朱成山。〈前言〉。《性奴隸夢魘》，未標頁碼。

——編。《性奴隸夢魘：南京利濟巷慰安所舊址陳列圖集》。南京：南京出版社，2015。

余英時（Ying-shih Yu）。〈序〉。Shi and Yin xi-xii。

林永得。〈竹脊上的文字釣客：林永得訪談錄〉。《對話與交流：當代中外作家、批評家訪談錄》。單德興主訪。臺北：麥田，2001。159-81。

——。〈林永得訪談錄〉。單德興主訪。《中外文學》27.2 (1998): 139-59。

——。〈林永得詩作中譯五首〉。單德興譯。《中外文學》27.2 (1998): 160-68。

——。〈《南京大屠殺》組詩選刊〉。林李志冰（Chee Ping Lee Lum）譯。《蕉風》504 (2011): 9-15。

——。〈創傷・轉譯・文學：林永得訪談錄〉。單德興主訪。《中山人文學報》39 (2015): 133-50。

——。〈詩歌・歷史・正義：林永得訪談錄〉。單德興主訪。《蕉風》504 (2011): 31-37。

哈金。《南京安魂曲》。季思聰譯。臺北：時報文化，2011。

桑塔格（Susan Sontag）。〈戰爭與攝影〉。陳耀成譯。《蘇珊・桑塔格文選》。陳耀成編。黃燦然、陳軍、陳耀成、楊小濱譯。臺北：麥田，2005。187-221。

張盈盈。《張純如：無法遺忘歷史的女子》。王若瓊譯。臺北：天下文化，2012。

張純如。《南京浩劫：被遺忘的大屠殺》。楊夏鳴譯。北京：東方，2007。

——。《被遺忘的大屠殺：1937 南京浩劫》。蕭富元譯。臺北：天下文化，1997。

程瑞芳。《程瑞芳日記》。《程瑞芳日記》編委會編。胡華玲、張連紅英譯。汪麗影、彭曦日譯。南京：南京出版社，2016。

單德興。〈文史入詩——林永得的挪用與創新〉。《蕉風》505 (2012): 129-34。

——。〈重繪戰爭，重拾記憶——析論哈金的《南京安魂曲》〉。《華文文學》4 (2012): 5-15。

——。〈「疑義相與析」：林永得・跨越邊界・文化再創〉。《逢甲人文社會學報》2 (2001): 233-58。

Adorno, Theodor W. "Commitment." 1962. Trans. Francis McDonagh. *The Essential Frankfurt School Reader*. Ed. Andrew Arato and Eike Gebhardt. Oxford: Basil Blackwell, 1978. 300-18.

---. "Cultural Criticism and Society." *Prisms*. Trans. Samuel and Shierry Weber. Cambridge, MA: MIT Press, 1981. 17-34.

Association for Asian American Studies. 2013 Annual Conference "The Afterlives of Empire." Seattle, Washington. 17-20 Apr. 2013.

Barthes, Roland. "Studium and Punctum." *Camera Lucida: Reflections on Photography*. Trans. Richard Howard. New York: Hill and Wang, 1981. 25-27.

Buruma, Ian. *The Wages of Guilt: Memories of War in Germany and Japan*. New York: Plume, 1995.

Butler, Judith. *Frames of War: When Is Life Grievable?* London: Verso, 2010.

Caruth, Cathy. *Unclaimed Experience: Trauma, Narrative, and History*. Baltimore: Johns Hopkins UP, 1996.

Chang, Iris（張純如）. *The Rape of Nanking: The Forgotten Holocaust of World War II*. New York: Basic, 1997.

Chang, Ying-Ying（張盈盈）. *The Woman Who Could Not Forget: Iris Chang before and beyond* The Rape of Nanking. New York: Pegasus, 2012.

Handbook of Asian American Studies in Asia: An International Workshop（「亞美研究在亞洲」國際工作坊）. Taipei: Institute of European and American Studies, Academia Sinica, 4-5 June 2010.

Hirsch, Marianne. *Family Frames: Photography, Narrative and Postmemory*. Cambridge, MA: Harvard UP, 1997.

Jin, Ha（哈金）. *Nanjing Requiem*. New York: Pantheon, 2011.

Krieger, Murray. *Ekphrasis: The Illusion of the Natural Sign*. Baltimore: Johns Hopkins UP, 1992.

LaCapra, Dominick. *Writing History, Writing Trauma*. Baltimore: Johns Hopkins UP, 2001.

Lum, Wing Tek（林永得）. Abstract of "Nanjing Massacre: Poems." *Chao Foon* 504 (2011): 8.

---. "At the Foot of Mufu Mountain." *Amerasia Journal* 32.3 (2006): 105-06.

---. E-mail to the author. 17 Dec. 2009.

---. E-mail to the author. 20 Mar. 2013.

---. E-mail to the author. 10 Sept. 2013.

---. E-mail to the author. 1 Apr. 2014.

---. E-mail to the author. 6 Apr. 2014.

---. *Expounding the Doubtful Points*. Honolulu: Bamboo Ridge P, 1987.

---. "Interview with Wing Tek Lum '68: 'My Poems Are a Description of a Slice of Time.' " By Joycelyn Richards. *Year of China*. Brown University, Jan. 2012. Web. 1 Mar. 2013.

---. *The Nanjing Massacre: Poems*. Honolulu: Bamboo Ridge P, 2012.

---. "Notes to Gayle Sato." *Inter-Asia Cultural Studies* 13.2 (2012): 226-30.

---. "Writing within Chinese Diaspora: A Personal History." Lecture at National Sun Yat-sen University, Kaohsiung, Taiwan. 8 Nov. 2006.

Mitchell, W. J. T. *Picture Theory: Essays on Verbal and Visual Representation*. Chicago: U of Chicago P, 1994.

Sato, Gayle. "Visual Re-presentations: A Response to Shan Te-hsing's 'Photographic Violence, Poetic Redemption—Reading Wing Tek Lum's *The Nanjing Massacre: Poems*.' " Current Asian American Studies in East Asia, Chonnam National University, Gwangju, Korea, 14 Sept. 2013. *Microsoft PowerPoint* file.

---. "Witnessing Atrocity through Auto-bio-graphy: Wing Tek Lum's *The Nanjing Massacre: Poems*." *Inter-Asia Cultural Studies* 13.2 (2012): 211-25.

Shi, Young（史詠）, and James Yin（尹集鈞）. *The Rape of Nanking: An Undeniable History in Photographs*（《南京大屠殺：歷史照片中的見證》）. Ed. Ron Dorfman. Chicago: Innovative, 1997.

Sontag, Susan. *Regarding the Pain of Others*. New York: Penguin, 2003.

Tetsuo, Aso. *From Shanghai to Shanghai: The War Diary of an Imperial Japanese Army Medical Officer, 1937-1941*. Trans. Hal Gold. Norwalk: East Bridge, 2004.

Thurman, M. J., and Christine A. Sherman. *War Crimes: Japan's World War II Atrocities*. Paducah: Turner, 2001.

Tutu, Desmond M. "Foreword." Shi and Yin ix-x.

黃金血淚，浪子情懷：張錯的美國華人歷史之詩文再現*

一、出入於中西文學與文化之間[1]

張錯本名張振翱，中國廣東惠陽客籍人士，1943 年出生於澳門。小學時父親延請私塾老師講授古文，後赴九龍就讀耶穌會華仁英文書院，十八歲赴臺灣就讀國立政治大學西洋語文學系，之後轉往美國進修，先後獲得楊百翰大學（Brigham Young University）英文系碩士、西雅圖華盛頓大學（University of Washington）比較文學博士。1974 年起任教南加州大學（University of Southern California）比較文學系與東亞語言文化系逾四十載，近年也於臺北醫學大學擔任人文藝術中心講座教授暨主任，往返於美臺之間。

接受筆者訪談時，張錯自述十二歲習武，先隨澳門藥山寺的老師學太極拳，「後來又跟滄州迷蹤羅漢派葉雨亭宗師的嫡傳弟子黃國忠學拳腳兵器。……幾十年來我練北少林比較多，兵器以劍、刀、棍、短刀、纓槍為主」，並曾「在加州大學河濱校區（UC Riverside）

* 感謝張錯教授於 2016 年 12 月 14 日接受訪談，2017 年 3 月 19 日當面解疑，並隨時透過網路答覆問題及提供資料，李有成教授與張錦忠博士提供資訊，吳汀芷小姐與陳雪美小姐協助搜尋資料與修潤文稿，陸偉文先生提供粵語翻譯，陳櫻文小姐透過館際合作協尋資料。

1 本節之張錯生平大要參考《翱翱自選集》年表（1-5）以及與筆者的訪談〈文武兼修，道藝並進：張錯教授訪談錄〉，其著作書目參閱孫紹誼與周序樺編的《由文入藝：中西跨文化書寫——張錯教授榮退紀念文集》，頁 341-44。

教了四年太極，然後到加州大學爾灣校區（UC Irvine）教了八年北少林和太極」（單，〈文〉16-17），直到晚近因爲身體因素停止授武，浸淫於武藝前後近一甲子。

文武兼修的張錯後來投入文物與物質文化研究，鑽研兵器、青銅器、陶器、繪畫等，出版藝術評論多種：《從大漠到中原：蒙古刀的鑑賞》（2006）、《雍容似汝：陶器、青銅、繪畫薈萃》（2008）、《瓷心一片：擊壤以歌・埏埴爲器》（2010）、《風格定器物：張錯藝術文論》（2012）、《中國風：貿易風動・千帆東來》（2014）、《青銅鑑容：「今昔居」青銅藏鏡鑑賞與文化研究》（2015）。晚近則結合臺灣在地的素材，從事蓪草畫研究，並於臺北醫學大學舉辦演講、展覽，邀請耆老工藝人現場示範，出版《蓪草與畫布：十九世紀外貿畫與中國畫派》（2017）。由此可見他對於這方面興趣之廣闊，著作之多元。

此一出入於古今中西的文學與文化背景，提供了張錯文學創作的豐富資源。他早歲以「翺翱」爲筆名，1980 年改名「張錯」，多年勤奮筆耕，至今已有近六十種中、英文著作問世，以中文詩集爲數最多，計二十餘種，其他爲散文集、文學評論、藝術評論與翻譯等。此外，他在中學時便受洗爲天主教徒，聖名多明我（Dominic，即現在使用的英文名），曾「學習以拉丁文背誦彌撒經文，對宗教冥想非常著迷」（單，〈文〉24）。然而，虔誠的天主教信仰並未令他排斥其他宗教，反而對佛教頗感親切，甚至有些特殊的感應。他在接受筆者訪談時坦陳，「很奇怪，我常對佛教寺廟有一種似曾相識的熟悉感，非常親切，就像從前來過或住過似的。我也能夠接受佛教經文要義，如四聖諦、五蘊、八識種種，更熟誦金剛、法華、楞嚴、楞伽、維摩詰等經文」，甚至提到相當奇特的經驗：「千眞萬確的是第一次在英譯《金剛經》旁抄寫中文原經時，一陣檀香味傳來，繚繞不散，停寫停來，再寫再來，妙諦殊勝。但後來再抄寫，就不來了……」(24)。[2]

敏感、深思的張錯對自己的身分認同與文學創作有著深刻的體認，其中既觸及對臺灣文學思潮的省思，也涉及在浪遊離散過程中的自我定位，以及身為美國華人／海外中國人的矛盾。他曾表示「『漂泊』是我一個永恆的主題」(李鳳亮 52)，並具現於《飄泊者》(1986)詩集之名。《流浪地圖》(2001)中常以「浪人」、「流浪漢」、「滄桑人」自稱。因此，陳鵬翔指出，對張錯而言，「流浪變成了本質性的東西，自我心靈的放逐竟變成了他的宿命」(陳鵬翔 176)，而且「張錯的的確確是離散文學的一個傑出的隱喻，而這個離散文學理論確也可以為任何想深入瞭解張錯詩文本精髓張開一個窗口」(182)。對自己在地理、心理、文學上的漂泊流徙與自我探尋，張錯底下的說法頗具代表性：

> 我從大學畢業後，離開了臺灣——一個我尋到自己的根的地方，又重新我的浪遊生涯，我也曾一度為嚮往的書劍江湖而自喜，一度為自己顛沛流徙而自悲，在時間的流變裡，我也曾為主題的失落而無所適從，也想從現代主義虛無的窮巷走出來，但又為鄉土隔囿的有限意識與表達而驚心；而當我環視四周，最大的矛盾竟是，到處都是從流落而安居在美洲的中國人。(張，〈激〉105-06)

由上述可知，張錯閱歷之廣闊，經驗之豐富，興趣之寬博，著述之勤奮，反省之深切。這又可從五方面來解析：首先，完整的語言與文學科班訓練是從「文」的途徑進入中西文學與文化的領域；其次，學習太極拳與北少林等武術是從「武」的方式，以身體及兵

---

2 此一特異經驗之描述參閱張錯〈傷心菩薩〉，頁156-57。

器（即身體之延伸）來學習、領會並印證「體現的知識」（embodied knowledge），如太極拳便常托付易經與道家之說，北少林則涉及佛教的淵源；第三，將文物當成文本來研究與解讀，是透過具體的文物來了解其文化、歷史與脈絡；[3] 第四，天主教的教育與信仰，以及對佛教經典的熟悉與靈活運用，使他不致囿限於單一宗教的視野，能以兼容並蓄的態度看待東西兩大宗教傳統，從中汲取創作與靈修的源頭活水；第五，身為「流落在海外的中國人」，張錯親身體驗海外華人的處境及其繁複多樣，指出即使「窮盡宇宙億萬的時間也無法為海外中國人本身可能的遭遇和命運作一種主題的定型」（張，〈激〉105），而必須訴諸多角度、多層次的方式，以再現同是浪跡天涯的華人的種種「遭遇與命運」。

要言之，除了中西文學的素養之外，張錯對以儒、道、釋為核心的中華文化，以及以基督信仰為要素的西方文化都能衷心接納，並身體力行、躬親演練，發為詩文，在筆者所認識的中外文人學者中可謂絕無僅有。而他身為離散華人（diasporic Chinese）的身分也具現於往來澳、港、臺、美與中國大陸之間的經驗。凡此種種都成為他文學創作、學術研究與藝術評論的重要資源。這些豐碩的成果固然是張錯的興趣與學術的經年累積與展現，重要的動力則是他身為華人離散社群的認同以及對於中華文化的關懷，其中有關美國華人──尤其是美國華工──的《黃金淚》及相關詩作，為體現張錯身為美國華人離散知識分子感懷的代表作品。本文探討《黃金淚》一書以及有關十九世紀美國華人移民的三首詩作（〈石泉・懷奧明〉、〈天使島〉與〈浮遊地獄篇〉），以彰顯張錯身為美國華人作家／離散知識分子的另一面向。

3 如在與筆者的訪談，他表示：「我研究文物的原則是這樣的：把它當成一種視覺文本（visual text），用文字去詮釋它的內容，這文本不在乎它是什麼，叫什麼？而在乎為什麼會產生？它在歷史、文化、考古、藝術或文學的位置與意義是什麼？」（單，〈文〉18）。

二、《黃金淚》與三首華人詩的緣起與意義

此一書三詩主要來自兩個脈絡，一個是美國的弱勢族裔研究，另一個是臺灣當時的文藝風潮。就前者而言，1960 年代美國民權運動風起雲湧，重新省思弱勢族裔的現狀與歷史地位，到了 1980 年代，弱勢族裔研究已在學院建立穩固地位，相關系所陸續成立，出土資料與出版品所在多有。張錯身處華人眾多的南加州，並任教於風氣開放的南加大，對於學院中的這股風潮自有切身感受。就後者而言，臺灣由於受到國際社會的排擠與孤立，文藝氣氛逐漸趨向本鄉本土與弱勢階層的關注與考掘，強調寫實主義。當時爲臺灣報紙副刊的黃金時代，《中國時報》人間副刊主編高信疆與《聯合報》副刊主編瘂弦（王慶麟）彼此爭鳴，除了大力發掘臺灣本土作家，也積極聯繫旅居國外——尤其是美國——的學人與作家，爲戒嚴體制下的臺灣引進活水。許多海外學人與作家也以「自由中國」臺灣作爲中華文化的傳承者與發揚者，力圖扮演知識分子的啓蒙者與傳播者的角色。處於這兩個時代風潮交集的張錯，遂逐漸脫離先前帶有現代主義色彩的詩文，寫出《黃金淚》與相關詩作。[4]

《黃金淚》於 1985 年由香港的三聯書店香港分店與臺北的時報文化出版事業有限公司出版（時報書系第 584 號，下文簡稱「時報版」）出版，次年由廣州的花城出版社出版，1995 年由臺北的平氏出版有限公司重新印行（皇冠叢書第 2455 種，下文簡稱「皇冠版」)。筆者曾詢問不同版本的內容差異，張錯表示「沒有差異，只有些照片不同。」[5] 然而比對相隔十年的時報版與皇冠版，仍會發

---

4 有關張錯的詩風轉變，參閱李有成〈歷史與現實：張錯的詩觀與其離散詩〉第一節（97-103）。

5 2016 年 5 月 31 日臉書訊息。儘管照片有些不同，但所宣示的「寫眞」與「一圖抵千言」的效用則無異。

現若干差異。首先，皇冠版基本上根據時報版重新排版，字體與行距較大，版面較為清晰，便於閱讀，但時報版若干錯誤之處並未修訂，而且還多了一些新的錯誤。[6] 其次，雖然內文各章以及書末的〈參考書目〉與〈書目補遺〉不變，但兩版本最大差異在於皇冠版刪去了時報版的〈序《黃金淚》〉(1-13)，代之以〈為《黃金淚》寫下按語——並附『答客問』八則〉(4-24)，其中的「答客問」是該書在香港出版後接受《讀者良友》忠揚的書面問答(9-23)。[7] 第三，皇冠版若干章名有所更動或補充，如原第四章「阿彩傳奇」改為「阿彩的一生」(但儘管目錄如此變更，內文的標題卻維持不變)，並添加副標題「一個名妓的一生」，原第六章「航向地獄海」添加副標題「苦力船羅伯特‧包恩號」，原第十章「敬如在」添加副標題「早年華工在美的廟宇崇拜」，使主旨更為明確。因此，時報版呈現的是原初面貌，序文表露了作者的初衷；皇冠版維持正文不變，然而由於「答客問」佔了新序大半篇幅，呈現出作者與香港讀者的互動，藉機反思全書，並引領十年後的華文讀者從另一個時空與文本脈絡來閱讀《黃金淚》。

兩個版本另一重大差異在於時報版的封面與封底只是簡單的抽象圖案，沒有任何說明文字。皇冠版的封面則出現了「歷史永遠不

---

6 最明顯之處在於目錄中第九章標題「馬克土溫與華工」，明顯可見「土溫」乃「吐溫」之誤。

7 為討論方便起見，本文以有新序的皇冠版為主，時報版為輔。〈答客問〉在納入新版前，曾收錄於張錯《那些歡樂與悲傷的》(184-203)。該書也收錄了〈鐵路愁腸——美國華工開拓鐵路史實的追溯〉(174-82)，文中提到「華工的先民研究大都傾重於尋金這一段時期。從1848年到1867年的十九年期間，我們都可以說是華工所謂『黃金』時期」(174)，而忽略了「從1867到1880年」以修築鐵路為主的「第二時期」(176)，而「一大部分的華工做完礦場，便去開鐵路；開完鐵路，便留在當地西部各州如內華達、猶他、加州，做一些小本買賣，或從事其他受僱行業，終老異鄉，不再言歸」(182)。此文可視為《黃金淚》的簡短續篇，也為三首詩提供了部分背景資訊。

會回頭，生命永遠無法重生」的字句，搭配以畫礦工著名的臺灣畫家洪瑞麟的《等待上工》，一方面回應了當時臺灣盛行的鄉土藝文風潮，另一方面扣連了同爲社會底層勞苦大眾的百年前美國華工與當代臺灣礦工。封底文字則將此書定調爲「史料性的文學特寫」，也就是以史料爲基礎的文學再現，並將其置於以詩聞名的作者的創作脈絡與民族認同：「這種體裁是名詩人張錯在他詩的領域外的新探索，企圖以強烈的民族感情，去追溯早期華工在美的血淚辛酸史，從而引發一種生命共同體的放逐共鳴。」該說明並進一步將作者親蒞其境後所寫下的文字，連接上華工、美國歷史以及人權與人類尊嚴的普世價值，以示作者的家國感思與時代情懷：「儘管百多年前發生在華工身上的悲劇『已慢慢風化在美國歷史陳跡裡』，但詩人藉著親身追溯的黃金路，實地去體驗，本著維護人權和人類尊嚴的原則，寫下這些感時感國的見證。」[8]

張錯以詩聞名，身爲在美華人知識分子，兼具港澳背景與武者俠義之風，對美國歷史上華工的遭遇感受尤深，然而史料性的散文畢竟有其限制，難以發揮詩才與想像，於是論述與散文之不足，便出之以詩。在他所有詩作中，與美國華人歷史關係最密切的爲〈天使島〉、〈石泉・懷奧明〉與〈浮遊地獄篇〉，三首詩的創作年代與此系列文章吻合，爲同一情境下的產物。[9]〈天使島〉完成於 1979 年 7 月，涉及拘留於舊金山灣外天使島（Angel Island）的華人移民遭遇的歧視與虐待，《黃金淚》第十一章〈天使島上無天使〉專章討

8 根據張錯 2017 年 2 月 23 日臉書訊息，這段文字可能是當時主編楊淑惠所撰。楊當時主編皇冠的三色堇系列叢書，第 17 號爲張錯的詩集《錯誤十四行》（含《雙玉環怨》），第 32 號爲《黃金淚》。

9 〈天使島〉與〈石泉・懷奧明〉最初收錄於 1979 年出版的詩集《洛城草》，頁 17-26，38-40，作者當時筆名仍爲翺翱。〈天使島〉後來收錄於《雙玉環怨》，〈石泉・懷奧明〉則未納入。

論。[10]〈石泉・懷奧明〉處理的是 1885 年 9 月發生於懷奧明州石泉鎮（Rock Springs, Wyoming）三百名華人慘遭屠殺的事件。〈浮遊地獄篇〉爲逾四百行的長篇敘事詩，創作於 1982 年 10 月，並獲得該年第五屆時報文學獎敘事詩首獎，從五個不同的個人與集體的敘事觀點，來呈現五百多名華人苦力在外籍船隻上慘遭燒死、沉屍海底的悲劇，《黃金淚》的第六章〈航向地獄海——苦力船羅伯特・包恩號〉與第七章〈四艘苦力船〉對當時被當成「豬仔」販賣與虐待的華人苦力及海上航程多所描述。[11]

《黃金淚》時報版（左）與皇冠版（右）封面與封底。

---

[10] 天使島移民站成立於 1910 年，目的在於確認華人移民合法身分，方准入境，1940 年因火災廢棄。〈天使島上無天使〉中引用麥禮謙（Him Mark Lai）、林小琴（Genny Lim）、譚碧芳（Judy Yung）三人合編、中英對照的《埃崙詩集》（*Island: Poetry and History of Chinese Immigrants on Angel Island, 1910-1940*, 1980）（張，《黃》1995: 200-02）的中文資料，但註解與書末的參考資料只以中文呈現，指其爲「英文版」（205）或列入英文部分（236），並未提供出版資訊。張錯對此書的評價爲「圖文並茂，彌堪足貴」（236）。該詩集爲華美／亞美文學與歷史的奠基文本（founding text），後經大幅增訂，於 2014 年發行第二版。此二版本相關討論詳見筆者〈「憶我埃崙如蜷伏」——天使島悲歌的銘刻與再現〉與〈重訪天使島——評《埃崙詩集》第二版〉。

[11] 有關〈天使島〉與〈浮遊地獄篇〉的版本，筆者引用的是書林最近出版的《張錯詩集 I》（2016），後者附有林崇漢的插畫，頗收圖文並茂之效。

本文以「黃金血淚，浪子情懷」爲題，一方面試圖緊扣《黃金淚》的主題，呈現早期華工爲了討生活遠赴美國淘金，在異地遭到歧視、甚至命喪他鄉時可能有的懊惱與悔恨，另一方面則是觀察身爲海外華人知識分子且長年居住於加州的詩人／學者張錯，既對中華文化與華人懷有強烈的認同感，又有粵、港、澳、臺淵源與武者俠義精神，如何面對並處理前輩華人移民的血淚史。全文聚焦於張錯相關主題的詩、文，即 1980 年前後的時空環境下創作的《黃金淚》與三首詩作，探討這位華美詩人學者如何以帶有歷史感懷與民族情思的散文與詩作，書之詠之，並搭配照片與插圖（包括加州黃金路地圖及礦區圖），*互參互證*，再現血淚斑斑的美國華工歷史。

三、碧海蒼天金有淚

《黃金淚》是張錯唯一的報導文學專書，所處理的範圍廣泛，橫跨中美，連接昔今。作者綜合了歷史資料、新聞報導與親身踏查，並加上身爲美國華人詩人與學者的觀察與感懷，與當時臺灣文壇開始風行的報導文學密切相關，惟對象集中於十九世紀美國華人，尤其是勞苦階級的華工，且不時連結到當代美國華人的處境。皇冠版封底文字將此書定位爲「史料性的文學特寫」與「感時感國的見證」，並透露出一些重要訊息：首先，本書係以歷史爲根據，文學爲手法，來特寫美國華人移民史的重要篇章。其次，對以詩聞名的張錯而言，這種文史兼顧的創作體裁是創新之舉，蘊涵其中的就是血脈相連的「強烈的民族感情」。在這個大前提下，張錯進行其「顯影」的歷史任務與「再現」的文學使命。然而美國華人移民史經緯萬端，如何將作者的理念、認知與感懷傳達給時隔百年、地處大洋彼岸的華文讀者，實爲一大挑戰。全書的選材與架構爲作者深思後的抉擇，篇章安排爲：序言，正文十二章加外一章，以及兩份書目。相隔十年的時報版與皇冠版的序言提供了有關此書的重要資訊，其中既有吻合，也有矛盾，暗示了此中的錯綜複雜。如有關此書的寫作年代，時報版寫道：「1982 年 6 月我開始坐下來有計劃〔畫〕的把『黃金淚』按著大綱和資料的安排一章章的寫下去，1984 年 6 月我寫完最後一章『天使島上無天使』，足足寫了兩年」(張，《黃》1985: 1)。皇冠版的說法則異：「十年前的 1984，我彙蒐資料，驅車入北加州礦脈山區，山路千迴百轉，懷古愁思也是百轉千迴，翌年，我整理文稿，驀然發覺歷來心情詠古兼而治史，行文造句之間，追隨史詩典範而具春秋之筆」(張，《黃》1995: 4)。張錯博覽旁通，記憶力佳，但有關此意義特殊之書始作日期的客觀事實，時隔不過十年，回憶起來竟有兩年之差，令人費解。

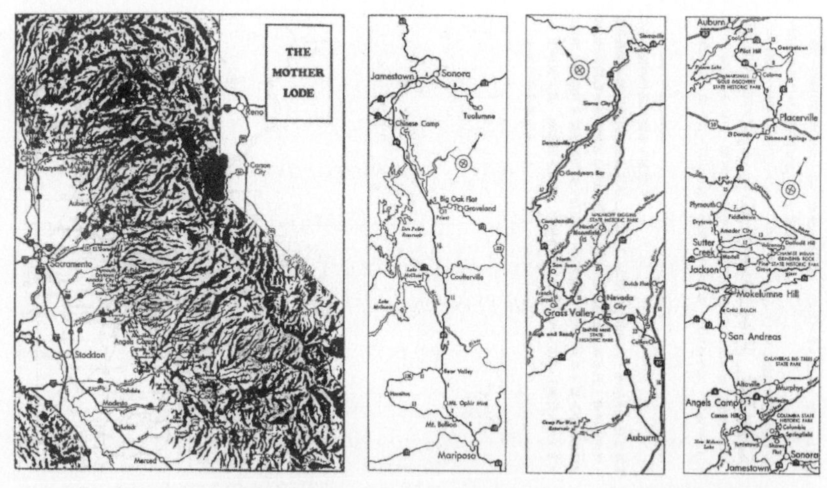

（由左至右）皇冠版增添加州黃金路全圖與南、北、中礦區分區圖。

儘管如此，不變的是寫作初衷。前版提到此書「最初動機，不是像亞裔的第二代或第三代，有一種追溯先祖拓殖的感情，我也沒有研究少數民族的野心，去肯定華人在美國的地位」，而「主要是一種認同」（張，《黃》1985: 1-2）。後版則開宗明義指出：「《黃金淚》一書可以說是我寫作過程內尋根行動的一項舉證，尋根，不是尋美裔的根，而是尋中華民族在異鄉的花果飄零」（張，《黃》1995: 4）。這正如張錯在〈激盪在時間漩渦的聲音〉（《雙玉環怨》原序）中所說：「也許是自己的民族意識，中國，是我一生的婚配，因而我開始關心與了解這一代在外面的中國人，再進而去了解與關心上一代在海外的中國人」（106）。而且他在相隔百年的美國華人身上發現彼此的異同與歷史的繁複：「從前目不識丁來美洲掘金的華工是第一代，現在滿腹經卷在美洲居住的華人智識份子也同樣是第一代，而他們彼此的異同，又是何等繁複的歷史變調！」（106）。「目不識丁」與「智識份子」的教育程度與社會地位迥異，而且彼此間隔一個世紀以上，卻同樣具有對故國的強烈認同。就是這種認同感，或穿越時空的想像共同體，促使張錯「開始去探求與追溯他們的痕跡，〈浮遊地獄篇〉不過是最早一個破碎的夢底追述吧」（106）。

綜觀全書架構，除了序言綜覽全書之外，其餘各章主要以年代爲經，主題爲緯，書末以資料來源終結。第一章〈美洲早期華工與金山路的追溯〉以英國詩人布雷克的詩集《無邪之歌》（William Blake, *Songs of Innocence*）中的〈黑夜〉（"Night"）爲「楔子」（張，《黃》1995: 28），挪用詩中「黃金的眼淚」（"tears of gold"）一詞作爲引子（Blake 71），既爲全書破題，也帶入美國加州於半世紀後因發現黃金所招引來的淘金客，其中更有遠渡重洋的中國勞苦大眾。然而在美國歷史上，弱肉強食，白人成爲主角，華工淪爲配角，甚至命喪異邦，「這一大批荒魂野鬼，赫然一大部分是華夏子孫」，成爲「無聲的中國人」（張，《黃》1995: 30）。面對如此不公不義的歷史，作者坦承自己「追溯覆述，也難逃出歷史事件和人物所勾勒出的內容。」儘管前人已渺，史料有限，然而身爲百年後的美國華人知識分子的張錯，勸請讀者「不要懷疑華工對新大陸開發的功績」，更高度揄揚他們對建設美國的貢獻：「他們的豐功偉蹟〔績〕與美德，就是布雷克詩內所云及基督的謙遜，以及世間疾苦與康樂的摹寫品」(30-31)。此處呼應布雷克詩中提及的「由於基督的謙遜／及他在世間的疾苦與康樂」(29)，對身爲天主教徒的張錯自有深切的寓意，暗示華工爲建設美國而如羔羊般柔順受苦，背負沉重的十字架，成爲基督般的角色（Christ-like figure）。這種說法爲全書定下基調，包括華人的性格與遭遇，以及作者的使命與呈現。張錯認爲可從布雷克「詩圖合一」的《無邪之歌》與《經驗之歌》(*Songs of Experience*) 中「剛柔的對立看到《黃金淚》的主旨」，並指出這種對立「與中國陰陽相成相剋的太極圖頗近」(31)。全章第二節「難忘的正月・一八四八」則描繪掀起淘金熱的馬歇爾（James Wilson Marshall, 1810-1885）與薩特（Johann Augustus Sutter, 1803-1880）兩人的生平，以及在加州亞美利加河發現黃金的來龍去脈，提供了淘金熱的美方歷史背景。

交代了加州發現黃金以及引發騷動的黃金熱之後，第二章〈金色的熔爐〉把焦點轉移到太平洋彼岸的中國，劈頭直道「華人來美，與尋金有著極大的關聯」，接著話鋒一轉，表示「其遠因，實在不只是尋金那麼簡單」(53)。美國的黃金固然是股拉力（pull），但一向安土重遷的中國人願意離鄉背井、遠渡重洋、冒險犯難，當然也有其推力（push）。作者筆鋒轉向近代中國，指出因爲天災人禍，民生凋敝，廣東沿海四邑、香山等地的人「紛紛另求出路……迨至加州黃金熱開始，黃金夢侵入了中國窮人的腦海，於是不少人拋妻棄子，乘船涉洋來到舊金山」(54)。「中國人外移」和「西方的吸收」交互作用之下形成「苦力買賣」，其中的「豬仔」成員大致分爲三類：「第一類爲械鬪被囚禁之犯人……；第二類爲被拐騙之鄉下人，豬仔以此類最多；第三類爲賭博被騙輸錢而又無力償還者」

（55）。[12] 該章舉晚清赴美華工文學作品《苦社會》（1905）、《黃金世界》（1907）、《劫餘灰》（1910）爲例，指出「情節之間容或有虛構誇大，但是小說本身事實的可信度和譴責性仍然是極高的」（59）。此外，惟恐文學作品「未足以徵信」，張錯接著說，「在《遐邇貫珍》的新聞實錄應可爲歷史作一個無情的註腳吧！」（60），並列舉一些外籍船隻超載乘客的實例爲佐證。作者採用文史並列互參的手法，再現在中、美一推一拉的歷史情境下所產生的美國華人移民。文末回到章名「金色的熔爐」，指出美國以民族大熔爐自詡，「熔爐金光閃閃，光輝燦爛，可是取材用火，個中是誰的血，誰的淚，和誰的汗？今天又是誰的榮譽，誰的傳統？」（63），顯然對美國的立國理想與苛待華人的舉措之間的落差頗有質疑，而以「金色的熔爐」爲章名也就不免帶有反諷的意味。[13]

其他各章可分爲四類。第一類側重於美國華人社群，理所當然佔了最大比重，總共五章。第三章〈熔不掉的龍種〉指出在面對美國白人主流社會時，離鄉背井的華人明顯居於弱勢。作者引述《清季外交史料》中粵督張之洞的奏摺，指陳舊金山的華工商人面對「十苦」、「六不近情理」與「七難」（66），具體陳述了華人的艱難處境，應運而生的便是以地域區分的會館，其利弊互見。好處是提供了在美華人「一個小小的保護網」與「潤滑劑」（65）；壞處可分內、外兩方面：對內是強化了同鄉的觀念，甚至爲唐人街惡名昭彰的械鬪推波助瀾（69-70）；對外則是有違美國大熔爐的理想，成爲格格

12 有關華人被拐騙淪爲豬仔的情形，可參閱清同治年間外務部檔有關「總署收到未具名者寄來澳門拐騙華工情形八條」（陳翰笙 249-50）。該書序言提到華工出國的四種情況：「豬仔販運」、「苦力貿易」、「賒單苦力」與「所謂合法化招工」（4-11）。雖然名稱不同，其實待遇相似。

13 張錯從弱勢族裔的角度，對美國自詡的「民族大熔爐」頗有意見，除了在《黃金淚》中數度傳達，〈天使島〉詩末更有強烈的呈現。至於豬仔與豬仔船上發生的人間慘劇，也是〈浮遊地獄篇〉的緣由。詳見下文。

不入的族群，「更時而造成異國保守人士對這種堅持的厭惡、排斥，與摧殘」。作者進一步指出，「這一群不肯相容的龍種的堅持，實在是第一代海外華僑的悲劇」，而且時至「今日，同樣的矛盾發生在許多海外的中國知識份子」(71)。第四章〈阿彩的一生〉由副標題「一個名妓的一生」便可略窺一二。由於當時舊金山華人男女比例懸殊（94.4%：5.6%），賣淫與鴉片煙館爲唐人街「並駕齊驅的行業」(72)，阿彩便是前一行業中的佼佼者。年輕貌美的她「據說是抵達金山的第二名中國女人」(72)，先爲名妓，後爲鴇母，晚年改行販售海蚌，「最後才以高齡（據聞近一百歲）逝世大埠〔舊金山〕」(78)，結束傳奇的一生。第五章〈堂鬬〉在第三章已埋下伏筆，此處細述舊金山各堂口產生的內因與外因。就華人內部而言，「遠因可溯自洪楊之亂」，秘密幫會遠走海外，近因則是不同地域華人之間的衝突（85)。外因則是華人受到美國社會的排斥與孤立，自成一世界，許多事情以武力自行解決。堂鬬的緣由「或爲利益，或爲私怨」(89)，以致暴力事件時有所聞，刀光血影震驚社會。自幼習武、祖籍廣東、來自港澳的張錯對於華埠的堂鬬有著比一般人更深的感受。

與上述三章遙相呼應的有兩章。相較於先前世俗、黑暗的一面，第十章〈敬如在──早年華工在美的廟宇崇拜〉呈現的是華人的宗教與精神面向。張錯指出此廟宇崇拜的兩個原因：「文化血緣的重歸」與「異鄉心情的慰藉」(171)。對於身處異國、受到欺壓的華工，這種崇拜寄託著「寶貴的希望」，如因果報應的「酬報希望」以及祈福避凶的「被保護希望心理」(171)。他實地走訪北加州三處寺廟，不僅介紹歷史，並報導現狀，指出「在廣東僑社的神權信仰」中，所禮敬的神祇各有象徵，如觀音大士象徵「救苦救難廣大靈感」，關帝象徵「公正義氣」(172)。這些廟宇成爲「精神的支柱」與「僑社的核心」，然而由於「品流參差」，以致出現「寧濫毋缺」的現象（182)。該章中「大部分華工慢慢被美國大熔爐所吸取，成爲爐下的灰燼」（173）的意象，在〈天使島〉一詩得到更充分而生動的發揮。至於書末〈外一章　大來〉則是作者另一次踏查的紀錄，走訪時間當在探查華人廟宇之前（231）。在充滿感性、甚至不免有些濫情的這章中，張錯走訪了北加州的樂居鎭（Locke），指出「樂居」一名「實在是最大的諷刺」（221）。走在華工前輩的街道上，作者「心裡親切而激動」（226）。原爲賭場的大來木屋如今已成博物館，擺著作者在澳門常見的各式賭具。往事已矣，作者五內俱感，在留言簿寫下弘一大師的遺偈「悲欣交集」（230），並表示「至少我可以把這些快要湮沒的事物保存在我的經驗與回憶裡」（225），以書寫與傳播來對抗冷漠與遺忘。

第二類文章聚焦於載運華工的外籍船隻與海上航行，其慘狀有如昔日載運非洲黑奴的中間航道（Middle Passage）。第六章〈航向地獄海——苦力船羅伯特・包恩號〉與第七章〈四艘苦力船〉根據「美國與中國外交文件及公檔」（102）、「公函」（120）、「航海日記」（122）、「調查報告」（136）等檔案與史料，重述一些慘無人性的事件。前章集中於「爆發苦力事件的第一艘美國苦力船」（118），船長、水手與苦力各有傷亡。中美雙方涉事者與官方對於同一事件採取不同看法，美方有意導向「苦力嘩變」（115），並以「救護美國海員和追捕嚴懲中國『海盜』爲兩大主題」（116）。中方調查則發現有些苦力爲被騙上船，而且船長高壓管理，甚至強行剪去苦力的辮子，「『按中國舊例，剪去髮辮無異砍掉腦袋，可見該船長爲人暴戾無疑』」（113）。美國特命全權公使致函國務卿，「『我建議派遣美國海軍迅速開到中國海面，用以加強我們同中國政府交涉的地位』」，張錯表示由此「可看出當時帝國主義在中國橫行的嘴臉」（118）。後章則藉由另四艘苦力船事件，鋪陳出更大的歷史脈絡，指出由於販賣中國苦力有暴利可圖，「即使當年非洲黑奴貿易也瞠乎其後」，以致「苦力們的悲慘命運，以及在太平洋發生的恐怖事件，眞比早年在大西洋的奴隸貿易尤有過之」(132)。此章詳述了華人淪爲豬仔的情形，船上所遭到的非人待遇，死者直接丟入海裡，甚至「一夜之間，三百名苦力就無聲無息的死了」(129)。作者從這些事件中歸納出「一道不變的方程式，那就是疾病、死亡、暴動、逃亡、追捕」(133)。張錯在重述相關事件時，哀慟與悲憤之情不時溢於言表，由「航向地獄海」的標題便可看出。相關史料（包括供詞）中的各說各話，也出現於長篇敘事詩〈浮遊地獄篇〉，甚至「浮遊地獄」(135) 一詞便出現於第七章，可見其華工詩文之間的密切關係。[14]

第三類文章爲第八章〈響馬華堅〉與第九章〈馬克土〔吐〕溫與華工〉以一反一正、一武一文的方式，呈現華工受到的無情攻擊與溫情支持。第八章採用若干類似《水滸傳》的用語來訴說墨西哥人華堅（Joaquin Murrieta, 1829-1853）如何被白人逼反，落草爲寇，成爲打家劫舍、殺人不眨眼的響馬。弱勢的「中國礦工們是主要的受害人」，因爲華堅率領黨羽沿著礦區，「從一個中國帳篷劫掠到另一個中國帳篷，稍有反抗，便立加屠殺，中國人的黃金夢遂在這群無法無天的大盜橫行下轉眼成空」(148)。然而多行不義必自斃，華堅與手下遭重金懸賞追捕，最終「死於亂槍之下」，首級和手掌被割下當成證物，先是「公開示眾一天」(156)，後來在博物館展出，於 1906 年舊金山大地震與大火中不知所終。

至於吐溫 (Mark Twain, 1835-1910) 爲美國文學的「幽默大家」、「鄉土作家」與「流域作家」(161)。他的著作等身，紀實的《飽經憂患》(*Roughing It*, 1872) 一書第五十四章是「唯一描寫華工在內華達州與加州的章回……僅佔六頁」(164)，裡面提到了「華工和吐溫本人對中國人的印象」(162)，雖然只佔「百分之一比率〔，卻〕實在道出了美國華工在歷史上的位置」(164)，「更早被訂爲美國當

---

[14] 此詞重複出現於張錯的詩、文中，可見對他頗具意義。至於此喻的出處及作用，詳見下文有關該詩的討論。

今少數民族研究的文獻」（162），「常成爲比較或世界文學學者研究的對象」（164）。文中提到雖然吐溫沒到過中國，但對中國人「有好印象」，「每次談及中國人都有一種親切感」，更強調這來自「他本人的仁道和對人性尊嚴的重視，在他眼中，世界民族一律自由平等，在當日有強橫無公理的礦區，又是多麼難得可貴啊」（162）。此外，吐溫「晚年幫助容閎（第一個中國留美學生）建立『留美學生團』而向當時的美國總統格蘭進言」，這種「拔刀相助的義氣」令人佩服（162）。足見娑婆世界雖然險惡重重，依然存在著溫情與仁道，以及對人類尊嚴的基本尊重，也從華人的視角提供了吐溫罕爲人知的面向。

第四類文章則是有關華人受虐的實例與史冊。第十一章〈天使島上無天使〉的篇名固然指涉 1910 年到 1940 年天使島上的移民站，卻綜述美國歷史上對於華人的種種歧視與重大迫害，如 1850 年代加州州長與法官對華人的排斥（185），1877 年的「舊金山『三日恐怖』之稱的暴動」（186），1882 年的排華法案，以及 1885 年的懷奧明州「石泉慘案」（187）。然而與華人悲慘遭遇相關的「反美華工禁約文學卻是中國近代文學的異采」（189），如黃遵憲的長詩〈逐客篇〉（1882），而小說尤其「大放異采」，文中臚列了支那自憤子的《同胞受虐記》（189）、碧荷館主人的《黃金世界》、哀華的《僑民淚》、指嚴的《豬仔還國記》等近十部小說，[15] 一方面指出「他們的表現實在是最徹底〔的〕臺灣鄉土文學的前身」（190），[16] 另一

---

15 相較於阿英的《抵制華工禁約文學集》中所收錄的兩篇小說（《苦社會》〔37-156〕與《苦學生》〔157-204〕），足見張錯另外蒐集了許多資料。

16 這個說法可能多少令當今讀者詫異。其實，就讀政治大學的張錯與臺灣文壇一直保持密切聯繫，返臺時必與在政大念書時結識的尉天驄見面，以了解文壇近況，尤其留意鄉土文學的走向。張錯在接受筆者訪談時表示，中文系出身、熟悉臺灣文學走向的尉天驄，「不但灌輸鄉土文學觀念，也鼓勵我研究華工。他說晚清時

方面也批評美國的中國文學研究者著迷於鴛鴦蝴蝶派，而忽視這些血淚交織的華工文學（189-90）。此外，因為美國排華政策，即使華人歷盡千辛萬苦、漂洋過海而來，但船隻抵達美國時乘客還不能立即登上夢寐以求的金山，而必須拘留於舊金山外海的天使島（早年也譯為「神仙島」〔Machida 28〕），接受羞辱的身體檢查與匪夷所思的訊問，確認身分合法後方得獲准入境。這些「金山客有被困一年以上者，有人在板壁題詩，有人投繯自盡。天使島成了美中關係最大的一個歷史污點」（張，《黃》1995: 192）。他特別提到天使島拘留營板壁上的題詩有上百首，這些「天使島塗壁」（"graffiti," 199）與「補壁文學」原本「難登大雅之堂，既然〔原文如此〕平仄欠佳，押韻亦不盡宜，可是一字一淚，又是何等沉重的寫實文學！」（202）。文章結尾時，住在南加州洛杉磯（Los Angeles，此名源自西班牙文，意即「天使城」）的張錯見昔思今，有感而發：「歷史雖然不會回頭，可是歷史主題的變調，卻常在不同的時間，不同的空間，與不同的人物裡重複出現；現在何嘗不是一批一批的金山客湧來金山，一批一批的被困在天使城？」（203）。[17] 這些歷史與反思都為他的詩作〈天使島〉提供了重要的背景資訊。至於第十二章〈一筆爛賬・半張清

代已經有一系列寫華工的作品，由阿英編輯、出版了《反美華工禁約文學集》」（單，〈文〉14）。換言之，英美文學與比較文學出身的美國華人學者張錯，是在臺灣的中文系學者提點下，注意到晚清的華工文學作品。於是他在 1981 年訪問北京時，向阿英的女婿吳泰昌「要這本書，他就跑去中華書局把僅有的兩本中的一本送給了我」（14）。因此，《黃金淚》與相關的三首詩的緣起關乎當時臺灣鄉土文學走向，難怪張錯會有此斷言。

[17] 楊錦郁在〈中國性與臺灣經驗〉中將張錯的「生活空間」分為四個時期：「讀大學的木柵時期，畢業後的香港時期，讀博士的西雅圖時期，教學研究的洛杉磯時期」，前兩時期詩風的特色分別為現代主義與新浪漫主義，但在定居洛杉磯後，「溶入東西社會，接觸到更多的華人和少數民族，他們在異地坎坷的命運在在衝擊張錯的詩靈」，所以在《洛城草》中「開始走入人群，接觸現實，關心華族」（39）。

單〉則條列了自 1849 年至 1943 年近百年來美國對華人的種種歧視與迫害（206-14）。全書以這種方式總結，既如一般亞美／華美歷史年表，也類似湯亭亭在《金山勇士》（Maxine Hong Kingston, *China Men*〔又譯《中國佬》〕）中〈法律〉（"The Laws," Kingston 152-59）一章的呈現方式。[18] 然而全書結論則企盼「隨著歷史的教訓，西方人、東方人把過去慘痛的經驗變成現在改變自我的力量，所有過去恩怨仇恨，今日自當一筆勾銷」（張，《黃》1995: 214），[19] 表現出置身於中、美之間的張錯面對歷史的態度與尋求和解的心願，以期鑑往知今，匯通東西，共創未來。

由以上概述可知《黃金淚》的取材、內容、類別，以及作者對美國華人歷史的概歎與反思，從中可發現幾個特色。首先就身分而言，這涉及張錯本人的立場與發言位置。本文第一節之所以不嫌詞費鋪陳他的家庭、教育與文化背景，旨在顯示他的離散情境與中華情懷，而這種情懷與體現的知識密切相關，既是學術的（中國文學、英美文學、比較文學），也是藝術的（青銅器、陶器、兵器、國畫、蒲草畫）、宗教的（天主教與佛教）、武藝的（太極拳與北少林武術等）。簡言之，1980 年代的張錯已經具現了極罕見的美國華人知識分子的內涵與風貌。弔詭的是，他的這種位置既可稱爲雙重中心，又可稱爲雙重邊緣。雙重中心之一在於他既是華人知識分

---

18 湯亭亭再現的是自 1868 年（中美兩國簽訂蒲安臣條約〔the Burlingame Treaty〕）至 1978 年。有關該章的討論，詳見筆者〈以法爲文，以文立法──湯亭亭《金山勇士》中的〈法律〉〉。

19 書末的「參考書目」與「書目補遺」既交代全書資料來源，也加以簡評，可作爲讀者進一步研究的參考。由先前諸章註解可知，此書最重要的史料來源便是劉伯驥的《美國華僑史》（1976），「書目補遺」中則對劉氏的《美國華僑史（續編）》（1981）有相對詳細的介紹。而阿英編的《反美華工禁約文學集》則是「研究華工文學，以及以華工禁約爲背景的文學反映」的「經典之編作……不可不讀」（張，《黃》1995: 233）。

子，又處於開族裔研究風氣之先的加州，對美國華人現今處境瞭若指掌，對其歷史又感同身受，且自認有責任爲百年前的華人發言，並從美國社會風潮與學院建制的角度來觀察與介入。另一個則在於他早年在臺灣讀書時便與文壇建立起深厚的關係，出國後不僅維持這種關係，還因戒嚴時期臺灣報業黃金時期兩大報副刊爲了開拓讀者視野，特別重視海外華人知識分子，而提供了他很大的施展空間。

然而，他的雙重邊緣性也甚爲明顯，例如他在訪談中就自道美國學界對中國文學的認知遠不及他對英美文學的認知，他與美國主流的漢學界較疏遠，以及在美國的中文文學研究者偏向中國大陸而非臺灣（單，〈文〉13-14）。除了學界的處境之外，他在日常生活中更時有異鄉異客之感，因而有底下的自剖：

> 近年來多旅居異國，也就格外警覺到自我孤絕的危險，而更渴切地追求接近身外的人群，也許就是異國的關係吧，身外的人群，滿目都是碧眼金髮的異鄉人，當然，異鄉人應該是我，不是他們，而有時追溯華人早期留美的歷史，卻又不禁熱血沸騰。所以，浪漫與現實之外，我是一個徹徹底底的民族主義愛國者。（張，〈原〉100-01）

再者，儘管他多年來著述繁複多元，單單詩集便有二十多種，並獲得臺灣若干代表性文學獎，然而有關他的評論和研究相對偏低，有如處於邊緣地帶。

這種雙重中心與雙重邊緣無不與張錯身爲華人離散主體（Chinese diasporic subject）密切相關，而正是這種離散空間提供了「富於批判意識的生產性」，離散者便在「離散的始源」與「居留地」這兩個中心之間擺盪（李有成，《離》39）。而這種離散人士就如薩依德（Edward W. Said）筆下的流亡者（exile），具有「多重視野」，因而能夠「覺知同時並存的面向」，並過著「遊牧的、去中心的、對位的」生活（Said 55）。張錯既爲美國加州華人學者，也是長年在臺灣文壇出版多種著作的作家，這種身分造就了他既是參與者、也是觀察者的角色，能入乎其內、也出乎其外，以多重視角來觀察、介入並記錄下自己的所見所聞、所思所感。

其次，身兼學者與作者的張錯——他自認作者的角色超過學者（單，〈文〉34）——出入於學院與文壇之間，綜合學術研究與文學創作二者之長，順應當時臺灣文化界鄉土文藝與報導文學的風潮，蒐集有關斯土斯民的資料，並現場踏查，以身歷其境的報導文學手法，結合歷史材料、親身觀察與文學技巧，寫出迥異於自己其他風格與內容的專書。相較於他前後期的學術著述與文學作品，《黃金淚》雖有歷史考據與實地探訪，但爲了「報導文學」中的文學面向，選擇採用不是嚴格學術性的書寫方式與風格，以便更多讀者能分享他的歷史情懷與現實感思。對於昔日史料中的種種不公不義，以及今日的歷史殘跡，身爲寫書人的張錯頻頻發出不平之鳴。他以客觀方式呈現自己蒐集到的史料，有時爲了強化讀者對這些埋沒於歷史灰燼中的華人事件的感受，拉近彼此的距離，選擇以「看倌」來直呼（apostrophize）讀者，自己有如古代的說書人般，娓娓訴說這些官逼而民不能反的沉冤往事。這種對（同族）弱勢者的同情，與林淇瀁所標榜的「照見人間不平」的報導文學若合符節。[20] 學者的訓練要求他客觀、冷靜，但詩人的稟性卻激揚出他的熱情、悲憤。由

[20] 論者一談到臺灣的報導文學，無不高度肯定高信疆的貢獻，如楊素芬指出，「相對於傳統文藝副刊與社會疏離的態度，高信疆反其道而採取了積極介入現實的編輯態度，反映出編輯人強烈的介入社會的個性與編輯意識，其中以『報導文學』的推動最是能探觸到現實社會存在的問題」（楊素芬 98）。除了楊素芬的專書之外，也可參閱林淇瀁《照見人間不平——臺灣報導文學史論》與須文蔚〈導論——再現臺灣田野的共同記憶〉。林書特闢「高信疆開創報導文學之春」（85-94）與「高信疆的報導文學論述」（94-101）兩節，由此可見此人的重要。

於他對這些華人前輩的強烈認同，看到他們一再蒙受不平之事，以致有時難以控制自己的情緒，這些濃烈直率的情感表達固然不免濫情傷感（sentimental）之嫌（尤見於〈外一章　大來〉），但也顯示出他是性情中人。這也是爲何他在皇冠版序言中引用美洲《世界日報》《世界周刊》版對此書的書評，認爲「頗有知音之感」，因爲書評中提到他在理性與感性的兩難之間，選擇「帶著充沛的感情褒貶人物、縱論古今，也不失其天然鋒芒——更生動流暢、更近常理人情、也因此而更易溝通作者與讀者」（張，《黃》1995: 4）。

再者，在面對美國主流社會制度性與日常性的迫害時，講求以和爲貴的華人固然予人柔順、屈從、逆來順受的印象，但也有堅韌、反抗、甚至強悍暴力的一面，挑戰了歷史與文學中所呈現的華人刻板印象，卻往往不爲人知。如〈堂鬪〉中所呈現的舊金山不同堂口之間的你爭我奪、好勇鬥狠，甚至兵刃交加、殺人斃命，凶狠的程度連當時的白人社會都爲之瞠目結舌。然而華人這種關起門來內鬥的凶狠行徑在作者看來甚爲可恥，並批判其爲「弱者藉暴力欺凌更弱者的行動」（100）。反倒是奇女子阿彩不僅美貌，又有手腕，還兼通中英文，令許多華人與白人拜倒裙下，而且爲了護衛自己的權益，打破華人不輕易興訟的傳統心態，走上法庭，慨慷陳辭，顯現出迥異於一般華人——尤其是華人女子——柔順、屈從的形象。無怪乎張錯在南加大的學生孫紹誼曾將其生平改寫爲劇本，有意搬上電視螢幕（單，〈文〉28）。

值得一提的是作者在其時空條件下，撫昔思今，以史爲鑑，反思自己的處境與前人相通之處，進而對美國夢——尤其是民族大熔爐——的迷思有所批判，而用以批判這個著名國族比喻的，則是挪用自布雷克的「黃金淚」之喻，恰切地傳達了十九世紀遠赴美國淘金的華工血淚史。定居美國多年的他指出，「美國的大熔爐，雖仍容許各民族基本文化特徵存在，但原意仍是熔而後鑄，從而鑄塑起美國的新文化與新面貌」（張，《黃》1995: 71）。然而早期來美淘金的華人一方面懷抱著「生爲中國人，死爲中國鬼」的心態，另一方面卻無法變更「客居異鄉的現實」，以致有著強烈的格格不入之感。張錯進一步指出，「一百年前，這種矛盾發生在海外華人的勞動階層；今日，同樣的矛盾發生在許多海外的中國知識份子」（71）。我們借用王靈智（L. Ling-chi Wang）有關美國華人認同的說法，這種現象就是落葉歸根／落地生根之間的衝突。[21] 然而類似張錯這種當代美國華人知識分子的角色可進一步加以複雜化，並顯示落葉歸根／落地生根此二元對立應用在具有高度流動能力者身上可能出現的僵化，亦即，這類人在地理上落地生根，在美國定居並工作多年，但心理上卻尋求落葉歸根，以文化中國爲心之所繫。而且出於對美國華人歷史的關懷，使得他們在美國本土便能「尋根問祖」，而此處的「尋根」既不是非回到源本的中國不可，也不是要完全斷絕與故土的「斬草除根」，而是尋找在美國的華人之根，彰顯、甚至重新認據（reclaim）華人在美國的歷史——即便這些早期華人可能抱持的是落葉歸根的心態。[22] 因此，此處在美國的尋根扣連於中美之間的關係，甚至在美國本土之內，已不再是「非此即彼」（"either/or"）

---

[21] 參閱王靈智對華人認同的五種分類與定義：葉落歸根、斬草除根、落地生根、尋根問祖、失根群組（Wang 197-211）。

[22] 這種詮釋未必符合具有強烈中華情懷的張錯本人的宣稱（「不是尋美裔的根，而是尋中華民族在異鄉的花果飄零」〔張，《黃》1995: 4〕），但不宜完全排除這種可能性，尤其是對他筆下當代在美國定居、擁有文化公民權（cultural citizenship）的「智識份子」。其實黃德倫在採訪張錯時，曾詢問他是在「怎樣的心情下」寫出「很多有關華工在美國的詩作」（黃 26）。詩人回答時就明確提到「尋根」二字，而且對象是在美國的華人與華工：「早年在美國做留學生時就曾這般想過，對於一個像我一樣生活在美國的中國人，如果想爲中國做些什麼，那麼首先想到的就是尋根的工作，仔細一發掘，才知道當初華人、華工在美國，可說是血淚斑斑」（26）。

的對立與互斥，而是「此中有彼、彼中有此」的同生與共存。

進言之，在此「尋根」經驗中，作者以在美國本土的踏查，印證了華人前輩的苦難與故土之情，強化了自己花果飄零的體驗與文化中國、歷史中國的情懷，並以華人前輩的艱苦磨難爲鑑，建立起超越時空的共同體，體認到美國國族論述中的「民族大熔爐」，其實是以華人作爲熔爐下的柴薪，進而以「黃金淚」來破除「大熔爐」的迷思。張錯除了在《黃金淚》中以具體的歷史事證與個人的批判，揭露此迷思之虛假不實之外，並爲自己的相關詩作奠定了踏實穩固的基礎，以文學再現特定時空下的歷史事件，綜合了歷史之眞、踏查之實、感觸之切與文學之藝，折射並介入美國華人昔今的處境與論述，不僅「把歷史昇華爲文學」，[23] 並投射於未來，以期創造美好的遠景。[24]

四、興觀群怨的華人移民詩篇

張錯懷著強烈的離散華人意識，前往華工遺跡實地踏查，以報導文學的手法，爲百年前冒險遠赴美國大陸，胼手胝足追求黃金夢，卻飽受歧視、虐待、甚至遭到殺身之禍的華人打抱不平，以文字來銘刻並傳揚以往被美國移民史消音滅跡的十九世紀華人，爲他們伸張正義。參酌史料與實地勘察提供了這些報導文字必要的眞

[23] 此處套用哈金（Ha Jin）的說法。雖然哈金是針對自己的長篇小說《南京安魂曲》（*Nanjing Requiem*），但其取材於歷史、面對過去創傷、轉化爲文學創作的作爲，與張錯的報導文學，尤其是詩作，有相似之處。

[24] 因此 1982 年楊牧在敘事詩首獎決審意見中表示，「這種題材是值得挖掘的，因爲海外中國人的這些境遇，過去存在，現在尚未消除，而將來也仍然還會發生」（楊牧）。如今看來，此評斷果然不虛。

實，而同爲美國華人的同情共感更賦予了眞摯的感情。因此身爲1980年代美國離散華人知識分子的張錯，出於使命感與歷史情懷所寫下的美國底層社會前輩華人移民的系列文章，爲當時臺灣方興未艾的報導文學增添異采。[25]

然而張錯畢竟是創作經年的詩人，在閱讀、爬梳過許多史料與報導，走訪過不少華人遺跡與現址之後，心中的感觸實難囿限於報導文字，而需另覓出路。質言之，這些資料、經驗與心得爲他提供了創作素材，激發了寫詩的強烈動機，而在書寫那些報導文章的同一時期，以類似的心緒寫下了三首手法殊異的詩作：〈天使島〉、〈石泉・懷奧明〉與〈浮遊地獄篇〉。[26] 這些詩作絕非其報導文學的副產品，而是另一種文類與不同方式的呈現，與《黃金淚》形成互文的關係：〈浮遊地獄篇〉與第六章〈航向地獄海〉、第七章〈四艘苦力

25 有關涉及「華工在美的慘痛『豬仔』經歷」的作品，鄭臻認爲，「除了早期的華工自己創作的文學（《華工禁約文學集》收輯了一部分），和1949年前少數幾首作品……甚少在中文作品裡出現」，故「在經驗面上……相當新鮮」（鄭）。

26 王榮芬將這三首詩的主題列於其碩士論文第三章第二節「懷鄉戀國——對家國的追尋」第一小節「歷史追述的文化中國」第一項「移民血淚」，雖未細談，但多少可看出這幾首華人歷史詩在張錯詩作脈絡中的定位（33-35）。其實，張錯有關美國華人與華工的詩作不限於此。他在接受黃德倫訪談時，提到華人的斑斑血淚，並表示「這些在我的詩集《錯誤十四行》裡的〈大龍〉、〈石泉・懷奧明〉、〈天使島〉、〈蟑螂〉等詩作中均有探討到」（黃 26）。他還提到得獎之作〈浮遊地獄篇〉，以及「有關這方面的文章，已收在《黃金淚》一書中」（26）。然而仔細探究便會發現，張錯早年的《洛城草》就收錄了〈天使島〉（翱，《洛》17-26）、〈蟑螂〉（27-30）、〈石泉・懷奧明〉（38-40）、〈我們漸漸知道〉（49-52）幾首相關詩作。時報版《錯誤十四行》除了收錄上述四首，並增加了〈大龍〉（張，《錯》1981: 106-12）。皇冠版的《錯誤十四行》雖也納入另一部詩集《雙玉環怨》，但有關美國華人與華工的詩作卻只刪剩〈天使島〉（張，《錯》1994: 108-16）與〈浮遊地獄篇〉（227-57），原因在於詩人爲了維持「抒情聲音的整合與延續」（5）。晚近的《張錯詩集 I》依然只收錄這兩首。本文由於篇幅所限，僅集中於標題明顯的三首，其他各首値得另文探討。

船〉；〈天使島〉與第十一章〈天使島上無天使〉；〈石泉‧懷奧明〉相關指涉見於第十一章（張，《黃》1995: 187）及第十二章〈一筆爛賬‧半張清單〉（212）。詩、文之間彼此映照，相互詮解，對照之下更能體會兩者的深意。

㈠〈石泉‧懷奧明〉

〈石泉‧懷奧明〉是張錯這三首美國華人歷史詩作中最短的，附一尾註：「美國哥倫比亞電視公司的『六十分鐘』節目曾報導某小城爲市長貪污包庇，嫖賭飲吹，並云該鎮早年時曾一日槍殺三百華人云」（翱，《洛》40）。註中雖姑隱鎮名，但由詩名與內容便知此地爲懷奧明州石泉鎮。該州位於美國西部內陸，人口稀少，民風閉塞，該華人屠殺事件發生於 1885 年，距離張錯的相關詩文幾近百年。其實《黃金淚》第十一章便以此事件爲代表，說明「排華不止於加州的舊金山，全國各地凡有華工者皆遭外人荼毒」，而石泉的華埠在兩小時內被持長槍的白人「夷爲平地」，「赤手空拳死於白人槍下的婦孺良民，就有三百多人」（張，《黃》1995: 187），「五百名華人被趕出市外，財產損失高達十五萬元」（212）。

全詩分爲四節。首節以假設語氣將時間設定於一張百年前的舊照片：「假如阿美利堅／是一百年前／發黃而殘損的／一張舊照片」，並以「那麼——」（翱，《洛》38）引出以下三節。接著詩人由老照片帶出背景：「那條長長的鐵路／奔迤向遙遠的懷奧明州／穿過那個叫做石泉的小城」（38），營造出懷奧明州的遙遠與石泉的微渺，以及奔迤該地的「那條長長的鐵路」無遠弗屆的驚人功能，隱而未現的則是那些被美國歷史遺忘的鐵路華工，以及他們蒙受的苦難。然而華人的苦難不只是在鋪設鐵路時，還延續到定居該地之後。

此小城雖然偏遠，卻絕非純樸的世外桃源，反倒是罪惡的淵藪，因爲石泉是「那個名叫加斯迪屠夫／生於斯，長於斯／的男盜女娼的小鎮——」(38-39)。詩人雖未註明「加斯迪」是何許人也，但「屠夫」一詞便足以令人聯想到以殺生爲業，甚至更可怖的以殺人爲樂，而「小鎮」之爲「男盜女娼」，以及「生於斯、長於斯」的特定「屠夫」，都足以證明該鎮道德之敗壞以及該屠夫視野之狹隘、手段之殘酷。這一切都預兆了可能降臨的災難。

果不其然，偏遠的小城淪爲殺戮戰場，而這一切轉變竟然發生在一夕之間，並且在光天化日之下，如狂風般席捲全鎮（「某一天，石泉鎮民／全是屠夫」〔39〕）。屠夫般的鎮民所屠殺的對象全是留著長辮、非我族類的華工：「面對著三百條長辮子，／六百雙〔隻〕恐怖失神的眼睛／千聲萬聲無助的呼號——」(39)。這些華工爲了生計遠渡太平洋，費盡千辛萬苦、犧牲多少性命才把鐵路鋪設到該鎮，然而迎接他們的卻是白人社會濃厚的種族歧視與高漲的仇外情緒。漂洋過海、好不容易才定居於石泉鎮的三百名華人，面對著這座「男盜女娼的小鎮」蜂擁而來的「鎮民」／「屠夫」，只有「恐怖失神的眼睛／千聲萬聲無助的呼號」(39)。

先前連續三個詩節結尾的破折號，終於導致了第四節的結論：「一輪亂槍／所有臉孔／便成了歷史／的一張／發黃而殘損的／舊照片」(39)。短促的詩行迅疾地把科技與武力的懸殊、不分青紅皀白的大屠殺、全體黃面孔的異己送入了歷史，並淪爲「一張／發黃而殘損的／舊照片」，呼應了全詩伊始「阿美利堅」等同於「舊照片」的假設。儘管如此，阿美利堅並未從如此殘酷的歷史中學到教訓，懷奧明州石泉鎮百年來也未有長進，因爲「一般的麻木／一般的鄉巴／在一百年後／的阿美利堅」(40)。[27]

---

[27] 由於此四行另起一頁，由版面編排上難以判斷是否爲獨立的詩節，筆者於 2017 年 1 月 1 日以臉書訊息詢問張錯，他表示此四行與前頁六行爲一完整的詩節。

此詩既開始、也歸結於一張「發黃而殘損」的舊照片，前後形成一個循環，而尾註更強化了這是一個墮落的循環（詩中百年前的「男盜女娼」與註中百年後的「嫖賭飲吹」）。一張歷史照片引發了詩人的思古幽情，然而詩人所思之古卻是百年前黃種人鐵路華工面對白種人的歧視與屠殺的血淚史（「發黃」一詞重複兩次且與「殘損」相隨，當然是指照片之古舊，但「黃」字也會讓人聯想到華工的膚色，以及白人視亞洲人爲「黃禍」〔Yellow Peril〕），而其中的「幽情」則是沉冤久遠、幽暗不明、隱微不顯的歷史眞相，以及此漠視與遺忘所代表的種族歧視與國家失憶。

總之，〈石泉・懷奧明〉爲張錯針對美國白人種族主義所造成的石泉大屠殺的直接控訴，表面上是由一張舊照片所引發，以微見著，揭露其後美國歷史上一樁慘絕人寰的華人大屠殺。詩人面對族人百年前的慘案，以平鋪直敘的方式以及節制含蓄的情感，盡可能讓歷史客觀呈現。不容諱言的是，由於詩中的「加斯迪屠夫」並未加註，而且僅有的一個尾註所提供的資料有限，以致不熟悉該段美國華人歷史的讀者不易體會詩人內心深處的悲傷與義憤。然而，這也反證了以互文方式來閱讀《黃金淚》與相關詩作之必要。[28]

[28] 可惜的是，此詩並未如其他二詩般收入張錯後來的詩集。在回答筆者詢問時，詩人表示「因爲我覺得那首詩的敘事性太強了，會損害到《錯誤十四行》裡的抒情氣氛」（單，〈文〉15）。筆者認爲另一可能原因就是當時有關石泉大屠殺的資料稀少，以研究美國華僑史聞名的劉伯驥的《美國華僑逸史》五年後才出版，其中第十二篇《殺害華僑》第五十七章〈石泉鎮大舉焚殺案〉（745-67）詳述這樁「中國人大屠殺（The Chinese Massacre）」的來龍去脈以及中美雙方的交涉與處理，結果「被捕各犯，法官以不能確指何人犯罪，一律釋放」，後因「引致粵省公憤，傳將報復」，美國國會才通過給予石泉鎮華人十四萬七千餘元，「但稱爲撫卹而不肯當作賠償」（766）。倘若當年張錯擁有關於此屠殺案的詳細資訊，應可經營出不同的詩作（詩中的「加斯迪屠夫」不見於劉書，當爲虛構人物）。儘管如此，就詩人對美國華人史的再現與反思而言，此詩具有獨特性，而且在主題與敘事性方面可視爲撰寫長篇鉅構〈浮遊地獄篇〉前的牛刀小試，自有其意義，不宜忽略。

㈡〈天使島〉

有別於〈石泉‧懷奧明〉以尾註補充背景資料，〈天使島〉在標題與正文之間插入簡短的前言：「三藩市外海有一小島，與鳥人島齊名，一百餘年前，專供遞解華工出境之用」（翱，《洛》17）。此前言後來改爲：「三藩市外海有一小島，與鳥人島齊名，一百餘年前，**專供囚禁、質詢華工入境之用**」（張，〈天〉70，粗體爲筆者強調）。[29] 先前版本著重於遞解出境，後來版本著重於囚禁與訊問，合格者才獲准入境，較貼近史實，但也可看出詩人「一出」、「一入」前後著眼之不同。[30] 全詩第一行的「天使島」也加一註，兩版本相同：「天使島（Angel Island），在三藩市漁人碼頭外海，現爲遊客觀光區，有嚮導介紹當年華人情況」（翱，《洛》25；張，〈天〉75）。前言與註解扼要說明了時空背景，將天使島置於原先的歷史脈絡與寫詩當下的時空，彼此參照。

除了此一昔今對比的基本架構之外，此詩另一特色就是模仿童謠的節奏與方式。張錯在《西洋文學術語手冊》中，如此定義童謠（Nursery Rhymes）：「童謠是寫給小孩唱誦的有韻詩歌，爲了易於琅琅上口，大都偏向簡單、口語化、易學而不求甚解，有時甚至插科打諢，胡謅一番」（224）。然而此詩中看似純眞無邪的文字，卻暗含華人移工的悲慘歷史，有如《黃金淚》中提到的布雷克《無邪之歌》

---

[29] 該詩結尾註明寫於 1979 年 7 月，然而天使島移民營於 1910 年啓用，1940 年因火災廢置，未及前言所謂「一百餘年前」。即使考量美國移民史上專爲單一族裔設定的排除法案，即 1882 年的排華法案（the Chinese Exclusion Act），也尙不足百年。惟若考量自十九世紀中葉以來的反華氣氛與排華行徑，則有上百年歷史。

[30] 兩版本的詩文除了少數幾個字的差異之外，最大的不同有兩處：㈠前版的英文童謠（翱，《洛》24）在後版中改爲中文（張，〈天〉73-74）；㈡前版的四個疊句中，前三個獨立成一節，後版的第二、三節則如同第四節般，與前面的華人部分合爲一節。下文討論依據新版。

與《經驗之歌》中「剛柔的對立」，表裡的矛盾，也近似「中國陰陽相成相剋的太極圖」（張，《黃》1995: 31），彼此含納，既相對相抗又相輔相成。

全詩分爲七節，基本上分爲兩部分，第一部分三節，第二部分四節，對立而又統一。此外，詩中出現的三個不同的「我」，是作者創造出的「人格面貌」（persona），藉以呈現不同的聲音。[31] 此詩看似簡單，然而閱讀時便會發現其中的特色以及蘊含的深意。最明顯的首推四度重複的六行疊句（refrain）：

天使島
天使島
天使島是
白衣天使
金髮天使
手提寶劍的天使的小島

六行疊句之中多所重複，如前三行均爲「天使島」，共有四行出現「島」字，且每行都有「天使」二字，而此天使是「白衣天使／金髮天使／手提寶劍的天使」，指涉的顯然是悍／捍衛美國、不讓異族輕易入境的白人。[32] 這六行詩簡單明瞭，琅琅上口，分佈於

---

[31] 有關該詞的定義，參閱張錯《西》，頁 249。在該詞的解說中提到了戲劇性獨白（dramatic monologue）與戲劇性反諷（dramatic irony）的例證。這些技巧與效果在〈浮遊地獄篇〉中得到進一步的發揮。

[32] 信奉天主教的張錯此處也可能暗示梵諦岡附近的聖天使堡（Castel Sant'Angelo，亦有「天使之城」之稱）。該地爲義大利羅馬之城堡，位於泰伯河畔，原爲扼阻蠻族入侵的軍事要衝，後移作監獄，現爲博物館，此歷史沿革與天使島有相似之處，參閱宋尼森的《從米瓦族到飛彈：天使島的歷史》（John Soennichsen, *Miwoks to Missiles: A History of Angel Island*）。進言之，也可能指涉張錯定居的洛杉磯（Los Angeles，「天使城」），此詮釋符合《黃金淚》與此詩後半的昔今扣連。

全詩四個位置：一首，一尾，另兩個分別位於美國華人男女先民之間，以及華人女性先民與當代華人移民之間。第一個疊句以簡單、口語、甚至催眠的方式將讀者漸漸引入詩中，帶進華人男性悲慘的命運；第二、三疊句有如樞紐，連結昔日華人男性、華人女性與當代華人，比對美國華人移民昔今之異同；最後一個疊句以遙遙「有」期（「二千週年」〔張，〈天〉74〕）的盼望收束全詩。

疊句製造出的童謠效果更因詩中引用英文童謠“Five Little Monkeys”得到強化。《洛城草》的版本直接引用英文（“Five little monkeys sitting on a tree, / Watching Mr. Crocodile— / ‘You can't catch me,’”〔翱，《洛》24〕），後來的版本改爲中譯（「五隻小猴子坐在樹上／嘻皮笑臉瞻著老王：／『你抓不著我，／你抓不著我。』」〔張，〈天〉73-74〕），兩個版本以同樣的註解說明：「此爲學童在幼稚園常唱之童謠（nursery rhymes），歌分六節，每節以多少個猴子做開始，最後一個猴子也沒有，都給鱷魚吃光了」（翱，《洛》26；張，〈天〉75）。因此，即使中譯把原文版本中可怕的「鱷魚」轉化爲看似親切的「老王」（張，〈天〉73），但註解還是洩露出表面的平常無邪，其實暗含了險惡、甚至殺身之禍。[33]

這種無邪與險惡的對比與反差，就出現在緊鄰第一組疊句的第

---

33 此童謠有不同版本，筆者查閱的幾個網頁中，其用字以“swinging”多於“sitting”，而“Watching”則全爲“Teasing”。雖不知張錯的版本根據，但兩相對照可看出他版本中的猴子更爲安分，只是「坐在樹上，注視」，不是「在樹上擺盪／逗弄（取笑，戲弄）」（中譯裡的「嘻皮笑臉」爲原文所無，增加了擬人化與些許調皮淘氣的成分，但還不到「逗弄」的程度）。儘管這些猴子如此安分、警覺，還是免不了被一一吞噬的命運。英文版本與歌唱，可參閱 <https://kcls.org/content/five-little-monkeys-sitting-in-a-tree/>。張錯在定義中提到童謠「常帶有教育意味」，並舉〈小猴子與鱷魚先生〉爲例，說明這首童謠是爲了「教孩子數字遞減的觀念」，例子中的小猴子「坐在牆上」（“sitting on a wall”），每節第二行譯爲「俯看著鱷魚先生」（張，《西》224），既不是「老王」，也沒有「嘻皮笑臉」。

二節。相對於先前童謠式的國語，該節選擇使用粵語以示寫實，說話者則是被賣身到海外工作的華人豬仔。下面以左右對照的方式呈現，方便讀者感受原文並比對國語：

原文	國語
我係唐山賣嚟嘅豬仔	我是中國賣來的豬仔
拋兒別女，萬水千山	拋兒別女，萬水千山
就係想嚟金山	就是想來金山
搵幾個錢，	賺幾個錢，
番去唐山	回去中國
買幾畝田	買幾畝田
養幾隻豬	養幾隻豬
點知個的鬼佬	怎知這些白人
話我個肺有問題	說我的肺有問題
就捉左我嚟呢度	就捉了我來這裡
都唔知大埠幾時有船出	都不知三藩市幾時有船出
唉，都唔知何時何日捱得到返唐山？	唉，都不知何時何日捱得到返中國？
（張，〈天〉70）	（陸偉文譯）

在如歌謠般、平易流暢的第一節之後，出現的卻是一般華文讀者不易完全理解的寫實的方言，然而即使半讀半猜，由「唐山」、「豬仔」、「拋兒別女」、「萬水千山」、「金山」、「鬼佬」等用語，也大致能了解其意：這位從中國被賣到美國的豬仔，漂洋過海來到金山，只爲賺點錢回家買田、養豬，然而連這個改善生計的卑微願望都尚未達成，就遭鬼魅般的白人指稱健康有問題，拘禁於天使島，不知羈留到何時才能有船回返故鄉。首二節由天使到豬仔不啻天壤

之別，而這種反差也具體反映在方言與文體上。[34]

這種現象也出現在第二組疊句之後的詩節，只不過此處使用粵語的「我」換為女子，而且方言較少，僅見於標示往返的兩行：前者為「記得在來大埠的大眼雞船上」（即「記得在來三藩市的中式木帆船上」），後者為將近該節末尾的「回到唐山的大眼雞船上」（張，〈天〉71）。出現在一往一返之間以及之後的，卻是這些有心到美國討生活的中國女性所蒙受的種種屈辱。在來程的船上，「我就曾飽受水手的凌辱」，個人與祖國的貞潔，「都隨每夜西下的夕陽／沉落在太平洋」，以致不堪其辱的女伴「也曾投海／也曾投環」（71），喪生於前往淘金的浩瀚大洋。至於安全抵達美國的華人女性，卻不得其門而入，被拘留於天使島，遭受其他凌辱，其中最令人匪夷所思的就是「把紙袋套在頭上去小解」（71）。由於此舉大違常情，詩人特加註解說明：「天使島內的便所只是一個個木桶排列在一個房間裡，中國傳統婦女無以遮羞，只好在方便時每人把一個紙袋套在頭上以免辨認」（75）。僅此一例就足以讓讀者了解來自唐山的華人女子所蒙受的非人待遇。若是不幸遭到遣返，則「當下女／當娼妓／以及患病」（71）的命運在等著她。短短一個詩節就凸顯了這些遠道前來美國的中國傳統婦女進退維谷的處境，以及兼具族裔、階級、性別、經濟、知識等多重弱勢。

然而第三個疊句後的詩節卻引進了一個看似截然不同的情景。此處的「我」參加「天使城」慶祝美國建國兩百週年。「天使」二字固然連接了先前的「天使島」，然而所加的註解卻把時空拉到了詩人置身的 1970 年代的洛杉磯（「洛杉磯（Los Angeles），原意為天使城（City of Angels）」〔75〕），形成另一個強烈的對比。此節洋溢

---

[34] 鄭臻對〈浮遊地獄篇〉中運用方言的看法，也適用於此：「……雜以廣東方言，與近年一些『鄉土』作品以閩南語入詩，可謂異曲同工。這種做法，除突出地方色彩外，亦頗能配合……人物身份」（鄭）。

著歡慶的氣氛與頌揚的言辭，「天使城的天使」歌頌著「解放黑奴／自由平等博愛」的美國夢，人我之間和諧相處，「我和他們握手／他們和我擁抱」，而天使們所唱頌的「偉大的國家」、「偉大的傳統」、「偉大的熔爐」（72）也無可避免地讓人聯想到美國強調同化的「民族大熔爐」的比喻。這種族裔融合與同化的意象與意識形態，由穿著不同顏色衣服繞爐載歌載舞的天使所強化：「我看到穿著／白衣的，／黃衣的，／褐衣的，／黑衣的，／天使們／繞著爐子唱歌舞蹈」（72-73）。不僅如此，還有「小天使們排著隊／一個接一個跳落大爐子內洗澡／洗得雪雪白白，乾乾淨淨」（73），象徵著不同膚色的美國小孩逐一躍進大人同聲歌頌的偉大熔爐中，接受火的洗禮之後而失去族裔特徵，全部獲得漂白——至少在觀念與意識形態上如此。

受到這種歡欣鼓舞、平等和樂、族群融合的情景所感染，「我」也想加入行列，進而略盡棉薄之力，貢獻於強化大熔爐的偉業，「我興奮得趕緊上前／要和他們玩耍，／更害怕他們著涼，／要把爐下的火焰燒得更旺盛」，這才驚覺自己的手指、衣服、身體都在燃燒，「我的眼淚／滴在我松枝般佝僂的身體上／發出吱吱的怪叫聲和香味」（73），隨即體悟到自己不是與其他人平起平坐、共同貢獻於美利堅合眾國的一員，而是熔爐下的柴火，儘管渾身被燒，但功能與角色卻未受正視，不禁傷心落淚。這種失望、挫折與沉痛的了悟，使得「我」對「在爐裡／拍掌，歡笑，跳躍」並歌唱著英文童謠的小天使們的處境，有了嶄新的認知與穿透表象的領悟：他們有如「坐在樹上／嘻皮笑臉瞻著老王」（73）的小猴子，在歡唱中不知不覺被「老王」（鱷魚）逐一吞噬，終至一無所剩。此處的小天使／小猴子與老王／鱷魚的對比，有如童貞／無邪／無辜／人民與老奸／經驗／世故／國家的對比，一方面警示不知不覺就被主流價值所同化的險惡與可怖，另一方面哀歎即使認同主流價值，卻依然是非我族類的異己與他者之可憐可悲。

經此異己之悟、焚身之痛的「我」，即使發出呼號，卻「被歌聲淹沒」，於是被消音匿跡的「我」發出了深沉的憤怒，怒火化爲美利堅大熔爐底下的一簇火焰：「我的憤怒／是爐下一簇最漂亮的火焰，越燒越旺盛」(74)。這種認知與憤怒使得此處的「我」返回自己的族裔認同，連接上從昔至今離鄉背井到美國討生活的廣東鄉親：「驀然，在火焰的最深處／升起廣東老鄉們深沉的歌聲：／同鄉們，唱吧，讓我們一起唱，唱到二千週年——」(74)，而「我們」要唱到十倍於現在的美國建國兩百週年慶的，卻是那六行有關天使島的疊句，全詩便結束於第四度出現的疊句。

相較於先前近乎平鋪直敘的〈石泉・懷奧明〉，〈天使島〉的手法曲折委婉，顯見詩人經營之功。詩中三個不同的「我」分別呈現了百年來美國華人歷史中的男與女、昔與今（歷史與當代連結的特色在《黃金淚》中便已顯現）。這三種不同的聲音各自再現了歷史上飽受歧視、地位低落、格格不入的華人，以及今日挾著文化資本、社經地位高、適應力強的華人菁英。儘管存在著時代、性別、階級與知識的差異，這三種不同的聲音卻有著相同的華人族裔印記與廣東鄉土認同，不僅要一直歌詠美國移民史上惡名昭彰的天使島，讓人永誌不忘，並且以個人的切身體會，質疑主張消弭差異、促進同化的美國民族大熔爐之論述與意識形態。[35]

進言之，此詩將美利堅合眾國美好的憧憬、夢想以及醜惡的歷史、夢魘技巧地結合在一起，既有天眞純潔的一面，如對天使的

---

[35] 其實詩人於早年的《洛城草》中便質疑美國主流社會的「大熔爐」之喻。〈蟑螂〉一詩撰於 1974 年 8 月，次年的「補記」中明言詩中的「蟑螂」「簡直就是」中國人。雖然該詩最初動機爲寫實，但詩人也聯想到「唐人街的無名英雄，他們把生命放在這國家的墾殖裡，但到了最後，他們仍是少數民族，仍然是無聲的蟑螂」(翱，《洛》30)。他接著說，「所謂溶〔熔〕爐，煉來煉去，出來的仍是白人的鑄模，可是中國人仍然無名，無聲，容忍，也許，這就是美德吧」(30)。可見詩人對「民族大熔爐」的質疑由來已久。

歌詠以及民族大熔爐的頌讚，也有醜陋險惡的一面，如對歷史上華人移民男女的迫害，以及以類似催眠的同化手段消弭族裔差異的作法。如此強烈的對比於一首詩中呈現，有如綜合了布雷克的《無邪之歌》與《經驗之歌》，達到了相生相剋、相反相成、矛盾統一的效應。

然而詩歌的藝術形式使得詩人無法全然直抒心臆，即使藉由前言與註解強化了歷史的向度，並且控訴美國的強盛是建立在華人的磨難與犧牲上，反諷美利堅大熔爐使得各具特色的族裔在不知不覺間被融為一體，詩人強烈的族裔認同與自我情感依然受到一定程度的壓抑，因此必須與《黃金淚》進行互文式的閱讀，才能了解詩人強烈的體悟與情感，進而對其含蓄節制的手法有更深切的認知。相反地，《黃金淚》述說華人赴美淘金的辛酸史，〈天使島上無天使〉結尾特意連結到作者自身的處境（「現在何嘗不是一批一批的金山客湧來金山，一批一批的被困在天使城？」〔張，《黃》1995: 203〕），但由於表達方式隱晦，以致讀者不易把天使城聯想到作者定居多年的洛杉磯，從而忽略了這個修辭問句（rhetorical question）其實暗含了作者的自我叩問。而這種叩問與探詢正如林幸謙在張錯的「自我放逐者在漂泊離散中的書寫風格」中所觀察到的，「涉及了鄉土與異國、記憶與現狀、主體與他者、疏離與回歸、現實和想像等書寫，兼容並存於一體，緊密結合在他的流亡敘述中」（林幸謙 180）。因此，《黃金淚》必須與〈天使島〉一詩緊密扣連，才能更深切領會美國華人的歷史與現實，以及詩人／學者張錯的流亡處境與離散主體。

㈢〈浮遊地獄篇〉

〈浮遊地獄篇〉是張錯有關華人移工的空前力作，為他贏得了1982 年中國時報文學獎敘事詩首獎。全詩根據 1871 年苦力船唐・胡安號（Don Juan，即下文之唐璜號）的史實，再現華人移民史上的重大慘劇。其實苦力船上的悲慘遭遇不勝枚舉，《黃金淚》特以〈航向地獄海〉與〈四艘苦力船〉兩章說明相關情況，雖未包括唐・胡安號事件，但由根據中外官方與民間檔案資料所描述的五艘苦力船上的遭遇，便知船東意在牟取暴利（張，《黃》1995: 132），旗下的船長與水手極盡欺壓之能事，船上的華人苦力飽受虐待，張錯便以「浮遊地獄」（135）來形容苦力船上華人豬仔的艱難處境。如果說「天使島」一詞頗爲反諷，那麼「浮遊地獄」則相當寫實，因爲豬仔船上盡是凶神惡煞。

其實「地獄」之喻並非張錯獨創。彭家禮收錄於陳翰笙主編的《華工出國史料匯編 第四輯 關於華工出國的中外綜合性著作》第一編第六章第五節〈苦力船上的抗暴鬥爭〉的副標題便是〈海上浮動地獄種種〉。他指出，「被擄掠的中國苦力在出國途中所受的殘酷迫害和野蠻鎮壓，遠遠超過了奴隸貿易的（大西洋）中段航道〔"Middle Passage"之另譯〕。中國苦力在海上進行了英勇壯烈的抗暴鬥爭。這種海上浮動地獄的悲慘事件受到世界公正輿論的強烈譴責」（彭 201）。該書序言也引用此喻（陳翰笙 13）。張錯〈浮遊地獄篇〉的詩名顯然脫胎自「海上浮動地獄」。彭家禮從歷史的角度分節探討了㈠「超額濫載，草菅人命」（彭 201-02），㈡「漫長的海途，非人的虐待」（202-03），㈢「苦力海上死亡率示例」（203-09〔其中有前往古巴、舊金山、秘魯三例，苦力死亡率竟然高達百分之百，實在聳人聽聞（205）〕），㈣「海上抗暴鬥爭和遇難事件」（209-21）。第四項中的「1850-1872 年苦力船海上遇難事件表」總共列出四十八事件，其中第四十二件就是張錯敘事詩的由來。該船爲唐璜號，船籍秘魯，1871 年 5 月 4 日啓程，自澳門前往秘魯，載有六百五十名苦力，「開船兩天後，船上起火，船長、水手棄船乘小艇逃走，船上苦力，有的還戴著鎖鏈，有的禁閉底艙，艙門緊閉，鐵柵加鎖。半小時後，受難苦力衝出前艙。已經燻死和燒死 600 人，有很多在衝撞中被踩死。最後被漁船救活的約 50 人」(218)。[36] 換言之，在華工出國史上，唐璜號慘案頗具代表性，因此張錯選擇以此作爲敘事詩的題材。

送別與叮嚀
浮遊地獄篇

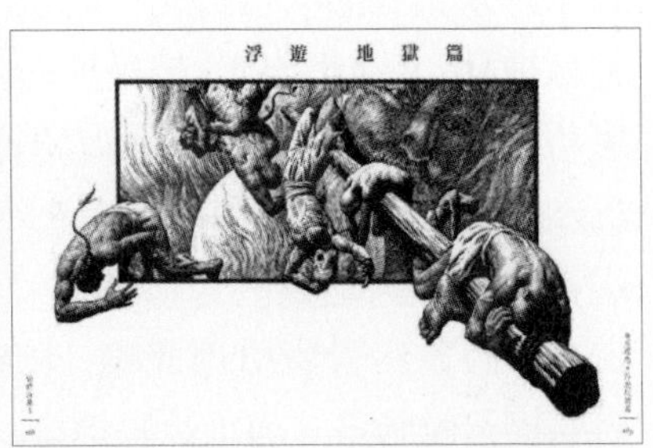

〈浮遊地獄篇〉以醒目的篇幅刊於《中國時報》人間副刊，並附上林崇漢的插圖與五位決審者的意見（左）。此詩納入《張錯詩集 I》時，特意強調插圖（右）。

張錯在接受筆者訪談時提到，爲了呈現歷史的多重面向與不同視角，此詩採用芥川龍之介的小說〈竹籔中〉（即黑澤明的電影《羅生門》的原本）的手法，透過五個不同的角色來訴說各自經歷的苦力船唐・胡安號慘劇（單，〈文〉30）。其實，從《黃金淚》便可看

[36] 張錯於 2017 年 3 月 19 日與筆者見面時，特別翻出該書有關此事件更仔細的描述（坎貝爾 403）。

出檔案中不同當事人各說各話的現象。因此，張錯不勉強尋求統一的敘事，而採用言人人殊、眾聲喧嘩的手法，是既寫實又藝術的抉擇，也有其認識論上的依據。英美文學科班出身的張錯，熟知勃朗寧（Robert Browning）的戲劇性獨白與福克納（William Faulkner）的多重敘事觀點（multiple point-of-view），如《喧囂與憤怒》（*The Sound and the Fury*）、《出殯現形記》（*As I Lay Dying*）。不論芥川龍之介或勃朗寧、福克納所處理的都是虛構（fiction），可盡情發揮想像之能事與藝術的手法。然而以華工史實爲出發點的敘事詩作者張錯，面臨的是嚴肅的雙重挑戰：一方面來自面對史實的倫理與政治，另一方面來自面對詩學的標準與成規。要言之，就是如何在以敘事詩再現華人移民史上的眞實慘案時，既要維持對史料的基本忠實，善盡呈現的責任，爲歷史上的弱勢華人移民發聲，又能符合文學的要求，寫出具有創意的文本，而不至於因爲忠實於史料而束手縛腳，或因爲公理義憤與民族情緒而直白發洩。因此，張錯所面對的是歷史、倫理、政治與詩學的綜合挑戰，殊爲不易。就當時臺灣的報導文學或敘事詩而言，在熱愛鄉土的訴求下，大多集中於臺灣本土的題材，〈浮遊地獄篇〉能在這種文化氛圍與文學環境下，得到五位來自不同背景的評審者高度肯定，脫穎而出，獨佔鰲頭，足證此詩之卓越。[37]

1871 年 5 月 6 日，唐・胡安號載著六百五十名中國苦力自澳門前往秘魯，兩天後突然起火，五百名被關在艙底的苦力罹難，只有

[37] 此詩獲得第五屆時報文學獎敘事詩首獎，1982 年 10 月 30 日刊登於《中國時報》第八版人間副刊，附上〈「浮遊地獄篇」決審意見〉（決審委員依序爲林亨泰、楊牧、齊邦媛、羅宗濤、鄭臻），並搭配林崇漢的插畫。此詩收錄於 1994 年新版《錯誤十四行》中的《雙玉環怨》時（227-57）未納入插圖，此事一直讓張錯覺得可惜。終於在出版《張錯詩集 I》時得以彌補，並以多張方式呈現，其中第一張爲跨頁的完整插圖（168-69），其餘皆爲局部（175, 176, 182, 185）。

水手與少數華人棄船逃生，倖免於難，事後接受香港警方調查，以釐清眞相。此事令身爲海外華人、與廣東、澳門和香港都有地緣關係的張錯深感震撼。他根據陳翰笙主編的《華工出國史料匯編》，發揮文學想像與技巧，寫出〈浮遊地獄篇〉，爲百年前遭到各般折磨，不幸罹難、沉冤海底的華工發出不平之鳴。[38] 這首敘事詩長近四百二十行，允稱張錯最宏偉的詩篇，也是有關華人移民史的力作。詩人根據個人的歷史觀（不同人對歷史有不同看法）以及文學的成規（多重敘事觀點與戲劇性獨白），選擇採用五個不同的視角與聲音來再現唐‧胡安號事件：

「第一篇：苦力陳阿新的招供（1871年5月17日香港警察局）」（張，〈浮〉170-75）；
「第二篇：水手阿伯特‧赫克的證詞（1871年5月19日香港警署）」（176-81）；
「第三篇：徐阿三的口供（1871年5月17日香港警察局）」（182-85）；
「第四篇：水手查理士‧柯考普的證詞（1871年5月19日香港）」（186-87）；
「完結篇：五百苦力的供詞（1871年5月6日海洋深處）」（188-90）。[39]

就結構而言，全詩由華人苦力與外籍水手的供詞／證詞交織而成，前四篇爲個人的戲劇性獨白，第五篇則爲集體的「供詞」，如同

[38] 該史料匯編第一輯收錄了數以百計的當時華工口供，所述細節讀來令人髮指（陳翰笙 727-879）。

[39] 全詩416行，五篇分別爲124行、126行、65行、50行與51行，由此可見各篇的比重與詩人的佈局。

希臘悲劇中的合唱（chorus），筆者認為在此詩中可稱為「戲劇性齊吟」。張錯在《西洋文學術語手冊》中對戲劇性獨白有如下的解說，正可用來詮釋此詩。他指出，這是「詩歌中的一種表現手法。詩中發言者對著未現身的另一人傾訴，所傾訴的對象則沉默無言，於是全詩有如戲劇中人物的獨白，發言者在故事情境中對著不在場的角色表白自己的心情」（張，《西》89），並進一步解析如下：

> 在詩歌的表現上，戲劇性獨白是一種強烈有力的表達手段。第一，它建構出一個懸疑故事的主角（歷史或虛構人物），讀者彷彿在觀賞一齣戲，對主角所知尚不多，好奇地靜觀他想說什麼，從而揣摩出他的性格，因此讀起來興味濃厚。第二，由於採用獨白的形式，故語調（tone）極端誇張而戲劇化，非常適合朗誦，使抒情詩（lyric）添增戲劇氣氛。第三，發言者（或詩人的聲音）必須就其歷史時代背景、地點、關鍵事件有所交代，不然讀者便如墜五里霧中，因此亦具有敘事詩（narrative poem）功能。第四，戲劇性獨白經常產生戲劇性反諷（dramatic irony），讀者不用舞台，也可以從文字上享受到第三者的窺視效果。（張，《西》89）

將張錯這段有關戲劇性獨白的解析運用在〈浮遊地獄篇〉上，我們可以說前四篇的發言者（陳阿新、赫克、徐阿三、柯考普）對著「未現身的」、「沉默無言」的對象（警方）「傾訴」，「表白自己的心情」與遭遇，四篇戲劇性獨白各自「建構出一個懸疑故事的主角」，而這些主角是詩人綜合歷史檔案中的眞實人物所建構出來的，並予以戲劇化處理，[40] 其效果「比全知觀點的直線敘述還要來得吸引人」（鄭）。由於事涉五百人喪命的重大事件，不僅在場聆聽

[40] 2017年3月19日當面詢問作者。

的辦案人員頗為關注，因其職責所在必須藉以探知眞相，而身為讀者的我們則不知四位敘事者的背景與性格，因此「好奇地靜觀他想說什麼」，試圖從中「揣摩出他的性格」，並力求從各自的陳述與證詞中，拼湊出百年前發生在唐・胡安號上慘案的眞相，而產生強烈的好奇與興趣。

其次，「由於採用獨白的形式」，敘事者的語調必須符合各自的身分，正如〈天使島〉一詩穿插粵語以示寫實，〈浮遊地獄篇〉中的第一位與第三位敘事者陳阿新與徐阿三的陳述也符合他們的華工／豬仔身分，以章回小說的口吻增加其古老味與江湖氣，並夾雜粵語表達方式，以「添增戲劇氣氛」，因此「非常適合朗誦」（張，《西》89）。至於另兩位外籍水手的證詞則出諸平順的白話詩句，在語言風格上與兩位華工的用語形成強烈對比，不僅反襯出方言特色，並暗示彼此之間的權力階序（hierarchy of power）。這種洋高華低的權力關係也隱然見於詩人的用詞：水手的「證詞」相對於苦力的「招供」或「口供」，顯示在警方的眼中前者為證人，後者為犯人。

與此詩的創作背景與動機最相關的就是敘事詩的面向。由於此詩是參加臺灣著名的文學獎敘事詩競賽之作，所選的題材又是百年前的華工沉冤慘案，相較於其他競爭對象，評審與讀者對其相當陌生。因此詩人在處理時，必須透過詩中的角色「就其歷史時代背景、地點、關鍵事件有所交代，不然讀者便如墜五里霧中」（張，《西》89）。儘管張錯為了撰寫《黃金淚》系列報導文章而對美國華人移民史相當能夠掌握，然而詩歌的表現方式畢竟不同，不宜以長篇的前言或註解來交代此事的來龍去脈（此詩既無前言，也無註解或後記），必須通盤構思，完全藉由不同的劇中人「各說各話」，讓讀者拼湊出整起事件，不僅達到美學上的敘事功能，並且表達對華人移民的同理心，對虐待華工暴行的批判，以及詩人的文學觀、歷史觀與人道關懷。

前四篇中沉默無語但在場的警方，透過這些陳述以了解案情，而身為讀者的我們「不用舞台，也可以從文字上享受到第三者的窺視效果」（張，《西》89）。然而我們「窺視」——更正確的說法應是「側聽」（overhear）——到的卻是沉冤未白的華人歷史。由於題材沉重，這些戲劇性獨白中所出現的戲劇性反諷較少。詩人在呈現這個歷史事件時，有如他所定義的歷史小說（Historical Novel）般，「根據史實，以小說形式重新構建一些歷史人物的遭遇或歷史上特殊事件的經過」（148），但技巧上更為繁複，兼採史實、敘事詩、戲劇性獨白以及齊吟的方式，讓五方面的當事人各自表述，呈現出五個角度的「片面之詞」，藉此拼貼、重建百年前的華人慘案，並傳達給 1980 年代的華文讀者。

第一篇苦力陳阿新的供詞甚長，聽者／讀者從中得知他是透過「傳譯大人」「如實稟呈」，向「青天大老爺」表白自己的無辜。讀者「側聽」得悉他是「廣東新安縣沙埕村人，／身家清白，世以捕魚挖蚵為業，／村距香港，只一天路程」（張，〈浮〉170），由於財迷心竅，將別人托付到香港買鴉片和魚具的三十塊銀元去「賭一口番攤」（171），不料「輸清夜光」，[41] 遇到「本是行船水手／後來遇劫傷手／成了個半殘廢而遊手好閒」的「同村本家陳阿勝」（172），被哄到「豬仔館」，上船「受騙成為豬仔」（173），「大海茫茫，／前途茫茫，／黃金夢我沒有，／晶瑩銀白的眼淚，／卻溼盡了我的衣襟」（173-74）。他因「向船上的葡萄牙人爭論」，「和另外的廿多人被鎖起來」（174），卻因禍得福，在「船開後三天的一個中午」大火起時，火舌「四處亂竄」，水手「四處亂跑」，「我聽到艙底幾百個老鄉的呼喊」，「恰似自十八層地獄傳來的鬼叫，／我們廿多人齊力掙脫鏈子，／跳海逃生」，「大難不死」，面對「慘絕人寰的慘事」

41 此二處帶有粵語特色。

（174），「可眞是無話可說，／無話可說」（175）。雖然陳阿新面對數百名老鄉喪生火窟的悲劇一再表示「無話可說」，卻反諷地透過他說的話提供了第一個版本的故事，並從弱勢者的角度預設了聽者／讀者了解整起事件的框架。由此段簡述可看出此詩故事性與敘事性之濃厚以及詩人的立場。[42]

接下來的證詞最長，從水手赫克的視角提供了另一個版本的故事。從中我們得知此船前一個月在香港時爲「桃樂絲・胡加蒂號」，五月至澳門時「改名爲唐璜號，／並且懸掛秘魯旗幟」（177），船上四十多名歐洲水手，「私下揣測」這艘是「載運豬仔往中南美洲的苦力船」，但在離岸前必須稱上船的六百五十五人爲「到秘魯工作的中國移民」，而非「苦力或豬仔」（177），此中便透露出蹊蹺，暗示可能涉及不法勾當。而以紅墨水書寫阿拉伯數字爲這些中國人在上衣前面一一編號，更使得一個個看來相似的個人淪爲一個個號碼。在開航那天「澳門的港務長上船巡檢」，有六人向他跪下投訴「是遭受到人口販子的拐騙」，他卻「轉頭吩咐船長把他們用鐵鏈鎖起來」（178）。開船當天晚上，得到「我們在苦力群中暗佈下的線人」密報，兩天後「被關在艙內的中國人」準備奪船，殺害歐洲船員。於是隔天一早船長下令「在艙內提出二十名苦力」（179），其中二百八十八號「原來在廣東一帶是個海盜頭子」，將他們兩兩「聯鎖在一根鏈條上，／然後再把鐵鍊燒紅，／趁熱焊在他們腳踝上，／看著他們疼痛得滿地亂滾，／呼爹喚娘般的喊叫」（180），以警告其他苦力。結果第二天「叛變爆發了」，「艙底四處起火，／我知道一定是中國人放的」，「火勢一發不可收拾，／最後船長下令棄船逃生，／在匆忙中，誰也沒有想到——要去打開艙底的門／艙底還有幾百名中國苦力」（181）。此篇由歐洲水手的角度補充了另一個面

42 根據程建的〈死裡逃生的陳阿新〉，陳阿新是遭本家陳阿昌所騙，冒名頂替張阿福，被騙進豬仔館，以致海上涉險，全情更爲複雜。

向，並進一步推展整個敘事，包括將苦力僞裝成移民，有些人如同陳阿新般是被騙上船的豬仔，暗示葡萄牙籍港務長與人口販子沆瀣一氣，官商勾結，船長高壓統治，水手唯命是從，並在華人中埋下眼線，華人則淪爲號碼，遭受非人待遇，甚至如畜牲般被烙印。「叛變」之說來自水手，顯見雙方對立的心態，是否爲中國人放火難以完全確定，這些容或是推託之詞，然而船長與船員只管自己逃命，完全不顧鎖在艙底的數百名中國苦力的死活，則是水手坦言不諱的實情，也是造成重大悲劇的主因。

歐洲水手證詞中的事件與人物，尤其「海盜頭子」，引出了第二個中國苦力徐阿三。這篇獨白充滿了江湖氣，讓徐阿三躍然紙上，有如來自《水滸傳》中的綠林人物。由他的自供得知，「爲人搏命，義氣干雲」的他被道上朋友稱爲「徐搏命」（182），因時運不濟上了「豬仔船」，卻被「鬼頭仔認出我當年打家劫舍這一號」，遭到「火炙的鐐銬鎖腳」，造成「兩圈焦爛的傷痕」，在「神明無眼」的情況下，「我的拳頭就是公道了」（183）。氣憤塡膺的他，面對的是「千刀萬剮，天理難容」的人口販子，在大火燒船時只有一伙二十多人倖免於難。「你們問我火是不是我放的／對，我心裡有一把怒火／恨不得把豬仔船豬仔館，／全部燒過一乾二淨」（184）。如果說先前的陳阿新是個逆來順受的小人物，那麼徐阿三則是「義氣仔女，／肝膽正直，／性命便宜」（184）的亡命之徒，在面對異族欺壓而神明不顧時，就只有靠自己以性命相搏。至於放火一事，他的回答雖似坦承，但「怒火」與實際縱火有別，難以完全劃上等號，而留下了些許懸疑。儘管如此，這篇供詞以鮮活的語言勾勒出受害人的性格與遭遇，從他口中道出華人豬仔遭受的虐待，心中的怒氣，以及可能因此發生的火燒船事件。而「你們聽過五百多人死前齊聲的呼喚嗎？／你們明白他們的言語嗎？／你們曉得死前那一陣慄然的恐懼嗎？」（184），一方面表達了悲劇發生時的外在情景與內在情緒，另一方面也控訴造成此悲劇的白人，質疑眼前偵訊的警方，更為第五篇的戲劇性齊吟預留伏筆。

然而，第四篇柯考普的證詞卻呈現了截然不同的面貌，也是戲劇性反諷最多的一篇。在這位二十四歲的水手口中，「船上鎖了廿多人」、「船艙關了五百多人」都是實情，然而「一日兩餐／……卻從未有過短缺」，艙底的中國人「仍然每天可以分十人一批／走上艙面一次，因為廁所就在上面」（186），看似相對合理、人道，其實反諷恰在其中。在他的獨白中，船長是位仁勇兼備的英雄，「像天神那樣站著，／沒有帶槍，也沒有佩劍」，「嚴詞義正，聲色皆厲」地訓斥「這一批佝僂在甲板上的可憐蟲」（186）。至於關鍵的起火時刻，這位自稱「基督徒，不會扯謊」的水手，「只能供證看到一個人／走入艙底的房間放火，／中國人或是葡萄牙人，／我看不清楚」（187）。艙底的苦力想衝上甲板逃命，卻遭船長「命令我們幾個人，／朝著下面開槍，／開了五、六槍後，／大概死傷總有四、五人吧」。由於火勢一發不可收拾，「仁慈的船長，／終於讓我們棄船逃生」（187）。此篇證詞最能看出詩人運用多重敘事觀點的技巧與效用。船長「並沒有把鐵鏈燒紅，／只吩咐鐵匠用錘子把鏈環釘緊」（186）的說法，明顯與前兩篇證詞矛盾，因此年輕水手證詞的可信度令人懷疑，連帶著也令人對其口中「天神」般、「仁慈的」船長心生質疑，產生反諷的效果。至於一日兩餐，五百多人每十人一批輪流放風，在這位水手眼中看似善待，卻反證出這些中國苦力其他時間都必須在艙底吃喝拉撒睡，在五月的中國南方海上，衛生條件令人難以想像，心生不滿、甚至有意叛變也是事出有因。然而究竟是誰放火，卻依然啓人疑竇。

相對於前四篇戲劇性獨白，第五篇是喪身海底的五百名中國苦力的集體陳供，而且日期比前四篇早了十來天，也就是慘案發生的當天。此處以「供詞」（188）指稱，表面上將他們與先前的兩位苦力置於相同的地位，然而在中國民間習俗與通俗文學中，亡魂的現身通常是要求陽世人為他們洗雪冤情，讓他們得以瞑目。他們的集體陳供以四個「你們」開始的問句來質問，而這裡的「你們」首要對象是事發當時的其他人，但也不排除聆聽供詞的警方，百年後寫作此詩的詩人，以及閱讀此詩的讀者。這些拚著性命到海外謀生的人，對於「家裡的弱妻幼子，／還有倚門盼望的老母老父，／我們所能唯一的回答——／就是生前的眼淚／死後的沉默」（188），短短幾行就把祖孫三代生離死別的哀慟以及未能言說的悲情表達得淋漓盡致。接下來的幾個「我們」急轉至今日的亞美利堅，出乎意料地製造出穿越時空的效果，因為「我們還在航行著，／據說西潮仍然湧向彼岸」（188-89），「在西方，我們仍然航行在／天鵝路，／長鯨徑，／和猛厲的戰場」（189），頓然把百年前出洋的華人連結上今日的在美華人。「如今」，「有五百個夢／緩緩的擴散，／朝東，不向西」（189）。另外「有五百個獨白」訴說著水之深與火之熱，以及「我們一定要回家」（190），將歸家的強烈意願表露無遺，藉由冤魂怨鬼的投訴，呈現出百年來華人對於「黃金之岸」（189）的嚮往，以及移民與其家族所付出的沉重代價。[43]

由以上分析可知，張錯如何運用自己熟悉的華人史料與文學技巧，表達出華人苦力的辛酸歷史，透過戲劇性獨白讓兩位受欺壓的華人豬仔與兩位欺壓的洋人水手各自表述，藉以展現各人的個性以及在事件中的角色與觀察，進而拼湊出可能的情境，技巧地引發讀者的興趣和參與感，一方面得以了解整樁悲劇的大要，另一方面卻因不同的說法而顯得撲朔迷離，眞相難明。儘管如此，這些中國

---

43 其實〈天使島〉一詩結尾「廣東老鄉們深沉的歌聲」（張，〈天〉74）便運用類似技巧，但因只有八行，而且其中六行為童謠式的疊句，並帶有反諷的意味，所以效果不同於此處整篇五百海底亡魂的戲劇性齊吟，且後者的氣勢遠為磅礡，然召魂與安靈的意味則類似。

苦力在船上受到的虐待以及最終的命運卻是不爭的事實。[44] 詩人運用不同的語調與措詞，既建構出不同的角色，又經由他們各自的敘述拼湊出一個百年前的故事，其中既有敘事、懸疑，也有矛盾、反諷，讓讀者得以側聽並窺視這齣慘絕人寰的華人移民悲劇，並連結上今日的美國華人，進而思索華人離散社群的處境。

最後的戲劇性齊吟更是畫龍點睛之處。筆者以爲至少可從外形、技巧與主旨三方面來解析。最明顯的是，在外形上，此篇模仿古希臘悲劇的合唱隊，吟誦出五百位隨著火燒的豬仔船葬身海底的華人苦力的心聲，既承接前四篇的獨白，又顯現眾口同聲一氣的磅礴氣勢，以類似魔幻的方式召喚回這些亡魂，藉此呈現五百人同舟一命的集體性，也成爲在遠渡重洋的航程中不可勝數的華人罹難者之縮影。在技巧上，此處翻轉了莎士比亞最終的劇作《暴風雨》（*The Tempest*）。在《暴風雨》中，海島上的精靈愛麗兒（Ariel）以歌聲向甫從暴風雨海難中脫險的佛第南德（Ferdinand）謊稱，「你的父親躺在五噚深的海底」（"Full fathom five thy father lies"），身體「受了海水的洗禮，／變成富麗奇瑰的東西」（"suffer a sea-change / Into something rich and strange," Shakespeare 178；梁 33-34）。[45]〈浮遊地獄篇〉中則翻轉過來，由葬身海底的五百苦力，集體向世人吟誦他們淒苦的遭遇與永恆的嚮往。[46] 在主旨上，此篇連結到該劇中無邪／

44 最明顯的例子就是徐阿三腳上的傷，第二位水手說，「船長／並沒有把鐵鏈燒紅」（186），第一位水手則說，「把鐵鍊燒紅，／趁熱焊在他們腳踝上」（180），徐本人也說，「用火炙的鐐銬鎖腳，／……這兩圈焦爛的傷痕」（183），三相對照，可見前者有意隱瞞，連帶使人對他的其他證詞存疑，產生戲劇性反諷的效果。

45 此處根據梁實秋譯文，只稍修訂，下文同。

46 根據張錯本人於 2017 年 3 月 19 日的說法，此處係翻轉貝多芬《第九號交響曲》最後合唱的〈歡樂頌〉（"Ode to Joy"），代之以眾人齊聲吟誦的集體悲慟，形成強烈對比。他也提到此詩另一互文爲美國現代詩人克萊恩的〈梅爾維爾墓前〉（Hart Crane, "At Melville's Tomb"）。有關該詩解析，參閱張錯《西》，頁 211-13。

邪惡、虛幻／眞相對立的「美麗新世界」（"brave new world"）。在孤島長大、從未見過外人的米蘭達（Miranda），看到島上突然來了那麼多人，天眞無邪的她不禁驚呼：「啊，好奇怪！這裡怎麼有這樣多的好人！人類有多麼美！啊，美麗新世界，有這樣的人在裡面！」（"O wonder! / How many goodly creatures are there here! / How beauteous mankind is! O brave new world, / That has such people in't!" Shakespeare 275；梁 110）。然而隨著劇情發展，她逐漸發現那些外表光鮮亮麗的人，骨子裡卻是陰險狡猾，爾虞我詐，心狠手辣。同樣地，對於那些苦力而言，爲了抵達「黃金之岸」而離鄉背井，心裡懷抱著對「美麗新世界」的憧憬，誰知登上的卻是「浮遊地獄」般的豬仔船，不僅缺糧少食，行動受限，而且橫遭虐待，甚至到頭來陷身火窟，葬身海底。而他們原先心目中的「『美』麗新世界」，不論是北美洲的美國或南美洲的秘魯，都只是一個誘餌。[47] 這個比喻既應驗到十九世紀的華人苦力身上，也一直延續到當代，令身爲旅美華人的張錯心生「百年一夢」、「百年一淚」之嘆，也與〈天使島上無天使〉的結尾彼此呼應。

總之，從〈石泉‧懷奧明〉、〈天使島〉與〈浮遊地獄篇〉這三首詩作中，可看出離散詩人張錯在面對美國華人歷史上的不公不義時，根據手邊掌握的史料、新聞報導（含照片、圖片）以及實地勘察爲素材，以海外華人的立場發揮同理心，運用擅長的文類與詩的特權（poetic license），擔負起再現集體記憶與族裔創傷的倫理責任，爲這些歷史上消音匿跡的華人移民與苦力發聲，使他們重新現形，力求詩的正義（poetic justice），以期讀者能同情共感，達到詩歌的興觀群怨的效應。[48]

---

47 即使那些順利抵達美國的人，發覺迎接他們的「美麗新世界」卻是名實不符、甚至悲慘凌虐的天使島。

48 這正如張錯所主張的，在創作詩歌時先找到含有自己「特性」、「個人經驗」的

五、浮雲遊子意，落日故人情

出入於澳、港、臺、美、中國大陸之間的張錯，具現了離散華人的情懷，既有「遊子意」，又懷「故人情」，在1980年代臺灣的文學副刊黃金時代，把握報導文學興起的歷史條件，以自己的地理位置與心理認同爲座標，結合了華人移民史以及自己的文學信念，以《黃金淚》中的系列文章探討美國十九世紀的淘金熱以及華人移民的不同面向，爲自己打造出新領域，也拓展了華文讀者的視野。在報導文學不足之處，張錯另出機杼，發揮離散華人的同理心與詩人的想像力，創作出具有特色的詩篇，產生相輔相成的互文關係，共同爲一個多世紀之前的美國華人伸張公理正義。

就數量而言，在張錯等身的著作中，此處探討的一書三詩看似微不足道，然而深究便會發現，這些詩文的創作動機與他的離散經驗和華人認同息息相關，而此經驗與認同不僅是他文學創作的原動力，也與他的學術研究、武術鍛煉、文物愛好相生相成，構成身爲人文通才與人道主義者的張錯（單，〈文〉37）。要言之，他的離散華人身分使得他對於百年前的華人移民處境有著異乎尋常的切身感受。他探索這些華人史料並實地踏查先民的行跡，在投射自己的族裔情懷時，也反思當下的處境，在古今、自他之間建立起聯繫。因此，一處處陳跡，一張張老照片，一篇篇古文書，一份份舊檔案，都能引發他的關注與懷想，並成爲自己文學創作的素材。無論是報導的散文，懷古的詩作，甚至長篇敘事詩，都具有濃厚的華人情懷、文化關切與歷史記憶。《黃金淚》的散文報導充滿了強烈的民族情感與個人情懷，三篇詩作則以歷史事件爲出發點，運用想像

素材，再找到「共性」、「共同的情」，這樣「別人讀來才會分享而有共鳴」（李鳳亮 51-52）。

力與文學技巧，予以恰切的處理，其中〈浮遊地獄篇〉更結合了來自古今東西的文學成規與藝術技巧，創作出具有強烈歷史意識與現代意義的敘事詩，既是詩人的長篇力作，也是華美文學（Chinese American literature）或華語文學（Sinophone literature）中難得一見的佳構。[49]

總之，張錯選擇以《黃金淚》介入美國華人歷史與臺灣文壇，尤其是當時盛行的報導文學之風，文不盡情、書不盡意之處則出之以詩，在技巧上多所嘗試與翻新，增添異采，以詩、文相輔相成，共同銘記下美國華人移民史上的重要篇章，控訴不公不義，對抗寂靜與遺忘，並以 1980 年代美國華人知識分子的身分，與這些被歷史淡忘的前輩建立起骨肉相連、休戚與共的聯繫：

> 我們仍然彼此
> 以骨與骨的相撞
> 肉與肉的相融
> 互相慰藉……（張，〈浮〉189）

---

49 筆者是以多語文（multilingualism）的觀點來看待華美文學，並納入華文創作，參閱筆者〈從多語文的角度重新定義華裔美國文學——以《扶桑》與《旗袍姑娘》爲例〉。此外，張錯本人多年前接受訪談時便表示，「我提倡海外華文文學，除了定義華文文學有它的獨立領域，尤其倡導『華語文學』（Sinophone literature）」，並主張「海外與本土是一個延伸和互動的關係」（李鳳亮 58-59）。

引用書目

王榮芬。〈張錯現代詩研究〉。高雄：國立中山大學中國文學系碩士論文，2010。

坎貝爾（Persia Crawford Campbell）。〈中國的苦力移民〉（*Chinese Coolie Emigration to Countries within the British Empire*）。陳澤憲譯。《華工出國史料匯編　第四輯　關於華工出國的中外綜合性著作》。陳翰笙主編。北京：中華書局，1981。253-476。

李有成。〈歷史與現實：張錯的詩觀與其離散詩〉。《由文入藝：中西跨文化書寫──張錯教授榮退紀念文集》。孫紹誼、周序樺編。臺北：書林，2017。97-124。

──。《離散》。臺北：允晨文化，2013。

李鳳亮。〈現代漢詩的海外經驗──張錯教授訪談錄〉。《文藝研究》10 (2007.5): 50-61。

林幸謙。〈離散主體的鄉土追尋──張錯詩歌的流亡敘述與放逐語言〉。《中外文學》31.12 (2003.5): 153-81。

林淇瀁。《照見人間不平──臺灣報導文學史論》。臺南：國立臺灣文學館，2013。

阿英編。《抵制華工禁約文學集》。臺北：廣雅，1982。

哈金。〈哈金專訪：《南京安魂曲》，勿忘歷史〉。河西主訪。2011 年 10 月 31 日。2011 年 11 月 15 日。<http://news.sina.com.tw/article/20111031/4781095.html>。

孫紹誼、周序樺編。〈張錯教授著作書目〉。《由文入藝：中西跨文化書寫──張錯教授榮退紀念文集》。孫紹誼、周序樺編。臺北：書林，2017。341-44。

張錯。〈天使島〉。《張錯詩集 I》，70-75。

──。《西洋文學術語手冊：文學詮釋舉隅》。二版。臺北：書林，2011。

──。《流浪地圖》。臺北：河童，2001。

──。〈原版《錯誤十四行》詩集後記〉。《錯誤十四行》，現收入《張錯詩集 I》，100-01。

——。〈浮遊地獄篇〉。《張錯詩集 I》，170-90。
——。《張錯詩集 I》。臺北：書林，2016。
——。〈答客問〉。《那些歡樂與悲傷的》。臺北：漢藝色研，1988。184-203。
——。《黃金淚》。臺北：時報文化，1985。
——。《黃金淚》。臺北：平氏出版，1995。
——。〈傷心菩薩〉。《傷心菩薩》。臺北：允晨文化，2016。155-63。
——。〈激盪在時間漩渦的聲音〉。《雙玉環怨》，現收入《張錯詩集 I》，105-06。
——。《錯誤十四行》。臺北：時報文化，1981。
——。《錯誤十四行》。臺北：皇冠，1994。
——。〈鐵路愁腸——美國華工開拓鐵路史實的追溯〉。《那些歡樂與悲傷的》。臺北：漢藝色研，1988。174-82。
梁實秋譯。《暴風雨》。臺北：遠東圖書，1970。
陳翰笙主編。《華工出國史料匯編　第一輯　中國官文書選輯》（四冊）。北京：中華書局，1985。
陳鵬翔。〈張錯詩歌中的文化屬性／認同與主體性〉。《二度和諧：施友忠教授紀念文集》。張靜二、陳鵬翔編。高雄：中山大學文學院，2002。165-84。
單德興。〈文武兼修，道藝並進：張錯教授訪談錄〉。《由文入藝：中西跨文化書寫——張錯教授榮退紀念文集》。孫紹誼、周序樺編。臺北：書林，2017。1-37。
——。〈以法為文，以文立法——湯亭亭《金山勇士》中的〈法律〉〉。《銘刻與再現：華裔美國文學與文化論集》。臺北：麥田，2000。89-124。
——。〈重訪天使島——評《埃崙詩集》第二版〉。《翻譯與評介》。臺北：書林，2016。147-64。
——。〈從多語文的角度重新定義華裔美國文學——以《扶桑》與《旗袍姑娘》為例〉。《銘刻與再現：華裔美國文學與文化論集》。臺北：麥田，2000。275-91。
——。〈「憶我埃崙如蜷伏」——天使島悲歌的銘刻與再現〉。《銘刻與再現：華裔美國文學與文化論集》。臺北：麥田，2000。31-88。

彭家禮。〈十九世紀西方侵略者對中國勞工的擄掠〉。《華工出國史料匯編 第四輯 關於華工出國的中外綜合性著作》。陳翰笙主編。北京：中華書局，1981。174-229。

程建。〈死裡逃生的陳阿新〉。《沙井記憶》。賴爲杰編。香港：中國評論學術出版社，2004。229-36。

須文蔚。〈導論——再現臺灣田野的共同記憶〉。《報導文學讀本》。向陽、須文蔚編。臺北：二魚文化，2002。6-52。

黃德倫。〈我的臺灣情，中國心——訪張錯〉。《幼獅文藝》82.4 (1995.10): 22-27。

楊牧。〈〈浮遊地獄篇〉決審意見〉。《中國時報・人間副刊》。1982 年 10 月 30 日。第 8 版。

楊素芬。《臺灣報導文學概論》。永和：稻田出版，2001。

楊錦郁。〈中國性與臺灣經驗——張錯訪問記〉。《幼獅文藝》67.5 (1988.5): 34-40。

劉伯驥。〈石泉鎮大舉焚殺案〉。《美國華僑逸史》。臺北：黎明文化，1984。745-67。

——。《美國華僑史》。臺北：黎明文化，1976。

——。《美國華僑史（續編）》。臺北：黎明文化，1981。

鄭臻。〈〈浮遊地獄篇〉決審意見〉。《中國時報・人間副刊》。1982 年 10 月 30 日。第 8 版。

翱翱（張錯）。〈天使島〉。《洛城草》，17-26。

——。〈石泉・懷奧明〉。《洛城草》，38-40。

——。〈年表〉。《翱翱自選集》。臺北：黎明文化，1976。1-5。

——。《洛城草》。臺中：藍燈文化，1979。

Blake, William. "Night" (in *Songs of Innocence*). *The Poetical Works of William Blake*. Ed. Edwin John Ellis. London: Chatto & Windus, 1906. 71.

"Five Little Monkeys." <https://kcls.org/content/five-little-monkeyssitting-in-a-tree/>. Retrieved 26 Feb. 2017.

Kingston, Maxine Hong（湯亭亭）. "The Laws." *China Men*. 1980. Rpt. New York: Vintage, 1989. 152-59.

Lai, Him Mark（麥禮謙）, et al. *Island: Poetry and History of Chinese Immigrants on Angel Island, 1910-1940*. 1980. Rpt. Seattle: U of Washington P, 1991.

---, et al. *Island: Poetry and History of Chinese Immigrants on Angel Island*. 2nd enl. ed. Seattle: U of Washington P, 2014.

Machida, Marco. *Icons of Presence: Asian American Activist Art*. San Francisco: Chinese Culture Foundation, 2008.

Said, Edward W. "The Mind of Winter: Reflections on Life in Exile." *Harper's Magazine* 269 (1984.9): 49-55.

Shakespeare, William. *The Arden Shakespeare: The Tempest*. Ed. Virginia Mason Vaughan and Alden T. Vaughan. London: Thomas Nelson and Sons, 1999.

Soennichsen, John. *Miwoks to Missiles: A History of Angel Island*. Tiburon, CA: Angel Island Association, 2001.

Wang, L. Ling-chi（王靈智）. "Roots and the Changing Identity of the Chinese in the United States." *The Living Tree: The Changing Meaning of Being Chinese Today*. Ed. Wei-ming Tu（杜維明）. Stanford: Stanford UP, 1994. 185-212.

導讀亞美

創造傳統與華美文學：
華美文學專題緒論

一、「傳統」之傳統

「『傳統』(tradition)就其最普遍的現代意義，是個特別困難的字眼」，威廉斯(Raymond Williams)在《關鍵詞：文化與社會的詞彙》(*Keywords: A Vocabulary of Culture and Society*, 1976)中有關「傳統」的條目，開宗明義這麼指出(268)。他接著列舉「傳統」的拉丁文名詞所具有的四種意義：「㈠傳送，㈡傳遞知識，㈢傳承教條，㈣投降或背叛」(268-69)，並針對其中的第二、三項加以發揮。而在英文裡，「『傳統』被當成描述傳遞的一般過程，但也有很強烈而且經常是明顯隨之而來的尊敬與責任的意義」(269)。「傳統」一方面看似客觀地描述傳承的現象與過程，甚至「只消上下兩代就足以使任何事情變成傳統的」(269)，另一方面也具有正面的價值判斷：由於歲月積澱，使得任何行之久遠的事物都可能產生「尊敬與責任」之感。值得一提的是，威廉斯指出除了抽象的、單一的傳統(Tradition)之外，還有眾多的其他傳統(traditions)。因此，相對於強勢的、宰制的大傳統(諸如「正統」、「道統」)，拒斥、反抗、獨樹一幟、另立門戶、分庭抗禮的現象也屢見不鮮。換言之，傳統之鞏固、維護甚或復興固然往往有相當的必要性，但由此衍生的拒斥、頡頏與競逐等現象也所在多有，彼此之間的關係有時甚為錯綜轇轕。[1]

遠古的例證姑且不談。1704年，綏夫特（Jonathan Swift）匿名發表《書籍之戰》（*The Battle of the Books*）。此文肇因於當時知識界的古今之辯，一派主張「崇古」，另一派主張「重今」，雙方大打筆仗，歷時數載。蟄伏多年的綏夫特一時技癢，另闢蹊徑，以仿英雄體（mock-heroic）諧擬史詩中的戰爭場面，敘述在聖詹姆斯圖書館（St. James's Library）內古今書籍之間的戰事，以彼此的勝負表達自己對此一論戰的見解。該文最著名的就是蜜蜂與蜘蛛的比喻：蜜蜂代表古人，直接從大自然採擷菁華，醞釀出「甘美與光明」（"sweetness and light"）；蜘蛛代表今人，從自身吐絲結網，生產的則是「糞土與毒藥」（"dirt and poison," Swift 127）。兩者相較，高下立判。綏夫特雖然後來才加入這場文化界的大論戰，但由於他在英國文學史上的地位，使得這篇立場鮮明的早年之作反倒成爲該場文化論戰的重要文獻，以致後代讀者對於那場大辯論的認知大都來自此文，而且傾向於接受綏夫特的立場與見解。[2]

此處徵引綏夫特，不僅因爲他以寓言的筆法將文化界的古今之爭生動地比喻成「書籍之戰」，也因爲其中的「甘美與光明」一詞後來被十九世紀英國文學與文化大家阿諾德（Matthew Arnold）在名

---

[1] 中文的「傳統」一詞也有「傳承」、「傳遞」、「源遠流長」、「尊敬與責任」等涵義。其實古今之爭此一議題自古皆然，「宗聖尊經」、「崇古賤今」的心態古已有之，「不薄今人愛古人」的說法雖較爲平衡，但依然是偏好古人。相對地，類似「祖宗不足法」的觀點也屢屢出現於歷代主張改革人士的言談中。簡言之，這些有關「傳統」的仁智之見，在中外文化論述中「已自成一傳統」。

[2] 然而，後來擔任愛爾蘭都柏林聖帕提克大教堂總鐸（Dean of St. Patrick's Cathedral, Dublin）的綏夫特，在文學創作與政治理念上，諷刺英國時政，對不合時宜、引發民怨的政策口誅筆伐，爲被壓迫的愛爾蘭人民請命，在在發揮了抗拒強權宰制的人道精神。其文學傑作《格理弗遊記》（*Gulliver's Travels*, 1726）迥異於當時文壇新古典主義雅致合宜（decorum）之理念，充滿荒謬怪誕之奇聞異事，卻在出版後風行海內外，歷時兩百餘年不衰，自樹傳統。

著《文化與無政府狀態》（*Culture and Anarchy*, 1882）中用來描述文化的特徵與作用。身處價值紊亂、危機四伏的時代的阿諾德（哪個時代的知識分子不這麼認爲？），雖將此書命名爲「文化『與』無政府狀態」，實則將二者置於對立面——面對當前處境，該當何去何從：「文化『或』無政府狀態」？這位身兼詩人、評論家、教育家的知識分子所開出的處方，就是知曉「世上最佳的思想與說法」（"the best which has been thought and said in the world," Arnold 6），並以經典文學作爲試金石（touchstone），來判斷文學作品的良窳。這種菁英式的文化觀賦予傳統重大的價值與作用，對於英國文化觀的形塑產生重大影響，其中犖犖大者爲艾略特（T. S. Eliot）、李維思（F. R. Leavis）和威廉斯等人。然而這些人的文化理念與實踐中存在著不少幽微、弔詭之處，底下試略析論。

艾略特在〈傳統與個人才具〉（"Tradition and the Individual Talent," 1920）中強調「歐洲的心靈」（"the mind of Europe," Eliot 16），主張的似乎是一個「自荷馬以來」（14）源遠流長、不證自明、客觀存在的巨大傳統，而且完全是歐洲中心的（Eurocentric）。[3] 此傳統如何、爲何而生，似乎都不是問題。他在爾後的《在奇特的諸神之後》（*After Strange Gods,* 1934）、《一個基督教社會的理念》（*The Idea of a Christian Society*, 1940）與《文化定義札記》（*Notes Towards the Definition of Culture*, 1949）中，更主張菁英式的（基督宗教）文化傳統，追尋富饒又同質的歐洲文學傳統。

弔詭的是，艾略特一方面強調「歐洲的心靈」，肯定傳統的存在與效應，另一方面不因此而抹煞具有才華的個人可能發揮的作用，並拈出「並存的秩序」（"a simultaneous order," Eliot 14）一詞，

---

[3] 此一中心在地理上是歐洲的，在族裔、性別、宗教上則主要是白人、男性、基督宗教的。因此，艾略特可說既傳承又發揚了宰制的歐洲中心的理念／意識形態（Eurocentric idea/ideology）。

主張「過去被現在所改變的程度，一如現在爲過去所指引」(15)。質言之，雖然他心目中存在著同質、單一的「歐洲的心靈」，但也肯定在該範圍內傳統與個人、過去與現在之間的互動：具有才華的個別作家在被傳統吸納時，多多少少也改變了傳統——改變的程度和個別作家的才華成正比。就艾略特本人而言，作爲詩人的他，以詩作來示範個人的文學理念，成爲現代主義的典範；作爲詩評家的他，重新評估英國文學，尤其對於玄學派詩人（Metaphysical poets）的重新評估，使其身價翻揚，炙手可熱，相當程度改寫了英國文學史。如此說來，文學或文化傳統雖然看似龐大、宰制、早已存在、不動如山，實則具有才華的個人——不管是作家或評論家——在關鍵時刻的關鍵性介入，都可能使其或多或少改觀。

類似情況也出現於李維思身上。他在 1948 年的名著《偉大的傳統：艾理特、詹姆斯與康拉德》(*The Great Tradition: George Eliot, Henry James, and Joseph Conrad*）中，除了副標題中列舉的三位自己心目中的典律作家之外，還討論了奧絲汀（Jane Austen）和勞倫斯（D. H. Lawrence），彷彿他們自成傳統，甚或就是傳統本身。在他看來，這些長篇小說家之所以偉大，在於使人更加「覺知生命的可能性」(“awareness of the possibilities of life,” Leavis 10)。英文標題中的定冠詞 “the”，更表示了這個傳統之獨一無二、唯我獨尊。固然長篇小說此一文類最爲眾聲喧嘩，但「偉大的傳統」豈僅限於「偉大的『長篇小說』傳統」，卻不包括詩歌及戲劇等文類？晉身此一「偉大的傳統」的小說家爲何是這幾位（副標題中的三位包括了自美國歸化的詹姆斯和自波蘭歸化的康拉德），而不是其他人？在他看來，這些小說家之所以偉大，是既繼承傳統又具有個人的創新。果眞如此，繼承與創新之間的關係如何？繼承到何種程度才不算墨守陳規？創新到何種程度才不算標新立異？而且，如果他的評價普獲承認，爲什麼後來還須撰寫專書《長篇小說家勞倫斯》(*D. H.*

Lawrence: Novelist, 1955），證明原先稱許勞倫斯爲當代創作中之第一人的確成立？如果這是獨一無二、客觀存在的偉大傳統，爲什麼李維思會對自己貶低狄更斯（Charles Dickens）覺得不安——早先評斷狄更斯只具有「偉大的娛樂者的才華」（"that of a great entertainer," Leavis 30）——二十二年後在與妻子（Q. D. Leavis）合寫的《長篇小說家狄更斯》（*Dickens: The Novelist*, 1970）中卻推翻前論，意圖平反？

此外，如果看李維思早年的詩論，無論是《英詩新意》（*New Bearings on English Poetry*, 1932）或《重新評價》（*Revaluation*, 1936），在書名上就有意與傳統的、十九世紀文學評價互別苗頭，改以才智（wit）與知性（intellect）爲標準，前書建立起艾略特、龐德（Ezra Pound）、霍普金斯（Gerard Manley Hopkins）等人的聲譽，後書使得英詩的典律爲之改觀。弔詭的是，如果傳統或典律是獨一無二的客觀存在，李維思又如何能自立門戶，甚且將自己的文學評鑑立爲傳統（即一般所謂的李維思傳統〔the Leavisite tradition〕）？換言之，由李維思對狄更斯評價的前後不一及對英詩傳統的挑戰，都證明了文學與文化傳統或價値判斷並非一成不變、亙古彌新，而是變動不居，隨時處於形塑與重估之中。

威廉斯是目前盛行的文化研究（Cultural Studies）的奠基者之一，本文伊始便引證了他在《關鍵詞》中對於「傳統」的說法。該書雖以辭書的方式撰寫，卻透過作者篩選有關文化與社會的重要詞彙，加以排比、詮解，提綱挈領、言簡意賅地指出一語一詞的來龍去脈與豐富意涵，看似客觀卻無可避免地加入了作者的主觀判斷。由他對「傳統」一詞的說法，便可看出他對一與多、同與異、宰制與競逐、統領與抗衡的強調。

出身於威爾斯工人階級的威廉斯，1958 年出版的《文化與社會：1780 至 1950 年英國文化觀念之發展》（*Culture and Society, 1780-*

1950）被公認爲文化研究的奠基文本（founding text）之一，標題明顯指涉阿諾德的《文化與無政府狀態》，卻轉而強調社會與階級的重要性，回應阿諾德的菁英文化觀。《英國長篇小說：從狄更斯到勞倫斯》（*The English Novel: From Dickens to Lawrence*, 1970）呈現的是有別於李維思的立場與文學景觀。《馬克斯主義與文學》（*Marxism and Literature*, 1977）更標示左派的觀點來省思文學。此外，他對於大眾傳播媒介及其他文化表達形式的重視，更促使人們逾越以往有限的菁英文化之疆界，拉近文化與生活、經驗的距離。凡此種種不僅對於人們的文化觀產生了關鍵性的作用，此一研究取向也對人文與社會科學發揮了廣泛的影響，文化研究的盛行就是明顯的例證。換言之，如果以阿諾德作爲英國文化觀的「正統」，那麼工人階級出身、接受劍橋大學教育的威廉斯一方面承襲了這個傳統，卻又另闢蹊徑，開創文化想像閎域，時下鬱然勃興的文化研究之論述空間與能量即是明證。

至於從威廉斯得到不少啓迪的薩依德（Edward W. Said），由於殖民地的成長經驗與教育背景，得以自由出入於歐美主流文化與中東文化之間，以對位的（contrapuntal）方式反思彼此。早年的理論之作《開始：意圖與方法》（*Beginnings: Intention and Method*, 1978）便已質疑單一、權威、神聖的「源頭」（"origin"），而代之以複數形的「開始」（"beginnings"）。[4]《東方主義》（*Orientalism*, 1978）取法傅柯（Michel Foucault）的權力與知識觀，並借助葛蘭西（Antonio Gramsci）等人的見解，析論並批判西方根據二元對立的思維模式，以論述方式（discursively）想像、建構並進而宰制、操控東方。

4 其實，傅柯也有以「無數的開始」（"numberless beginnings," Foucault 145）取代單一的「開始」（"beginning"）的說法，只是未如薩依德般另外設詞加以區分。從他的多種論述中也可看出對於單一的官方歷史的不滿，而主張藉由考掘（archaeology）發展出另類歷史和對反記憶（counter-memory）。

儘管威廉斯極力結合文化、社會與生活，關切冒現的（emergent）文化現象，但薩依德仍然慨嘆威廉斯不見帝國主義的盲點，難逃歐洲中心的論述，遂轉而以帝國的角度重新省思文化。《文化與帝國主義》（*Culture and Imperialism*, 1993）探討二者之間的關係，運用對位的閱讀與書寫方式，以另類觀點開啓了重行檢視歐美文學與文化的新頁。因此，雖然薩依德多次自稱是文化保守分子，四十年來在美國長春藤盟校哥倫比亞大學講授的主要是西方經典作品，但他特殊的發言位置與批判意義帶入了獨樹一幟的文學與文化研究，尤以《東方主義》和《文化與帝國主義》爲後殖民論述場域之開拓發揮了極大的作用，樹立了另類的、對位的傳統，其影響仍在持續擴散中。

上述由綏夫特、阿諾德、艾略特、李維思、威廉斯、薩依德的軌跡（trajectory）當然甚爲粗略，甚且只是眾多可能的軌跡之一，但自有特定脈絡可循，顯示出傳統並非憑空而生、客觀存在、一成不變的整體，而是隨時隨地會加入變數，因而是與時俱遷、因地制宜、甚至因人而異的。

二、美國文學之傳統／創造

類似情況也出現於美國文學。以當今的眼光來看，美國的文學與文化頗爲強勢。但在英文系的課程中，美國文學在英國文學面前依然相形見絀。然而置於更長遠、寬廣的歷史脈絡中，就會發現即使目前強勢的美國文學、「源遠流長」的英國文學都不再那麼穩若磐石。從學術建制的角度來看，作爲獨立學科的英文之興起（the rise of English），只有一個世紀左右的歷史；[5] 對於美國文學此一學科的

5 可參閱伊格敦（Terry Eagleton）和杜爾（Brian Doyle）的簡要敘述。

肯定及建制化（institutionalization）則爲時更短。[6]然而，二者在當今所顯現的強勢，使許多人漠視或遺忘了它們以往的弱勢。

因此，《逆寫帝國：後殖民文學的理論與實踐》（*The Empire Writes Back: Theory and Practice in Post-Colonial Literatures*, 1989）一書的作者覺得有必要提醒讀者：美國文學其實是典型的後殖民文學（Ashcroft et al. 2）。而鑽研美國文學史多年的勞特在《典律與脈絡》（Paul Lauter, *Canons and Contexts*, 1991）一書中的說法，更提供了有力的證明：

> 美國文學選集的繁衍始於二十世紀，是高等教育普及的產物。尤其文選反映了美國文學直到第一次大戰後才成爲學術研究的合宜題材。在十九世紀最後十年之前，學校裡很少講授美國文學的課程；直到本〔二十〕世紀初之後，課堂的文選和美國文學文本才開始出現。當時有教養的人士的主要觀點就是：美國文學是英國文學的一支——而且是不安穩的一支。（27）

至於強勢得多的英國文學，發展之初曾被貶爲「窮人的經典」（"poor man's classics"），而後才在國際競爭所造成的求新、爭強的民族主義氛圍下受到重視，先於其他學校發展，後來才得以進入劍橋大學與牛津大學的殿堂，一登龍門聲勢頓漲，發展快速，遂有後來的局面。證諸以往英國文學與古典文學和語言的不對等關係，也顯示了英國文學在特定脈絡下其實是相當弱勢的。[7]

---

6 可參閱閃威（David R. Shumway）、葛拉夫（Gerald Graff）和范得比特（Kermit Vanderbilt）等人的專書。

7 可參閱杜爾之文。麥葛福的《當上帝開始說英文》（Alister E. McGrath, *In the Beginning: The Story of the King James Bible and How It Changed a Nation, a Language, and a Culture*, 2001），顯示欽定本聖經的翻譯對於形塑英國的語言、

單就二十世紀的美國文學史而言，也出現了遞嬗消長的現象。筆者曾專文比較二十世紀橫亙七十年的三部具代表性的美國文學史——第一次大戰後傳特主編的《劍橋版美國文學史》（William Peterfield Trent, *The Cambridge History of American Literature*, 1917-21），第二次大戰後史畢樂主編的《美國文學史》（Robert E. Spiller, *Literary History of the United States*, 1948），以及 1980 年代艾理特主編的《哥倫比亞版美國文學史》（Emory Elliott, *Columbia Literary History of the United States*, 1988）——發現其中固然有些作家在三部文學史中都佔有顯著的篇幅，但也有不少隱沒與冒現的情況。[8] 柯爾普（Harold H. Kolb, Jr.）比較兩部以作爲教科書聞名的美國文學選集——《美國文學傳統》（*The American Tradition in Literature*）和《諾頓美國文學選集》（*The Norton Anthology of American Literature*）——於 1956 至 1981 年所選錄的作家，也列出了文學選集中個別作家的出沒（Kolb 45-49）。凡此種種顯示了個別作家或文學流派在文學史上的地位，反映了當時的文學價值、文化品味及一般的歷史與社會環境，其浮沈起落實乃常態，而非異例（anomaly）。

就晚近的美國文學史而言，由於受到 1960 年代民權運動、女性主義的影響，人們從族裔與性別的角度重新思考美國文學，以多元化的思維反省、重估現存的美國文學典律、主流作家與作品、美國文學史的書寫與重寫、美國文學的研究與教學……這些思維與努力蔚然成風，並於 1980、1990 年代開花結果。以美國文學史和文學選集爲例，艾理特主編的《哥倫比亞版美國文學史》史無前例地著重族裔美國文學（ethnic American literatures），邀請韓裔美國學者金惠

文學、文化與國族認同，發揮了巨大的作用。只消看摩爾的《烏托邦》（Thomas More, *Utopia*, 1516）和培根（Francis Bacon）的重要作品都以拉丁文撰寫，早年英國宮廷與貴族偏好法文，就足以想見當時英國語言與文化的相對弱勢了。

8 詳見筆者〈反動與重演〉，尤其表列出三部文學史中所收錄的作家（24）。

經（Elaine H. Kim）撰寫〈亞美文學〉（“Asian American Literature”）一章。一向以「重建美國文學」（Reconstructing American Literature）爲志業的勞特，於 1990 年初版的《希斯美國文學選集》（*The Heath Anthology of American Literature*）中更收納了多種族裔的美國文學作品——當然包括了華美文學的作品。這部文選在短期間內一再改版印行，至 2013 年已是第七版，證明了其普受歡迎的程度，也帶動了其他美國文選的改版——包括《諾頓美國文學選集》在短時間內一再改版——以適應新的風潮及需求。而近來索樂思（Werner Sollors）和薛爾（Marc Shell）從多語文（multilingualism）的角度出發，相繼編輯、出版《多語文的美國》（*Multilingual America: Transnationalism, Ethnicity, and the Languages of American Literature*, 1998）、《多語文的美國文學選集》（*The Multilingual Anthology of American Literature: A Reader of Original Texts with English Translations*, 2000）、《美國巴別塔》（*American Babel: Literatures of the United States from Abnaki to Zuni*, 2002），重新思索美國文學與文化，發掘出因爲獨尊英語而遭排擠的其他語文傳統。這些努力已然改變了過去的美國文學與文化史觀，也爲一向以 WASP（白人、盎格魯—撒克遜、新教徒）、英語獨大的美國文學與文化提示了其他傳統的存在與意義。

三、華美文學（研究）傳統：美國與臺灣

在建構亞美文學的傳統時，趙健秀（Frank Chin）是個獨特的例證。雖然他的言詞激烈，甚至有些頗爲男性沙文主義的說法，令人難以苟同，但就亞美文學傳統的形塑與建構而言，無可否認地，他扮演了重要的角色。集作家／編輯／文學史建構者於一身的趙健秀，自 1970 年代起便以不同方式致力於亞美文學的建構。他與陳耀

光、稻田房雄、徐忠雄四人於1974年編輯出版的《唉咿！亞美作家選集》（Frank Chin, Jeffery Paul Chan, Lawson Fusao Inada, Shawn Hsu Wong, *Aiiieeeee! An Anthology of Asian-American Writers*），其前言、長序及選文發揮了很大的宣示效用。麥唐娜（Dorothy Ritsuko McDonald）在早期一篇討論趙健秀的重要論文中，推崇這兩篇宣言性文字的意義：

> 其實，《唉咿！》的前言及緒論堪與愛默生的〈美國學人〉（Ralph Waldo Emerson, "The American Scholar"）比擬。愛默生之文寫於美國歷史的關鍵時刻，當時共和初締，雖已具有政治自由，但依然掙扎於英國的文化宰制下。同樣地，《唉咿！》是知識和語言的獨立宣言，肯定亞裔美國人的成年／男子氣概（manhood）。（McDonald xix）

《唉咿！》被譽爲亞美文學的獨立宣言，顯示了其與主流美國文學之間的斷裂與歧出。

由於先驅者的慷慨陳詞、振臂高呼，其他作家、批評家的後續努力、辛勤耕耘，如今亞美文學與文化已然成爲美國文學與文化的重要成分。對於四十多年前以《唉咿！》爲被長期壓抑的亞美人士發聲的趙健秀及同道而言，固然經由他們的呼喊／呼喚而催生了一個新的傳統，但當今的盛況可能出乎他們的意料。而且，新傳統與原先傳統之間的關係也不限於斷裂與歧出，藕斷絲連、盤根錯節的情況也所在多有。如趙健秀等人於1970年代呼籲和美國及亞洲傳統劃清界線，但趙健秀卻在1991年爲《大唉咿！華美與日美文學選集》（*The Big Aiiieeeee! An Anthdogy of Chinese American and Japanese American Literature*）所寫的九十二頁長序〈眞假亞裔美國作家盍興乎來〉（"Come All Ye Asian American Writers of the Real and the Fake"）

中，積極主張與亞洲傳統重續前緣，便是明證。因此，筆者曾以「冒現的文學」（literature of emergence）一詞來涵蓋此一新興文學與傳統典律之間的「異與同、斷與續、變與常」（單，〈冒〉12）。

至於臺灣的華美文學研究則呈現了另一個景觀與傳統。戰後臺灣的英美文學研究，在1990年代之前幾乎全盤接受英美主流的學術價值，以英美經典文學爲主，罕見對於族裔文學的研究。然而自1990年代以來，有關華美文學的研究，由於我國學者的熱心投入，學術建制的積極參與，相關的研究論述和學位論文在短期間內如雨後春筍般出現，使得這個領域的研究駸駸然有後來居上之勢。馮品佳的相關研究以明確的書目資料與統計數字指出了這一點。[9] 張錦忠在2001年4月爲《中外文學》〈亞美文學專號〉所撰寫的〈前言〉伊始便明言：「中央研究院歐美研究所幾位師長在上個世紀九十年代推動華裔美國文學研究的努力有目共睹，國內年輕學子／學者以華美作家作品爲論文探討對象者與日俱增，十年下來，也累積了一定的學術能量與研究成果」（10）。他在該專號的〈檢視華裔美國文學在台灣的建制化（1981-2001）〉一文中進一步指出：

> 歐美所整合研究人力資源、主辦華美文學國內與國際研討會、出版論文集、所刊《歐美研究》也不乏此領域之論文發表、研究員在若干外文系研究所開設華美文學課程，儼然成爲推動華美文學建制化的主力。華美文學迅速成爲國內英美文學界的新興現象，該所本身也成爲亞太地區華美文學研究的重鎮。（35）

9 根據馮品佳對於臺灣地區的美國弱勢族裔文學研究的統計，有關亞裔美國文學的研究在1980年代計有九筆，1990年代暴增了約九倍，計有八十筆之多，單單2000年就有十三筆，其中絕大多數集中於華裔美國文學，居美國弱勢族裔文學研究之冠（Feng 266）。

此外，馮品佳也有如下的觀察與評價：

> ……華美文學短時間內能在本土有如此迅速之成長，中研院歐美所幾位研究員對於華裔美國文學研究的推展之不遺餘力，可謂功不可沒，從舉辦國內與國際研討會到出版專書，爲本地華美文學研究砥定良好基礎，使得臺灣地區在此領域之研究成果遠遠超過同語文的海峽彼岸。（馮 49）

在這種建制化的努力下，華美文學研究在臺灣迅速躍升爲英美文學研究的主流論述之一，這是國際上少有的現象，呈現了另一種的連接與斷裂、繼承與歧出。

這種現象其實與「我們的」發言位置密切相關。周英雄在評論我國的外文學門生態時，曾以尋找自己特有的"niche"（「利基」）殷殷期許（周英雄 7-8）。中研院歐美所文學同仁在 1990 年代初鎖定華美文學作爲研究的重點，也是基於相同的體認，希望處於華、美兩文化「既相交又逾越的位置」（單，《銘》26）的我國學者，能開拓出特殊的發言空間。因此，歐美所在 1993 年、1995 年、1997 年舉辦的三屆全國華美文學研討會，以及 1999 年舉辦的華美文學國際研討會，都是這種理念的具體實踐，也是當時全球僅見針對此一研究領域持續關注、進行的會議。

四、《歐美研究》「創造傳統」專題

相較於其他幾次分別以「文化屬性」（cultural identity）、「再現政治」（politics of representation）、「重繪華美圖誌」（remapping Chinese America）爲主題的會議，本專題選錄的是以「創造傳

統」(the invention of tradition)爲主題的會議論文。此一主題之擬定實有感於霍布斯邦對「創造的傳統」(Eric Hobsbawm, "invented tradition")的闡釋，有助於我們省思華美文學傳統此一議題：

> 看似古老或宣稱古老的「傳統」經常源自晚近，有時則是人爲創造出來的。……「創造的傳統」意味著一套作法，這套作法在正常情形下受制於有意無意間所接受的規則，具有一種儀式或象徵的性質；這套作法藉著重複以求教導某些行爲的價值和規範，而這種重複自動暗示了延續過去。其實，只要有可能，這套作法在正常情形下都嘗試延續一個適合的、具有歷史意義的過去。(Hobsbawm 1)

李有成在邀稿說明中依循相同的理路，對於「創造傳統」的會議主題提供了以下相反相成的說法：

> 傳統有其延續性，有的約定俗成，自然確立；有的卻是創造、發明、建構、符碼化或建制化的結果。有的傳統一目了然，眾所周知；有的傳統則幽暗難明，必須仔細偵測，耐心摸索，才能見其面貌。有的時日久遠，自成體系；有的則歷史甚短，迅速成形。傳統有其集體性，但有的也隱含相當的個人意志……(李)

本專題所蒐錄的三篇論文便是以這個主題爲焦點，針對特定的文本和作家進行解讀。前兩篇論文不約而同地探討任璧蓮的長篇小說《夢娜在應許之地》(Gish Jen, *Mona in the Promised Land*, 1996)。「應許之地」典出聖經舊約以色列人逃離埃及到迦南地一事。對爲了躲避宗教迫害而離開歐洲的清教徒而言，美洲就成了應許之地，此詞也成了美國建國的神話／迷思之一。而對於許多漂泊離散的猶太裔和華裔美國人而言，美國再度成爲應許之地。以往便以《典型的美國人》（*Typical American*, 1991）爲題探討文化認同的任璧蓮，在《夢娜在應許之地》進一步深究這個課題。

黃秀玲（Sau-ling C. Wong）的〈任璧蓮《夢娜在應許之地》中的階級、文化與創造的（亞美、猶太）傳統〉一文，由小說中凱莉（Callie）和夢娜兩位華裔美國姊妹的認同——各自認同亞美人與猶太人這兩個創造的傳統——牽引出文化、階級、族裔、社會等議題。作者指出，在夢娜看來「做猶太人」有多方面的好處，這些是她「種種複雜意願的投射」，具有「種族、文化、宗教、階級和政治上的多重意義，其中尤以階級意義最易爲人忽略」（658）。其實，在美國文學研究中，階級是甚爲重要但一直被迴避的課題。[10] 此文對於階級方面著墨甚多，認爲在夢娜改信宗教之後所產生的許多家庭衝突，癥結在於階級，而父母認爲凱莉的認同亞美人比夢娜的認同猶太人更難以理解，關鍵也在於階級。作者並且指出，夢娜所皈依的猶太傳統，其實「也是創造出來的，不能作爲絕對、永恆不變的文化依據」（657），而全書保守的快樂結局也反映了作者保守的政治觀。

如果說黃秀玲的論文聚焦於創造傳統、文化認同、階級意識，那麼馮品佳的〈再造華美女性文學傳統：任璧蓮的《夢娜在應許之地》〉就是從女性文學傳統和關係性政治（politics of relationality）的角度切入，指出華美女性文學傳統的創造或再造，都有兩個要面對或對抗的因素：一個是主流文化具有種族歧視色彩的東方主義論

10 遺憾的是，雖然「種族、階級、性別」三者經常相提並論，卻由於「階級」一詞可能帶有的意涵令人躊躇，以致在文學研究中對「階級」的議題往往口惠而實不至，與另二者相比可說是望塵莫及。因此，近年來勞特特別強調階級與文學的關係，以期完成其重建美國文學的重要拼圖。

述，另一個是自己族裔內部具有性別歧視色彩的父權意識。而華美女作家的作品中屢屢出現的母女情節／情結便是這種情況下的產物。除了母女主題這種縱軸式的世代模式之外，作者也以夢娜在實驗、探勘自己的認同時與同世代所發展出的橫向聯繫，來探討其中的多元性與異質性，指出道地性（authenticity）的主張及陷阱所在，並試圖以關聯性敘事與屬性，擺脫二元對立的困境。作者進而指出，任璧蓮成功之處在於以「來自對人性的了解與包容的喜劇視域」（699），再創華美女性文學傳統。

莊坤良則從文化翻譯的角度切入，探討湯亭亭的長篇小說《猴行者：他的僞書》（Maxine Hong Kingston, *Tripmaster Monkey: His Fake Book*, 1989）中的三重目的，或借用作者的說法，「三重猴戲」。〈文化翻譯與湯亭亭的三重猴戲〉一文先從班雅明（Walter Benjamin）和德希達（Jacques Derrida）的翻譯觀著手，指出二者皆強調「流動」、「遊戲」、「延異」、「變遷」、「逾越」，而原文與譯文這兩種不同的文字體系和文化價值觀之間，存在著「互相開放、改變、創造的過程」（708）。該文進而分述存在於美國的東方主義論述、華裔美國人作爲「想像的社群」以及他們「重新認據美國」（re-claim America）的訴求與策略，並將三者聚焦於《猴行者》中的男主角阿辛這位華裔美國青年藝術家身上（熟知內情的人可輕易認出此人是以趙健秀爲藍本），認爲他的劇場演出質疑了東方主義論述，形塑了此一族裔的想像的社群，並促成了認據美國之舉。

五、期待新傳統

如上所述，本專題的三篇論文分別從不同的角度出發，藉由對特定華美文學文本的解讀，彰顯傳統的創造與再造，闡明傳統與個人、過去與現在之間的關係並非是單向的、宰制的、機械的、封閉的、順服的、墨守的，而是雙向的、互動的、開放的、批判的、轉化的、動態的、有機的。這點類似艾略特在〈傳統與個人才具〉中的主張。周樑楷在爲《被發明的傳統》（*The Invention of Tradition*）中譯本所撰寫的序言裡也強調過去與現在之間的辯證關係：

> 任何人對「傳統」的意識是種「歷史意識」，而「創造」傳統的動機及背景涉及個人的「現實意識」。……一方面「傳統」依賴「創造」而再生，另方面「創造」卻又需要「傳統」的啓發。「傳統」與「創造」之間是互動的，這是「歷史意識」與「現實意識」呈現辯證關係的明證。（周樑楷 6-7）[11]

明乎此，我們由「傳統」之「創造」裡，便可看出其中存在著暫時性（provisonality）、機緣性（contingency）、流變性、想像性、建構性以及無限的可能性。

筆者要特別指出，過去與現在的互動與辯證往往不僅限於二者，還涉及對未來的憧憬、願景與期待，一如所謂的「認據美國」不只是爲了討回歷史的公道、當今的權益，更是爲了未來的公平、正義與福祉。《唉咿！》一書正提供了這類的範例。原先作爲長期歷史壓抑下的痛苦、憤怒的吶喊，經由文學的介入、轉化與創生，而呼喊／呼喚出亞美／華美文學傳統，不但拓展了自己這一代的領域與視野，也爲後來者打造出另一片新天地。此書出版至今印證了威廉斯的說法：「只消上下兩代就足以使任何事情變成傳統的」，因而產生「尊敬與責任」之感。但是，臺灣的華美文學研究發展至今，也出現了若干的限制與困境，如在研究對象、文類、主題、方法、

---

11 有意義的是，《被發明的傳統》一書便是根據《過去與現在》（*Past and Present*）雜誌所舉辦的研討會之論文結集而成。

地理等方面的高度集中，有待進一步的拓展與突破。[12] 如此說來，本專題作爲現在與過去、創造與傳統——不管是華美文學傳統或美國文學傳統——的互動，也有可能再創傳統，另締新猷。

謹此期待。

引用書目

李有成。〈「創造傳統：第三屆華裔美國文學研討會」邀稿說明〉。臺北：中央研究院歐美研究所，1996。

周英雄。〈漫談外文學門的生態〉。《人文與社會科學簡訊》2.3 (1999.11): 7-8。

周樑楷。〈傳統與創造的微妙關係〉。《被發明的傳統》（*The Invention of Tradition*）。霍布斯邦（Eric Hobsbawm）等著，陳思仁等譯。臺北：貓頭鷹，2002。5-7。

張錦忠。〈前言〉。《中外文學》29.11 (2001.4): 10。

——。〈檢視華裔美國文學在台灣的建制化（1981-2001）〉。《中外文學》29.11 (2001.4): 19-43。

莊坤良。〈文化翻譯與湯亭亭的三重猴戲〉。《歐美研究》32.4 (2002.12): 705-39。

單德興。〈反動與重演：論二十世紀的三部美國文學史〉。《反動與重演：美國文學史與文化批評》。臺北：書林，2001。1-56。

——。〈冒現的文學／批評：台灣的亞美文學研究——兼論美國原住民文學研究〉。《中外文學》29.11 (2001.4): 11-28。

——。《銘刻與再現：華裔美國文學與文化論集》。臺北：麥田，2000。

[12] 參閱筆者〈冒現的文學／批評〉，尤其頁 15-17。有關筆者近期對於臺灣的華美文學研究之觀察與論述，參閱〈導論：華美的饗宴——臺灣的華美文學研究〉。

——。〈導論：華美的饗宴——臺灣的華美文學研究〉。《華美的饗宴：臺灣的華美文學研究》。單德興主編。臺北：書林，2001。1-40。

馮品佳。〈世界英文文學的在地化：新興英文文學與美國弱勢族裔文學研究在台灣〉。《英美文學評論》9 (2006.3): 33-58。

——。〈再造華美女性文學傳統：任璧蓮的《夢娜在應許之地》〉。《歐美研究》32.4 (2002.12): 675-704。

黃秀玲。〈任璧蓮《夢娜在應許之地》中的階級、文化與創造的（亞美、猶太）傳統〉。《歐美研究》32.4 (2002.12): 641-74。

Arnold, Matthew. *Culture and Anarchy*. 1882. Ed. J. Dover Wilson. Cambridge: Cambridge UP, 1960.

Ashcroft, Bill, Gareth Griffiths, and Helen Tiffin. *The Empire Writes Back: Theory and Practice in Post-Colonial Literatures*. New York: Routledge, 1989.

Chin, Frank, Jeffery Paul Chan, Lawson Fusao Inada, and Shawn Hsu Wong, eds. *Aiiieeeee! An Anthology of Asian-American Writers*. Washington, DC: Howard UP, 1974.

---. "Come All Ye Asian American Writers of the Real and the Fake." *The Big Aiiieeeee! An Anthology of Chinese American and Japanese American Literature*. Ed. Jeffery Paul Chan, Frank Chin, Lawson Fusao Inada, and Shawn Hsu Wong. New York: Meridian, 1991. 1-93.

Doyle, Brian. "English Literature and Cultural Identities." *English and Englishness*. New York: Routledge, 1989. 17-40.

Eagleton, Terry. "The Rise of English." *Literary Theory: An Introduction*. 2nd ed. Minneapolis: U of Minnesota P, 1996. 15-46.

Eliot, T. S. "Tradition and the Individual Talent" (1920). *Selected Essays*. 3rd enl. ed. London: Faber and Faber, 1951. 13-22.

Feng, Pin-chia（馮品佳）. "East Asian Approaches to Asian American Literary Studies: The Case of Japan, Taiwan, and South Korea." *The Routledge Companion to Asian American and Pacific Islander Literature*. Ed. Rachel C. Lee. London: Routledge, 2014. 257-67.

Foucault, Michel. "Nietzsche, Genealogy, History." *Language, Counter-Memory, Practice: Selected Essays and Interviews*. Ed. Donald F. Bouchard. Ithaca: Cornell UP, 1977. 139-64.

Graff, Gerald. *Professing Literature: An Institutional History*. Chicago: U of Chicago P, 1987.

Hobsbawm, Eric. "Introduction: Inventing Traditions." *The Invention of Tradition*. Ed. Eric Hobsbawm and Terence Ranger. Cambridge: Cambridge UP, 1983. 1-14.

Kolb, Harold H., Jr. "Defining the Canon." *Redefining American Literary History*. Ed. A. LaVonne Brown Ruoff and Jerry W. Ward, Jr. New York: MLA, 1990. 35-51.

Lauter, Paul. *Canons and Contexts*. Oxford: Oxford UP, 1991.

Leavis, F. R. *The Great Tradition: George Eliot, Henry James, and Joseph Conrad*. 1948. New York: New York UP, 1963.

McDonald, Dorothy Ritsuko. "Introduction." *The Chickencoop Chinaman; and, The Year of the Dragon: Two Plays by Frank Chin*. Seattle: U of Washington P, 1981. ix-xxix.

Shumway, David R. *Creating American Civilization: A Genealogy of American Literature as an Academic Discipline*. Minneapolis: U of Minnesota P, 1994.

Sollors, Werner, and Marc Shell, eds. *The Multilingual Anthology of American Literature: A Reader of Original Texts with English Translations*. New York: New York UP, 2000.

Swift, Jonathan. "A Full and True Account of the Battel Fought Last Friday, Between the Antient and the Modern Books in St. James's Library." *The Basic Writings of Jonathan Swift*. Selected and intro. Claude Rawson. New York: Modern Library, 2002. 115-40.

Vanderbilt, Kermit. *American Literature and the Academy: The Roots, Growth, and Maturity of a Profession*. Philadelphia: U of Pennsylvania P, 1986.

Williams, Raymond. *Keywords: A Vocabulary of Culture and Society*. Oxford: Oxford UP, 1976.

臺灣的亞美文學研究：《他者與亞美文學》及其脈絡化意義*

一、研究歐美（文學），所為何事？

《他者與亞美文學》於此時（2015年）此地（臺灣）出版，自有其主客觀因素。本文擬由兼具宏觀與微觀的角度，從亞美文學研究在臺灣的建制化的脈絡，以及此書的內容與特色，回顧並反思可能具有的意義，並提供未來發展的參考。

在臺灣從事歐美研究，或較狹義地說，從事英美／亞美文學研究，究竟所為何事？如何善用利基（niche），發揮創意，貢獻於國內外學界，一方面與國際接軌，促進交流，另一方面引領國內研究，提振學術風氣，甚至進而連結學院與社群？[1] 這是許多臺灣學者念茲在茲的課題。對於負有引領與提倡學術研究之任務的中央研究院而言，更是責無旁貸。

就建制史來說，不容諱言，中央研究院美國文化研究所的前

---

* 單德興主編，《他者與亞美文學》（臺北：中央研究院歐美研究所，2015）。本緒論承蒙李有成、馮品佳、李秀娟、張錦忠、王智明等人提供意見與資料，謹此致謝。

1 如周英雄在擔任國科會（今科技部）外文學門召集人時便強調，我國的外文學門學者要建立自己學術的"niche"，「花點精力做些我們比較能勝任的工作」（周7）。他進一步指出：「其實，研究愈是具本土特色，往國外投稿，命中率往往愈高。也就是說，找niche，談方法、角度不妨盡量求本土化，可是講論文的發表與學術的溝通，我們的眼光也不妨放寬一點」（7-8）。

身——1972 年於中美人文社會科學合作委員會之下成立的美國研究中心——是冷戰時期的產物，旨在對於影響臺灣深遠的美國進行多方位的研究，「文化」二字則標明相關研究係由文化的角度切入，以免被視爲官方智庫，因此既不違背中央研究院的學術屬性，也符合當時歐美主流的美國研究取向。後來爲了推展我國的歐洲研究而擴大領域，於 1991 年易名爲「歐美研究所」，即使不復強調「文化」二字，但基礎的學術取向並未改變，除了個人研究之外，也根據實際需要成立幾個集體的重點研究計畫（包括文化研究重點研究計畫），進行多方位的個人與集體研究，前後四十年來已成爲我國與華人世界獨具特色的多學門之歐美研究建制。[2]

在學術全球化的情況下，許多學術建制都面臨類似的處境，一方面要面對全球競爭的態勢，另一方面也不能忽略在地的關懷，如何在兩者之間取得平衡，既不因國際化而漠視在地的議題，也不因在地的關切而囿限國際的視野，甚至陷入畫地自限的困局，就成爲必須嚴肅以待的挑戰。換言之，如何在兩者之間協調出可行之道，既能隨時掌握國際學術思潮，也能善用在地的資源與發言位置，於國際競爭中凸顯在地的優勢，發揮全球在地化（glocalization）的特色。這種情形對於在臺灣從事涉外研究的學者，特別是歐美研究的學者，尤其顯著。

二、華美／亞美／亞英文學研究在臺灣

由於歐美研究所的歷史與屬性，文學同仁都出身於英美文學，而且學術背景之養成集中於經典文學。以筆者爲例，在學生時代讀

2　有關歐美研究所的歷史，參閱由歐美研究所所史編纂委員會主編、魏良才主筆的《孜孜走過四十年：歐美研究所的歷史與展望，1972-2012》。

的幾乎全是英美主流文學作品，唯一的弱勢族裔文本就是 1970 年代中期在朱炎老師的「美國現代小說專題研究」課堂上讀到的非裔美國作家艾利森的《隱形人》（Ralph Ellison, *Invisible Man*, 1952）。當時距離 1960 年代美國如火如荼的民權運動十多年，由社會運動喚起的族裔覺醒已逐漸傳播開來，因爲秉於開放多元的原則與族裔正義的訴求，沛然莫之能禦，但距離反映於英美學術建制則還有一段時間上的落差。以亞美文學爲例，相關的社會與文化運動濫觴於 1960 年代末，直到 1982 年金惠經出版《亞美文學及其社會脈絡》（Elaine H. Kim, *Asian American Literature: An Introduction to the Writings and Their Social Context*），才有這個領域的第一本專書，樹立了亞美文學研究的里程碑。六年後艾理特主編的《哥倫比亞版美國文學史》（Emory Elliott, *Columbia Literary History of the United States*, 1988）收入金惠經的〈亞美文學〉（"Asian American Literature"）專章，亞美文學才算正式納入主流的美國文學史。

亞美研究（Asian American Studies）內容多元，爲跨學科的族裔研究領域，並且重視與亞裔社群的互動。傳播到臺灣之後，由於學科的特色與在地的條件，轉而以文學研究爲主，參與者絕大多數爲英美文學出身的學者。[3] 臺灣在 1980 年代已出現若干相關的中、英文學術論文與譯介，其中以劉紹銘的兩本中文譯介《唐人街的小說世界》（1981）與《渺渺唐山》（1983）發揮了相當的引介之功。[4] 林茂竹於 1987 年以《屬性與華裔美國經驗：第二次世界大戰以來的

3 冷戰時期臺灣爲美國圍堵政策的一環，各方面與美國關係密切。趙綺娜在〈美國政府在臺灣的教育與文化交流活動（一九五一至一九七〇）〉一文中指出，美國在臺灣致力於推動美國研究，但「除了美國文學之外，在臺灣的發展始終不如美國官員所預期那樣蓬勃」（123）。而臺灣的外文學界，尤其是英美文學界，由於語文之便，接觸之廣，在不少領域，如女性主義、後現代主義、後殖民論述、弱勢論述等，往往得風氣之先。據筆者從美國、日本、韓國、中國大陸以及歐洲等地的學者得知，亞美研究傳播到美國境外，以文學研究爲主，是相當普遍的現象。

4 參閱劉紹銘接受筆者的訪談〈寂寞翻譯事：劉紹銘訪談錄〉，頁 285-87。

唐人街美國文學研究》（*Identity and Chinese-American Experience: A Study of Chinatown American Literature since World War II*）取得美國明尼蘇達大學（University of Minnesota）博士學位，是第一位以華美文學研究取得博士學位返臺的學者。與美國相較，華美／亞美文學研究在臺灣的發展除了時間上的落差之外，數量也望塵莫及，在臺灣的迅速發展與建制化，必須等到 1990 年代初期，而且與歐美研究所密切相關。以下擬從學術建制史的角度來看待這個現象，並將本論文集置於此一脈絡中申論。

首先必須指出的是，歐美所對於族裔議題的重視絕非始於 1990 年代，而是創所之初便已顯現，並且不限於文學學門，所出版的下列專書便涉及族裔與跨文化的議題：歷史學學者孫同勛的《歷史學家與廢奴運動》（Tung-hsun Sun, *Historians and the Abolition Movement*, 1976），教育學學者范承源的《三藩市華文學校與家庭整合和文化認同之關係》（Chen-yung Fan, *The Chinese Language School of San Francisco in Relation to Family Integration and Cultural Identity*, 1981），文學學者余玉照的《賽珍珠小說之跨文化詮釋》（Yüh-chao Yü, *Pearl S. Buck's Fiction: A Cross-Cultural Interpretation*, 1981），以及田維新的《史諾普斯家族與猶克納帕陶法郡》（Morris Wei-hsin Tien, *The Snopes Family and the Yoknapatawpha County*, 1982）。其他如朱炎老師有關福克納（William Faulkner）的研究涉及黑白種族問題，[5] 李有成於 1970 年代後期對於猶太裔美國作家貝婁（Saul

---

[5] 如《美國文學評論集》（1976）收錄的九篇論文中，有四篇討論福克納：〈美的喪失與復活——福克納的**癡人狂喧**〉、〈黑色十字架——福克納**八月之光**中黑人的意象〉、〈福克納黑人意象的雛形〉與〈白神之死〉。二十二年後根據前書增訂出版的《海明威‧福克納‧厄卜代克：美國小說闡論》（1998）的〈前言〉提到，他在臺大外文研究所開過「美國文學中的黑人意象」等專題研究（朱，《海》1）。該書收錄二十篇論文，其中「福克納篇」收錄五篇論文（包括前書四篇論文），三篇凸顯黑人意象：〈黑色的十字架：福克納《八月之光》中的黑人意象〉、

Bellow）的研究以及 1980 年代中期起對於非裔美國自傳、文學批評與文化評論的研究。因此，華裔美國文學之研究可說是此一傳統的延續與拓展。

再者，為了加強與國際學界的合作，美國文化研究所於 1989 年曾與來訪的加州大學洛杉磯校區（University of California, Los Angeles）亞美研究學者成露茜（Lucie Cheng）舉行座談會，並於 1989 年 5 月 26 日的人文組座談會中決議，「關於本組與成露西〔茜〕教授之合作研究計劃〔畫〕：討論結果認為以『華人文學』為研究主題較妥。並擬以公開徵選之方式延聘研究『華人文學』之學者進入本組，參與研究。」此一合作研究計畫，除了社經組的郭實渝前往該校進行研究，並出版《由臺灣前往美國的「小留學生」問題之研究》（1992）之外，並無其他較具體的成果。

1990 年代初，李有成與筆者分別結束在美國的傅爾布萊特博士後研究（Fulbright postdoctoral research）返所，曾於《美國研究》刊登過非裔與華裔美國文學比較研究的何文敬於 1992 年初加入本所，文學同仁便積極思索開拓此一研究領域。[6] 為了因應英美學術思潮，

〈福克納黑人意象的雛形〉與新添的〈福克納小說中的黑人意象〉。〈福克納黑人意象的雛形〉與〈白神之死〉二文刊登於《中外文學》之前，先以英文刊登於美國文化研究所出版的《美國研究》（*American Studies*，1991 年易名為《歐美研究》〔*EurAmerica*〕）季刊，標題為 "The Embryonic Image of Faulkner's Negro: *Sartoris*" 與 "Death of a White God: *Absalom, Absalom!*"。

6 李有成 1988 年至 1989 年在杜克大學（Duke University）鑽研法蘭克福學派、西方馬克思主義與後現代主義，並有系統地閱讀後殖民主義與非裔美國文學理論和批評。筆者於 1989 年至 1990 年在加州大學爾灣校區英文暨比較文學系（Department of English and Comparative Literature, University of California, Irvine）研究訪問期間，曾擔任 1990 年春季班該系兼任教師，講授「中西敘事文學比較研究」（Comparative Studies of Chinese and Western Narratives），在課堂上曾講解湯亭亭（Maxine Hong Kingston）的成名作《女勇士》（*The Woman Warrior*），帶入中國文學與比較文學的觀點，學生反應熱烈。何文敬（Wen-ching Ho）的論

強化國際競爭力，提升在國內外學界的可見度，善用我國的學術利基，便決定在本所以往的美國文學研究的基礎上，推動華裔美國文學研究，除了個人投入研究之外，並以召開研討會的方式來建立學術社群。

就推動學術與召開會議的策略而言，大致分爲兩階段。第一階段可稱爲「培元固本」，目標在於提倡風氣，培養年輕學者與研究生的興趣，使華美文學研究在我國生根，因此先從國內研討會開始，以中文爲會議語言，邀請相關學者宣讀論文（首次研討會並舉行座談會）。爲了加強與國外學者的聯繫，特別邀請具有代表性的華裔美國學者與會，宣讀論文。此階段總共舉行三次研討會：第一次的主題爲「文化屬性與華裔美國文學」（Cultural Identity and Chinese American Literature, 1993），邀請加州大學洛杉磯校區的張敬珏（King-Kok Cheung）與會；第二次的主題爲「再現政治與華裔美國文學」（Politics of Representation and Chinese American Literature, 1995），邀請威斯康辛大學麥迪遜校區（University of Wisconsin-Madison）的林英敏（Amy Ling）以及著名華美作家湯亭亭與會；第三次的主題爲「創造傳統與華裔美國文學」（Invention of Tradition and Chinese American Literature, 1997），邀請加州大學柏克萊校區（University of California, Berkeley）的黃秀玲（Sau-ling C. Wong）與會。

爲了配合首次會議的進行，筆者事先與張敬珏進行英文書面訪談，將其中譯發表於當年二月號的《中外文學》月刊，[7] 爲會議暖

文爲 "In Search of a Female Self: Toni Morrison's *The Bluest Eye* and Maxine Hong Kingston's *The Woman Warrior*"（〈追求女性的自我：童妮·墨莉生的《黑與白》和湯婷婷〔亭亭〕的《女戰士》〉），*American Studies*（《美國研究》）17.3 (1987): 1-44。

7 除了發表中譯版，英文原版刊登於《淡江評論》: "An Interview with King-Kok Cheung," *Tamkang Review* 24.1 (1993): 1-20，運用中英雙語的推動方式以利於本土與國際的接軌。

身，並在會前 1993 年 2 月 25 日於《自立早報》副刊發表〈華裔美國文學在臺灣〉一文，說明此次會議的意義，如今看來其中的論點大多依然成立，如除了「就文學的角度來討論」之外，「其實華裔美國文學可以置於不同的脈絡（如美國華人社會、美國華人移民史、海外華人研究、弱勢論述、後殖民論述等）而建構出不同的意義」(單，〈華〉)。文中也特別提到以中文作爲會議語言，「這種行爲本身就具有相當的意義，而且也是使學術研究本土化的具體實踐」(〈華〉)。這種以中文論文讓學術扎根本土的作法，早見於外文學界前輩學者朱立民老師與顏元叔老師的大力提倡，而在美國文學研究上執行最力的就是朱炎老師，不僅迭有著作，而且不少重要的論文都分別以中英文出版。[8]

前兩次會議論文經審查後由筆者與何文敬合編，附上編者的緒論，筆者與張敬珏和湯亭亭的訪談錄，以及臺灣地區華裔美國文學研究的書目提要，由歐美研究所出版論文集《文化屬性與華裔美國文學》（1994）與《再現政治與華裔美國文學》（1996）。由於是華文世界頭兩本以華裔美國文學爲主題的學術書籍，開風氣之先，爲相關學者多所引用，發揮了相當的影響。爾後臺灣的學術風氣偏向於期刊論文，因此第三次的會議論文經審查後納入《歐美研究》季刊的「創造傳統與華裔美國文學」專題（2002），並由筆者撰寫緒論。[9]

由於這三次會議是華文世界率先以華美文學爲主題的研討會，頗受矚目，參加踴躍，討論熱烈，會後並出版論文集與期刊專題，

8 1972 年臺大文學院院長朱立民老師與臺大外文系主任顏元叔老師聯手創立的《中外文學》，就是臺灣學界推動外國文學研究扎根中文世界的最佳例證，數十年來於華文文學與文化界影響深遠。朱炎老師的英文論文大都刊登於《美國研究》，中文論文大都刊登於《中外文學》，先結集出版爲《美國文學評論集》，後來增訂爲《海明威‧福克納‧厄卜代克》。有關朱炎老師的學術綜合評述，參閱何文敬〈探道索藝，「情繫文心」：朱炎教授的美國文學研究〉。

9 即上一篇〈創造傳統與華美文學：華美文學專題緒論〉，頁 183-202。

幾年間便使得華美文學研究成為外文學門的熱門領域，出現了不少學術論文，許多研究生也以此撰寫學位論文，以致相關研究順利在臺灣生根與成長。[10] 此外，由於會議論文具有一定的品質，會場討論熱烈，令在場的華裔美國學者與作家印象深刻，透過他們的口耳相傳，如預期般地為臺灣的華美文學研究在國際上打造出更寬闊的發展空間。

第二階段可稱為「拓外惠中」，也就是在先前打下的基礎上，藉由舉行國際會議，以英文為會議語言，提供交流平台，讓國內外學者相互切磋，開拓彼此視野，並提升歐美所在國際上的可見度。另一個重大的變革就是會議主題的拓展，為了配合本所的屬性、同仁的興趣以及國內的研究與教學環境，將原先的華美文學擴展到亞美文學與亞英文學（Asian British literature），先後召開了下列的國際研討會，這種亞美文學與亞英文學兼籌並顧的取向，即使今日舉世依然頗為罕見：

1999 "Remapping Chinese America: An International Conference on Chinese American Literature"（重繪華美圖誌：華裔美國文學國際研討會）；

2003 "Negotiating the Past: An International Conference on Asian British and Asian American Literatures"（與過去協商：亞裔

---

[10] 有關 2000 年之前臺灣出版的華裔美國文學研究之中英文學術論文與學位論文，參閱筆者編撰的〈臺灣地區華裔美國文學研究書目提要〉。此書目提要仿效史畢樂（Robert E. Spiller）的《美國文學史》（*Literary History of the United States*, 1948），旨在發揮指引之效，附錄於 1994 年出版的《文化屬性與華裔美國文學》（195-208），其增訂版附錄於 1996 年出版的《再現政治與華裔美國文學》（223-43）與 2000 年筆者出版的《銘刻與再現：華裔美國文學與文化論集》（365-87），三本書裡的中文論文分別為 16 篇、31 篇、37 篇，英文論文分別為 17 篇、21 篇、28 篇，學位論文分別為 6 篇、11 篇、20 篇，數量之增加明顯可見。

英美文學國際研討會）；

2008 "In the Shadows of Empires: The Second International Conference on Asian British and Asian American Literatures"（在帝國的陰影下：第二屆亞裔英美文學國際研討會）；

2011 "War Memories: The Third International Conference on Asian British and Asian American Literatures"（戰爭記憶：第三屆亞裔英美文學國際研討會）；

2015 "Re-visioning Activism: The Fourth International Conference on Asian British and Asian American Literatures"（重觀行動主義：第四屆亞裔英美文學國際研討會）。

由以上回顧可看出歐美所二十多年來對於相關領域的投入與發展策略。至於亞美文學（尤其是華美文學）在臺灣的發展，馮品佳的近作提供了自 1981 至 2012 年的數據。

表一：臺灣的亞美文學期刊與博碩士論文（1981-2012）[11]

中文期刊論文		博士論文		碩士論文	
華美文學	其他亞裔	華美文學	其他亞裔	華美文學	其他亞裔
156	53	8	2	104	20
209		10		124	

11 此二表分別來自 Pin-chia Feng（馮品佳）, "East Asian Approaches to Asian American Literary Studies: The Cases of Japan, Taiwan, and South Korea," 頁 265 和 266，由筆者中譯。

表二：臺灣的亞美文學研究成果

	其他亞裔	華美文學	比例 （其他亞裔／其他亞裔＋華裔文學）
1980 年代	0	9	0%
1990 年代	13	80	14%
2000-2012	62	179	26%
合計	75	268	22%

從表一可看出中文期刊論文以及博碩士論文中的華美文學與其他亞美文學的統計數字。表二基本上以十年爲單位，顯示華美文學與其他亞美文學的數據與比例，可看出一方面華美文學研究在數量上急速增加，另一方面其他亞美文學的比例由 1980 年代掛零，爾後逐漸攀升，見證了國內學者在亞美文學研究上逐漸趨於多元的可喜現象。這些數據證明「利基」之說絕非一廂情願的想法，而是的確有其根據與效應，值得再接再厲，繼續發揮。[12]

三、臺灣學界的發展與反思

臺灣的亞美文學研究在二十多年間累積了豐碩的成果，成爲外文學界的顯學，在華文學界與國際學術社群享有相當的知名度，但相關學者並不以此自滿，一直抱持著高度自省的態度，不僅從自己的發言位置來了解在此地從事此一研究的意義，也試圖從學科的流

[12] 據筆者多年觀察，此現象並不限於臺灣，如韓國學者著重於韓美文學研究，日本學者著重於日美文學研究，中國大陸學者更是偏重於華美文學研究。

傳與國際的版圖加以定位與評估，作爲進一步發展的參考。[13] 相較於外文學門其他領域，亞美文學研究很可能是最自我反思的領域，相關討論屢見不鮮，例如筆者的〈華裔美國文學的定位——一個臺灣學者的觀察〉（1999）、"Positioning Chinese American Literature—A Perspective from Taiwan"（2000）、〈冒現的文學／研究：臺灣的亞美文學研究——兼論美國原住民文學研究〉（2001）、張錦忠的〈檢視華裔美國文學在臺灣的建制化（1981-2001）〉（2001）、王智明的〈亞美研究在臺灣〉（2004）、筆者的〈從邊緣到交集：探尋美國華文文學的位置〉（2005）、馮品佳的〈世界英文文學的在地化：新興英文文學與美國弱勢族裔文學研究在臺灣〉（2006）、筆者的〈臺灣的華裔美國文學研究：回顧與展望〉（2006）、王智明的"Thinking and Feeling Asian America in Taiwan"（2007）、筆者的"Branching Out: Chinese American Literary Studies in Taiwan"（2007）、張錦忠的"The Institutionalization of Asian American Literary Studies in Taiwan: A Diasporic Sinophone Malaysian Perspective"（2012）、李秀娟的〈「歐美」與「我們」之間：從亞美研究看美—亞的距離與傳會〉（2014）、馮品佳的"East Asian Approaches to Asian American Literary Studies: The Cases of Japan, Taiwan, and South Korea"（2014）等。這些後設批評也見於學位論文，如清華大學外文研究所吳貞儀（Wu Chen-yi）的碩士論文〈利基想像的政治：殖民性的問題與臺灣的亞美文學研究（1981-2010）〉（"Politics of Niche Imagination: The Question of Coloniality and Asian American Literary Studies in Taiwan, 1981-2010"，2013，王智明指導），該論文附錄吳貞儀與筆者的訪談，經修訂後

13 筆者強調臺灣的華美／亞美文學研究者的雙語言與雙文化背景，並將此特殊發言位置描述爲「既處於二者〔中、美兩個文化霸權〕的交集之下，也與二者各有距離。這種既相交又逾越的位置，創造出第三空間，不斷擺盪並游離於兩個中心及其邊緣」（單，《銘》26）。

出版爲〈亞美文學研究在臺灣：單德興訪談錄〉（2013）。[14]

相關期刊專號、專題或專輯也見於張瓊惠與張錦忠爲《中外文學》編輯的「亞美文學專號」（2001），筆者爲《歐美研究》編輯的「創造傳統與華裔美國文學專題」（2002）以及爲《中外文學》編輯的「美國華文文學專題」（2005），李秀娟爲《中外文學》編輯的「亞美的多元地方想像專題」（2006），王智明爲《亞際文化研究》（*Inter-Asia Cultural Studies*）編輯的「亞美研究在亞洲」（Asian American Studies in Asia）專輯（2012），張瓊惠爲《同心圓》（*Concentric*）編輯的「幽靈亞美」（Phantom Asian America）專輯（2013），以及張錦忠爲《英美文學評論》編輯的「亞美詩學」專輯（2015）等。這些期刊與後設批評在在證明了相關學者對此領域的持續關切與反思。

此外，王智明分別於2010年在歐美研究所舉辦「亞美研究在亞洲：國際工作坊」（Asian American Studies in Asia: An International Workshop），2012年舉辦「我們的『歐美』」：文本、理論、問題」學術研討會（Our Euro-America: Texts, Theories, and Problematics），顧名思義便可看出這兩個國際工作坊與研討會聚焦於歐美／亞美研究中的亞洲視野與在地觀點。再者，馮品佳擔任國科會文學二（外文學門）召集人時，建請人文處積極推動亞美文學研究與國際策略聯盟。自2013年起，接連三年分別於中央研究院歐美研究所、清華大學與臺灣師範大學舉行亞美研究暑期研習營（Summer Institute in Asian American Studies），爲國際上此一領域的創舉，在國科會／科技部大力支持下，由馮品佳、傅士珍、李秀娟、王智明、柏逸嘉（Guy Beauregard）等人籌劃，逐年針對亞洲、帝國、人權等不同議題——"Asian American Studies Through Asia: Fields, Formations,

14 參閱本書頁289-327。

Futures"（2013）、"Empire Reconsidered"（2014）與"The Subject(s) of Human Rights"（2015）——邀請學有專精的美國與亞洲學者擔任主講人，爲數十位國際學員進行三天的密集演講、討論與交流。主講人與學員多能體認在亞洲／臺灣從事亞美文學研究，確有異於美國及亞洲其他地方之處，對於彼此的在地關懷也有第一手的了解。此項活動三年來頗受主講人與國際學員的肯定，於 2015 年完成其階段性任務。

與亞洲學者的策略聯盟也日益加強，接連三年分別於韓國光州的全南大學舉辦「當前東亞的亞美研究」（Current Asian American Studies in East Asia）研討會（2013，由韓國學者李所姬〔So-Hee Lee〕籌辦），於日本東京的明治大學舉辦「亞美文學與亞洲：公民權、歷史、記憶、外交」（Asian American Literature and Asia: Citizenship, History, Memory, Diplomacy）研討會（2014，由日本學者佐藤桂兒〔Gayle Sato〕籌辦），於臺灣的高雄師範大學舉辦「亞／美文學與亞洲：教學、歷史、記憶」（Asian/American Literature and Asia: Pedagogy, History, Memories）研討會（2015，由我國學者李翠玉籌辦），都吸引不少亞洲學者參加，除了一般亞美文學的議題之外，特別強調從亞際（Inter-Asia）的角度來探討亞美文學研究，以及亞洲不同國家相關研究的異同，成因、過程與效應，以收攻錯之效。

同時我國學者也積極向歐美國際邁進，以此領域最具代表性的兩個學會爲例，每屆在美國舉行的亞美研究學會（Association for Asian American Studies〔AAAS〕）年會以及在歐洲舉行的歐美多族裔研究學會（The Society for Multi-Ethnic Studies: Europe and the Americas〔MESEA〕）雙年會，臺灣學者不僅無會不與，而且人數經常爲亞洲之冠，以堅強的學術實力和積極主動的參與，和國外學者建立起緊密的關係，若干學者且進入這兩個學會的委員會，實際參與組織運作。

總之，藉由穩紮穩打的策略與多年持續的努力，臺灣學者逐漸累積出在此一領域的學術實力與可見度，而歐美研究所在其中扮演的角色在國內外有目共睹。因此，本所國外諮詢委員、美國研究學會（American Studies Association）前會長費雪金（Shelley Fisher Fishkin）在 2015 年致本所的諮詢委員報告中指出：「全球對於亞美研究的興趣與日俱增，從這個立場來看，將亞洲觀點帶入其對話，是中央研究院特別值得扮演的角色」（"From the standpoint of a growing interest globally in Asian American Studies, bringing Asian perspectives into that conversation is a particularly valuable role for Academia Sinica to play."〔Fishkin 2〕）。此一觀察與肯定正是歐美所文學同仁自 1990 年代以來努力的目標，也將在既有的基礎上與國內外的學者及年輕學子繼續努力。

四、他者論述，論述他者

2013 年舉辦的「他者與亞美文學」研討會距離歐美所初次舉辦華美文學研討會整整二十年，距離上次以中文舉辦的華美文學會議也有十六年之久。在這些年之間，國內外的美國研究與亞美文學研究出現了若干重大的轉變。首先，就美國而言，美國研究學會與亞美研究學會近年來擺脫本土獨大的心態，將視野擴及世界各地，強調「國際轉向」（international turn），而在亞美研究方面尤其重視「亞洲轉向」（Asian turn），主動加強與亞洲學者的聯繫與交流，並重視雙語言與雙文化的能力。其次，亞洲各國學者有感於對美國學界熟悉的程度往往遠超過對亞洲鄰國的認識，因而逐漸重視亞際的關係，形成正式或非正式的策略聯盟，一方面從各自的立足點出發，尋求發揮自己的特色，另一方面共同向美國主流學界進軍，強化彼此的互動，甚至在美國的學術組織中扮演一定的角色，提供亞洲的觀點，使其胸襟更爲開闊，視野更爲多元，運作更爲靈活，影響更爲擴大，以達到互惠的目標。

再就華文世界而言，亞美文學研究以臺灣與中國大陸爲主，尤其因爲語言與文化的緣故，更集中於華美文學。臺灣這些年來由於積極提倡，出現了不少學術論文、學位論文、專書與翻譯，成爲外文學界的顯學，不僅在數量上超過其他的美國族裔文學（包括起步較早的非裔美國文學），在聲勢上往往也超過主流的白人文學，晚近則更爲多元，擴及日裔、韓裔、菲裔、南亞裔美國文學等，在相關背景的掌握與理論的運用上更爲熟練。因此中國大陸學者多次在公開與私人場合坦言，其華美與亞美文學研究大致始於二十一世紀初，落後臺灣整整十年，起步時借鏡臺灣學術之處甚多，尤以前述《文化屬性與華裔美國文學》與《再現政治與華裔美國文學》二書最爲顯著。然而大陸學界人多勢眾，投入大量資源（包括國家型研究計畫），相關學術活動眾多，再加上大學與民間出版社的支持，論著與翻譯的數量眾多。反觀臺灣，由於研究人口相對較少，學術把關嚴謹，加上出版社的市場考量，相關出版品在數量上已被超越。面對海峽兩岸的學術競爭，臺灣必須精益求精，擴大視野，慎選議題，掌握學術品質，力求精實，以期維持一定的特色與優勢。置於上述脈絡中，2013 年 9 月歐美所舉辦的「他者與亞美文學」研討會的意義更爲明顯。

古往今來，「識己」（“Know thyself”）以及自他之間的關係都是個人與團體的重要課題，而自我的認知往往來自與他者的對照、對比、甚至對立而來。其實，自我與他者或異己之間的關係並非固定不變，而是具有相當的流變性。以許倬雲的《我者與他者：中國歷史上的內外分際》爲例，自史前時代討論到當代，上下數千年。該書〈引言〉指出：「所謂『中一外』關係，若從日常語言的含意看，當是一個國家或一個文化系統，在面臨『他者』時『自一他』之間的互動。……不論是作爲政治性的共同體，抑或文化性的綜合體，『中國』是不斷變化的系統，不斷發展的秩序，這一個出現於東亞的『中國』，有其自己發展與舒卷的過程，也因此不斷有不同的『他者』界定其『自身』」（許 26）。在〈周代封建的天下〉一章中，他引用湯恩比（Arnold Toynbee）有關「內在的普羅」（“the Internal Proletariat”）與「外在的普羅」（“the External Proletariat”）之說，表示這兩個相對於「當權的少數」（“the Dominant Minority”）的他者，「與諸侯國內的『他者』，及華夏世界之外的『他者』，頗可互相比較。無論內外的他者，都襯托了『我人』的內部凝聚」（43）。此書固然是由群體的角度探討，但對於該群體內的個體之自我認知，以及自他與內外關係的釐清與流變，頗有值得參考之處。

他者的議題不僅源遠流長，更有強烈的現實意義，可謂自古已有，於今尤烈。晚近由於全球化的緣故，不同地區之間各種資源的流動更是頻繁，人流、金流、物流、資訊流等達到史無前例的高峰，各種固有的疆界頻頻遭到挑戰與跨越，不同族群與團體之間的接觸益形頻繁，摩擦、衝突、甚至流血事件時有所聞，有識之士紛紛對此表示關切，並提供自己的觀察與省思。李有成在《他者》一書〈緒論〉便指出：「早在一九八〇與九〇年代，克莉絲蒂娃（Julia Kristeva）就一再析論陌生人的角色；德希達（Jacques Derrida）也反覆討論如何待客，如何悅納異己；列維納斯（Emmanuel Lévinas）則以倫理學爲其哲學重心，暢論自我對他者的責任；哈貝瑪斯（Jürgen Habermas）更主張要包容他者。這些論述或思想之出現並非偶然，其背後應該有相當實際的現實基礎與倫理關懷」（15）。

有關他者的議題，在亞美研究萌生時便居於重要的地位，爾後屢見不鮮，近期的研究可以劉大偉（David Palumbo-Liu）的「他者遞送系統」（“the system of the deliverance of others”）之說爲代表。

如陳淑卿在〈經濟、生命與情感：王瀚《風水行騙》中的亞美他者與族裔扮演〉中指出：「他者遞送系統是現成的、經過製碼的論述、結構與體制，當此系統將他者呈現在吾人面前時，同時通過對溝通語言及行爲的制約，將他者的他者性去除，使其合於社會需求（Palumbo-Liu 10）」（174）。値得一提的是，由此引申出的「內部他者」（"the inside other"）與「外部他者」（"the outside other"）之說，與前述湯恩比和許倬雲的論點頗有相通之處，可見此一現象由來已久，中外皆然。

有鑑於這個議題的重要，此次會議特地以「他者與亞美文學」爲主題。首先，不論就歷史或現實而言，相對於白人，亞裔在美國的處境有如非我族類的他者，富裕承平時尚可能相安無事，但主流社會出現問題時，亞裔經常就淪爲代罪羔羊，最明顯的就是 1882 年的排華法案（the Chinese Exclusion Act），是美國歷史上唯一針對單一族裔的排除法案，以及第二次世界大戰時，美國政府將日裔美國人強行遷徙，集中安置（Japanese American internment），這些固然都成爲亞美人士的集體創傷與記憶，也是美國歷史上令人羞愧的事件。而亞美文學生產，相對於美國主流文學、其他族裔文學、甚至相當多元的亞美文學內部，也往往處於他者的地位。因此，筆者撰寫的會議徵稿啓事對於亞美文學有如下的描述：「相對於強勢的英美主流文學與文化，亞美文學往往是以他者（the other）的姿態出現。而相對於美國其他弱勢族裔，彼此之間也時常以他者相看待。再就亞美文學內部而言，也存在著不同的歷史脈絡、文化政治與權力關係。」

其次，相對於美國的亞美研究者，亞洲的亞美研究者具有不同的文化資本與發言位置，多少有如他者。再者，亞洲學者之間由於各自不同的歷史、國族與文化背景，往往也成爲彼此眼中的他者，必須透過英文的中介才能相互溝通。這正是徵稿啓事中所指出的：

「當亞美文學跨出了美國，而到達其他地區、尤其是亞洲時，其處境與關係更形複雜。不同亞洲國家的學者對於亞美文學時時抱持不同的想像，除了以一般亞洲的角度來觀察亞美文學之外，更常是從自己的國族、文化、文學、歷史、政治、地緣等背景來觀察並反思亞美文學。」當選擇以中文爲會議語言、以華文世界的學者與讀者爲對象時，進一步出現了徵稿啓事中所提到的值得思索的議題：「具有中英雙語能力的學者在面對亞美文學時，其發言位置如何？有何利基？如何將其置於英語語系文學與華文世界？」

五、他者與亞美文學

這次會議以「他者與亞美文學」爲主題，一方面與先前的「文化屬性」、「再現政治」、「創造傳統」等議題有一脈相承之處，因爲自他之關係與認定涉及文化屬性與認同，其再現涉及彼此之間的權力關係與階序，而再現的起始、過程與結果往往又涉及傳統之承襲、轉化與創新。另一方面，此會議有意擴及新的議題，如徵稿啓事就建議了十多項議題：「亞美文學與他者，亞美文學作爲他者，亞美文學與美國主流文學的關係，亞美文學中的主流社會形象，亞美文學與其他美國弱勢族裔文學的關係，亞美文學中所呈現的弱勢族裔，亞美文學與英語語系文學的關係，亞美文學與華文文學的關係，亞美文學與亞洲文學的關係，跨太平洋之後的亞美文學，美國作爲他者，亞洲作爲他者，作爲他者的華裔／日裔／菲裔／韓裔……」。

主辦單位安排歐美所李有成特聘研究員發表主題演講，並特邀周英雄教授主持。李有成於 2012 年出版《他者》一書，頗受華文學界矚目，甚至被國家文官學院選爲每月一書，除了應邀到國家文官學院針對我國文官發表演說，並遠赴偏鄉爲基層公務人員演講相關議題，結合了學術研究與公眾事務參與。周英雄教授是我國英美文學與比較文學的資深學者，曾數度擔任歐美所諮詢委員，更是李有成在大學時代的英文老師與文學啓蒙師。在場人士包括了國內外學者與研究生，出現「四代同堂」的盛況。由於使用中文討論，與會者更能暢所欲言，會場氣氛熱烈，每個場次的討論都欲罷不能，延續到茶敘與用餐時間。爲了發揮更廣泛的影響力，論文修訂稿依歐美所標準作業程序送交《歐美研究》季刊編輯委員會，經審查後結集出版。

《他者與亞美文學》總共收錄六篇論文，每篇論文各有其關懷與特色，因爲議題多元，內容繁複，所以依照所討論的作家的生年順序排列。馮品佳的〈閱讀羅麗塔之外：伊朗裔美國移民女性回憶錄書寫〉，探討的是二十一世紀出版的三部伊朗裔美國女性移民的回憶錄：卡夏華茲的《茉莉與星辰：在德黑蘭不只閱讀『羅麗塔』》（Fatemeh Keshavarz, *Jasmine and Stars: Reading More Than* Lolita *in Tehran*, 2007）、芮琪琳的《波斯女孩》（Nahid Rachlin, *Persian Girls: A Memoir*, 2006），以及納菲西的《我所緘默的事》（Azar Nafisi, *Things I've Been Silent About*, 2008）。這些書在納菲西暢銷的第一本回憶錄《在德黑蘭讀羅麗塔》（*Reading* Lolita *in Tehran*, 2003）之後相繼出版，反映了西方世界對於伊朗裔美國女性回憶錄的濃厚興趣。[15] 如果說《茉莉與星辰》（其副標題明言《在德黑蘭不只閱讀『羅麗塔』》）是直接回應並辯駁《在德黑蘭讀羅麗塔》，那麼資深小說家芮琪琳的自述《波斯女孩》則屬間接委婉的回應，而《我所緘

15《在德黑蘭讀羅麗塔》原書出版次年，臺灣便出版了朱孟勳的中譯本（臺北：時報文化，2004），並於七年後出版同爲朱孟勳中譯的《我所緘默的事》（臺北：時報文化，2011）。至於《茉莉與星辰》與《波斯女孩》在臺灣則未見中譯本印行。

默的事》則藉由提供前一本《在德黑蘭讀羅麗塔》中未敘之事，補充先前的生命書寫，並回應外界的質疑。早期華美女作家也多有自述之作，甚至因此遭到華美男作家的批評（最明顯的例子就是湯亭亭與趙健秀〔Frank Chin〕之爭，已成為華美／亞美文學的歷史公案）。相較於華美女作家所承受的雙重壓抑（族裔與性別），伊朗裔美國女作家更承受了三重壓抑（族裔、性別與宗教）。馮文首先爬梳了有關伊朗裔美國文學以及女性生命書寫的論述，接著逐一解讀三部作品，討論「族裔身分與再現政治」（馮 1, 3）的議題（與先前兩次「文化屬性」與「再現政治」的會議主題若合符節），進而探究「自我東方化」（self-orientalization）的爭議。此文的開創性貢獻在於將亞美文學研究的視野拓展到西亞的伊朗，因為「作為亞裔美國研究學者，我們沒有理由畫地自限於太平洋地區，應該正視及重視中亞與西亞地區族裔在亞美研究中的地位」（2），此呼籲值得我們嚴肅看待。

筆者與陳重仁的論文不約而同地探討哈金（Ha Jin）有關華美離散社群（Chinese American diasporic community）的小說。哈金先前以非母語寫作中國相關的作品，屢獲美國的代表性文學獎項，並先後當選美國人文與科學院院士（Fellow of the American Academy of Arts and Sciences, 2006）及美國藝術與文學院院士（Fellow of the American Academy of Arts and Letters, 2014），成為華美作家中的異例（anomaly）。近年來他將筆鋒轉向美國華人離散社群，先後寫出了長篇小說《自由生活》（*A Free Life*, 2007）與短篇小說集《落地》（*A Good Fall*, 2009）。[16] 筆者的〈他者・詩作・自由：解讀哈金的《自由生活》〉從離散與他者的角度切入，結合相關論述（包括哈金本人的評論集《在他鄉寫作》〔*The Writer as Migrant*, 2008〕）以及筆

---

[16] 哈金晚近出版的《背叛指南》（*A Map of Betrayal*, 2014）與《折騰到底》（*The Boat Rocker*, 2017）也是集中於此一社群。

者與哈金的訪談，指出《自由生活》以巴斯特納克的《齊瓦哥醫生》（Boris Pasternak, *Dr. Zhivago*, 1957）爲互文（intertext），將 1989 年天安門大屠殺之後決定留在美國、堅持寫作理想的男主角武男（Nan Wu），呈現爲相對於故國、美國與物質主義的多重他者，具有一定程度的自傳色彩，有如「一位以英文寫作之離散華人詩人的畫像（"A portrait of the poet as a diasporic Chinese writing in English"）」（單，〈他〉44）。全書大半描述武男的外在遭遇與心路歷程，書末附加的武男的詩話與詩作是哈金個人小說中的首創，爲先前的敘事呈現具體的結果。論文之末分析這些詩作的意義，它們與敘事的相互呼應，並且置於哈金的創作與論述脈絡中，呈現了武男（以及哈金）作爲「在他鄉以非母語寫作的他者」（40），其中涉及的忠誠、家園、美國夢及其不滿等議題，以及如何在詩歌寫作（文學創作）中獲得自由，進入「文字花環編織的家園」（64），以期在康拉德（Joseph Conrad）和納博科夫（Vladimir Nabokov）樹立的非母語之英文文學傳統中發揮特色，翻轉出新意，爲英文增添活力。

陳重仁的〈「美國給我的最好的東西」：《落地》的離散記憶與創造性鄉愁〉，在旁徵博引、廣泛討論多位學者有關離散、記憶、鄉愁等論述之後，拈出「創造性鄉愁」（"creative nostalgia"）一詞，強調其所具有的開放性、積極性、批判性、建設性、生產性，並以此解讀《落地》中所呈現的紐約新華埠法拉盛（Flushing）的華人眾生相。陳文透過綿密的理論鋪陳與細緻的文本分析，解讀哈金的短篇小說集如何依循喬埃斯的《都柏林人》（James Joyce, *Dubliners*, 1914）與安德森的《小城畸人》（Sherwood Anderson, *Winesburg, Ohio*, 1919〔又譯《小城故事》〕）的寫作傳統，刻劃出聚居於法拉盛的華人離散故事。故事中的男女主角都來自中國大陸，背景紛歧，能力不一，職業迥異，之所以遠赴異鄉，是因爲美國這塊「機會之地」（the Land of Opportunity）、「應許之地」（the Promised Land）提供了新契機、新名字、新身分、甚至新面孔，亦即〈美人〉中的女主角吉娜（Gina）所說的，「美國給我的最好的東西」。然而這些「最好的東西」並非憑空而來，也不是沒有代價，因為在將他鄉打造成家園的過程中，往往是對記憶與鄉愁的壓抑與轉化，推扯於故土與新鄉之間的華人難逃「雙向他者的宿命」（陳重仁 75）。其中的成功者往往過著兢兢業業、謹小慎微的日子（如〈英語教授〉中申請終身教職審查的唐陸生），失敗者的命運則更為悲慘，難容於新土，卻又不願或無法回歸故鄉（如〈恥辱〉中的南京大學美國學教授孟富華）。透過哈金這位「離散作家中介游離的特殊角度」（75, 79），《落地》呈現了法拉盛華人社群的移民夢或夢魘，所具現的「離散記憶與創造性鄉愁」（75）提供了美國夢的另類視角與版本。

吳慧娟的〈亞／美文學的他者：李昌來的《懸空》〉以郊區敘事文體（suburban narrative）的角度切入，探討韓美作家李昌來的長篇小說《懸空》（Chang-rae Lee, *Aloft*, 2004）。此文首先討論郊區敘事文體，說明其特色，將《懸空》納入此一文學傳統中，並試圖就題材與內容來擴大亞美文學的範疇。吳文指出，「郊區敘事作為小說的次文類，所捕捉和描述的正是在第二次世界大戰後，興起於美國郊區的社區開發和生活型態……一方面見證了美國戰後的經濟發展以及社會階層流動，另一方面將白人中產階級塑造成一個特殊的『族裔』群體，生產與複製了美國文化想像中的中產階級家庭。……郊區地理景觀中的大房子和以家庭為中心的生活方式成了美國夢的表徵」（吳 129-30）。然而，李昌來挪用這種以白人中產階級家庭為主軸的次文類來撰寫第三部長篇小說，以非亞裔美國人為主角，一方面進入並「顛覆這個由白人作家，如路易斯（Sinclair Lewis）、厄普代克（John Updike）、契弗（John Cheever），以及葉慈（Richard Yates）所建立的文類傳統」（131），另一方面也面對了個人身為亞美作家的「轉變與創新」（127）以及亞美文學的界定。全文將《懸空》

置於郊區敘事的文學傳統與文化脈絡中，探討此一主題與主角皆異於一般認知的亞美文學作品，視其爲「越界的文本」（“transgressive text,” 128n），解析其作爲「亞／美文學的他者」（123）的處境，以及可能帶來的省思。

陳淑卿的〈經濟、生命與情感：王瀚《風水行騙》中的亞美他者與族裔扮演〉，從美國新自由主義（neoliberalism）與多元文化主義（multiculturalism）的角度切入，尤其著重於柔性族裔治理，「指向一種以市場邏輯與理性選擇來形塑或界定他者」（陳淑卿 174），並將菲美作家王瀚的《風水行騙》（Han Ong, *Fixer Chao*, 2002）置於此脈絡中加以探討。文中引用了亞美批評家劉大偉的「他者遞送系統」與維多利亞文學專家嘉樂格（Catherine Gallagher）的「生命經濟情節」（“bioeconomic plots”）與「體感經濟情節」（“somaeconomic plots”）等觀念，並「以經濟人的觀點來討論內部他者，從經濟主體的角度來析論外部他者」（173n）。小說中的主人翁包靈華（William Narciso Paulinha）原爲紐約底層的菲美男同志，具有「族裔、階級及性取向各面向的多重他者身分」（180），卻藉由扮演華裔風水大師，打入大都會的上流社會，甚至成爲許多人的心靈上師，成功跨越了內部他者／外部他者以及他者／主流中心的分野，最後事跡敗露，逃往加州，再次改名換姓，重新形塑自我。陳文技巧地結合理論的鋪陳與文本的分析，解讀《風水行騙》所凸顯的美國社會裡外部他者／內部他者／主流中心之間錯綜複雜的關係與逾越的可能，展現美國族裔之多元性以及亞美族裔之異質性，藉以呈現「基進他者性」（“radical otherness”）的可能與限制。

李翠玉的〈《難言之隱》：臨界、創傷書寫與亞美哥德誌異敘事〉探討的是 1.5 代越南裔美國作家張的第二部長篇小說《難言之隱》（Monique T. D. Truong, *Bitter in the Mouth*, 2010），藉由被領養的主人翁琳達・漢莫力克（Linda Hammerick）爲舅公哈珀（Harper）奔喪之旅，逐漸揭露 1.5 代越裔美國人的成長與處境。全文首先由哀悼（mourning）與創傷書寫（trauma writing）的角度切入，指出此小說「所探觸的核心即是越戰世代無以名之卻如魘隨形之創傷經驗」（李翠玉 205），而哀悼與創傷固然具有負面的作用，但也具有正面的意義。李文繼而以臨界（liminality）的觀點來詮釋女主角的處境，指出此書「有成長小說（*bildungsroman*）的外觀」（210），而身爲孤女的琳達則處於一個「轉折空間；此一空間的特性是開放、模糊、流離、游移不定、介於其中（in-between）的文化混雜經驗，諸如離散現象、戰爭遺孤或難民漂洋過海等均屬於臨界之狀態」（210），無怪乎她有苦難言（即其英文書名）。文中援引黃福順（Andrew Hock Soon Ng）有關哥德誌異美學（Gothic aesthetics）與亞美文學的論述，指出「哥德誌異傳統所涵蓋之主題，如壓抑、離奇、懸疑、詭異、創傷、恐懼、人格分裂、暴力或鬼魂，無一不是後殖民文學或亞美文學念茲在茲，設譬取喻，抒情論理的母題」，而琳達的「自我東方化／鬼魅化」也強化了她的「東方化、邊緣化的『脆弱主體』（vulnerable subject）位置」（219），以致淪爲鬼魅般的他者。儘管如此，女主角依然能從美國早期移民英國孤女維吉尼亞・戴爾（Virginia Dare）的傳說以及黑奴詩人荷登（George Moses Horton）的生平故事得到力量，「以傷痛的身體銘刻歷史的沉鬱，卻以昂首之姿立誓驅向未來」（222），並具現了駱里山（Lisa Lowe）所指出的亞、非、歐、美四大洲之親密聯繫（the intimacies of the four continents）。

這六篇論文從不同的角度出發，選擇不同的文本，各自探討與表述，呈現出豐饒多元的面貌，然而彼此之間也有相通之處。作爲會議主題的「他者」自然是焦點之所在，因而出現了他者／她者（馮品佳）、多重他者（單德興）、雙向他者（陳重仁）、鬼魅他者（李翠玉）、亞／美文學的他者（吳慧娟）、甚至內部他者／外部他者（陳淑卿）等不同詮釋與解讀。這些不同類型的亞裔他者基本上都是相對於美國主流白人社會，不同的亞裔之間往往也互為他者，然而彼此之間的界線並非鐵板一塊，無法撼動或逾越，這點尤見於王瀚的《風水行騙》。

其次，這些亞裔角色之所以成為他者，都與各自的族裔離散經驗密切相關，因此「離散」一詞反覆出現於多篇論文中（馮文與單文中更出現高達二、三十次），成為「他者」之外的另一個重要議題。[17] 諸篇論文在各自的族裔與文本脈絡下討論不同的離散經驗，其中筆者與陳重仁的論文花了相當篇幅探討離散論述，作為各自立論的張本，而馮品佳對於伊朗裔美國文學的歷史鋪陳與文獻探討，更可增加讀者對於這個冒現中的新領域及其離散經驗的認識，拓展現今學界的視野。

這些不同的亞裔人士之所以離散到美國，有些出於自願，有些則為環境所迫，以致成為他者，其實他們都懷抱著一定程度的美國夢，期盼能在這塊機會之地、應許之地展開新生。如拒斥高壓、封閉的伊朗的三位女作家，各自透過回憶錄書寫，期盼達到言論自由、宗教解放與性別平等；哈金筆下的華裔離散者希望得到政治解放、創作自由、經濟自足、社會地位與安全感，甚至把新身分與新面孔視為「美國給我的最好的東西」；《風水行騙》中的菲裔主角原處於紐約大都會底層，卻藉由扮演華裔風水大師，由原先的亞裔他者搖身一變，成為出入於白人上層社會的名流，宛如新紀元運動的上師，靠著扮演另一個亞美他者而名利雙收；《難言之隱》中的女主角原為越戰孤兒，在寄養家庭中成長，就讀耶魯大學，後來在律師事務所工作。由這些人物看來，他們在相當程度上都達到了原先抱持的美國夢。

然而為了取得這些成就，這些亞裔移民付出了不少代價，最起

[17] 順帶一提的是，主題演講者李有成在《他者》之後出版的專書即是《離散》（臺北：允晨文化，2013），不僅顯示其論述一脈相承之處，也透露出此二觀念密切相關。

碼的就是離鄉背井，成為異地的他者，某種程度的捨棄歷史、遺忘過去在所難免，但鄉愁也不可能全然抹煞，至於如何協商故土與新鄉，甚至化他鄉為家園，都涉及對於忠誠與家園的重新認知。至於原先懷抱的美國夢若未能達到，便成為引誘他們陷入眼前困境的原因。另一方面，即使達到物質層面的滿足，也可能會如哈金的《自由生活》中的武男般發現，不僅在一夕之間受到嚴重威脅（沒有健康保險的妻子罹患重病），而且長久犧牲了自己的理想，於是幡然悔悟，另覓他途，以期安身立命；或如王瀚的《風水行騙》中的包靈華，一時靠著假冒而名利雙收，但事跡敗露後就得逃往異地。又如李昌來的《懸空》中以郊區住宅與中產家庭為代表的美國夢，也會因為家族成員投資失誤而動搖，暴露出原先不曾察覺的脆弱。換言之，美國夢固然有吸引人之處，提供了起始的誘因，但能否達成，或者達成之後察覺其本質的脆弱，發現自己內心深處還有更殷切的期盼與更高超的理想，不願自我設限於物質層面。至於未能達到起碼目標的移民，這些美國夢則淪為揮之不去的夢魘，必須以離鄉背井與格格不入作為代價，不知此生能否尋得安頓。因此，陳重仁與李翠玉引用佛洛伊德的哀悼／憂鬱之說加以解析，李翠玉並進一步運用創傷論述，探討透過書寫達到療癒的可能。

與美國夢相關的還有成功的亞裔移民可能成為美國主流社會眼中的模範少數／弱勢族裔（model minority）。然而這個表面上的良好評價其實是刻板印象，在以主流價值肯定他們的同時，也把他們定位為永遠的他者，並使得他們對立於其他成就較差的弱勢族裔，甚至對立於自己族裔中未能達到此標準的成員，對於彼此都形成額外的壓力。而在面對主流價值時，不論作家或筆下的人物都有可能落入自我東方化的陷阱，或遭到類似的質疑，懷疑他們以凸顯自己的東方族裔特色來迎合主流社會之所好。馮品佳、陳淑卿與李翠玉的論文都觸及這個議題，而哈金的作品有時也難免遭到類似的質疑，這些顯然又涉及主流／他者之分，甚至內部他者／外部他者之別，箇中關係錯綜複雜，值得仔細尋思。

六、繼往與開來

從以上概述可知《他者與亞美文學》的大要以及反覆出現的議題：他者、離散、鄉愁、美國夢（魘）、創傷、療癒、模範少數／弱勢族裔、自我東方化……此外，與歐美所先前召開的華美／亞美／亞英會議相較，可看出其間的「親密聯繫」與歧異之處。首先就世代而言，六位作者中既有籌劃和參與第一屆華裔美國文學會議的筆者，多次參加相關會議的資深學者（馮品佳與陳淑卿），青壯輩的學者（李翠玉與陳重仁），以及曾在先前會議中擔任觀察員、這次會議時仍是博士候選人、現任教於國立大學的新秀（吳慧娟），是名副其實的老中壯青學者的世代大結合。相較於 1990 年代的華美文學會議中多爲同世代或年齡層相近的作者群，可以看出亞美文學研究在臺灣經過二十多年的努力耕耘，不僅後繼有人，而且蔚然成風，令人期待未來更精采豐碩的成果。

六篇論文的內容更呈現了亞美文學的多元異質，除了兩篇華裔美國文學的論文之外，其他四篇分別探討了韓裔、菲裔、越裔、甚至伊朗裔美國文學（會場宣讀的論文還包括了印度裔與東南亞裔），在選材方面由早年獨沽一味於華美文學（《文化屬性與華裔美國文學》收錄的七篇論文中，甚至高達四篇集中於湯亭亭一人），到如今的眾聲喧嘩，而且討論的幾乎都是近十年的文本，其間的差別不可以道里計。這一方面因爲創作者的族裔背景更爲多元，另一方面因爲研究者的眼界更爲開闊，觸角更爲敏銳，反應更爲迅速，才能有此繁花異果的現象。此外，近年來亞美文學的論述在國內外學界的努力耕耘下已蔚為大觀，可資援引的理論與觀念更形豐富，而研究者在理論的抉擇上也與時俱進，在闡發上各擅勝場，為後來者打造出更寬闊的研究、教學與論述空間。

筆者於 2006 年的〈臺灣的華裔美國文學研究：回顧與展望〉一文中曾表示，「國內學界若有意在此研究領域再創新猷，宜審慎考量以下諸項」，並提出六項呼籲：㈠視野和主題的廣化，㈡歷史的深化與研究的脈絡化，㈢理論的細緻化與對反化，㈣手法的多樣化與跨學門化，㈤目標的國際化與研究的全球化，㈥思維與發展的跨語文化（343-46）。這些觀察也適用於臺灣的亞美文學研究。由臺灣近年來的亞美文學研究與國際學術交流來評斷，第一、三、四、五、六項已有了長足的進步，第二項雖有進展，但仍存在著相當的成長空間。儘管如此，我們絕無自滿之意，因為置於臺灣的英美文學、外文學門、文學研究、甚至人文學的脈絡下，臺灣的亞美文學研究雖在群策群力下奠定了良好的基礎，但依然不到而立之年，來日方長，未來發展不可限量。

身為臺灣的文學學者、人文主義者與雙語知識分子，之所以會多年投入亞美文學研究，除了個人的興趣與選擇之外，還涉及對族裔意識的警醒、對弱勢團體的關切、對公理正義的尋思，以及對學術的關懷與介入。套用李有成的說法，對於他者以及亞美文學的探索，「在一個仍然充滿偏見、愚昧、仇恨的世界裡，這不僅是學術問題，也是倫理責任的問題」（李有成 23）。希望藉由《他者與亞美文學》的出版，能對相關議題提出兼具國際與在地觀點的探討與論述。此書只是為臺灣的亞美文學研究添加一小塊磚瓦，未來的宏偉殿堂仍待有志者永續經營。

引用書目

中央研究院歐美研究所「他者與亞美文學」學術研討會徵稿啓事。單德興撰。2013 年 1 月 23 日。

中研院美文所人文組第三次座談會會議紀錄。1989 年 5 月 26 日。

朱炎。《美國文學評論集》。臺北：聯經，1976。

——。《海明威‧福克納‧厄卜代克：美國小說闡論》。臺北：九歌，1998。

《孜孜走過四十年：歐美研究所的歷史與展望，1972-2012》。中央研究院歐美研究所所史編纂委員會，魏良才主筆。臺北：中央研究院歐美研究所，2012。

李有成。《他者》。臺北：允晨文化，2012。

李翠玉。〈《難言之隱》：臨界、創傷書寫與亞美哥德誌異敘事〉。單德興編，《他者與亞美文學》，201-26。

何文敬。〈探道索藝，「情繫文心」：朱炎教授的美國文學研究〉。《在文學研究與文化研究之間：朱炎教授七秩壽慶論文集》。李有成、王安琪編。臺北：書林，2006。349-77。

——、單德興編。《再現政治與華裔美國文學》。臺北：中央研究院歐美研究所，1994。

吳慧娟。〈亞／美文學的他者：李昌來的《懸空》〉。單德興編，《他者與亞美文學》，123-63。

周英雄。〈漫談外文學門的生態〉。《人文與社會科學簡訊》2.3 (1999.11): 7-8。

陳重仁。〈「美國給我的最好的東西」：《落地》的離散記憶與創造性鄉愁〉。單德興編，《他者與亞美文學》，75-121。

陳淑卿。〈經濟、生命與情感：王瀚《風水行騙》中的亞美他者與族裔扮演〉。單德興編，《他者與亞美文學》，165-99。

許倬雲。《我者與他者：中國歷史上的內外分際》。臺北：時報文化，2009。

馮品佳。〈閱讀羅麗塔之外：伊朗裔美國移民女性回憶錄書寫〉。單德興編，《他者與亞美文學》，1-37。

單德興。〈他者・詩作・自由：解讀哈金的《自由生活》〉。單德興編，《他者與亞美文學》，39-74。

——。〈寂寞翻譯事：劉紹銘訪談錄〉。《卻顧所來徑：當代名家訪談錄》。臺北：允晨文化，2014。269-306。

——。《越界與創新：亞美文學與文化研究》。臺北：允晨文化，2008。

——。《銘刻與再現：華裔美國文學與文化論集》。臺北：麥田，2000。

——。〈華裔美國文學在臺灣〉。《自立早報》，1993 年 2 月 25 日，14 版。

——。〈臺灣的華裔美國文學研究：回顧與展望〉。《在文學研究與文化研究之間：朱炎教授七秩壽慶論文集》。李有成、王安琪編。臺北：書林，2006。331-48。

——編。《他者與亞美文學》。臺北：中央研究院歐美研究所，2015。

——、何文敬編。《文化屬性與華裔美國文學》。臺北：中央研究院歐美研究所，1996。

趙綺娜。〈美國政府在臺灣的教育與文化交流活動（一九五一至一九七〇）〉。《歐美研究》31.1 (2001.3): 79-127。

Feng, Pin-chia（馮品佳）. "East Asian Approaches to Asian American Literary Studies: The Cases of Japan, Taiwan, and South Korea." *The Routledge Companion to Asian American and Pacific Islander Literature*. Ed. Rachel C. Lee. London and New York: Routledge, 2014. 257-67.

Fishkin, Shelley Fisher. "The Advisory Committee Report on the Institute of European and American Studies, Academia Sinica." 9 June 2015. 4 pp.

亞美研究的翻譯、越界與扣連：序《全球屬性・在地聲音》（上冊）[*]

《亞美學刊》（*Amerasia Journal*）於 1970 年由耶魯大學大四學生唐・中西與陳觀榮（Lowell Chun-Hoon）於美國東岸的紐黑芬（New Haven）創辦，1971 年在耶魯大學出版兩期之後，移至西岸的加州大學洛杉磯校區亞美研究中心（Asian American Studies Center, University of California, Los Angeles），此後一直受到該中心大力支持，至今已逾四十載，是此一領域中歷史最悠久、影響最深遠的刊物。

其實，亞美研究本身就是一種越界的思維與行動，因應 1960 年代風起雲湧的民權運動，在種族、階級與性別的議題中，特別強調種族的因素。因此，《亞美學刊》創辦的宗旨，就是從亞裔美國人的立場，回應當時美國的民權運動，特色在於結合學術研究與社會／社區運動、政治關懷，內容不僅跨學門，涵蓋了人文與社會科學多種領域，也包括各種文類的文學作品，甚至納入了攝影及其他藝術，是一本獨具特色的跨學門綜合性學術期刊，至今已累積逾兩萬頁。

《亞美學刊》數十年來不僅在學術方面開疆闢土，引領風騷，帶動研究風氣，在社區營造、社會運動與政治關懷方面發揮了凝聚亞美社群的效應，促進世人對於多族裔美國社會的認識，在文學方面也具有提倡創作風氣、發展文學論述、考掘文學史料等作用，因

[*] 梁志英（Russell C. Leong）、唐・中西（Don T. Nakanishi）、單德興編，《全球屬性・在地聲音：《亞美學刊》四十年精選集》（上冊）（臺北，允晨文化，2012）。

而不僅在美國本身的族裔研究展現了獨特的效用，也在全球的亞美研究扮演著領航者的角色。晚近為了順應知識經濟與網路 e 化時代需求而全刊上網，影響更為深遠。簡言之，對於全世界從事亞美研究的學者而言，《亞美學刊》數十年來一直是最重要的刊物。而該刊近年來也積極與國際學者聯繫，尤其是加強與亞洲學者的交流與合作。此一翻譯計畫一方面希冀走出美國的框架，尋求與亞洲國家扣連，另一方面則力圖走出英文的框架，面對廣大的華文世界。

華文世界的亞美研究以往只是零星出現，如在歷史學和社會學等領域的論述，固然具有一定的學術價值，然而畢竟限於少數專家學者。至於比較有系統的推動，可謂始於 1990 年代初期，主要集中於文學，尤其是華美文學。中央研究院歐美研究所自 1993 年起，先後舉辦了三次華美文學國內研討會（「文化屬性與華裔美國文學」〔1993〕、「再現政治與華裔美國文學」〔1995〕、「創造傳統與華裔美國文學」〔1997〕），一次華美文學國際研討會（"Remapping Chinese America: An International Conference on Chinese American Literature"〔重繪華美圖誌：華裔美國文學國際研討會，1999〕），以及四次亞裔英美文學（Asian British and Asian American Literatures）國際研討會（"Negotiating the Past"〔與過去協商，2003〕、"In the Shadows of Empires"〔在帝國的陰影下，2008〕、"War Memories"〔戰爭記憶，2011〕以及"Re-visioning Activism"〔重觀行動主義，2015〕），引發了華文世界對於亞美文學、尤其是華美文學的濃厚興趣，對於亞美（文學）研究發揮了相當的啓迪與推波助瀾的作用。此外，自 1990 年代初起，臺灣學者也開始與美國的亞美研究學者保持密切聯繫，進行駐點研究，不時互訪，參加彼此的會議，近年來更加強與亞洲其他地區同行的交流。而中國大陸的學者也對此一領域展現了濃厚的興趣，最明顯的例子就是創辦北京外國語大學華裔美國文學研究中心的吳冰教授，推動華美文學研究不遺餘力，影響深遠，收入此書的吳文〈閱讀華美文學以了解美國、中國與華裔美國〉，顯示了以文學爲借鏡的作用。

2009 年 7 月《亞美學刊》資深編輯梁志英與我在南京參加一個美國華裔文學國際研討會時，提到該刊即將邁入第四十個年頭，有意進一步國際化，透過翻譯跨越英文的疆界，將四十年來具有代表性的作品引進其他語文，徵詢我的意見，特別是翻譯成中文出版的意義與可能性。主要原因是亞美社群中，華裔爲大宗，在歷史、社會、文學各方面的表現頗爲突出，而且中文更是全球重要語系，使用人口高達十多億，可以此爲跳板，作爲其他語文翻譯的借鏡。

根據我多年從事亞美文學研究，以及在翻譯研究與實務上的經驗，深知這是華文學界難得一見的翻譯計畫與重大挑戰。除了因爲《亞美學刊》的重要地位之外，其內容之多樣與討論之深入，對於任何有意從事翻譯的人都是很艱鉅的使命，因此翻譯團隊的組成至爲重要。在與梁志英當面討論時，彼此都覺得這個計畫很有意義，但在執行上必須十分審慎，務期將亞美研究的國際頂尖期刊裡的代表性作品，以最妥善的方式呈現給華文世界的讀者。兩人決定的翻譯作業基本原則爲：優良譯者，學術專業，完整呈現。此後雙方多次透過電子郵件研商細節。梁志英自 1977 年起便主編《亞美學刊》，前後三十三年，直到 2010 年卸任，熟諳其運作與內容，由他負責選文誠爲不二人選，我則負責組織翻譯團隊並接洽出版。

梁志英初步決定選文之後，將作者、篇名及出處寄給我和中西，再由我們提供意見。有鑑於華文世界的亞美研究者以文學學者居多，我建議上冊以文學研究與文學作品爲重點，具有特色與代表性的其他選文則納入下冊。這個建議獲得採納，於是梁志英將選文分爲兩冊，各冊再依不同主題分類。

梁志英與我初次商討時就提到這個翻譯計畫具有指標性的意義，譯文不得因爲意識形態或其他因素而有所刪改。我也強調譯者最好是從事過相關研究而且具有翻譯經驗的學者。如此一來，可以從事本翻譯計畫的人其實並不多。再加上學術界多年來重研究、輕翻譯的現象，使得許多人對於從事翻譯——包括學術翻譯——裹足不前。所幸多年來臺灣學界在亞美研究領域已經累積了一定的學術能量，再加上從事研究者主要在外文學門，大多具有相當的翻譯經驗。

於是我根據上述原則邀請譯者，尤其是曾針對相關議題進行研究、甚至撰寫論文的學者，其中有些人還翻譯過專書，或者獲得國內具有代表性的翻譯獎項。譯者中有許多是我論學多年的同行，也有幾位是昔日的學生，如今在研究和翻譯方面已有相當成績。由於獲邀者多爲相關領域的學者，深知這個翻譯計畫意義重大，因此上冊的國內譯者在2010年元旦期間的四天內都回覆表示接受邀請，下冊的國內譯者更是在兩天內全數同意，並紛紛表示很榮幸有機會參與這個華文世界的重要翻譯計畫。多位譯者在繁重的研究與教學之餘，依然義務投入這個獨具意義的翻譯計畫，其熱忱值得敬佩。

此翻譯計畫中小部分爲文學作品，大部分爲論文或具有特殊意義的文章。文學作品的翻譯著重於風格的掌握與文采的呈現，有關作者及作品的資訊與認知則是背景知識。論文或其他文章的翻譯涉及專業知識，需要以豐厚的學養爲基礎，因爲文章本身涉及深入的研究與思辨，必須對於背景知識有一定程度的掌握，才能精準地翻譯，了解該文的特殊時空因素，在亞美研究中的歷史意義，在此選集中的意義，以及在華文世界可能具有的意義。至於其中涉及的考證，專有名詞的中譯或還原，在在考驗著譯者的能力與耐心。藉由合編者的穿針引線，有些譯者更聯絡原作者，詢問細節，相互討論，務期將原作信實傳達給華文世界的讀者，態度至爲嚴謹。

爲了愼重起見，所有譯稿先經助理黃碧儀小姐逐字對照原文校讀，提出疑義或偶有疏漏之處，再由我逐字對照原文校讀，提供修訂建議，寄回給譯者確認。這種仔細審慎的作業方式，讓我回想起三十年前爲《世界地理雜誌》校訂譯稿（當時就讀臺大外文研究所碩士班的本書譯者陳淑卿就已是合作愉快的夥伴），或 1993 年爲《中外文學》校訂美國哲學大師羅逖（Richard Rorty）專號的情景，然而當年只是我一人校訂，也未與譯者互動，如今則更爲審慎，務求周延，當然也就需要更多的耐心與毅力。無怪乎梁志英要以「太平洋黑珍珠」（"Pacific black pearl"）來形容這些譯者，以示其「珍奇稀罕，精緻細膩，鋒芒內斂卻又反映、折射世界，惟獨慧眼方能辨識。」他並且推崇「這個翻譯團隊構成了閃耀自臺灣的跨國學術與文學的珍珠光串。」要從四十年來刊登的數以千計的文章中挑選出具有代表性的作品，呈現給華文世界的讀者，確實是件難事，因爲既要再現亞美研究的多樣性，又要在彼此之間看出關聯，並引起華文世界的重視，希望能從中獲得知識與啓發，這個取向與目標顯見於梁志英序言的標題〈《亞美學刊》：連結亞美研究與華文世界〉。

此書內容豐富多元，從梁志英以《亞美學刊》資深編輯的觀點所進行的規畫與命名便可看出。上冊的五部分別爲：全球屬性，在地聲音；歷史創造史家；文學爲什麼重要；作家的世界；解放未來（Global Identities, Local Voices; History Creates Historians; Why Literature Matters; The Writers' World; To Free the Future）；下冊的四部分別爲：連結與疆界；跨越種族與族裔；通往文學與性別之徑；美國華埠與文化（Linkages and Boundaries; Across Race and Ethnicity; Pathways to Literature and Gender; American Chinatowns and Cultures）。全書範圍廣闊，題材多樣，涉及文學批評、文化理論、文學創作與札記、日記、書信、歷史、自述、社會學、法律學、族裔研究、弱勢論述、性別研究、訪談、勞工史、華人離散（Chinese diaspora）、華文文學、攝影等。梁志英分別爲兩冊撰寫序言，針對各部的重點加以提示，並予以統合性的觀察。作者則包括華裔、日裔、韓裔、菲裔、薩摩亞裔、柬埔寨裔、赫蒙裔、土耳其裔等多種亞裔美國人，以及太平洋彼岸的臺灣與中國大陸的學者，甚至還有孟加拉攝影師、波蘭學者……提供了各式各樣的觀點。就語文而言，除了主要是英文著作之外，也有少數本來是中文之作，翻譯成英文發表於《亞美學刊》，此番再以原文呈現於本書（如譚雅倫〔Marlon K. Hom〕原先英譯的溫泉之文），顯示了語言之間的轉換，並方便讀者依據不同的脈絡加以解讀。

對於華文世界的讀者，這些豐富多元的內容適足以開拓視野與胸襟。一般說來，由於語文與訓練的緣故，華文世界從事亞美研究者主要集中於文學，尤其是華美文學，這種情況在海峽兩岸皆然。然而亞美研究自有歷史與文化脈絡，只從文學角度來看固然有其意義及獨特之處，總歸不免褊狹之嫌。因此，華文世界的亞美文學學者閱讀本書，不僅是看其中的文學創作、文學評論與文化批判，更可以跨學門、跨地域的全球視野，特別是華人離散的角度來看待，將華美／亞美文學置於更寬廣的脈絡，甚至使得我們原先習以爲常的作家，如張愛玲，因爲不同的脈絡化方式而讀出新意。

如前所述，《亞美學刊》自創刊以來便從亞裔美國人的角度出發，力求以學術介入社會，引領研究與社會風氣，在加州大學洛杉磯校區亞美研究中心——尤其是多年擔任該中心主任的成露茜（Lucie Cheng）——的大力支持下，積極探討相關議題，開拓研究領域，對於亞美研究在美國以及全球的發展上往往開風氣之先，其中一些文章更成爲亞美研究的經典之作，期待翻譯成中文之後，對於華文世界會有一定程度的啓發與借鏡。

因此，《全球屬性‧在地聲音》的出版具有下列多重意義。首先，雖然《亞美學刊》近來也注意到英文世界以外的學術社群，並積極聯繫，邀請以英文撰稿，但是此翻譯計畫是首度以專書形式以英文以外的語文出版，代表了該刊在全球化時代的跨國轉向

(transnational turn)，積極尋求跨越太平洋，進入另一個重要語境，並企盼獲得迴響。

其次，在該刊四十年的悠久歲月中，梁志英負責編務長達三十多年，主導走向，對其中大小事務（包括各篇的背景與迴響）瞭若指掌，由他負責選文，當最能忠實呈現該刊的特色與強項。如梁志英曾面告筆者，黃秀玲（Sau-ling C. Wong）的〈去國家化之再探：理論十字路口的亞美文化批評〉（“Denationalization Reconsidered: Asian American Cultural Criticism at a Theoretical Crossroads”）與高木丹娜（Dana Takagi）的〈處女航：航向亞裔美國的性取向與認同政治〉（“Maiden Voyage: Excursion into Sexuality and Identity Politics in Asian America”），在美國是最常被要求授權收入讀本或教材的兩篇，此次也收錄於本書，供華文讀者參考。

第三，若干具有先見之明的雙語亞美人士，如麥禮謙（Him Mark Lai）和市岡雄二（Yuji Ichioka），都強調亞洲語文對於亞美研究的重要。身爲歷史學家的他們，重視亞洲語文的資料與檔案，將其多年觀察與經驗翻譯成華文，進入亞洲語境，稱得上是某種形式的回歸與反響。至於黃秀玲有關華文文學的探討，既擴大了亞美研究的範圍，也讓華文世界的讀者注意到這些在美國的華文創作，進而納入世界華文文學的範疇。尤其是原先以中文發表，在《亞美學刊》上譯介給英文世界的文章，如今藉此機會再度跨回華文世界，兩度跨越不同的時空與語境，在不同的脈絡中衍生的新意也值得觀察。而李亮疇（Bill Lann Lee）對於容閎（Yung Wing）的研究，黃秀玲、譚雅倫對於華文文學的強調，張少書（Gordon H. Chang）有關「千面堅夫」的生平與作品的考掘，王靈智（L. Ling-chi Wang）對於華人離散的重視，都與此雙語文、雙文化的背景息息相關。

第四，數量更多且同樣值得觀察的，是原先以英文撰寫、發表，而此番首度以中文出現的文本。這些論述與創作進入華文世界，讓無法閱讀原文的讀者可以一窺亞美研究的繁複面貌，連同上述的華文作品，一併納入梁志英在上冊序言中所指出的亞美研究與華人世界的五種連結：㈠多族裔建國，㈡有關種族關係的觀點，㈢移民與定居，㈣美中關係，㈤課程變革。至於進一步的內容，可參閱梁志英為兩冊所撰寫的簡介。

第五，臺灣和中國大陸的亞美研究，由於外文學門語文之便，研究者多為文學學者，而且大多集中於華美文學。此書為順應華文語境，在不同學科之中，所收錄的文學作品、批評與文化理論比例較高，而且超越華美文學的界限，展現了亞美文學的多樣性，也顯示了《亞美學刊》藉由文學與相關論述拓展視野的策略，這些作品與論述都具有相當的代表性。相較於論述，文學作品更容易為讀者所接納。本書由於篇幅所限，只能收錄較短的作品，但依然努力呈現亞裔美國的多元特色。

第六，雖然臺灣和中國大陸的亞美研究者多集中於文學，然而此一領域既然與亞美社群息息相關，因而涉及此社群的多種面向。本書從四十年的學刊中精選出不同學門的代表性文本，如有關歷史、社會、政治、法律的論述，不僅可以開拓華文學者與讀者的視野，對於專攻華美文學的學者而言，也提供了更寬廣的歷史、社會、政治、法律與文化脈絡，協助他們定位華美文學，深切體會到文學，尤其是族裔文學，並非孤立於社會、政治、法律與文化之外，而是彼此密切相關的。

第七，由於全書是來自四十年的選文，因此各篇刊登的年代便值得注意。若能以歷史化的眼光來閱讀不同的作品，當更能領會亞美研究作為一個學科或跨學門的研究領域的發展，以及其中若干具有里程碑意義的作品。如韓裔美國批評家金惠經（Elaine H. Kim）1981 年討論華裔女作家湯亭亭（Maxine Hong Kingston）之文，發表於她的里程碑之作《亞美文學及其社會脈絡》（*Asian American*

Literature: An Introduction to the Writings and Their Social Context）出版前一年，預示了亞美文學研究的崛興，以及華美文學在其中所佔的地位。

第八，除了少數作家提供的簡介之外，梁志英特地爲每位作者撰寫簡介，這些連同在每篇文本之前註明的原出處及選文出版當時的作者簡介，讓讀者更能將文本連結上作者的經驗、生平與學思歷程，體認族裔人士的所思所感、所作所寫都難以擺脫個人與族裔的影響，以及與主流社群的關係，呈現「個人的就是政治的」（“The personal is the political”），多少發揮讀書、曉事、知人、論世的作用。而有些譯者與作者藉由此一翻譯計畫彼此聯絡，建立起新的網絡。如聖・璜（E. San Juan, Jr.）爲傅士珍、熊葩（Pa Xiong）爲蘇榕解釋若干專有名詞。張少書爲張錦忠提供林堅夫的詩作影本與歷史背景。賽法・艾納（Sefa Aina）與黃心雅發現彼此對於太平洋島民的共同興趣。沙悉都・阿蘭（Shahidul Alam）不僅與陳淑卿聯絡，筆者也與他在中央研究院相見，得知他在臺灣的一些亞美研究之外的人際與學術網路。更特殊的是成露茜，本書編譯期間，她病逝於臺北，因此特別收錄了她早年與中國大陸學者合著的論文，以及豐田曉（Tritia Toyota）的紀念文章，讓讀者認識出身臺灣的她，如何在美國學界奮力打造出一片天地，並致力於跨國學術合作。

第九，作者及其作品的再現固然重要，但若無譯者，華文讀者難以閱讀外文資料，強調文采的文學作品以及重視研究的論述更是如此。本書譯者不只學有專精，並有翻譯經驗，翻譯的多爲已有鑽研或涉獵之領域，必要時加上譯註，以協助華文讀者進一步了解原作，有些地方比直接閱讀原文的讀者更爲深入。所附的譯者簡介彰顯這些幕後英雄的專長，使其現身，矯正一般對於譯者的輕忽以及視而不見，進而強調譯者作爲語言轉換者、知識傳播者以及文化中介者的重要角色。簡言之，這些譯者藉由翻譯這些亞美研究之作，以個人專長成為知識生產、學術介入與社會參與的一環。

此書以複數形的「全球屬性，在地聲音」命名，正是強調在全球化的今天，屬性已然多元，在地也已眾聲喧嘩，而全球與在地之間的互動更是複雜多變，亞美研究已不再限定於美國的亞裔，更要透過各種扣連來建立新的可能性。而本書上下冊分為各部，只是權宜之計，以收綱舉目張之效，方便讀者初步的了解與掌握，然而筆者在此也要特別強調各部之間的動態關係，檢視在相互的滲透與作用之中，尤其是在譯介入華文世界之後，可能產生的迴響與效應。

本書能以現在的面貌問世，首先要感謝梁志英和唐・中西，兩人高遠的視野與廣闊的胸襟，數十年來引領亞美研究勇往邁進，為學術研究與社群運動之結合建立了典範，並且藉由此一計畫，讓《亞美學刊》四十年來的精華得以呈現於華文世界。梁志英精選文章，仔細編排，協助與作者接洽諸多事宜（包括授權），撰寫作者簡介與兩冊之序言，備極辛勞。沒有他的大力奉獻，本書無法以目前面貌出現於華文世界。此學刊的創辦者唐・中西的協助、合作與鼓勵，也是本書面世的重要原因。其中包括於 2010 年 6 月 25 日的電郵中，確認他的日文姓氏是「中西」，而“*Amerasia Journal*”就創立宗旨、內容與歷史而言，中譯為「亞美學刊」（而不是英文字面順序的「美亞學刊」），更符合創刊的宗旨、發展與內容。因此，全書就此加以統一。此外，也是透過唐・中西聯繫上《亞美學刊》的合創者 Lowell Chun-Hoon，並確定其中文名為「陳觀榮」。

其次要感謝每位譯者熱心協助，共襄盛舉，將自己的學術與研究專長化為一字一句的精讀迻譯，有些還直接聯繫作者，共同解決翻譯過程中出現的問題。至於專有名詞的中譯（有時是還原），更是「一名之立，旬日踟躕」，務期精準妥適。此外，譯者察納雅言，回應筆者與助理提出的疑義和修訂建議，不僅使譯文更為精確流暢，以期充分傳達原意，也讓華文世界的讀者可以分享《亞美學刊》

四十年來的精選之作。爲了方便中文讀者閱讀，全書將原文的尾註改爲腳註，加上必要的譯註，並將書名、期刊名、篇名譯出。謹在此向所有譯者的合作、努力與耐心，表示謝意與敬意。

此外，黃碧儀小姐對照原文校閱譯文，提供補充與修訂意見，陳雪美小姐協助統一格式，補充與校訂資料。兩人協助製作索引，以便讀者搜尋，進一步看出同一條目在不同脈絡下可能具有的意義，並仔細校對全書，以確保品質。封面由與梁志英多年合作的高植松（Mary Uyematsu Kao）設計，也讓全書增色不少。凡此種種，在此申謝。

由於此翻譯計畫頗具意義，爲了審慎起見，筆者在許多地方親力親爲，反覆檢視，所花的時間超過預期，也是筆者多年來花費時間與心力最多的大型計畫，如今終能付梓，數年重擔得以卸下，自是輕鬆不少。

此書由筆者合作多年的允晨文化出版，特別感謝廖志峰發行人的大力支持與協助，讓此一跨太平洋的翻譯計畫得以實現，讓華人世界的讀者可以根據可靠的翻譯，透過《亞美學刊》四十年的精選集，一窺亞美研究的豐饒富庶，繁複多樣，思索在自身所處的語境與文化脈絡可能具有的意義與效應，並盼望在閱讀與反思之際，建立起華文世界的觀點，以多重的在地聲音，回應／回饋美國與全球的亞美研究，讓彼此在交流與互動中，益形豐饒壯大。

2012 年 6 月 20 日
臺北南港

流汗播種，歡喜收割：序《全球屬性·在地聲音》（下冊）*

繼《全球屬性‧在地聲音：《亞美學刊》四十年精選集》上冊於2012年9月出版之後，下冊於半年之間問世，整個計畫大功告成，距離2009年7月我與梁志英於南京初步商議這個計畫約三年半。有關這個亞美研究史無前例的大型跨國翻譯計畫的重要意義，我已在上冊序言中臚列了九點。[1] 此事能夠順利完成，身為臺灣合編者的我在此向兩位美國合編者梁志英與唐‧中西、作者、譯者、兩位助理以及允晨文化出版社謹致誠摯的謝意與敬意。

整個計畫由梁志英負責選文，經另兩位合編者同意，並由我組織翻譯團隊。在《亞美學刊》前四十年的歲月中，梁志英擔任主編長達四分之三以上，策畫主題，邀稿，編輯，出版，對於相關學術議題與社會運動的來龍去脈，其影響以及讀者、社群的迴響瞭若指掌，實為選文的不二人選。為了達到兩人商定的原則──優良譯者，學術專業，完整呈現──所邀請的絕大多數是在臺灣從事亞美研究與具有豐富翻譯經驗的學者與譯者，稱之為「精銳盡出」的「夢幻團隊」（Dream Team）當不為過。經過譯者悉心翻譯，兩位助理和我反覆校訂、查證、建議與補充，出版社與排版公司大力配合，上下冊終能先後順利問世，了卻了眾人多時的心願。回顧這段流汗播種的過程，如今終能歡喜收割，心中充滿了喜悅與感恩。

---

* 梁志英（Russell C. Leong）、唐‧中西（Don T. Nakanishi）、單德興編，《全球屬性‧在地聲音：《亞美學刊》四十年精選集》（下冊）（臺北，允晨文化，2013）。

1 參閱前一篇〈亞美研究的翻譯、越界與扣連〉，頁238-42。

綜觀精美的兩冊成果，上冊除了三位合編者各自的序言之外，分為「全球屬性，在地聲音」、「歷史創造史家」、「文學為什麼重要」、「作家的世界」與「解放未來」五部分，共計二十二篇文章、詩作、書信與日記，約三十五萬言，多達五百一十頁，總共動員了二十位譯者，其中何文敬、傅士珍、王智明和我四人各譯了兩篇。下冊除了志英和我的序言之外，分為「連結與疆界」、「跨越種族與族裔」、「通往文學與性別之徑」與「美國華埠與文化」四部分，共計十三篇文章與訪談，約二十七萬言，近四百頁，動員了十二位譯者，其中我譯了兩篇。至於兩冊都參與的譯者則有陳淑卿、傅士珍、李秀娟、李根芳、王智明、林為正和我七人。去除重複者，兩冊總計動員了跨太平洋的二十五位譯者。此外，有些雙語作者也自譯其作品：包括上冊的吳冰和黃秀玲（Sau-ling C. Wong），下冊的譚雅倫（Marlon K. Hom）和我。而長年從事亞美研究並擔任加州大學洛杉磯校區亞美研究中心主任的成露茜（Lucie Cheng, the Asian American Studies Center, University of California, Los Angeles）與兩位中國大陸學者合著的論文，於 1980 年代初分別以中英文出版於中國與美國，也經整合中英版本之後納入下冊，標記著中國大陸改革開放初期，中美學者具體的學術合作成果。類似的情況也出現於我與山下凱倫（Karen Tei Yamashita）的訪談以及黃秀玲有關華埠文學的論文，前者綜合了中英版本的資料與照片，後者則訴諸原先較長的版本，而譚雅倫與黃秀玲分別提供了溫泉之文與《新苗》的影本，因此本書中所呈現的版本較《亞美學刊》原先的英文版本更為豐富，已非單純「翻譯」一詞所能概括。

《全球屬性・在地聲音》上冊出版後，承蒙中華民國英美文學學會張淑麗理事長熱心響應，主動規劃於臺灣的北、中、南三區分別舉行發表會。北區發表會於 2012 年 12 月 14 日在國立臺灣師範大學英語學系舉行，由曾任學會理事長、國科會（今科技部）外文學門召集人、也是本書譯者之一的馮品佳主持，我和李有成主講，允晨文化出版社廖志峰發行人致詞。上冊一半以上的譯者踴躍出席盛會，並分享自己的翻譯心得與感受（傅士珍和林爲正分別從新竹和南投趕來，張淑麗理事長更是遠從臺南北上），目前在紐約市杭特學院（Hunter College）擔任客座教授的梁志英也傳來四百五十字的賀詞（參閱本篇附錄），由我代爲宣讀，兩個半小時的發表會熱烈而溫馨。我在會中報告了整個計畫的緣起，翻譯團隊成員的專長與經驗，特別強調這個計畫不僅是臺灣多年來亞美研究與翻譯的實力操演與展現（尤其是中央研究院歐美研究所二十多年來對於亞美／華美文學的大力提倡與辛勤耕耘），取得華文世界的話語權，更使得華文在《亞美學刊》跨出英文疆界的跨國轉向（transnational turn）中拔得頭籌，讓該刊四十年的精華得以透過翻譯傳播給散布於全世界的華文讀者。[2]

我們不敢妄自尊大，宣稱足以取代原文，然而譯文經過譯者、助理和編者層層修潤與校訂（不少譯者通過梁志英與我聯繫上作者，詢問翻譯中遭遇到的疑難之處），力求在意思上逼近原文，在表達上清通流暢。此外，本書特地將原文的尾註改爲腳註，將書目資料譯出，在需要之處加上譯註與編按，並致力於漢字的還原，因此即使通曉英文的雙語讀者，大體上也會覺得比直接閱讀原文更省時、省事、深入、易解。本書費時精心編製的索引，協助讀者看出前後四十年來作品之間可能的連結，讓具有豐富編輯經驗的梁志英喜出望外，頗表肯定（善體人意的他特地致函兩位助理，表達謝意）。更何況四十年的精選內容不限於亞美研究中一向佔有重要地位的華裔，也擴及其他族裔，讓人驚識亞美研究的琳瑯滿目、繁複多樣。

2 中、南部兩場發表會於 2013 年 3 月 21 日、4 月 30 日在國立中山大學文學院及通識教育中心與國立中興大學外文系舉行，分別由蘇其康與阮秀莉主持。

巧合的是，就在同一天紐約市立大學亞美／亞洲研究所（Asian American/Asian Research Institute, City University of New York）與加州大學洛杉磯校區亞美研究中心合辦「中文、英文、西班牙文：書寫美洲第三文學」的三語座談會（Chinese, English, Spanish: Writing a Third Literature of the Americas, A Trilingual Program），梁志英也要我寫幾段文字由他代為宣讀。我則大致說明了整個翻譯計畫的緣起、原則、過程與重大意義，並表示在合編者與翻譯團隊的熱情合作與義務支持下，終於有此「歡喜做、甘願受」（“labor of love”）的具體成果呈現於世。

正如梁志英在賀詞中所言：翻譯意味著「觀念、文化與文學的相互滋養」（“a cross-fertilization of ideas, cultures, and literatures”），當今「世界的全球化已無可否認」，而我們都處於「形塑全球屬性並維持自己在地屬性的過程中」。他對《全球屬性．在地聲音》有如下的評語與期許（借用李有成臉書上的譯文）：「只有在自由民主的社會裡，這種未經官檢的跨文化的學術與翻譯才有可能。我希望本書對增進臺灣、中國大陸與美洲學者、作家及人民之間的關係有所貢獻。」由於此書範圍廣闊，足以開拓視野，供亞美研究、族裔研究、弱勢論述、華人離散、亞洲人離散、文化研究、美國文學，甚至歷史學、翻譯研究、性別研究、法律學研究以及社會學研究等領域參考。李有成也在臉書上表示，希望中國文學、臺灣文學、馬華文學與港澳文學的研究者也能找到借鑑之處。因此，至盼廣大的華文世界讀者能在其中各取所需，協助觀察與反思自己的經驗與觀念，連結並重新體認日常生活中的諸多現象。

2012 年 12 月 14 日的發表會固然是學會主辦的正式學術活動，由編者與譯者分享研究心得與翻譯經驗，出版者說明出版宗旨，現場觀眾提問與交流，但現場的喜樂氣氛卻類似「譯者聯歡會」，對我則更像「感恩會」。我利用該場合向《亞美學刊》高瞻遠矚的創辦人與資深編輯、具有輝煌研究成果與「譯績」（借用余光中老師的說法）的勞苦功高的譯者、明察秋毫且不厭其煩的助理，以及全力配合的出版社與排版公司，當眾表達感謝之意。對正待校對下冊與撰寫本篇序言的我眞是感觸深切。

回顧亞美研究在華文世界的發展，多位譯者多年來參與中研院歐美所的華美／亞美文學研討會與國內外的相關活動，從播種到生根、發芽、抽枝、散葉、開花、結果，可謂「二十年有成」。這一切都在時光中漸次完成，但也讓人感受到人世的滄桑與生命的無常。在歐美所長期推動相關研究的李有成和我已滿頭華髮，發表會當天被張瓊惠戲稱爲「白頭偕老」。在此書翻譯過程中，成露茜於 2010 年 1 月 27 日辭世，我與王智明於該年 6 月 20 日前往世新大學參加「理論與實踐的開拓：紀念 Lucie 研討會」，有機會從不同角度進一步了解這位亞美研究的先驅。山本久枝（Hisaye Yamamoto）於 2011 年 1 月 30 日辭世。吳冰於 2012 年 3 月 30 日辭世，李有成於 6 月 8 日在北京外國語大學參加她的追思會，我於 6 月底前往中國人民大學參加學術研討會時，也特赴其生前寓所向這位華文世界唯一的華裔美國文學研究中心之創建者的靈位鞠躬致敬。儘管哲人其萎，透過他們的文字依然能讓我們繼續分享他們的生命經驗與研究心得，感受到學術與創作可能具有的傳世與淑世的功能。

這段日子裡，我個人大部分的時間都身兼學術與行政工作，要再挪出時間進行聯絡、翻譯、校讀、訂正、編輯等工作，有時不免覺得相當疲累。多位譯者也在研究與教學的多方要求之餘，基於學術使命感與個人情誼勉力從事，完成這項翻譯計畫，實爲眾志成城，功不唐捐。在整個翻譯計畫的執行過程中，我不確定自己是不是最疲累的一位，卻肯定是最受惠的。由於聯絡，讓我深切體會到大家對這個計畫的熱心支持；由於翻譯，讓我重溫學術迻譯的艱辛與回報；由於校讀、訂正與編輯，讓我必須跨越自己鑽研數十年的文學範疇，精讀並思索來自亞美研究各個領域的原文與譯文——包括了中英對照逐字校讀，有疑處請譯者確認或向作者請教；綜合譯者與助理的意見以定稿；以及每一次校對書稿時，從編者、譯者、學者與讀者的多重角度，考量如何以最佳的方式來向華文世界再現原作者的成品。每一次細讀與校對都讓我驚訝於全書內容之豐富多樣、跨界逾越，慶幸自己因「職責所在」而不得不一讀再讀原先不曾涉獵的多元領域，廣為開拓自己的視野。

另一種多重角度則來自我國學者的雙語與跨太平洋的背景，尤其是所翻譯的若干文章的作者與內容便具有跨語文與跨洲際的視野，如本冊中討論的以僑資於廣東僑鄉興建的新寧鐵路，縱覽華人在加勒比海三地的歷史，以亞美的觀點重新閱讀雙語作者張愛玲，檢視並重估久遭忽略的美國華文文學／華埠文藝及其中的左派傳統，以及追憶並反思紐約華埠製衣女工的社會運動與罷工及其對世界其他地區可能的啓發……這些題材不僅華文世界的讀者可能感興趣，處理起來往往也覺得比較親切且駕輕就熟，更何況其中許多作者原本就是心儀多時的作家與學者，甚至是相熟的同道與友人。這些證明了《亞美學刊》在選擇跨出英文世界之際，即使旨在呈現一般具有代表性的亞美研究，多少依然採取因地、因（譯入）語制宜的策略，以期獲得較大的迴響，發揮更大的效應。

這種雙語實踐（bilingual practice）與跨語實踐（translingual practice），不僅是近年來美國研究跨國轉向的落實，也是跨太平洋扣連與發聲（transpacific articulations，借用王智明的說法）的展現。晚近有關世界文學（world literature）與世界化成（worlding）的理論甚囂塵上，席捲國際學界，然而在給梁志英的賀詞中，比較文學出身的我，根據多年從事翻譯研究與實務的經驗，表達了以下的堅定信念：「沒有翻譯，就沒有世界文學；沒有翻譯，就沒有世界學術」（“No translation, no world literature; no translation, no world scholarship"）。質言之，世界文學與世界化成作爲理念或理想，自有吸引人、發人深省之處；然而理念或理想若不想方設法逐步落實，只會淪爲空中樓閣，終究影響有限。在進行跨語言、跨文化的溝通與交流時，必須藉由點點滴滴、腳踏實地的努力與積累，才可能逐漸接近目標，或檢驗目標的可行性。愈是遠大的目標，所需要的人力愈多、時間愈長，完成時的成就感也就愈大。費時數載籌劃與執行此一大型翻譯計畫，讓我對此感受尤深。因此，在臺北的發表會中，眾多譯者和我都深深體會到：一群志同道合的人踏踏實實完成一件大事的感覺眞好！

《全球屬性‧在地聲音》上下冊的出版，固然標示了此一跨國大型翻譯計畫的完成，也提供了進一步反思的機會。正如李有成與王智明在發表會中提醒我們的：在臺灣、亞洲或華文世界從事亞美研究到底是在做什麼？其意義如何？有何特色與貢獻？在當前的國際學術分工中，身爲華文學者暨雙語知識分子的我們，如何尋找自己的利基？如何積極介入並扮演特定的角色？如何把這個翻譯計畫置於臺灣、亞洲、華文世界以及亞美研究等學術建制史的脈絡？此計畫可能的效應如何？有何未逮之處？未來該如何努力以及往什麼方向發展？……這些問題在在值得我們尋思。

多年來我從事的絕大多數是個人的翻譯工作，這次得以與海內外學者與譯者共同進行這個大型翻譯計畫，再次讓我深切體認自己先前在不同場合中有關「譯者」既是「易者」也是「益者」的說法：一方面，譯者在將譯出語「變易」爲譯入語時，必須努力維持原文忠實「不易」，並使譯文「平易」近人，以便讀者閱讀與接納；另一方面，譯者將外來的語言與文化移植到另一個語言與文化脈絡，企盼在新的土壤裡落地生根，成長茁壯，綻放出奇花異果，既有益於原作者觀念的傳播與推廣以及讀者的接觸、吸收與轉化，也有益於自己視野的拓展以及譯藝的精進，更爲異文化之間的溝通與交流善盡一份心力，實爲自益益人之舉。而身爲編者與譯者的我則以園丁自居，希望透過自身的各種努力，提供友善、健康、營養、豐饒的園地，促進移植過程的順利，讓華文世界得以共享成果。

臺北發表會當天清晨，我在日課中剛好讀到《聖嚴法師 108 自在語》裡的一句話，下午與出席的諸多譯者與聽眾分享：「用感恩的心、用報恩的心來做服務的工作，便不會感到倦怠與疲累。」坦白說，我的能力與修爲都有所不足，加上繁重的學術與行政工作，在準備《全球屬性‧在地聲音》上下冊的漫長、繁瑣過程中，不免感到倦怠與疲累，數度向家人表示這輩子再也不做這種吃力事了，也向其他譯者表示這很可能是個人此生最後一個類似的大型計畫，之後就要「金盆洗手」。然而同儕的合作與鼓勵，義務相挺，大力配合，是支持我繼續前進的最大動力，我個人既然在物質上無以爲報，只盼盡己所能以最佳的編輯與出版品質來服務作者與譯者，並回饋亞美研究與華文世界。如今計畫完成，特此向在這條漫漫長路上一道努力的合編者、作者、譯者、助理、出版社與排版公司再次表達誠摯的謝意。就這個大型學術翻譯計畫本身而言，我們已經流汗播種，歡喜收割，並且讓世人分享成果。然而對於亞美研究或更寬廣的學術推動與跨語文、異文化交流，這只是下一輪的播種。若要歡喜收割，還需要大家繼續彼此鼓勵，共襄盛舉，辛勤耕耘，以期待另一回的豐收。

2013 年 1 月 28 日
臺北南港

【附錄】
梁志英教授賀詞中譯[3]

《全球屬性・在地聲音》合編者單德興教授暨英美文學學會會員與朋友大鑒：

今天是亞美研究史上的歷史性一刻，因為亞美研究領域的頂尖學術期刊《亞美學刊》四十年精選集首次以中譯本問世。此計畫之實現歸功於單德興教授組織的臺灣優秀學者所形成的傑出翻譯團隊，與我、唐・中西教授及加州大學洛杉磯校區亞美研究中心合作，使得這冊空前的著作得以由臺北的允晨文化出版社印行。

此一翻譯計畫意味著橫跨太平洋兩岸以及移民與定居南北美洲的人們之思維、文化、文學之交流互惠，能達到臺灣、中國大陸、亞洲的中文讀者。當今的世界已經無庸置疑全球化了，而在形塑全球屬性並維持在地屬性的過程中，在座的各位都參與其事。

身在紐約市的我，要向本書各篇的優秀譯者特別表示感謝讚歎之意，因為各位翻譯的是過去四十年來我們心目中最優異、最具代表性的亞美研究學者的思維。諸位譯者繼承了五四運動以來的中華學術傳統，幫助引進世界公民應當具有的現代意識，建立了連結東西世界的知識。包括胡適、魯迅在內的五四運動重要學者，不僅自己寫文章、小說，也藉由翻譯將法文、德文、日文、英文的文學經典與政治哲學引進中文世界。這是極有價值的傳統及志業。

只有在自由民主的社會裡，這種未經官檢的跨文化的學術與翻譯才有可能。我希望本書對增進臺灣、中國大陸與美洲學者、作家

3 刊登於《中華民國英美文學學會電子報》1 (2013.3)，並置於「中華民國英美文學學會」網頁 <http://eala.org.tw/wonderful-review/250-.html>。

及人民之間的關係有所貢獻。

恭喜所有參與此一重要國際合作的美國、臺灣和中國大陸的學者。同樣在今天，於紐約市立大學亞美／亞洲研究所與加州大學洛杉磯校區亞美研究中心合辦的「中文、英文、西班牙文：書寫美洲第三文學」的三語座談會中，《全球屬性‧在地聲音》上冊首次公開亮相。

誠然，藉由翻譯能引領我們連結太平洋兩岸的知識與文學社群。

梁志英

《亞美學刊》前主編，紐約市立大學杭特學院客座教授

2012 年 12 月 14 日

文史入詩：
詩人林永得的挪用與創新*

林永得（Wing Tek Lum）是第三代夏威夷華裔詩人，於布朗大學（Brown University）主修機械，並修習文學創作，後來編輯該校文學刊物，大學畢業次年獲得以鼓勵年輕詩人著名的詩歌中心獎（Poetry Center Award，後改爲探索／國家獎〔the Discovery/The Nation Award〕）。就讀紐約協和神學院（Union Theological Seminary）研究所期間，在紐約華埠從事青年社會工作，並結識華裔美國作家趙健秀（Frank Chin），受其影響。後來前往香港，從事協助聽障者的社會工作，並進一步接觸中國語言與文化，認識現在的妻子林李志冰（Chee Ping Lee Lum），結伴返回夏威夷，妻子從事華文教育，他則從事房地產業。

熱心文學的他，多年來每月與當地文人聚會，討論彼此的創作，與志同道合者成立竹脊出版社（Bamboo Ridge Press），出版各類文學作品，並與教育單位合作，深入各級學校，散播文藝的種子。舊金山州立大學譚雅倫（Marlon K. Hom）向我提到他時，曾以「孟嘗君」一詞來形容他的慷慨熱心——縱然他私底下爲人低調，個性謙虛，與人談話時甚至有些靦腆。其謙虛、低調可由他自稱的標準簡介看出：「林永得的第一本詩集《疑義相與析》（*Expounding the Doubtful Points*）1987 年由竹脊出版社出版。」寥寥數語，用字精

* 本文撰寫承蒙林永得先生提供《南京大屠殺詩抄》（*The Nanjing Massacre: Poems*）詩稿、相關資料並接受訪談，謹此致謝。文中有關《疑義相與析》的部分，參閱筆者〈「疑義相與析」：林永得‧跨越邊界‧文化再創〉。

簡，果眞是極爲低調的詩人。

1997 年林永得接受筆者訪談，在回答有關「自我定義或自我認同」的問題時指出，自己的身分認同爲「華裔美國人」（“Chinese American” 或 “American of Chinese descent”），有別於光譜另一端的「生活在美國的華人／中國人」（“Chinese living in America”），或居於兩者之間、華美並重、帶有連字號的 “Chinese-American”。他認定自己是沒有連字號的 “Chinese American”，此詞「就文法而言」是以 “American” 爲名詞，即其主要身分，以 “Chinese” 爲形容詞，以示其族裔來源，亦即「基本上是美國人，但基因上是華人」（林，〈竹〉166-67）。

這種身分認同也表現於他的文學品味與詩作中。他在同一篇訪談中提到，自己喜歡閱讀惠特曼（Walt Whitman）、佛洛斯特（Robert Frost）、威廉斯（William Carlos Williams）等美國詩人的作品，也對中國古典詩有濃厚的興趣，不僅透過英譯讀了不少名作，更進一步將閱讀的感受與心得，融入自己的文學創作中（林，〈竹〉169-70）。在中國古典詩人裡，他喜愛的有陶淵明、杜甫、李白、蘇東坡、王維、白居易、梅堯臣等，並在詩作中加以引用。最明顯的例子就是詩集《疑義相與析》之名就來自陶淵明的兩首〈移居〉詩之一。此外，他的不少詩作乞靈於中國古典文學，有些在詩前引用中國古典詩文的英譯，有些則在詩中或顯或隱地運用中國古典文學的典故。

以《疑義相與析》爲例，在全書五十七首詩中，有一首直接向詩仙李白致意（〈致李白〉〔“To Li Po,” 13〕），而十六詩節的組詩〈都市情歌〉（“Urban Love Songs,” 53-55），每節四行，則是仿自〈子夜歌〉。有八首詩的前言引用中國古典詩詞，其中陶淵明五首，杜甫兩首，蘇軾一首。

以陶淵明爲例，林永得這五首詩引用的分別是〈悲從弟仲德〉

中的「門前執手時，何意爾先傾」，以示對同班同學早逝之不捨與哀悼（〈致甫去世的一位同學〉〔“To a Classmate Just Dead,” 12〕）；〈雜詩〉十二首中第五首的「古人惜寸陰」，被挪用來描寫夫妻二人初見超音波螢幕所捕捉到胎兒動作時的驚喜與稍縱即逝（〈全世界最偉大的演出〉〔“The Greatest Show on Earth,” 38〕）；同一首詩中的「憶我少壯時，無樂自欣豫」，用來敘述女兒出生後爲家裡帶來的歡樂（「欣豫」）與混沌（指涉熱力學的混沌定律，出自〈熱力學第二定律〉〔“The Second Law of Thermodynamics,” 45〕）；〈移居〉中的「奇文共欣賞，疑義相與析」，呈現詩人如何以自己的半吊子廣東話，努力試圖與妻子討論中國古典文學的過程，以及其中的誤解與諧趣（〈疑義相與析〉〔“Expounding the Doubtful Points,” 57〕）；〈飲酒〉詩二十首中的第十一首「雖留身後名，一生亦枯槁」，表現出對於中國古典詩人的遭遇之感懷與喟歎（〈致古代大師〉〔“To the Old Masters,” 78〕）。至於引用杜甫的詩句「訪舊半爲鬼」與「昔別君未婚，兒女忽成行，怡然敬父執，問我來何方」都來自〈贈衛八處士〉（〈秘密參與〉〔“Privy to It All,” 33〕與〈哥哥返鄉〉〔“My Brother Returns,” 83〕）。有關蘇軾的引文「何事長向別時圓？」則來自〈水調歌頭〉（〈在卡哈拉海濱公園的中秋節野餐〉〔“A Moon Festival Picnic at Kahala Beach Park,” 99〕）。稍具中國文學常識的人都知道上述這些詩詞是流傳千古的名作。[1]

林永得在詩中運用中國文學典故之處也不少。以〈致古代大師〉爲例，此詩看似「平淡」，一如他所推崇的梅堯臣的詩風，卻暗含了不少典故，若非詩人自道，讀者只能憑空想像這些「古代大師」究竟是何許人也。詩人在 1999 年 5 月 18 日致筆者的信函中坦然相告：

---

1 詳見筆者〈「疑義相與析」〉第二節「出處、挪用與文學／文化再創」，頁 20-37。

> 「殤子之逝」（"a son, to lament over"）指涉梅堯臣和蘇軾；「桃花」（"a peach / blossom"）指涉陶潛；「赤壁」（"Red Cliffs"）指涉蘇軾；「酒」（"Alcohol"）指涉陶潛、李白等人；「詩歌唱和」（"poems . . . / . . . how can we swap . . ."）指涉白居易和元稹，李白和杜甫；最後「月夜照九州」（"the moon on this night / illumines to the far reaches"）則指涉李白。

由以上簡述可知，詩人固然在閱讀中國古典文學時得到不少啓發，但也發揮創意，加以轉化，甚至以這些引文爲跳板，自由發揮，結果往往是出人意表的詩作。林永得在訪談時指出：「我閱讀他們時，他們爲我解答了有關人的存在（human existence）的問題，因此我只是試著偷取他們一些觀念、一些態度，以自己的方式重新應用到二十世紀的夏威夷華裔美國人」（林，〈竹〉170）。他也曾將詩人比喻爲「吸血鬼」（vampires），「一直吸取別人的精華，偷取別人的觀念，然後把它們與自己的觀念整合，無論是透過傾聽別人的對話，或是閱讀他們的書」（Lum, "Writing"）。在整本詩集中，各詩序引用中國古典詩詞者將近七分之一，比例不可謂不高，引用陶潛之處更多達五首，由此可見他對中國古典文學的推崇與喜愛。當然，林永得透過幾乎完全罔顧中國格律的英譯（有時對照中文原文）來閱讀古典詩詞，並以英文自由詩體（free verse）從事創作，在下筆時受到英文譯本的影響，也是理所當然的事。因此，他一方面肯定中國古典文學對他的重大影響，另一方面也提醒中文讀者英譯在他的轉化與創作中所發揮的作用：

> 中文讀者必須記住，激發我的並不一定是從中國古典詩裡所引的前言，當然可能是其中的觀念，但英譯的用詞也會影響到我，深深打動我。所以雖然引文可能來自杜甫，但中文讀者對

> 於杜甫的直接、正面反應，並不等於我的正面反應，因爲我的反應是透過英文翻譯的過濾，因此可能是不同的東西——確實可能有這些重重疊疊、有趣的東西在發生。（林，〈竹〉179）

除了語言與文學之外，中華文化因素的挪用與轉化也值得一提。此處僅舉民俗與太極拳兩個例子。在《疑義相與析》之後所發表的〈最後的前輩人物〉（"The Last Oldtimers"），描述了夏威夷華人葬禮上的習俗：當棺木放入墓穴時，在場的人通常都會轉身背對，但全詩最後兩行寫道：「我不會，／／不會轉身以背相向」。[2] 林永得在兩次接受筆者訪談時，都提到這個習俗，可見他對此動作及其文化意義的重視，並有如下的反思：

> 我不曉得那是不是你們社會中的習俗，但夏威夷華人卻奉行這種特殊的習俗。這種轉身背對的習俗是所有中國人都有，還是只有中國南方人、廣東人、廣東省中山縣人才有，或者只是中山縣某個時代——比方說一百年前——的習俗，但現在已經不這麼做了？也許臺灣沒有相同的葬禮習俗，讀到這裡會覺得有些奇怪：「這首詩指的是什麼？依我看不像是中國的習俗。」但很可能是中國少數地區採用這種習俗，其他地方則不採用。因此，其中包括了一些其他的習俗，而這些議題是文化的，不是語言的。（林，〈竹〉179-80）

換言之，詩人不確定夏威夷華人葬禮中的這個現象是不是道地的（authentic）、普遍的中國習俗、儀式或動作，還是當地華人所特

2 原刊於 *Bamboo Ridge* 63/64 (Summer/Fall 1994): 30，參閱 504 期《蕉風》筆者的中譯，頁 18。

有。無論如何，詩人透過詩作忠實地呈現該動作及自己的反應，既作爲特定華人社會的歷史紀錄（包括「最後的前輩人物」選擇「落地生根」於居住多年的夏威夷，而非「落葉歸根」，即使遺骨也要運返中國故土），也提供自己與他人（尤其是散處世界各地的華人）進行文化反思，因而可視爲華人離散（Chinese diaspora）的一個見證。[3]

〈推手：太極拳對練——致健秀與亭亭〉（"Push Hands: Tai Chi Chuan Exercises—For Frank and Maxine"）一詩則涉及華裔／亞裔美國文學界中最激烈的鬩牆之爭。[4] 爭議的雙方——趙健秀與湯亭亭（Maxine Hong Kingston）——是公認的華裔／亞裔美國文學的代表人物。趙、湯之間的關係錯綜複雜。一方面，兩人有很多的共同點：都是 1940 年出生於加州，在該州成長、就學（甚至同年就讀名校加州大學柏克萊校區〔University of California, Berkeley〕），熱愛文學，深受 1960 年代民權運動與反戰運動的影響。趙健秀除了從事文學創作（劇本、短篇小說與長篇小說）之外，也透過文學評論與編輯，大力宣揚亞裔美國文學，對於亞裔美國文學傳統的樹立居功厥偉。另一方面，趙健秀堅持文化民族主義（cultural nationalism）及亞美文學英雄傳統（the heroic tradition of Asian American literature），屢次發表本質論式的（essentialist）論調，對不少華裔女作家與路數不同的男作家多所苛責，以致招來不少非議，尤其是來自華美女作家與批評家的強烈反駁。[5]

---

3 林永得 2006 年 11 月 8 日以「在華人離散中寫作：個人歷史」（"Writing within Chinese Diaspora: A Personal History"）爲題，於高雄中山大學外文系演講。

4 原刊於 *Amerasia Journal* 18.2 (1992): 115-17，參閱筆者於《全球屬性‧在地聲音》下冊的中譯及詳註，頁 390-95。

5 有關趙健秀的亞美文學與文化的觀點及其得失，可參閱筆者〈書寫亞裔美國文學史〉與李有成〈趙健秀的文學英雄主義〉。

因為反戰而離開美國大陸、曾多年定居夏威夷的湯亭亭，於當地寫出第一部作品《女勇士》（*The Woman Warrior: Memoirs of a Girlhood Among Ghosts*, 1976），榮獲美國國家書評圈獎（the National Book Critics Circle Award），深獲學界及一般讀者肯定，爾後創作不懈，作品包括長篇小說、散文、評論、詩作。然而趙健秀認為湯亭亭多方挪用、扭曲中國文學（如《女勇士》中改寫花木蘭的故事），投白人主流社會之所好，深深不以為然。兩人的爭議於 1978 年夏威夷舉行的「『說故事』會議」（"Talk Story" Conference〔「說故事」一詞便來自當時定居夏威夷的湯亭亭〕）公然引爆，爾後多年雙方唇槍舌劍，你來我往，既有言辭上的交鋒，也將這些衝突化為創作的動機與素材，表現於各自的文學創作，甚至將對方寫入自己的作品，儼然成為另類的「創造性轉化」，展現出華裔／亞裔之繁複多元。

林永得與這兩位華裔美國文學代表人物都熟識，也肯定兩人的成就與貢獻，如《疑義相與析》便是題獻給陶淵明和趙健秀。他在與筆者初次見面時，特意身穿桃園三結義的 T 恤，讓人立即聯想到趙健秀亟欲建立的亞美文學英雄傳統。他與久居夏威夷的湯亭亭熟悉也不在話下。面對兩人的爭議，夾在中間的林永得當然不免有些尷尬，也尋思如何自處。〈推手〉一詩便是以這個尷尬處境為素材，藉由想像化為詩藝的具體表現。詩人本人雖不練拳，卻自從事中文教育並練習太極拳的妻子得到靈感。因此，全詩以太極拳的陰陽來比喻湯亭亭與趙健秀，形容兩位作家之爭有如推手，彼此相激相蕩，相反相成，實為「最甜美的競爭」、「最兇猛的和諧」（林，〈推〉395），在拳來腳往的驚險中呈現高超的搏擊技藝，一如兩人的文字交鋒俱化為華美／亞美文學與文化的成分。此處詩人出人意表，以太極推手比喻華美／亞美文學中的重大爭議，發揮巧思，運用細節，逐步鋪陳，將兩位作家之間的唇槍舌劍轉化為中國的代表性武藝，進而成就自己獨特的詩藝，成為以武喻文、以武成文的範例。

隨著詩人年事增長，閱歷日深，胸襟益形開闊，關懷範圍更爲寬廣，作品中蘊載的歷史感也更加深厚。如果說《疑義相與析》與中國的重要關係是「以文入詩」——將中國古典文學，尤其是詩歌，轉化、納入自己的詩藝——那麼林永得後來詩作的特色則可稱爲「以史入詩」。他曾在演講與訪談中指出，早年寫詩受到美國自白詩（confessional poetry）的影響，多從個人觀點出發，然而隨著年事增長，歷史意識更形濃厚，逐漸以更寬宏的眼光來觀察人生，從事創作，詩藝也有所轉變。他指出自己在《疑義相與析》之後所寫的詩可分爲幾個系列，大抵與歷史相關：家族史、夏威夷華人史以及中國近代史上的南京大屠殺。[6] 其實，我們比對《疑義相與析》便會發現，家族史與華人史便曾分別出現於該詩集的第二部和第四部。至於最能表現「以史入詩」，尤其是以中國近代史入詩的，當推詩人的《南京大屠殺詩抄》，不僅主題集中，而且數量最多，因此也最爲人矚目。

筆者以爲，我們可將《南京大屠殺詩抄》的序詩〈我從你的大學年鑑得知〉（"What I Learned from Your College Annual," 13-14）視爲林永得由家族史到中國近代史的過渡之作。詩人由母親 Louise Lee Lum 的大學年鑑照片及生命史得知，她曾一度自上海前訪南京，在該地也有親友，後因時局混亂，在日本侵華之前（1934 年），毅然遠赴夏威夷，與詩人之父結婚，因而得以倖免於難。這種倖存感讓詩人對日軍侵華以及南京大屠殺有著特殊的感受，因此當他於母親離華六十三年後讀到張純如的《南京浩劫：被遺忘的大屠殺》（Iris Chang, *The Rape of Nanking: The Forgotten Holocaust of World War II*, 1997）時，產生了強烈的休戚與共之感，促使他寫下〈南京，1937 年 12 月〉（"Nanking, December, 1937," 92）。爾後多年隨著不斷閱讀

6　參閱 504 期《蕉風》〈詩歌・歷史・正義：林永得訪談錄〉，頁 31-33。

相關書籍，林永得同一主題的詩作愈來愈多，除了若干陸續發表之外，詩人也在海內外多種場合朗誦，並與學者和聽眾交流。詩人表示要將此詩抄獻給母親不僅其來有自，而且理所當然。

就詩人的生命歷程與文學生涯而言，《南京大屠殺詩抄》承續的是林永得年輕時的反戰態度，而促成他寫下這些詩作的關鍵機緣則是張純如之作。如果說《疑義相與析》與中國古典文學的關係出自景仰與仿效，那麼《南京大屠殺詩抄》與中國近代史的關係則是出自義憤與公理。正如詩人在 2009 年訪談中肯定筆者的觀察，他的憤怒來自於日本戰時的凶狠、殘暴以及戰後的漠視、掩飾。他在詩抄的〈附誌〉（“Note”）中也表明了相同的態度。換言之，戰爭中的殺戮是罪行與傷害，而事後的否認則是二度罪行與二度傷害（即張純如所謂的「二度強暴」〔“the second rape”〕）。[7]

爲了更了解歷史、深入眞相，詩人自道多年來閱讀了許多相關的英文著作。林永得在 2009 年 12 月 17 日致筆者的電子郵件中，列出了二十七本自己曾參考的「主要書籍」（“the major books”），其中第一本就是尹集鈞和史詠（James Yin and Shi Young）的歷史攝影集《南京大屠殺：歷史照片中的見證》（*The Rape of Nanjing: An Undeniable History in Photographs*），[8] 其他則爲文字文本，包括了

---

[7] 〈雙重罪行〉（“Double Crimes,” 88-89）一詩所指稱的是日軍的罪行（如強暴、擄掠）與立即湮滅證據（如焚燒、殺人滅口）。倘若如此，則上述的「二度罪行」、「二度傷害」與「二度強暴」則成爲「三度罪行」、「三度傷害」與「三度強暴」。

[8] 詩人對於照片的強烈興趣，表現於他把自己的詩比喻爲「快照」（“snapshot”），「我寫詩是因爲我對於快照、時間的切片感興趣」（林，〈竹〉165）。《疑義相與析》中有不少詩作的靈感來自照片，《南京大屠殺詩抄》更是如此，而且除了前一詩集中的「見證」或「紀念」作用之外，更添加了「介入」、「申冤」與「平反」的強烈意圖。有關林永得在《南京大屠殺詩抄》中如何運用攝影，詳見〈創傷‧攝影‧詩作：析論林永得的《南京大屠殺詩抄》〉（本書頁 73-124）。至於二十七本「主要書籍」的清單，參閱該文附錄一（115-16）。

時人的見證（如著名的《拉貝日記》〔*The Good Man of Nanking: The Diaries of John Rabe*〕，[9] 或日本士兵自己的說法〔《日本士兵的故事》（*Tales by Japanese Soldiers*）〕），更多的是後人的歷史著作與檔案資料，作者或編者包括中國人、日本人、美國人等。[10]

這些詩作大都在作者 2009 年 7 月首訪南京之前便已寫出。詩人當時參加南京大學與加州大學洛杉磯校區（University of California, Los Angeles）合辦的美國華裔文學國際研討會，特地參訪南京大屠殺紀念館，親臨慘案現場憑弔追思，並走訪當時庇護並挽救眾多中國人的德籍商人拉貝的舊居。正如在「以文入詩」時發揮創意般，面對如此慘絕人寰的悲劇，作者在「以史入詩」時，也善用想像力，試圖從不同角度來呈現此事件的不同面向。詩抄中只有兩首詩前小序引用中國古典詩：〈在暗房中〉（"In the Darkroom," 79-81）挪用陶潛的「此中有眞意，欲辯已忘言」，指控 1938 年刊登於媒體的照片中的日軍暴行；〈梅花〉（"Plum Blossoms," 142）的寫景詩中引用王維的「寒梅著花未？」，全詩頗有中國古典詩與美國意象派之風。再就是〈所有這些屍體〉（"All These Bodies," 49）中，面對陳屍沙場的中國士兵，詩人援引老莊的生死觀試圖稍加寬慰。然而即使是「以文入詩」之作，在《南京大屠殺詩抄》中也已化爲「以史入詩」

9　此外，根據林永得於 2011 年 7 月 8 日寄給筆者的詩稿，至少有兩首詩（〈聖誕次日〉〔"On the Second Day of Christmas"〕與〈教訓〉〔"The Lesson"〕）的小序引用了有「南京大屠殺中的活菩薩」之稱的魏特琳（Minnie Vautrin，中文名爲「華群」）的日記，但此日記並未列入林永得的「主要書籍」中。出書時前詩改名爲 "On the Day before Christmas"（〈聖誕前夕〉, 112-13），內容依然與魏特琳有關，詩前那句「來自拉貝與魏特琳的日記」刪去，改爲書末相當仔細的註解。

10　James Yin and Shi Young, *The Rape of Nanjing: An Undeniable History in Photographs* (Chicago: Innovative Publishing Group, 1996); John Rabe, *The Good Man of Nanking: The Diaries of John Rabe* (New York: Alfred A. Knopf, 1998); *Tales by Japanese Soldiers*, ed. Kazuo Tamayama and John Nunneley (London: Cassell, 2000).

的一部分（〈在暗房中〉尤其如此）。

先前的詩抄分爲四部，有意嘗試用不同的角度來呈現和省思南京大屠殺，然而因爲內容彼此糾葛，未必能夠截然劃分，比例較多的是受害的中國軍士與平民百姓（已亡者與未亡者），至於加害的日本軍士的觀點主要出現在第二部。這些詩作中有不少是寫實的（靈感有些來自照片，有些來自文本），也有一些是虛構的（如詩人坦承〈二胡〉〔"The Chinese Violin," 183-87〕中的慘劇純爲假想之作），甚至如最後一首〈一個士兵的歸來〉（"A Soldier Returns," 203-04）是想像一個中國士兵的亡魂返回故居見到母親、妻子、女兒三代的情景。[11] 後兩詩所憑藉的，就是詩人在訪談中所謂的「作家之信仰的躍進」（"the writer's leap of faith,"〈詩〉34）。[12] 其主要動機不僅是以詩歌重新想像、創造夏威夷華人歷史，爲消聲者發言，讓匿跡者顯影，更要使過去的罪行無所遁形，重新接受世人檢視，以期達到公平正義。

至於詩體也靈活多變，短行詩如〈赤裸〉（"Naked," 124），每詩節兩行，每行一至四字不等；〈棺中〉（"In the Coffin," 197）每行也是一至四字不等，詩人在訪談中提到，有意藉此營造有如棺木般的視覺效果。至於長行詩，則以〈務實〉（"Pragmatic," 71-72）和〈任性〉（"Capricious," 73-74）較爲醒目，這兩首詩俱屬第二部，而且彼此緊鄰，一一條列日軍對於中國士兵與平民百姓的殘暴罪行，詩行之長與內容之慘壓迫得讀者幾乎喘不過氣來。最獨特的當爲對話體的〈不義〉（"Unrighteous," 176-79），透過男子、女子／妻子／同居人、軍官三人的對話，戲劇性地呈現戰時的混亂、家庭的破壞與男

---

11 參閱 504 期《蕉風》林李志冰的中譯，頁 15。

12 詩人此處指涉的是哲學家齊克果（Søren Aabye Kierkegaard）的「信仰的躍進」，意指正如信徒跨出大膽的關鍵性一步投入宗教信仰中，作家則大膽投入自己的文學與想像。

女的抉擇。因此，單單從形式本身，就可看出詩人藉由不同長短的詩行、詩節（由一行、兩行到多行）與詩體，多方嘗試透過文字再現歷史事件，令今人省思，以爲後人之戒。

詩人驚識／驚視南京大屠殺時的激怒義憤，經由冷靜沉澱，運用理性、想像與技巧，發爲詩藝，以文學手法再度向世人呈現此一悲慘卻多年遭加害者漠視、否認的歷史事件。這固然相當程度上是「旁觀他人之痛苦」（“Regarding the Pain of Others”，借用桑塔格〔Susan Sontag〕的書名及陳耀成的中譯名），畢竟詩人在時間上相隔了六、七十年，空間上更遠在夏威夷，然而同爲人類、[13] 同爲華人、再加上母親的命運，使得詩人自覺無法置身事外，因此自 1997 年以來透過自己的詩作積極介入，呼喊正義，呼籲和平。

在詩抄之末，詩人以〈回應佐藤〉（“Notes to Gayle Sato”）來回應日本學者佐藤桂兒（Gayle Sato）對〈旗袍姑娘〉（“A Young Girl in a Cheongsam,” 208-20）一詩的解讀，[14] 並如此結語：面對照片中與母親一樣穿著「長衫」（即旗袍）卻被迫公然裸露私處的年輕女子，詩人試圖藉由「此詩再次活生生呈現（“re-lives”）年輕女子遭遇的苦難，卻爲了另一個不同的目的。……我們透過她的裸露，不是更暴露她，而是爲她重新著裝，安慰她，還給她端莊，還給她眾

[13] 如〈強暴〉（“Rapes,” 134-38）便呈現了發生在世界五個地方不同時代的相同暴行：1937 年的南京，1945 年的柏林，1960 年的剛果，1992 年的波士尼亞，1994 年的盧安達。

[14] 2010 年 6 月 4 日在臺北中央研究院歐美研究所舉辦的「亞美研究在亞洲」國際工作坊（Asian American Studies in Asia: An International Workshop）中，佐藤發表論文“Atrocity Photo Poetry: A Reading of Wing Tek Lum's ‘Nanjing Series’”（該文後來出版爲“Witnessing Atrocity through Auto-bio-graphy: Wing Tek Lum's *The Nanjing Massacre: Poems*”），林永得除了在會議中回應，後又撰“Notes to Gayle Sato”一文，刊登於 *Inter-Asia Cultural Studies* 13.2 (2012): 226-30，並於《南京大屠殺詩抄》中提及此段討論（*Nanjing* 232-33）。

人都尋求的尊嚴」（“Notes” 228）。此舉正如詩抄〈附誌〉中所說的：「以文抗武」或「執筆禦劍」（“the pen is taken up in opposition to the sword”）——相對於「以文事武」或「以筆侍劍」（“the pen becomes in service to the sword,” *Nanjing* 223）。簡言之，《南京大屠殺詩抄》不是旁觀，而是投入——是具有人道精神、民族情感與家庭牽繫的詩人的文學介入，以期成就「詩的正義」（poetic justice）。

因此，筆者在2009年訪談中詢問有關詩與創傷、療癒的關係時，詩人如此回答：

> ……我認為，把事情攤開，而不是藏匿，是邁向療癒的第一步。此外，我特別試著把受害者加以人性化，並不是為了報復，而是為了賦予他們生命。那的確是我一部分的動機，我試著為他們開始某種療癒。……不寫報復的詩是另一種方式。（林，〈詩〉35）

對於這些詩作的讀者——尤其是中國與日本讀者——林永得有如下的說法：

> 我認為讀這些詩的人，當他們判斷這種暴行不該再發生，日本人應該坦承犯下的暴行，虔誠懺悔，尋求寬恕，保證不再犯過，這時就會產生療癒。我認為這是日本人要療癒的過程。至於中國人，我認為人們不該遺忘那些人，要阻止將來再度發生戰爭。這些說法雖然很理想化，因為總是有戰爭，而且我也相當務實，知道未來還是會有戰爭，但我們所能努力的就是盡己所能地防範未然。（林，〈詩〉35-36）

在問到詩與和解、正義的關係時，詩人進一步指出：「我認為我要做的就是說故事。透過這部特定的詩稿，試著爲人們訴說有關這個特殊事件的不同故事，目的是要感動人。如果人們受到感動，就會決定如何處理未來的事件」（林，〈詩〉36）。

總之，在華裔美國詩人中，林永得的作品量少而質精，由《疑義相與析》的「以文入詩」到《南京大屠殺詩抄》的「以史入詩」，在在見證了詩人與中華民族的文學與歷史有著密不可分的關係，不斷從中汲取養分與靈感，並經由個人的努力與想像，挪用與創新，成就其詩藝並發人省思。

引用書目

李有成。〈趙健秀的文學英雄主義：尋找一個屬於華裔美國文學的傳統〉。《四分溪論學集：慶祝李遠哲先生七十壽辰》（下）。劉翠溶主編。臺北：允晨文化，2006。639-66。

林永得。〈竹脊上的文字釣客：林永得訪談錄〉。《對話與交流：當代中外作家、批評家訪談錄》。單德興主訪。臺北：麥田，2001。159-81。

——。〈林永得詩作中譯〉。單德興譯。《蕉風》504 (2011): 16-24。

——。〈《南京大屠殺》組詩選刊〉。林李志冰（Chee Ping Lee Lum）譯。《蕉風》504 (2011): 9-15。

——。〈推手：太極拳對練 —— 致健秀與亭亭〉。單德興譯。《全球屬性‧在地聲音：《亞美學刊》四十年精選集》（下冊）。梁志英（Russell C. Leong）、唐‧中西（Don T. Nakanishi）、單德興編。臺北：允晨文化，2013。390-95。

——。〈詩歌‧歷史‧正義：林永得訪談錄〉。單德興主訪。《蕉風》504 (2011): 31-37。

單德興。〈書寫亞裔美國文學史：趙健秀的個案研究〉。《銘刻與再現：華裔美國文學與文化論集》。臺北：麥田，2000。213-38。

——。〈「疑義相與析」：林永得‧跨越邊界‧文化再創〉。《越界與創新：亞美文學與文化研究》。臺北：允晨文化，2008。16-53。

Lum, Wing Tek（林永得）. E-mail to the author. 18 May 1999.

---. E-mail to the author. 17 Dec. 2009.

---. *Expounding the Doubtful Points*. Honolulu: Bamboo Ridge P, 1987.

---. "The Last Oldtimers." *Bamboo Ridge* 63/64 (1994): 30.

---. "The Nanjing Massacres: Poems." Manuscript. 8 July 2011.

---. *The Nanjing Massacres: Poems*. Honolulu: Bamboo Ridge P, 2012.

---. "Notes to Gayle Sato." *Inter-Asia Cultural Studies* 13.2 (2012): 226-30.

---. "Push Hands: Tai Chi Chuan Exercises—For Frank and Maxine." *Amerasia Journal* 18.2 (1992): 115-17.

---. "Writing within Chinese Diaspora: A Personal History." Lecture at National Sun Yat-sen University, Kaohsiung, Taiwan. 8 Nov. 2006.

書寫離散，析論華美，解讀女性：序馮品佳《她的傳統：華裔美國女性文學》*

馮品佳教授《她的傳統：華裔美國女性文學》一書出版，不僅是臺灣外文學界的盛事，也爲華文世界的華美／亞美文學研究增添一部力作。如果我們把這本書置於亞美研究的寬廣脈絡，當更可看出其意義，尤其是在臺灣外文學門建制史以及亞美／華美文學研究中的地位。

亞美研究的興起與 1960 年代美國的民權運動及學生運動息息相關。相應於當時美國社會對民權的普遍訴求，1968 年冬舊金山州立學院（San Francisco State College，現爲舊金山州立大學〔San Francisco State University〕）的學生進行罷課，要求在該校設立亞美研究相關課程，經過一番抗爭與努力，1969 年秋該校成立了全美第一所族裔研究學院（College of Ethnic Studies），使得亞美研究終於在美國的學術建制取得一席之地。一時之間風起雲湧，如該年加州大學洛杉磯校區與柏克萊校區分別由市岡雄二（Yuji Ichioka）與麥禮謙（Him Mark Lai）開設亞裔與華裔美國歷史課程，1972 年唐德剛出任紐約市立大學亞洲學系首任系主任，並開設十幾門亞美研究課程。1982 年，韓裔美國學者金惠經將其 1976 年加州大學柏克萊校區的博士論文改寫爲《亞美文學及其社會脈絡》（Elaine H. Kim, *Asian American Literature: An Introduction to the Writings and Their*

* 馮品佳，《她的傳統：華裔美國女性文學》（臺北：書林，2013）。

Social Context），由美國天普大學出版社（Temple University Press）印行，是爲第一本亞美文學專書。1988 年艾理特主編的《哥倫比亞版美國文學史》（Emory Elliot, *Columbia Literary History of the United State*）由哥倫比亞大學出版社（Columbia University Press）印行，其中收錄了金惠經撰寫的〈亞美文學〉（"Asian American Literature"）專章，標示了亞美文學正式進入美國文學史學（American literary historiography）。總之，亞美文學連同其他弱勢族裔文學大幅改變了人們對於美國文學的看法，使其更爲豐富多元，也更忠實呈現多族裔的美國。然而這些發展並非一帆風順，保守勢力的抗拒所在多有，反挫的情事也時有所聞，但在有志者的努力下，亞美研究終能逐步超越障礙，蔚爲風氣，經多年發展，如今已呈現一片榮景。

場景換到臺灣。外文學界一向敏於反映國際學術思潮，尤其美國的最新發展。中央研究院美國文化研究所於 1991 年改制爲歐美研究所時，文學同仁亟思建立自己的學科特色，從臺灣的發言位置與獨特利基出發，尋求開創與歐美主流學界對話、甚至相庭抗禮的空間。經仔細考慮，決定以亞裔、尤其是華裔美國文學爲重點，逐步落實此一發展取向，於是陸續召開相關會議：

1993 年，「文化屬性與華裔美國文學研討會」（Cultural Identity and Chinese American Literature）；

1995 年，「再現政治與華裔美國文學研討會」（Politics of Representation and Chinese American Literature）；

1997 年，「創造傳統與華裔美國文學研討會」（The Invention of Tradition and Chinese American Literature）；

1999 年，"Remapping Chinese America: An International Conference on Chinese American Literature"（重繪華美圖誌：華裔美國文學國際研討會）；

2003 年，“Negotiating the Past: An International Conference on Asian British and Asian American Literatures”（與過去協商：亞裔英美文學國際研討會）；

2008 年，“In the Shadows of Empires: The Second International Conference on Asian British and Asian American Literatures”（在帝國的陰影下：第二屆亞裔英美文學國際研討會）；

2011 年，“War Memories: The Third International Conference on Asian British and Asian American Literatures”（戰爭記憶：第三屆亞裔英美文學國際研討會）。[1]

前三次會議也相繼出版了論文集或期刊專號：

1994 年，《文化屬性與華裔美國文學》（單德興、何文敬編）；

1996 年，《再現政治與華裔美國文學》（何文敬、單德興編）；

2002 年 12 月，《歐美研究》「創造傳統與華裔美國文學」專題（單德興序）。

此外，這些年來我國也出版了一些相關專書，如筆者的《銘刻與再現：華裔美國文學與文化論集》（臺北：麥田，2000）、《越界與創新：亞美文學與文化研究》（臺北：允晨文化，2008）以及《與智者為伍：亞美文學與文化名家訪談錄》（臺北：允晨文化，2009）。

---

1 爾後歐美研究所召開之相關會議為：「我們的『歐美』：文本、理論、問題」（2012 年 6 月）、“2013 The Summer Institute in Asian American Studies—Asian American Studies through Asia: Fields, Formations, Futures”（2013 年 8 月）、「他者與亞美文學」（2013 年 9 月），以及 “Re-visioning Activism: The Fourth International Conference on Asian British and Asian American Literatures”（重觀行動主義：第四屆亞裔英美文學國際研討會）（2015 年 12 月）；出版品為《中外文學》「我們的歐美」專輯（2014 年 1 月，王智明編）及《他者與亞美文學》（2015 年 9 月，單德興編）。

自去年（2012 年）9 月至今，不到十個月時間，臺灣又陸續出版了筆者與亞美學者暨社會運動人士梁志英（Russell C. Leong）及唐・中西（Don T. Nakanishi）共同主編、二十多位譯者翻譯的兩冊《全球屬性・在地聲音：《亞美學刊》四十年精選集》（*Global Identities, Local Voices*: Amerasia Journal *at 40 Years*〔臺北：允晨文化，2012-2013〕）、梁一萍主編的《亞／美之間：亞美文學在臺灣》（臺北：書林，2013）以及馮品佳教授這本專書。這些成果都來自臺灣的亞美／華美文學學者的辛勤耕耘。

筆者這一輩學者從事亞美文學研究都是「半路出家」，因爲求學階段依然是英美主流文學當道。馮品佳年紀稍輕，在美國攻讀博士時即爲亞美文學研究先進林英敏（Amy Ling）的高徒，親眼目睹了老師在美國學術建制開疆闢土的艱辛與成就。馮教授於 1994 年以 "Rethinking the Bildungsroman: Return of the Repressed in *The Bluest Eye, Sula, The Woman Warrior*, and *China Men*"（〈成長小說的再思考〉）取得威斯康辛大學麥迪遜校區（University of Wisconsin-Madison）的博士學位，返臺後即任教於周英雄老師開創的國立交通大學外文系，並自 1995 年起參加中研院歐美所舉辦的所有相關會議。本書收錄的〈「隱無的敘事」:《骨》的歷史再現〉與〈再造華美女性文學傳統：任璧蓮的《夢娜在應許之地》〉原先都宣讀於中研院歐美所的會議，而〈鄉關何處：《桑青與桃紅》中的離散想像與跨國移徙〉則是發表於 2005 年 9 月筆者爲《中外文學》客串主編的「美國華文文學」專號。[2] 換言之，除了 1993 年歐美所舉辦的第一個會議之外，馮教授無會不與，既見證也參與了亞美文學／華美文學在臺灣的研究與拓展，成爲其中的指標性學者。

馮教授長年投入弱勢族裔與女性文學與文化研究，勤於著述，

---

2 後者亦收入筆者主編、教育部補助之主題論文集《華美的饗宴：臺灣的華美文學研究》（臺北：書林，2018），頁 171-202。

研究成果以中英文發表並於國內外出版。《東西印度之間：非裔加勒比海與南亞裔女性文學與文化研究》（臺北：允晨文化，2010）爲我國第一本相關的專門論述；英文專書 *Diasporic Representations: Reading Chinese American Women's Fiction*（《再現離散：閱讀華裔美國女性小說》〔Berlin: LIT Verlag, 2010〕）則針對伍慧明（Fae Myenne Ng）、譚恩美（Amy Tan）、任璧蓮（Gish Jen）、張粲芳（Diana Chang）、劉愛美（Amiee Liu）、努涅斯（Sigrid Nunez）、林玉玲（Shirley Geok-lin Lim）、聶華苓（Nieh Hualing）與嚴歌苓（Yan Geling）等小說家的文本進行脈絡化解讀，結合了相關理論、歷史、文本精讀，內容深入精闢，因此於 2012 年榮獲第一屆中央研究院人文及社會科學學術性專書獎。之前，馮教授因其學術成就，三度獲得國科會（今科技部）外文學門傑出研究獎，也曾先後擔任中華民國比較文學學會理事長與中華民國英美文學學會理事長，並擔任國科會外文學門召集人，由此可見她對於學術的熱心投入，服務奉獻，而且研究成果質量俱佳。[3]

筆者認爲其《她的傳統：華裔美國女性文學》置於上述的脈絡，具有多重意義與特色：

首先，本書是臺灣第一本專注於華美女作家的中文學術專書。相較於其他在國內外出版的英文著作，往往因爲學術專業與發行通路的緣故，未能在中文世界普遍流通，發揮較大的影響力，這本專書以中文出版，更能將學術成果與國內以及更廣闊的中文世界的學者、讀者分享。

其次，本書討論的對象，就族裔（華裔）、性別（女性）、職業（作家）而言，套用越南裔美國批評家鄭明河（Trinh T. Minh-ha）的

---

3 馮教授近年並榮獲教育部第五十九屆學術獎（2015 年），且中譯林露德的《木魚歌》（Ruthanne Lum McCuun, *Wooden Fish Songs*〔北京：吉林出版集團，2012；臺北：書林，2014〕）。

說法，可謂具有三重弱勢或特性，因此主題頗爲集中而且具有特色。

第三，本書將原先特定用於猶太民族的離散（diaspora）觀念加以擴大，應用於居住在美國的華裔作家，並將離散視爲具有批判性、生產性、創造性的空間，以此檢視這些美國華裔女作家的創作。

第四，在方法上，作者標舉「關注性的閱讀」（"attentive reading"），強調亞美文學經過多年發展，理應擺脫早期局限於政治或社會的角度，僅將這些文本視爲政治或社會文獻，而應正視其文學與藝術價值，以此審視進而肯定其藝術價值與地位。

第五，就語文而言，此書討論的對象不僅包括一般認定的華裔美國文學（亦即在美國出生、以英文書寫有關華裔在美國的經驗與感受的作品），也含納了從臺灣、大陸、新馬等地移居美國，以英文或華文創作的作家，這點符合了哈佛大學索樂思（Werner Sollors）主張的「多語文美國文學」（"Languages of What Is Now the United States"）的論點，也呼應了亞美研究中有遠見的歷史學家與學者，如麥禮謙、市岡雄二、王靈智（L. Ling-chi Wang）、黃秀玲（Sau-ling C. Wong）等人對於亞洲語言的重視。

第六，作者既能掌握美國學界的論述，又善加利用臺灣學者的發言位置與利基，針對特定的華美女作家的英文與華文文本進行細讀，具體而微地展現了越界的觀點，以及跨國與跨太平洋的眼界，有效地拓展了亞美／華美（文學）研究的視野。

最後，書中若干文章原先係針對不同讀者而有中英文版本，作者出入於中英文之間，在改寫過程中斟酌損益，以期針對不同對象發揮最大效益。這種現象既是本書的特色之一，也體現了身爲臺灣的外文學者、雙語知識分子的角色。

《她的傳統：華裔美國女性文學》不僅具有上述諸種特色，置於當今臺灣的學術生態也有其意義。晚近對於學術國際化的追求——其實往往只是英文化、甚至美國化而已——以及對於各種引用指標

（citation index）幾近迷信的重視，形成了重英文而輕中文、重（期刊）論文而輕專書的現象。然而在人文與社會科學領域中，專書的影響力往往比論文更遠大，而中文論述也可收學術扎根之效。有鑑於此，國科會在提倡引用指標完成階段性任務之後，近來大力倡導專書寫作計畫，鼓勵人文與社會科學的學者從事長時間、較大規模的專書寫作。而中研院 2012 年也率先舉辦第一屆人文及社會科學學術性專書獎，希望引領學術風氣。馮品佳的英文專書名列國外出版的亞美文學系列叢書，復經嚴格審查、激烈競爭後，成爲五位獲獎者之一，殊爲不易。而中文書的出版更見證了她個人「中英兼顧」、「內外兼修」的意志與成果，顯示了我國學者對於華文世界的重視以及厚植我國學術根基的決心，期盼個人研究成果除了現身國際之外，也能形塑並鞏固我國的學術地位。

我國外文學門前輩學者，如朱立民教授與顏元叔教授積極鼓勵外文學門學者以中文論述，以便研究成果能成爲我國的文化資產，廣爲中文世界的學者、讀者與作家分享，多年來已成爲臺灣外文學門的重要傳統以及華文世界的重大資產。晚近我們欣見這種情形相繼發生，而且不限於外文學門，如社會學家蕭阿勤將其 *Contemporary Taiwanese Cultural Nationalism*（New York: Routledge, 2000）改寫、更新爲《重構台灣：當代民族主義的文化政治》（臺北：聯經，2012）；與馮教授同是中研院第一屆專書獎得主的人類學家劉紹華將其 *Passage to Manhood: Youth Migration, Heroin, and AIDS in Southwest China*（Redwood: Stanford University Press, 2010）轉化爲《我的涼山兄弟：毒品、愛滋與流動青年》（臺北：群學，2013）。這些改寫與更新雖然耗費作者許多時間與心力，甚至可能多少影響了開展新議題，然而從知識移轉、社會實踐以及回饋與豐富華文世界的文化資本的角度來看，卻具有極爲深遠的意義，值得高度肯定。本書也可作如是觀。

筆者多年來有幸與馮教授在我國的外文學門共事，深知其學術成就與服務熱忱。本文旨在提供讀者更爲寬廣的視角，從國內外學術建制的脈絡多方省思《她的傳統：華裔美國女性文學》一書在臺灣、華文世界、甚至全球的亞美／華美文學研究中的特殊意義。全書具現了一位臺灣的女性外文學者／雙語知識分子根據學術專長，秉持文學與文化使命感，從跨國的角度來鑽研華美作家以英文與中文撰寫的代表性文本，以離散爲視角，以關注式的閱讀爲方法，結合理論、歷史與文本，強調並剖析這些作品的文學與美學價值，爲華文世界的亞美／華美（文學）研究再創新猷，意義非比尋常。本人忝爲學術社群的一員，在欣喜之餘，特撰此序，謹表佩服與恭賀之意，相信作者必能再接再勵，更上層樓，將鑽研文學與文化的學術心得以不同語文與更多讀者分享。

2013 年 2 月 8 日
臺北南港

卜婁杉的笑聲：陳夏民譯《老爸的笑聲》導讀*

2013 年 4 月我前往美國西雅圖出席亞美研究學會（Association for Asian American Studies）年會，當地多年來爲北美西岸亞裔人士群聚之處。會議期間我特地參加了主辦單位安排的活動，前往附近的歡樂山墓園（Mount Pleasant Cemetery）參訪卜婁杉的墓地。只見如茵的青草地上有座低矮的黑色大理石墓碑，左上方刻的是一枝鵝毛筆，右上方則是一隻手緊握著一份捲起的文告，中間是他的姓名、生卒年，底下則是「作家・詩人・行動分子」（"WRITER・POET・ACTIVIST"）幾個字，言簡意賅地概括了他的一生。

亞美文學界的另類作家

在美國作家中，卜婁杉可說是另類中的另類。首先，美國主流社會以往一向視亞裔作家爲另類，排除於經典文學之外，卜婁杉的作品雖曾走紅於 1940 年代，卻不免湮沒的命運，直到美國族裔文學之風興起，才重新爲人挖掘出來，成爲亞美文學的先驅及代表作家。再者，與其他亞美作家迥異的是，菲律賓曾被西班牙殖民統治，居民多爲天主教徒，後來由於西方殖民勢力之間你爭我奪，卜

* 卡洛斯・卜婁杉，《老爸的笑聲》（Carlos Bulosan, *The Laughter of My Father*, 1944），陳夏民譯（桃園：逗點文創結社，初版 2013，再版 2017）。

婁杉出生時菲律賓已淪爲美國殖民地，因而他的身分是可以自由出入美國的僑民，卻無權成爲「歸化的美國公民」。他爲了尋求更好的生計，於 1930 年赴美，首站就是西雅圖，之後從未返回故鄉，因此西雅圖既是他美國之旅的起點，也是終點，卻終其一生都不是美國公民。這些另類的成分使得他在美國文學與亞美文學中獨具一格。

卜婁杉的另一個特色就是，他在菲律賓與美國都飽受壓迫與剝削，親身體驗社會底層人物的悲慘世界，因此立志爲貧苦大眾發聲。他不只透過文學作品讓人了解菲律賓人在家鄉的遭遇，以及亞裔工人在美國遭到的種種迫害，也積極投入工人運動，甚至爲此上了美國聯邦調查局的黑名單。儘管他體弱多病，卻勤於筆耕，將自己的豐富經驗以多種文類呈現，如詩歌、短篇小說、長篇小說、戲劇、散文、報導文學、書信等，可惜天不假年，辭世時僅四十五歲，卻爲美國文學、亞美文學、尤其是菲美文學留下了豐厚的遺產。

在虛實交錯中批判不公不義

卜婁杉又是個謎樣的人物。光是他的生年就有 1911、1913、1914、1915、1916、1917、1919 等不同說法，然而根據受洗紀錄與他妹妹的說法，應以 1911 年爲是（墓碑上爲 1914）。此外，由於他把成名作《美國在心中》（*America Is in the Heart*, 1946〔又譯《美國在我心》〕）的副標題取爲「一部個人的歷史」（A Personal History），致使許多人視之爲作家現身說法的自傳，然而根據學者研究，此書虛實夾雜，穿插了不少想像的成分，雖然達到了特定的藝術目標與文化政治效應，卻未必完全符合史實。

《美國在心中》首部描寫主人翁在菲律賓的艱困生活，其餘三部描寫他前往宗主國追求夢想的憧憬與奮鬥，以及身爲亞裔在美國這塊「應許之地」（the Promised Land）所受到的種種不平等待遇，前者可與《老爸的笑聲》相互參照。他在《美國在心中》出版前兩年的一封信中寫道：「我覺得像罪犯，逃離自己沒有犯下的罪行，而那項罪行便是：我是在美國的菲律賓人。」不甘被歧視迫害的他不僅坐而寫，更起而行，以寫作與實際行動批判不公不義的體制。因此，筆者在〈階級・族裔・再現：析論卜婁杉的《美國在我心》〉一文中從階級、族裔與文學再現的角度切入，指出：

> 卜婁杉集被殖民者、農民、工人、被剝削者、族裔人士、見證人、記錄者、行動分子、工運人士、作家、編輯、知識分子……多重角色於一身，以觀察者／參與者……的發言位置，運用各種寫作方式，積極、批判地介入自身所處的惡劣經濟、社會、政治、文化環境，在短短四十五年的人生歷程中，以筆爲劍，爲建立一個更公正、美好的未來而奮鬥不懈。他不但是1940 年代最耀眼的菲裔美國作家，而且放眼全亞美作家，具有如此多重角色並積極投入社會運動的人可謂鳳毛麟角。（326）[1]

如果說《美國在心中》是對「美國在心中」式的美國夢（American Dream）——或者該說美國夢魘（American Nightmare）——的直接表述或迎擊，那麼《老爸的笑聲》則是以滑稽嘲諷的手法，訴說在美國殖民統治下的菲律賓底層庶民生活，充滿了各式各樣的黑色幽默與嬉笑怒罵，甚至大打出手、暴力相向的場景也屢見不鮮。全書仍採用第一人稱的自述手法，敘事者是菲律賓邦嘎錫南省比納洛南小鎮的小男孩，由他口中道出鄉民生活的點點滴滴，尤其是老爸賽彌恩・山巴陽（Simeon Sampayan）的種種行徑。從第一篇〈老爸要出庭〉

---

1 參閱〈階級・族裔・再現：析論卜婁杉的《美國在我心》〉，《歐美研究》35.2 (2005): 323-62；收入筆者《越界與創新》（臺北：允晨文化，2008），頁 54-94。

（“My Father Goes to Court”）的敘事者「四歲時，我跟老媽以及哥哥姊姊們〔爸媽育有五子二女〕一起住在呂宋島上的小鎮」，到最後一篇〈老爸的笑聲〉（“The Laughter of My Father”）中「十二年前的一場醜聞，在我們這個菲律賓小村引起軒然大波，還逼得我不得不前往美國」爲止，總共二十四篇，依年代順序排列。

在狂想與狂笑中再現菲律賓民族性

卜婁杉固然是個傳奇人物，這本故事集的誕生也帶有傳奇色彩。根據〈作者後記／來自卜婁杉的訊息〉（“Carlos Bulosan Writes”），1939 年冬天於美國加州失業的他，連同數百名男女在苦雨中排隊等候魚罐頭工廠的工作，爲了打發時間而寫下〈老爸的笑聲〉。三年後的 1942 年 11 月，「恰逢世界充斥了苦難與悲劇」（即第二次世界大戰），卜婁杉「在帽子裡找到這一則故事」，投給他從未閱讀過的《紐約客》（*The New Yorker*），三星期後接到這家著名雜誌的回音，要他「多告訴我們一些菲律賓的事吧？」他回答：「遵命！」他先後在三家美國雜誌刊出了六篇作品——除了《紐約客》刊出三篇之外，還有《哈潑時尚》（*Harper's Bazaar*）與《城鎮與鄉村》（*Town and Country*）——可見這些故事相當受到美國讀者歡迎。而菲律賓讀者的來信則讓他領悟到，「雖然我寫的是自己故鄉的小鎮，實際上卻呈現了菲律賓農民普遍的生活樣貌。」卜婁杉在後記結尾強調，「這是第一次，菲律賓人民以『人』（human beings）的身分被書寫下來。」簡短一句話，卻透露了菲律賓人以往在這方面所蒙受的「非人」待遇。

全書隨著時間推移，由小男孩娓娓道出他的所見所聞，許多人物穿插於不同的故事中，以地方與人物串連起全書，有如當年的菲律賓農村眾生相，結構上類似愛爾蘭小說家喬埃斯的《都柏林人》（James Joyce, *Dubliners*, 1914）與美國小說家安德森的《小城畸人》（Sherwood Anderson, *Winesburg*, *Ohio*, 1919〔又譯《小城故事》〕）。如果說《都柏林人》中的陰鬱與英國殖民統治脫不了關係，那麼《小城畸人》中的「畸人」（"grotesque"）則來自於人的孤絕，難以溝通。而《老爸的笑聲》中所出現的那些經常同飲同歌、「打成一片」的菲律賓鄉民，雖然面對的是美國殖民主與菲律賓菁英階層沆瀣一氣的剝削與迫害，卻自有其生命力與因應之道，以非常手段來對抗非常狀況，代表人物就是敘事者那位可稱爲「矛盾綜合體」的老爸。依傅士珍在〈卜婁杉到臺灣〉一文中的說法，這位寶貝老爸兼具了「寬厚、固執、踏實、機巧、勤奮、貪酒、誠懇、狡猾、愚昧、智慧」，他「與官僚、鄉紳對抗，不時贏取一些小小的勝利」，然而依然屬於菲律賓鄉野弱勢人物。全書便透過小男孩的眼光，近距離觀察老爸許多匪夷所思、卻又令人開懷爆笑的荒謬行徑，往往苦中作樂，笑中有淚，反映了樂天的民族性與悲哀的被殖民情境。類似的故事與笑點充斥全書，不勝枚舉，有待讀者一一閱讀，親身領會。

不容諱言，卜婁杉撰寫這些故事時身在美國，處境艱困，爲了能在著名雜誌發表，可能不免迎合主流社會對遙遠亞洲屬地及其人民的想像，深化了對於東方異族的刻板印象，而有「自我東方化」（self-orientalizing）之嫌。其實，書中的「小人物狂想曲」，或者該說「小人物狂『笑』曲」，與《美國在心中》的社會寫實手法頗有出入，可視爲以另類手法再現菲律賓人樂天知命的性格，以及伺機反擊的心態。全書以綿裡藏針的方式，諷刺、批判美國的帝國主義與殖民主義，以及菲律賓本土高層與仕紳階級魚肉同胞百姓的可恥行徑。而書中人物，尤其是那些看似常情常理之外的畸人，縱然行徑詭異，卻是特定時空下的產物，尋求於艱苦情境中生存，勉力維持人的尊嚴，並且不放棄可能的抗爭與反擊機會。

卜婁杉的文筆流暢生動，《老爸的笑聲》更刻意以喜劇、甚至鬧劇的手法，描繪二十世紀前葉菲律賓庶民的日常生活，以及他們與殖民宗主、官僚體系、土豪劣紳之間的抗爭，有如殖民體制下的求生遊戲。筆者寓目的 1946 年雄雞版（Bantam Edition）係臺灣大學圖書館藏書，書頁已然泛黃，上面蓋有「臺北美國大使館新聞處（the United States Information Service, Taipei）敬贈」的戳章。該版的封面、封底與內頁都有滑稽的漫畫，列爲幽默故事系列第 48 號，與馬克・吐溫（Mark Twain）、詹姆斯・瑟伯（James Thurber）等大師並列。此書成爲美國大使館的贈書，可見美國官方認爲此書具有一定程度的代表性，樂於提供亞洲的大學圖書館收藏，以示其民族大熔爐理念／意識形態的成功，卻未必察覺其中暗藏的批判。而受到後殖民論述與族裔研究洗禮的我們，重讀卜婁杉的作品，不僅能從另一個角度發掘作者的微言大義，對其曲折委婉的手法也能有更深一層的領會。文學作品之深邃久遠、耐人尋味、出人意表，由此可見一斑。

作者化胸中塊壘爲滑稽突梯、嬉笑怒罵、明嘲暗諷的文字，對英文讀者而言固然有趣，卻構成翻譯的重大挑戰。中譯者陳夏民身兼此書的編輯與發行，對全書的翻譯與「包裝」有更大的詮釋與揮灑空間。他將《老爸的笑聲》定位爲「帶著濃厚自傳色彩的幽默隨筆集」，並據此落實翻譯策略，譯筆活潑生動，不避俚俗與當代流行用語（把書名中的“My Father”譯爲「老爸」就是一例），逗趣可親，封面設計、插圖文案等各種附文本（paratexts）也協力塑造出這種效果，不僅力求把華文讀者帶入卜婁杉筆下光怪陸離的世界，並致力於系列譯介英美幽默文學，逐步樹立逗點文創結社的特色。

繼續引領我們朝向個人解放

2013 年亞美研究學會除了安排參訪卜婁杉的墓園之外，也參訪了車程僅一刻鐘之外的另一亞裔名人李小龍（Bruce Lee, 1940-1973）安息的湖景墓園（Lake View Cemetery），向一代武藝大師致意。兩人出生相隔約三十年，一文一武各自在美國打出一片天，卻都英年早逝，並選擇西雅圖爲安息之地。棕色大理石墓碑上刻著他的英文姓名與中文本名「李振藩」，除了生卒年月便是五個英文字“Founder of Jeet Kune Do”（「截拳道之父」），前面爲一本攤開的黑色大理石的書，左頁爲太極圖及中文字「以無限爲有限　以無法爲有法」，右頁則爲英文“YOUR INSPIRATION CONTINUES TO GUIDE US TOWARD OUR PERSONAL LIBERATION”（「你的靈感／激勵繼續引領我們朝向個人解放」）。李小龍以獨創的截拳道與銀幕上的英雄形象，挑戰美國主流思想中亞裔人士陰柔軟弱的刻板印象。卜婁杉則以獨具特色的創作爲菲裔／亞裔美國文學立下里程碑，爲美國文學增添異彩。兩人分別以武藝與文學賦予世人靈感，繼續激勵後來者努力朝向個人解放。

我與來自不同國家的學者、作家與文化工作者站在卜婁杉墓前，遙想當年抱著孱弱之軀的他，如何以穩定的信心與堅強的意志投入寫作與社會運動，以人的立場與普世價值爲族人與社會底層人士爭取自由平等，即使一時遭到湮沒，終有重見天日的一天，贏得後人的景仰與推崇。站在歡樂山的卜婁杉墓前，我彷彿聽到了他響亮的笑聲。

訪談亞美

亞美文學研究在臺灣：單德興訪談錄

主訪者：吳貞儀

時間：2010年4月8日

地點：臺北南港中央研究院歐美研究所

前言

近二十年來，亞美文學研究在臺灣迅速發展，受到學界重視，相關學術成果不僅在我國的外文學門異軍突起，頗受矚目，在國際學界也佔有一席之地，而我國相關論述最多、介入最深的學者爲中央研究院歐美研究所特聘研究員單德興教授。本訪談由吳貞儀小姐進行，當時她正在清華大學外文研究所撰寫碩士論文〈利基想像的政治：殖民性的問題與臺灣的亞美文學研究（1981-2010）〉（Wu Chen-yi, "Politics of Niche Imagination: The Question of Coloniality and Asian American Literary Studies in Taiwan, 1981-2010"，2013，王智明指導）。本訪談重點在於亞美文學研究在臺灣的建制化，內容分爲六部分：受訪者與亞美文學的因緣，歐美研究所的耕耘，研究語境的角力，亞美文學研究的定位，訪談與翻譯，反思與期待。此訪談經吳小姐整理，王智明博士過目，黃碧儀小姐修潤，以及單德興教授本人仔細校訂。

一、與亞美文學的因緣

吳貞儀（以下簡稱「**吳**」）：能不能談談 1990 年代之前你接觸華美文學的故事與動機？

單德興（以下簡稱「**單**」）：我於 1983 年 7 月到中央研究院美國文化研究所（1991 年 8 月易名爲歐美研究所）擔任助理研究員，1986 年取得臺灣大學外文研究所博士學位後去當兵，擔任博士排長。當兵回來一年後申請到傅爾布萊特博士後研究獎助金（Fulbright Postdoctoral Research Grant），1989 年夏至 1990 年夏到美國西岸加州大學爾灣校區英文暨比較文學系（Department of English and Comparative Literature, University of California, Irvine）研究訪問，並擔任兼任教師。負責聯繫與指導我的是著名的解構批評家米樂（J. Hillis Miller）。我之所以會到那所大學一方面是因爲加州的華人較多，尤其橘郡（Orange County）有不少臺灣移民，但主要原因是我申請到的獎助金一個月七百五十美元，只夠付房租，而那是我第一次出國（先前受限於兵役不得出國），計畫一家三口一塊遊學，於是寫信給十幾所美國大學，詢問有沒有教書的可能。這些信有些石沉大海，有些遭到婉拒，但加州大學爾灣校區的回信密密麻麻兩整頁，仔細回答我的需求與問題，署名的赫然是米樂。這麼一位如雷貫耳的大師竟願意寫這麼長的信給一位素昧平生的異國年輕學者，讓我非常感動，當下就決定去那裡。到了之後發現那邊的師資與課程好得超過我的想像，更出乎意料的是開啓了我的亞美文學與文化研究之路。

吳：你在 1990 年春季班教授「中西敘事文學比較研究」（Comparative Studies of Chinese and Western Narratives），這門課是學校指派給你的嗎？

單： 是系上依據我的專長和我建議的幾個課程而決定的，因爲我在信中提到自己的專長是比較文學，博士論文是用伊哲的美學反應理論（Wolfgang Iser, Theory of Aesthetic Response）討論古典小說評點。當時我並不知道伊哲就在該系授課，而且德希達（Jacques Derrida）和李歐塔（Jean-François Lyotard）也在該校授課。系方得知我的專長和需求後，函請傅爾布萊特基金會同意讓我教一季的課，基金會回函表示同意，但要我先適應環境，到春季班時才開課。開課前我整理出課程大綱，請米樂過目，每星期講授主題與性質相近的西洋和中國敘事文本各一篇，古今都有，並加以比較。米樂認爲課程大綱安排得很好，於是我就照表授課。

這是大學部的選修課，一週上課三次，二、三十人選修，大約一半是亞洲面孔。我在課堂上教的文本之一是湯亭亭的《女勇士》（Maxine Hong Kingston, *The Woman Warrior*），其實在那之前我並未鑽研過亞美文學，但覺得在南加州華人眾多之處，開這麼一堂課不能沒有亞美文學。我在課堂上說明書中故事與原本中國故事的差異，學生們很感興趣。我第一篇有關華美文學的論文是湯亭亭與席爾柯（Leslie Marmon Silko）的比較研究：兩人都來自美國弱勢族裔，一位是華裔，一位是原住民，都是女作家，也都很重視說故事，記錄世代之間的事，有如家族傳奇（family saga）。這與我在當地的遊學經驗密切相關。我在爾灣時常逛大學的校園書店，發現席爾柯的《說故事者》（*Storyteller*）很奇特，不僅摻雜了不同文類，還有照片，照片沒有圖說，目錄放在書末，和一般英文書迥然不同，讀來特別怪異有趣。我覺得《女勇士》與《說故事者》一方面很傳統，尤其重視各自族群的說故事的傳統，另一方面在表現時又很後現代，而且都具有強烈的女性意識，值得深入探討，回國後就趁著歐美所舉辦學術研討會的場合，寫出了我個人第一篇有關亞美文學的論文〈說故事與弱勢自我之建構——論湯婷婷〔亭亭〕與席爾柯的故事〉，其實嚴格說來只有半篇。當時爾灣沒有亞美文學的課，所以我旁聽的都是典律文學和文學理論的課。對美國原住民文學感興趣，近因是在爾灣時自己讀了席爾柯的創作和克魯帕特的論述《邊緣的聲音》（Arnold Krupat, *The Voice in the Margin*），遠因則是我在臺大碩士班時翻譯、出版了布朗的美洲原住民歷史名著《魂斷傷膝河》（Dee Brown, *Bury My Heart at Wounded Knee*）。所以我第一篇相關文章是美國華裔與原住民文學的比較研究，從此踏上亞美文學研究之路。

吳：這篇文章一開始就是以中文撰寫嗎？

單：是的。這篇文章之所以與亞美文學在臺灣的建制有關，是因為宣讀於 1991 年 10 月初的第三屆美國文學與思想研討會，那是美國文化研究所該年 8 月易名為歐美研究所之後的第一個大型會議，會議語言為中文，全文經修訂、審查後，先刊登於 1992 年的《歐美研究》季刊，後來收入 1993 年出版的《第三屆美國文學與思想研討會論文選集：文學篇》，那是在歐美所舉辦的第一屆華裔美國文學研討會之前兩年。[1]

二、歐美研究所的耕耘

吳：請談談亞美文學在臺灣的建制化過程中歐美所扮演的角色。

---

1 〈說故事與弱勢自我之建構——論湯婷婷〔亭亭〕與席爾柯的故事〉，《第三屆美國文學與思想研討會論文選集：文學篇》，單德興主編（臺北：中央研究院歐美研究所，1993），頁 105-36；亦刊登於《歐美研究》22.2 (1992.6): 45-75；收入筆者《銘刻與再現：華裔美國文學與文化論集》（臺北：麥田，2000），頁 125-55。

單：學界公認亞美文學或華美文學在臺灣的發展，歐美所扮演了關鍵的角色，這和臺灣的學術建制非常有關。中央研究院直屬於總統府，主要任務之一就是引領、提倡學術風氣，跟其他大學是合作而不是競爭的關係，舉辦會議時歡迎有興趣的學者和研究生參加。開研討會時，所內相關研究人員要提論文，也對外邀稿或徵稿。一般大學有時可能因為經費上的考量，不太敢積極規劃、推動一些活動。中研院的經費相對充裕，加上學術定位與專業服務的考量，藉由舉辦會議邀集論文，提供國內、外學者交流的平台，再出版經修訂、審查通過的論文，分享研究心得。這是歐美所的標準作業模式，亞美文學與文化研究也不例外。

吳：這影響很大。

單：確實影響很大，若沒有這些會議，就無法邀集學者專家共同討論，促進交流，引發興趣，帶動風潮。而且我們舉辦亞美文學與文化研究研討會時很注重研究生的參與，因為他們是未來希望之所在。

吳：基本上是扮演推廣的角色？

單：的確如此。因為中研院基本上不開授課程，所以利用研討會與學界多多交流。因此，我們除了自己撰稿、展示研究成果之外，也邀請學者專家與會，並且對外徵稿。

吳：從你在美國開始接觸華美文學，到回臺灣之後推動華美文學研究，這之間的轉捩點與動機是什麼？

單：其實不只歐美所，整個中研院都在思索如何做出具有特色的研究。歐美所是多學科的研究所，1990 年代上半投入亞美文學研究的有三位研究人員：李有成、何文敬和我。李先生和我的訓練是英美文學與比較文學，他的碩士論文研究猶太裔美國文學，博士論文中專章討論非裔美國文學，是國內相關領域的開拓者。何先生的訓練是美國文學，在美國攻讀博士時就寫過一篇論文比較湯亭亭與非裔美國作家莫里森（Toni Morrison），發表在本所的《美國研究》季刊（後來易名爲《歐美研究》）。我則對於美國文學典律的形成以及文學史的書寫與重寫很感興趣。因此，我們在思索要如何建立研究特色、培養國際競爭力、提升可見度時，族裔文學是一個大方向，華美文學則是比較方便著手之處。至於明確的開始時間，我也不太確定。當時的國際學術氛圍正値美國文學典律的解構與重建的階段，我們在臺灣當然可以繼續做主流作家研究，像我的碩士論文研究梅爾維爾（Herman Melville），李先生的碩士論文研究貝婁（Saul Bellow），何先生的博士論文研究福克納（William Faulkner），但這些研究置於國際學術版圖是不是具有特色與競爭力？我們要如何找到自己的利基（niche），運用特有的文學資源與文化資本來凸顯自己的特色？於是我們決定鎖定華美文學。那應該是 1990 年代初，因爲我 1990 年自美返臺，第一次華美文學會議是……

吳：……1993 年。

單：是的。喔，我漏掉了 1992 年相當關鍵的一些事。1992 年夏天，我在兩個月之內跑了美國五個地方，先是到加州大學爾灣校區舊地重遊，接洽一些知名學者訪臺事宜，再到史丹佛大學的國際會議宣讀論文，然後到達特茅斯學院（Dartmouth College）參加六週的批評與理論學院（The School of Criticism and Theory）文化研究組，接著走訪哈佛大學和哥倫比亞大學。我第一站走訪的重點是位於爾灣校區的加州大學人文研究所（University of California Humanities Research Institute），當時艾理特（Emory Elliott）和張敬珏（King-Kok Cheung）都是那裡的研究員，許多人應邀前來演講，包括出版第一本亞美文學專書的韓裔美國學者金惠經（Elaine H. Kim）。我當時的研究主題是美國文學史，特地與艾理特及來訪的柏科維奇（Sacvan Bercovitch）進行訪談——前者主編的《哥倫比亞版美國文學史》（*Columbia Literary History of the United States*）於 1988 年出版，是四十年來最具代表性的美國文學史之一，後者主編一套八冊的《新劍橋版美國文學史》（*New Cambridge History of American Literature*）也進行了一些年。艾理特主編的美國文學史收錄了金惠經的一章，那是亞美文學第一次以專章的形式進入主流的美國文學史。我在那裡跟張敬珏見過幾次面，談話的時間雖然不是很長，但因爲當時歐美所已經決定要發展華美文學，並籌備第一屆華裔美國文學研討會，於是趁機當面邀請她與會，那也就是爲什麼出席第一屆會議的外國學者是她。因此，歐美所決定發展這個領域的時間點應該是在 1990 年 8 月我從美國回來之後到 1992 年 6 月之間，很可能是 1991 年。

本所的文學會議大多由李先生提出主題，大家一塊商量，因爲他的視野廣闊，很有遠見。第一次的會議主題爲「文化屬性與華裔美國文學」（Cultural Identity and Chinese American Literature），那是弱勢族裔一向關切的議題。後現代主義不談屬性，因爲歐美白人的主體性早已穩固，所以可以大談後現代、解構。但是弱勢族裔的主體性都還沒眞正建立，如何奢言解構？因此第一屆華裔美國文學會議決定以文化屬性爲主題，由李有成撰寫邀稿啓事。會議於 1993 年舉辦，論文集《文化屬性與華裔美國文學》由我與何文敬先生合編，於第二年出版。除了宣讀論文之外，那時候我也在思考在臺灣要如何推廣相關研究，所以會有陸續的訪談，在亞美文學方面，我最早訪談的就是張敬珏。她出身香港，在加州大學柏克萊校區的博士論文是有關英國中世紀文學，她是葛林布萊特（Stephen Greenblatt）

的學生，但到洛杉磯校區任教時，校方要求她授課的重點之一是亞美文學，於是她另起爐灶，重新開始。她和與儀（Stan Yogi）於 1988 年合編、出版的《亞美文學書目提要》（*Asian American Literature: An Annotated Bibliography*）是亞美文學研究的奠基之作。爲了配合會議和張敬珏來訪，我和當時《中外文學》月刊廖咸浩總編輯商量，安排那篇訪談在她來訪當月刊出，讓國內學者在她來之前就能了解她的一些想法以及相關研究的最新發展，以利會場的討論。張敬珏的參與打開了我們的視野，強化了我國學界與亞美學界的聯繫，也提供了不少第一手資料，比方說，湯亭亭的母親的名字"Brave Orchid"以往譯爲「勇蘭」，但她在會場討論時指出其實是「英蘭」，果然更像中國女子的名字。如果不是她提出，中文世界很可能繼續以訛傳訛。這篇訪談後來也收入我與何文敬合編的論文集《文化屬性與華裔美國文學》（1994），作爲歷史紀錄。

論文集的另一個特色就是書目。爲了更有效推廣華美文學研究，我考量到 1948 年史畢樂主編的《美國文學史》（Robert E. Spiller, *Literary History of the United States*）一書的書目發揮了很大的指引作用，張敬珏和與儀合編的亞美文學書目提要在學科建立上也發揮了奠基的功能。因此，我決定彙編臺灣的華美文學研究書目提要，讓學者和一般讀者了解臺灣在這個領域的研究歷史與現況，於是在助理的協助下整理書目，我親自撰寫每一個條目。雖然不免有疏漏，尤其是比較早期的資料，如譚雅倫（Marlon K. Hom）的中文論文，但至少提供了截至當時的基本書目提要，內容包括了中文論文、英文論文與學位論文。此外，我們做了索引，除了方便檢索，另一個重大作用就是把中英文的名詞翻譯定下來，供讀者參考與引用。又會議召開時顧及有些人無法提論文，以及各場次討論時間有限，未能讓與會者暢所欲言，所以最後一個場次安排了座談，趁大家對於議題感受與記憶深刻之際交換意見與心得，引言人包括了中研院近代史研究所的張存武先生，他多年從事海外華人研究，外文學門的學者有陳長房、廖咸浩、林茂竹。座談會的紀錄也納入書中。總之，《文化屬性與華裔美國文學》這本書花了我很多的時間和心血，出版之後成為華文世界第一本華美文學研究的論文集。大陸學者曾多次於公開和私下場合坦承受益於臺灣的華美文學研究，對歐美所相關出版品多所引用。

吳： 當初舉辦華美文學研討會有設定目標嗎？例如推向國際舞台？

單： 有。本所以往舉辦的全國會議幾乎都是國內學者參與，但我們希望華美文學會議能擴大影響，並逐步進軍國際。像張敬珏以往都是以英文發表論文，但她懂中文，她的會議論文固然以英文發表，但討論時中英文夾雜，那篇論文後來由我譯成中文收錄於論文集。這種安排不僅讓她重回亞洲，在中文世界發揮影響，也讓臺灣學界透過她得以與國際接軌。

吳： 接著請談談 1995 年 4 月舉辦的第二次會議。

單： 會議主題主要還是由李先生擬定，大家商量：既然第一次會議談文化屬性，第二次就談再現政治（Politics of Representation），因為討論弱勢族裔時常常涉及「再現」的問題，而再現本身絕不單純，經常涉及各種權力的拉扯和競逐。那一年我到美國東岸擔任哈佛燕京學社（Harvard-Yenching Institute）訪問學人，雖然無法出席會議，但協助聯繫美國學者林英敏（Amy Ling）。林英敏是馮品佳的博士論文指導教授，我並沒見過她，好像是由張敬珏提供聯繫資訊，我不但聯繫上她，獲得她首肯與會，並且透過她得知湯亭亭要來臺灣。其實 1994 年我到哈佛不久，在波士頓看改編、合併她《女勇士》與《金山勇士》（*China Men*〔又譯《中國佬》〕）兩部作品的舞台劇《女勇士》，主角之一是飾演湯父的王洛勇（Wang Luoyong）。結束後我和很多觀眾排隊一一跟她談話。我向她自我介紹是臺灣學者，互相留下聯絡方式，接著就透過書信與她進行訪談。有意思的是，我一口氣列出幾十道問題，她一次卻連問帶答只寫一頁，前後幾次才答完。訪談稿在她來臺之前先摘錄於《聯合報》副刊，再轉載於《世界日報》，作爲會議的暖身與文宣。我從林英敏那裡得知湯亭亭要配合一行禪師（Thich Nhat Hanh）的首次訪臺行程，立即與李先生聯絡，會議日期配合延後。那次會議我寫了論文〈「憶我埃崙如蜷伏」——天使島悲歌的銘刻與再現〉請李先生代爲宣讀。林英敏發表的英文論文“The Origin of the Butterfly Icon”後來由我譯成中文〈蝴蝶圖像的起源〉，納入論文集《再現政治與華裔美國文學》。湯亭亭則在會場朗誦尚未出版的《第五和平書》（*The Fifth Book of Peace*，該書於 2003 年出版），作家在會議上朗誦作品在國外很常見，在國內卻極罕見。開會時，第一屆會議的論文集也陳列在會場，供與會者參考。

吳：第二次會議論文的形態跟第一次很不一樣。

單：第二次會議的內容比較多樣化，不像第一次有一半以上的論文不約而同集中於湯亭亭。我在第二次會議討論的是麥禮謙、譚碧芳、林小琴三人合編的《埃崙詩集》（Him Mark Lai, Judy Yung, and Genny Lim, *Island: Poetry and History of Chinese Immigrants on Angel Island, 1910-1940*），好像還是前兩年走訪史丹佛大學校園書店買的，同時買的有陳國維編輯與評述的《簡德的舊金山老華埠攝影集》（John Kuo Wei Tchen, *Genthe's Photographs of San Francisco's Old Chinatown*）。我在哈佛那一年每學期都旁聽五、六門課，唯一一門亞美文學的課程在大學部，授課的是一位年輕亞裔女老師，卻不知爲何婉拒我旁聽。中英對照的《埃崙詩集》既符合我的比較文學背景，也符合我對美國文學史的興趣，於是我在上學期末先用英文寫出論文，當作期末報告交給一些教授，其中葛林布萊特、索樂思（Werner Sollors）和桑嫫（Doris Sommer）等人鼓勵有加，也提供了一些意見。後來我改寫成中文時，主要論點相同，但以母語寫來更揮灑自如，比英文版仔細得多，篇幅也多了好幾倍。

吳：臺灣的華美文學研究很少討論詩。

單：對。《埃崙詩集》的特色是原本以中文書寫、銘刻在舊金山外海天使島的華人拘留營板壁上，湮沒了幾十年，經人發現並搶救下來之後，翻譯成英文，文學作品以中英對照的方式呈現，並配合舊照片和口述歷史，是華美文學與亞美歷史的重要史料。為了這篇論文，我寫信請教麥禮謙，承蒙他熱心回覆，坦誠相告。當時哈佛的亞美文學資料欠缺，所以我遊學哈佛一年返臺前特地取道美國西岸，在舊金山停留一週，刻意住在華埠的汽車旅館，成天在華埠走動，盡量融入當地的生活。在那一週裡遇到的亞美研究專家學者比我在東岸一年遇到的還多，包括了麥禮謙夫婦、譚雅倫、王靈智（L. Ling-chi Wang）、黃秀玲（Sau-ling C. Wong）等人。我還透過當時在哈佛的尹曉煌（Xiao-huang Yin）博士介紹，聯絡上黃玉雪（Jade Snow Wong），到她經營的旅行社訪談了這位前輩華美作家，並且親赴天使島，遇到以往曾被拘留該地的程帝聰（Dale Ching），他和太太在那裡已當了幾千小時的義工。總之，這一週讓我更體會到亞美人士的歷史與現況。這篇論文穿梭於英文與中文之間，花了很多工夫，是我寫得最長、最喜歡、也最投入個人感情的文章，後來因為這篇論文首度獲得國科會傑出研究獎。

吳：1997 年 4 月舉行的《創造傳統：第三屆華裔美國文學研討會》，主題也是李先生訂的？

單：是的，再次由他提議，大家商量。

吳：這次會議上發表的論文並沒有比照之前的方式出版論文集，而是投稿《歐美研究》，能不能約略說明當時的情況？

單：這多少反映了當時臺灣的學術建制與風氣。那時在國科會主導下有一個趨勢，認爲期刊論文的學術價值與貢獻高於專書，這基本上是自然科學、生命科學和一部分社會科學的看法、甚至偏見。既然形勢如此，我們就順勢而爲，這是一個原因。另一個原因就是，即使是專書論文，在歐美所出版也要依循與期刊論文同樣的作業程序與學術要求，而這次投稿與送審的情況不如預期。換言之，會議論文是一回事，出版爲專書或期刊論文則是另一回事，因爲在出版前需要花很多的時間與精神修改，送審，必要時回應。基於以上原因，最後是由《歐美研究》出版專號，由我寫序，作者之一是應邀與會的加州大學柏克萊校區的黃秀玲教授。[2]

吳：1999 年歐美所舉辦了「重繪華美圖誌：華裔美國文學國際學術研討會」(Remapping Chinese America: An International Conference on Chinese American Literature)，爲什麼這次也沒有出專書？

單：前三次是國內會議，大會語言是中文。到了千禧年之前，我們覺得國內這些年來華美文學的耕耘已有一定的成績，前幾次參加會議的國外學者也都相當肯定我們的成果，因此我們認爲應該是向國際發聲、進一步與國際對話的時候了，就擬定會議主題，以英文爲大會語言。那時我在英國伯明罕大學文化研究暨社會學系（Department of Cultural Studies and Sociology, University of Birmingham）進行一年研究訪問，再次把論文 "'Expounding the Doubtful Points': Border-Crossings and Cultural Re-creation in Wing Tek Lum's Poems" 寄回來，由李先生幫我

2 參閱本書〈創造傳統與華美文學：華美文學專題緒論〉(頁 183-202)。

宣讀。[3]

吳：當時為什麼沒有把會議論文集結出書？這是向國外發聲的關鍵會議，具有指標性的意義。

單：因為後來論文彙整的情形不是那麼順利。理想的情況應該是論文修訂後送審，審查通過後出版論文集。的確，以那個時間點來說，在臺灣出版這麼一本英文論文集應該是很好的，卻事與願違。接下來的幾次會議就擴大到亞裔英美文學，這也是李先生的主意，有意納入亞裔英國文學，但也沒有出版論文集。其實，草率地出一本書並不困難，但要出版一本品質符合學術標準的專書則需要很繁複的作業，費時費力。當然，理想的情況是出版高品質的學術專書，但當時因為各方面的因素未能完全配合，所以沒有達到那個目標。

三、研究語境的角力

吳：這幾次的會議語言從原先的中文轉變到後來的英文，以中文開會就某個意義來說是作為暖身之用嗎？

單：可以這麼說。

吳：原先並不是以中文詮釋華裔美國文學作為長遠發展的方向嗎？根據我蒐集到的資料，剛開始推動華裔美國文學研究時，中文論文佔大多數，但在 1998 和 1999 年，也就是舉行華美文學國際會議之前，中文論文的數量突然變少，但到了 2000 年又增加了。這中間的斷層是不是跟當時推動研究語境轉向英文有關？

---

3 此文後來改寫為中文〈「疑義相與析」：林永得·跨越邊界·文化再創〉，刊登於《逢甲人文社會學報》2 (2001.5): 233-58；收入筆者《越界與創新：亞美文學與文化研究》（臺北：允晨文化，2008），頁 16-53。

單：這我倒沒有特別的印象，會不會是巧合？會不會那幾年剛好沒有中文的華美文學會議？會不會跟升等有關？因爲外文學門的升等評量主要是外文的期刊論文或專書。不過這也牽涉到外文學門到底要用中文還是外文來撰寫論文。我在臺大外文研究所的老師朱立民教授的英文很好，但他鼓勵我國學者多用中文寫論文，因爲他在臺大擔任文學院長時，看到許多外文系的學者寫了外文論文發表和升等之後，那些論文從此束之高閣，無人聞問。他覺得這些學者花了那麼多時間做研究、寫論文，心血結晶卻未能廣爲分享，實在可惜。外文系學者如果能多多以中文發表論文，不只外文學門的師生可以看，中文學門的師生可以看，作家、文創者、文藝青年、社會人士也都可以看，可能得到一些知識、養分和刺激，充實我國和華文世界的文化資本。這就是朱老師鼓勵外文學者多用中文寫論文的動機，《中外文學》也是這種思維下的產物。後來外文學者會有那麼多的中文論文出版，跟他當年的提倡有很大的關係。

吳：中文論文在升等時不算數嗎？

單：這要看各校的規定，基本上外文學門升等時一定要有外文撰寫的論述或代表作。其實，外文撰寫的論文未必就高出一等。以我自己爲例，討論天使島那篇文章一開始是在哈佛上課時寫的英文稿，後來收錄於薛爾主編、哈佛大學出版社出版的《美國巴別塔》（Marc Shell, *American Babel: Literatures of the United States from Abnaki to Zuni*, 2002），但礙於專書論文的字數限制，未能寫得詳盡。至於中文版最初是爲了歐美所的會議，由於會議語言是中文，所以我在改寫時希望寫得更細膩，結果一發不可收拾，畢竟中文是母語，容易揮灑，而且天使島詩歌原先便以中文書寫。該文修訂後送審，兩位匿名審查人提供了一些意見，其中一位甚至建議我到天使島實地考察，於是我在舊金山那一週特地走訪。全文我一改再改，納入哈佛修課的學者、論文審查人以及其他文學同仁的意見，後來正式出版時超過三萬字，是到目前為止我寫得最長、最過癮的一篇論文，比英文版豐富得多。因此，不要迷信英文，在中文語境下寫作可能反而比在英語語境下來得突出、詳盡。但不容否認的是，英文論文的國際可見度比較高。我記得有一年歐美所評鑑，評鑑委員指出我們的華美文學研究成績斐然，但國際知名度未能充分反映，影響大抵限於中文讀者，雖然也包含了國外的中文讀者與學者，卻依然有限，因此建議我們把一些具有代表性的作品改寫成英文發表。然而由於改寫的過程很累，再加上陸續有新的研究計畫，所以這方面能做的並不是很多。不過我自認為比較重要的議題還是會針對不同的讀者群，分別用中、英文撰寫。國科會外文學門針對學門特色，鼓勵學者多向國際發展，中、外文論文分別投稿只要註明，就不算一稿兩投，因為設定的讀者群不同。

吳：當初建制這個研究領域的目標是為了具有國際競爭力，因此英文語境很重要，中文扮演暖場的角色，但現在回顧會發現中文在華美文學的知識生產上佔了很重的份量，你認為以後要如何發展呢？

單：大哉問！而且其中包含了許多複雜的因素。單單"Chinese American Literature"這個詞譯成中文時都有很多的考量。歐美所的會議和出版的兩本論文集都翻譯成「華裔美國文學」，基本上是遵循美國學界的認定以及美國文學的發展，也就是以"Chinese"來形容"American literature"，主要對象是在美國用英文創作的華裔作家的作品，屬於美國文學中特定族裔的文學。但張敬珏主編的《亞美文學伴讀》（*An Interethnic Companion to Asian American Literature*）中華美文學那章的作者黃秀玲在文章結尾時，也納入在美國以中文撰寫的文學作品，包括了聶華苓、於梨華、白先勇、張系國等人的作品。也就是說，她已經不把"Chinese"只當成族裔的形容詞，也納入了語文的面向。這也就是爲什麼我後來翻譯"Chinese American Literature"時不再用「華裔美國文學」，而改用「華美文學」，爲的是要保留那種曖昧與多義。

吳： 也就是不將"Chinese"一詞限定於對族裔的指涉？

單： 對。「華美文學」基本上是美國文學，但此處的「華」可以是「華裔」，也可以是「華文」。臺灣的華美文學研究主要是在外文學門，因爲原先閱讀的是英文作品，即使這些作品譯成中文，中文系很少做這方面的研究，臺文系也不太碰這一塊，反而是中國大陸在這方面的興趣比較大。記得2005年我到上海復旦大學參加林澗（Jennie Wang）主辦的會議，從會議的英文名稱就可看出把華文與英文作品一塊討論的意圖，大會語言是中英並用，並安排現場口譯，那是我參加過的相關會議中唯一以中英雙語進行的會議。[4] 2009年我去北京參加會議，宣讀的論文中、英文都有，但與會者大多出身於外文系，[5] 不像上海復旦大學的會議，與會者除了英文系和中文系的學者之外，還有王安憶等作家。

至於在臺灣，坦白說我很難預測未來的走向，因爲英文作

---

[4] 「問譜系：中美文化視野下的美華文學國際研討會」（"Querying the Genealogy: An International Conference on Chinese American Literature and Chinese Language Literature in the United States"），由上海復旦大學中文系世界華人文學研究中心主辦，2005年6月1日至3日，後來出版《問譜系：中美文化視野下的美華文學研究》（上海：譯文出版社，2006）。

[5] 「2009亞裔美國文學研討會」由北京外國語大學英語學院華裔美國文學研究中心、中央民族大學外國語學院、北京語言大學外國語學院共同舉辦，會期爲2009年6月19日至20日。

品研究屬於外文系的領域，但如果華文文學興起的話，不只是外文系可以來研究，更可能是由中文系來研究，如聶華苓、嚴歌苓的作品，哈金的中譯作品等等。現在出現華文熱，所以華文系所也跟著「夯」起來，像東華大學就設立了華文系，但該校原先已有外文系，因此像聶華苓、嚴歌苓和哈金的研究可能在外文系，也可能在華文系，相當多元，這會是很有趣的發展。然而華文系的發展又與中文系、臺文系多少有所區隔，基本上是一個較全球性的（global）研究。

吳：類似世界華文文學研究？

單：對。是以華文的角度來觀察與研究，像王德威（David Der-wei Wang）、史書美（Shu-mei Shih）都寫過這方面的文章或專書，甚至舉辦過這方面的會議。比方說，2007年我參加王德威和石靜遠（Jing Tsu）在哈佛舉辦的會議，會後編了一本《全球化現代華文文學論文集》（*Globalizing Chinese Literature: Critical Essays*）。[6] 後來史書美也編了一本《華語語系研究讀本》（*Sinophone Studies: A Critical Reader*），要把我那篇天使島論文的英文版放在華語語系文學（Sinophone literature）的脈絡下，我覺得那會是一個新視角，也就欣然同意。[7] 從他們的論述可以看出，華語語系的概念其實與英語語系（Anglophone）、法語語系（Francophone）的概念有關，但英語語系、法語語系都與帝國主義、殖民主義密切有關，而華語語系不同之處在於：第一，它的背景比較是歷史的、文化的，而不是軍事的、

6 會議名稱爲「全球化現代華文文學：華語語系與離散書寫」（"Globalizing Modern Chinese Literature: Sinophone and Diasporic Writings"），會期爲2007年12月6日至8日。

7 Te-hsing Shan, "At the Threshold of the Gold Mountain: Reading Angel Island Poetry," *Sinophone Studies: A Critical Reader*, ed. Shu-mei Shih, Chien-hsin Tsai, and Brian Bernards (New York: Columbia UP, 2013), 385-96.

政治的；第二，華人離散族群屬於弱勢，早期許多是在中國政治紛亂、經濟蕭條、社會動盪的情況下出外謀生的華人，甚至有些是被當成豬仔賣出去的。另外，華語語系又與華人離散（Chinese diaspora）、海外華人研究連在一塊，加上華文熱、中國崛起——不管是被當成和平崛起還是威脅……總之，情況非常複雜，未來發展實在難以預測。

四、亞美文學研究的定位

吳：黃秀玲曾提出華美研究的發展要注意的一些事，其中之一就是與其他研究的結合，例如亞太研究。

單：區域研究？

吳：對。她談到這類討論要小心，不要忽略當初亞美研究或華美研究的歷史脈絡。

單：對，她提到過。我與加州大學洛杉磯校區亞美研究中心（Asian American Studies Center, University of California, Los Angeles）的梁志英（Russell C. Leong）和唐・中西（Don T. Nakanishi）合作進行《亞美學刊》（*Amerasia Journal*）四十年精選集的翻譯計畫，特別感受到這一點。[8] 剛開始時，美國的弱勢族裔學術研究與社會運動密切結合，現在看來彷彿建制化得太成功了，以致偏向學術研究，而社會運動這部分相對減少了。然而《亞美學刊》希望能維持學術與社會／社區的相關性。黃秀玲的看

---

[8] 成果即《全球屬性・在地聲音：《亞美學刊》四十年精選集》（*Global Identities, Local Voices*: Amerasia Journal *at 40 Years*）上下冊（臺北：允晨文化，2012-13）。參閱本書〈亞美研究的翻譯、越界與扣連〉（頁 233-43）與〈流汗播種，歡喜收割〉（頁 245-54）。

法是很好的提醒——注重脈絡，勿忘初衷。另一方面，對同一個文本或事情，學者可用不同的方式來詮釋，把它再脈絡化，讀出不同的意義，這種情況在文學史或文化史上屢見不鮮。因此，一方面我們要記得它的脈絡、初衷、意義、效應、教訓，另一方面可以因應不同的時空因素，試著把它放在不同的脈絡，發展出新意，就好像應用不同的理論和角度，會產生不同的意義、甚或洞見。也許有些論述比較受到歡迎，有些比較冷門，但不同的論述適足以顯示其多樣性。

吳：從不同的立場來考量？

單：對。像有些作家或現象可以從華美文學的角度來看，也可以從亞美文學、區域研究、華文文學、海外華人文學、比較文學、翻譯研究、華人離散、弱勢論述、後殖民論述、跨國主義、全球化、歷史學、社會學……許多不同的角度切入。黃秀玲的提醒固然重要，但在這個提醒之下還是可以發掘出不同的可能性，我想這個彈性不只應該維持，而且可以擴大。

吳：在臺灣有沒有可能把亞美文學的課程發展成亞美研究學程呢？像是女性學程就橫跨了中文系、外文系、人社系、歷史系等等。

單：你認爲在臺灣開設亞美研究學程的條件成熟了嗎？以《亞美學刊》翻譯計畫爲例，那個計畫要把該刊四十年來最具代表性的作品翻譯成外文，首先選定的語境就是中文，因爲華美研究是亞美研究的大宗，而華文世界這些年來在這方面也有相當的研究成果。他們找的合作對象是臺灣學者而不是大陸學者，一方面希望避免政治因素干擾學術，影響到呈現的完整性，另一方面就是因爲臺灣的相關研究比較成熟。原先的計畫分成兩部分，上冊爲歷史與文化，下冊爲文學。我建議把文學放在上冊，因爲臺灣的亞美研究九成以上集中於文學，而且學者幾乎全是英文系出身。我在組織翻譯團隊時，可說是找不到其他學門的譯者，因爲臺灣的學術社群原本就不大，從事亞美研究的非外文系學者更是屈指可數。如果要在整個華文世界組織一個翻譯團隊都會遭遇這樣的困難，要在一所學校開設跨系的學程難度就更高了。因此，將亞美文學的課程發展成亞美研究學程，我當然樂觀其成，但需要看主客觀條件是否成熟。

吳：你有一篇文章〈想像故國：試論華裔美國文學中的中國形象〉收錄在《四十年來中國文學（1949-1993）》。[9] 我覺得這個擺放的位置很有趣，能不能談談當時的情況？

單：那是聯合報系主辦的會議，我那篇文章討論的是幾位華美作家的文本中所呈現的中國形象。出書後王德威先生送了一本給夏志清先生，據他轉述，夏先生對那篇文章有些好評。那次會議在圓山大飯店舉行，有不少國內外學者專家參加，還特地邀請了一些大陸作家，包括王蒙在內，據說是空前的盛會，晚宴時我坐在張系國先生旁邊。但我只是應邀寫論文，不清楚會議籌劃的細節。

吳：那本論文集的主題是世界華文文學，而你的文章收於附錄。

單：由這點就可看出這篇文章尷尬之處——主辦單位認爲應該納入華美文學，但又不知道該擺在哪裡，於是放在附錄。在「中國文學」的會議上宣讀華美文學的論文，討論的是英文作品裡的中國形象，確實有些曖昧和格格不入，稱得上是異例（anomaly），但也可由此看出不同的框架與脈絡可能具有不同的效應。[10]

---

9 此文收入《四十年來中國文學（1949-1993）》，張寶琴、邵玉銘、瘂弦主編（臺北：聯合文學，1995），頁 477-514；後收入筆者《銘刻與再現：華裔美國文學與文化論集》（臺北：麥田，2000），頁 181-212。

10 此會議由聯合報系文化基金會邵玉銘執行長召開，由齊邦媛、鄭樹森、王德威三位教授共同策劃，齊教授負責臺灣部分，鄭教授負責大陸部分，王教授負責海外吳：如果這麼曖昧不明，我很好奇當初邀稿的目的是什麼？

單：我不記得邀請函的內容，大概是想營造兼容並蓄的氣氛與印象吧。我之所以會討論中國形象，主要是從形象學（imagology）的角度，這是比較文學源遠流長的傳統，屬於我的專業訓練。大陸學者好像對這一篇的反應還不錯。

吳：為什麼？

單：大概因為他們對攸關中國形象的文章特別感興趣吧。

吳：你當初寫這篇文章有沒有因為要參加中國文學的研討會而特別留意什麼？還是跟平常寫作一樣？

單：就跟平常寫論文一樣，只有學術的要求與考量，沒有其他因素。當然，題目的發想會配合會議主題，那個題目是我在英美文學或比較文學的研討會上不太會考慮的，因為在那個脈絡下多少顯得比較傳統，但在「四十年來中國文學」這類研討會上反而是異例，有其意義，所以放在那個脈絡下還滿有意思的。也就是說，華裔美國文學與中國文學到底有什麼關係？越界的事情總是多少令人匪夷所思，可以激盪出不同的思考與想像。

吳：你在著作中提到臺灣特有的利基，希望透過華美文學的討論能發展出特別的發言位置。能不能多談一點？

單：你覺得我們的利基是什麼？為什麼在英美文學中，你會對亞美文學感興趣？又為什麼在亞美文學中，你會對華美文學感興趣？

吳：我個人覺得相較於傳統西方文學，亞美文學或華美文學與我們的距離好像比較近，因為自己是亞洲人，去讀亞洲人到美國發生的事情。但是提及閱讀華美文學時的特殊位置，我好奇的是

華文文學，所以該文是由王教授邀稿。由於此文討論的是以英文創作的華美作家，與其他文章性質不同，故作為附錄。可參閱鄭樹森《結緣兩地：台港文壇瑣憶》（臺北：洪範書店，2013），頁 154-55。

這種獨特性到底是什麼？要如何發展？

單：我想獨特性至少可分爲兩方面，一方面是雙語的特色與翻譯。最明顯的例子就是天使島的詩歌原先以中文書寫，後來翻成英文，成爲亞美文學的奠基文本之一。比較晚近的像是哈金的作品以英文書寫，翻譯成中文，其中有些還是哈金與人合譯、甚至自譯，這算不算華文文學？[11] 算不算中國文學？就中國翻譯史的角度來看，佛經透過翻譯成爲中國文化的一部分。那麼翻譯，不管是自譯或他譯，只要譯成中文就是華文的一部分。譯本如果在中國大陸或臺灣出版，算不算中國文學或臺灣文學？另一方面是從文化與歷史的觀點來看，從冷戰開始一直到 1980 年代大陸改革開放、甚至到現在，臺灣都還常宣稱是中華文化的繼承者、維護者、發揚者，身爲其中一員的我們要如何看待華美文學與文化？如果眼光放大一點就會發現，日本學者對日美文學特別感興趣，韓國學者對韓美文學特別感興趣。就某個意義而言，這就是利基的問題。當你讀某一個屬於自己族裔的文本時，有一種相對的親切感，這種親切感也許是幻覺，自認在某方面有利基，但這利基是不是幻覺也很難講。不過，有一點是可以印證的，根據我和馮品佳做過有關美國族裔文學的數據調查，臺灣的美國族裔文學研究在 1970 年代以猶太裔美國文學較受矚目，1980 年代先是非裔美國文學興起，接著是華裔美國文學急起直追，1990 年代起華美文學遙遙領先，尤其是舉辦華美文學會議的那幾年，統計數字就會飆高。臺灣的亞美文學博士論文很少，但碩士論文的數目很可觀。因此，所謂的親切感或利基可能並不只是想像；即使是想像，也產生了可觀的結果，那些書目與統計數字就是明證。

---

11 參閱筆者〈眾聲喧「華」中的微音：試論翻譯的華語文學——以哈金爲例〉，《中國現代文學》25 (2014.6): 1-20。

吳：你認爲以中文來發表華美文學的論文會是臺灣的利基嗎？

單：這可從不同的角度來看。首先，讀者群就與英文的讀者群不一樣，雖說用中文寫的論文品質不見得就不如英文的。如果有人願意投入，認眞耕耘，時間久了自然會有一些成績。然而，中文並不是臺灣的專利，臺灣學者在亞美文學研究固然佔了先機，比大陸早了十年，但大陸的學術人口更多，以中文寫論文的人數多得多，所以臺灣學者必須以質取勝。但因爲一些原因，臺灣以中文爲主的亞美文學會議有很長一段時間沒舉辦了。

吳：爲什麼？

單：因爲我們希望朝國際發展，把規模擴大，所以最近幾次歐美所舉辦的是以英文爲主的亞裔英美文學國際研討會。舉辦會議固然重要，但人文學門要有比較廣大、長遠的影響還是必須出版專書。在相關研究方面，歐美所算是開風氣之先，尤其是華美文學在華文世界起步時，出書確實產生了很大的作用，影響的範圍不只是臺灣和中國大陸，也包括了北美和東南亞，像大陸留學新加坡的高璐在課堂上讀了我的《銘刻與再現：華裔美國文學與文化論集》之後，寫了一篇評論登在《當代》，[12] 這是我從來沒想到的事。另外像北京外國語大學華裔美國文學研究中心創辦人吳冰老師與我聯繫，邀請我去演講，我就把研究資料贈送給他們的中心，讓中國大陸的學者和學生可以借閱，藉此促進知識的傳播與交流。回顧起來，在亞美文學研究方面，臺灣確實在關鍵的時刻做了關鍵的事情，產生了一定的研究成果，並且發揮了關鍵的影響。

吳：臺灣從 1990 年代推動華美文學至今，就學術生產來看，只有你

---

[12] 高璐，〈以「文化研究」進路分疏華裔美國作家及其作品——評單德興《銘刻與再現》〉，《當代》197 (2004): 124-31。

出版專書，另外馮品佳老師編的《世界英文文學》中有部分提到，似乎沒有其他學者出版華美或亞美文學的專書？

單： 到目前爲止，我針對華美文學與亞美文學在臺灣出版了兩本書和一本訪談集，也就是《銘刻與再現：華裔美國文學與文化論集》（臺北：麥田，2000）、《越界與創新：亞美文學與文化研究》（臺北：允晨文化，2008）和《與智者爲伍：亞美文學與文化名家訪談錄》（臺北：允晨文化，2009）。對我來說，讀書是很快樂的事，但寫論文和作訪談就很辛苦了，不過看到白紙黑字的成果，多少有些成就感——至少是勞動之後的成就感。我有些文章醞釀多年，不敢輕率下筆，就是因爲太喜歡那位作家或那部作品，希望寫出來的文章能對得起那作家或作品。我有些文章是根據自己熟悉的題材，配合不同的會議和場合而寫；有些是我覺得有趣、想要探討的議題，原先只是模糊的概念，藉著寫文章來爲自己釐清。《銘刻與再現》和《越界與創新》收錄的文章性質相當歧異，但都是我感興趣和關心的議題，有些年我也在國內幾所大學的研究所教華美文學或亞美文學，手邊有資料，又遇到會議，就把握機會寫論文，把自己的想法整理出來，和與會的學者討論，送審時更是一個反思和答辯的機會，多年下來累積了一些文章，主題集中於華美文學和亞美文學，出版社也有興趣，於是就出書，這說來容易，其實是相當漫長的過程。做研究要另起爐灶是很困難的事，如果爐灶已經起好了，爐灶上的鍋子也已經燒熱了，不妨就趁著熱鍋多試試幾道不同的菜，可以省不少事。

閱讀文本是很快樂的事，更是文學或文化研究的基本功。我深切感受到文學研究不限於閱讀文學文本，也與歷史、文化有關，與文學史、文學選集有關，所以我試著從不同的角度切入並探討。再次以討論《埃崙詩集》那篇文章爲例，當時宋美琿教授邀請張漢良老師主持的國科會整合型計畫探討的是文本性（textuality）的議題，張老師邀我參加計畫時，我就想到天使島的詩涉及文本性、版本學與再現的問題。

這些原本是刻在天使島拘留營板牆上的中文詩；數十年後出版中英對照的文本，還附上註釋、照片和訪問紀錄，三位編譯者都是當年經過天使島進入美國的華人的後裔，因此《埃崙詩集》成爲華美文學與亞美文學的歷史性文本；其中十多首詩的英譯又被勞特收入他主編的《希斯美國文學選集》（Paul Lauter, *The Heath Anthology of American Literature*），進入具有典律意義的美國文學選集和美國文學史。原本我就覺得這整個過程非常複雜、有趣，而且很有意義，而張老師主持的整合型計畫更可強化版本與文本性的關係，於是利用遊學哈佛的機緣寫出那篇論文，一改再改，終能分別以中文和英文出版。我對那篇文章很有感覺。

吳： 我讀這篇文章時也覺得它跟我平常讀到的學術論文不太一樣，對分析對象的情感連結比一般學術論文來得強烈。一般學術論文比較是在分析特定的研究對象，少了一種情感上或文化上的共鳴和連結關係。

單： 情感上、文化上、還有歷史上的連結。那段歷史原本我並不清楚，但閱讀了三位編輯費心編譯的《埃崙詩集》，一方面得以彌補自己相關歷史知識的欠缺，另一方面也覺得憤慨與感動——憤慨於早期華人移民所遭逢的不公與苦難，也感動於當代華人知識分子恢復先人歷史的努力。然而我也有一些疑問，於是寫信請教編譯者之一的麥禮謙，其中一個問題就是爲什麼選集分成前後兩部分，而且兩部分的詩作品質有些差距。他回信表示，原先的計畫是出版一本文學選集，所以挑出一些文學品質較好的作品，後來覺得好不容易蒐集到這些資料，若不一塊出版很可能就此湮沒，不爲世人所知，於是分成兩部分。若不是他坦誠相告，外人是無法知悉這些細節和緣由的。[13]

先前曾提到，論文送審時，一位審查人建議我實地造訪天使島，後來我不但去了，這些年還去過三趟，每次都有不同的感受。另一位審查人說我的中文爲什麼寫得那麼像英文？照理說我多年從事翻譯，很留意文字的呈現，怎麼自己寫的中文會讓人覺得像我不以爲然的「譯文體」，我想很可能是因爲那篇文章最初的版本是在哈佛遊學時用英文寫的。我把論文拿給太太看，她曾在雜誌社擔任編輯，她看了也覺得那篇中文論文的確寫得有些像英文，於是我把論文擱了一段時間，前前後後修改了好多遍。自己的文章往往會有一些盲點是自己察覺不到的，藉由審查協助發現，或是擱一段時間後再改，至少在文字上可以改進一些。總之，研究和翻譯一樣，總是存在著改進的空間。

華美文學在臺灣蓬勃發展了一段時間之後，可以觀察到其中的一些特色和侷限，這就是爲什麼我在《越界與創新》中提出一些反省。當一個領域發展到了某個階段，累積了一定的成果，就需要加以反思、甚至批判，這才是學術成熟的表現。當我在講臺灣研究亞美文學太集中於華美文學時，是不是同時也成爲自己批評的對象？我是不是應該越界？是不是應該創新？又該如何越界？如何創新？晚近我愈來愈覺得寫學術論文很辛苦，因爲時間、精神、體力愈來愈有限。而時間、精神、體力

13 此書第二版將兩部分合而爲一，參閱筆者〈重訪天使島——評《埃崙詩集》第二版〉，《英美文學評論》27 (2015.12): 111-25；收入筆者《翻譯與評介》（臺北：書林，2016），頁 147-64。麥禮謙過世後，夫人張玉英將其多年蒐集的資料與往返信件捐贈加州大學柏克萊校區族裔研究圖書館（Ethnic Studies Library, University of California, Berkeley），筆者檢視時赫然發現自己當年寄給麥禮謙的信件。

就是生命，我必須把生命用在自己眞正有感觸、眞正關切的議題上，而不只是做一些知性的操演（intellectual exercise）。所以我現在寫的東西都是我眞正喜歡、跟生命有關、自認有價值的東西，因爲那些是以我有限的時間、精神、體力換取的。

至於訪談集《與智者爲伍》的出版，主要因爲我在 2005 年到 2006 年由國科會和傅爾布萊特基金會獎助到加州大學柏克萊校區研究訪問一年，趁機與該校的亞美研究學者——華裔的黃秀玲、日裔的高木羅納（Ronald Takaki）、韓裔的金惠經——進行訪談，前兩位我還上過他們一整學期的課（金惠經當年剛好休假），作爲訪談的前置作業的一部分。這些加上先前發表過的與梁志英、哈金、勞特的訪談，還有未發表的陳國維的訪談，足夠一本書的份量。書名本來要仿效我先前幾本書那種「XX 與 XX」的方式，後來把序言〈與智者爲伍〉交給出版社時，出版社覺得以這作爲書名比較吸引人，我就遵照出版社的意見。這本書封面的兩隻手的設計概念是我提出的。我的研究室裡掛了一幅米開朗基羅的《創造亞當》（*The Creation of Adam*），其中上帝與亞當的手指很接近，但沒有接觸到。我覺得外文學者、譯者或雙語知識分子的責任就是連接上分隔的兩端，使其得以跨越、溝通和交流。先前撰寫國科會傑出研究獎得獎感言，我在結尾時特別引用李達三（John J. Deeney）老師在 1977 年我碩士班一年級最後一堂課所引述的埃及學者的一句話：「既然你要當一座橋樑，就得忍受被重重踐踏。」於是我想出這篇文章的標題——「俯首爲橋」，結合了李老師引述的話與魯迅的詩句「橫眉冷對千夫指，俯首甘爲孺子牛」。外文學者就是連接兩端的那座橋，不僅要認分，更希望能樂在其中、甘之如飴。

五、訪談與翻譯

吳：你做過很多訪談，甚至可說是你研究的特色，能不能分享一些看法與經驗？

單：我覺得訪談很好玩，但也很費工夫。事先要仔細閱讀資料，設想題目以及題目之間的連結，現場要臨機應變，事後還得謄打，編輯，校對。我訪問的對象中許多是外國人，這又涉及翻譯；懂中文的人看謄稿時多少也會修訂。整個過程很冗長，也很累人，而且因爲涉及對方，所以不像寫論文般有完全的主控權，因此有謄打、翻譯和修訂經驗的人，大概都會承認其中有相當程度的「自虐」。但訪談也有很大的樂趣，可以向心儀的作家和學者當面請教、甚至追問，挖掘一些事情。因此，訪談既是自得其樂，也是自得其「虐」，苦樂都有，但後來看到成果時，苦與虐幾乎都忘了，化爲獨特的回憶。以一個讀者的觀點來看，你覺得訪談如何？

吳：我覺得透過訪談能了解受訪者的立場和想法，透過作者的訪談可以發現學術批評與作者的本意或立場常常並不是那麼直接相關，這樣的落差很有趣。你認爲訪談的學術價值如何？

單：第一，訪談前要做很多準備工作，閱讀很多資料，因此是具有強烈動機、很特別的學習經驗。第二，訪談時藉著提問可以挖掘出很多東西，甚至受訪者埋藏記憶深處的一些事情，可以透過訪談而喚回並再現，有時甚至令受訪者本人都覺得意外。第三，訪談是對話，基本上是一個大白話的文類或次文類，可透過口語的方式呈現作品中一些抽象或深奧的觀念，也提供了受訪者現身說法的機會。比方說，我在訪問薩依德（Edward W. Said）時，詢問他生涯中的不同階段，或者不同觀念之間的關係，他當場思索，串連這些東西，並用口語的方式回答。因此，訪談除了對訪談者有趣，也會刺激受訪者去思考一些東西，至少薩依德自己坦陳，我問他的一些問題，刺激他去思考一些先前未曾留意的問題。另外，訪談時也可詢問受訪者目前在做的事、思考的議題，甚至未來的計畫。比方說，我最後一次訪問薩依德時，他就說自己正在整理一本有關作家和音樂家晚期風格的書，這本書於他逝世後由別人整理出版，中文版由彭淮棟翻譯，出版社邀我寫導讀。[14] 薩依德在訪談結束前甚至透露他想寫小說，但後來不了了之。因此，訪談既有親近感（intimacy），也有臨即感（immediacy），甚至有過去性與未來性。

至於訪談的學術性，我心中自有分寸與評價。基本上，我認爲訪談就是獨具特色的讀書、曉事、知人、論世，有其獨特的價值。我第一個訪談對象是王文興老師，那是 1980 年代初爲了自己一篇國際會議論文，但我很清楚對學術社群和一般讀者來說，那篇效法《巴黎評論》（*The Paris Review*）的訪談會比我自己的論文有價值得多，事實證明的確如此，因爲認眞的訪問多少會挖出一些東西，成爲後來研究者的參考資料。以我的學術專業與訪談經驗，我高度肯定訪談的價值，否則不會多年樂此不疲——或者該說，雖疲但仍樂於此。但它有沒有一般公認的學術性？以《與智者爲伍》爲例，出版社很喜歡這本訪談集，出版後要向國科會人文中心申請獎助。先前《越界與創新》得到人文學研究中心的出版獎助我不會覺得奇怪，因爲那是一本論文集，但要以《與智者爲伍》這本訪談集去申請，我心裡

14〈未竟之評論與具現——導讀薩依德《論晚期風格：反常合道的音樂與文學》〉，《論晚期風格：反常合道的音樂與文學》，薩依德（Edward W. Said）著，彭淮棟譯（臺北：麥田，2010），頁 7-23；後易名爲〈未竟之評論與具現：導讀《論晚期風格》〉，收入筆者《薩依德在台灣》（臺北：允晨文化，2011），頁 96-108。

有些懷疑。我不是懷疑這本書的價值，而是好奇這本書送到國科會的機制裡會不會被認爲學術性不足？然而我還是感謝並尊重出版社這項決定。這本書後來得到獎助，我一方面很替出版社高興，因爲那筆獎助對出版社不無小補，並且可以鼓勵他們將來多出一些學術書籍，另一方面很高興這本書能得到學術認可，尤其是得到主掌我國學術發展的國科會的肯定。我很感謝出版社的熱心與努力嘗試，藉此提升大家對訪談錄的重視，也讓大家對「學術性」有更寬廣的看法，不僅限於學術論述。

吳：那翻譯呢？翻譯一直以來也不被認爲是正式的學術作品。

單：1994 年我在中研院申請升等爲研究員時，翻譯的東西根本不敢列，連作爲參考著作也不敢列，唯恐由於大家對於翻譯的刻板印象，不會認爲你除了做研究之外還花工夫做翻譯，反而可能認爲你「不務正業」，如果把做翻譯的時間和精神拿來做研究的話，可以生產更多的論文。其實，異文化之間的交流是文化活化與繁衍的重要因素，我們在翻譯這方面做得還很不夠，學術翻譯尤其欠缺。

這些年來我翻譯了將近二十本書，有學術性的，也有一般性的。我覺得可以舉幾件事來說明翻譯可能具有的意義及效應。先前我參加一個讀書會，有一位年輕律師跟我分享他閱讀我翻譯的薩依德的《知識分子論》（*Representations of the Intellectual*）的心得。那本書是 1997 年出版的，沒想到 2010 年還有非學術界的社會人士在讀書會上討論。也有非外文系的學界人士告訴我，他在臺灣讀了我的譯介，後來赴美國攻讀學位時，外國同學們很訝異於他對薩依德的認識與掌握。我在中國大陸、香港、新加坡、馬來西亞等地訪問時，也有人告訴我說讀過我的翻譯。有一次我上網，無意間發現一所大學的研究所入學考試國文科題目竟然引述一長段我翻譯的《知識分子論》，要考生解釋這段文字的意思並寫下心得。這些對我都是驚喜與鼓勵，覺得當初在燈下獨自翻譯，連讀者在哪裡都不知道，後來發現原來還是有人讀你的翻譯，其實未必那麼孤單。

再來就是我翻譯的《權力、政治與文化：薩依德訪談集》（*Power, Politics, and Culture: Interviews with Edward W. Said*）在出版的次年（2006 年）得到金鼎獎最佳翻譯人獎。本來讀起來很扎實生硬的學術性文字，透過翻譯，前面加上導讀，後面附上我與薩依德針對這本書的訪談、薩依德的書目提要、年表大事記，還有多次的修訂、索引的勘誤等等，變得更有可讀性，而評審們也看得出譯者所花的心血，並予以肯定。新聞局頒的獎項與一般的學術界獎項不太一樣，要更留意社會大眾，而我那本相當學術性的翻譯能得到金鼎獎，也是跨越了學術建制的另一種肯定。

至於國科會的經典譯註計畫《格理弗遊記》（*Gulliver's Travels*）花了我六年的時間，全書三十幾萬字，緒論就佔了七萬字，正文翻譯有十五萬字，腳註與各章之後的評語有九萬字，比例高達譯文的五分之三。在緒論中我把《格理弗遊記》放在華文世界自 1872 年以來的接受史（reception history），成爲目前爲止第一本全譯詳註本。翻譯期間我到英國、美國、德國、法國、香港、中國大陸等地找資料，譯文一改再改，除了請教授和研究生過目之外，還讓就讀國中和國小的兒子和外甥試讀，譯註更是一增再增，異常辛勞，眞是畢生難得的經驗。

吳：翻譯是文化流動的媒介，或許可以傳播亞美文學給不同領域的人，刺激不同的見解及看法，使得亞美研究更具創造力？

單：針對這個我想做一個回應，並且提出一個問題。有一年我特地向國立編譯館提出一個華美文學譯叢計畫，共同主編是黃秀玲，計畫書由我撰寫，我們總共提出了十多本書的翻譯計畫，譯者都是國內從事亞美文學研究的學者，但不知道是經費關係或其他因素，只有三本過關，連我自己要翻譯的那一本都沒通過，而通過的三本中有一本沒譯出，後來出版的只有何文敬翻譯、徐忠雄原著的《天堂樹》（Shawn Hsu Wong, *Homebase*）和張瓊惠翻譯、林玉玲原著的《月白的臉》（Shirley Geok-lin Lim, *Among the White Moon Faces*），2001 年由臺北的麥田出版。我完全同意你有關藉由翻譯使亞美研究更具創造力的說法，但我要問的是：翻譯費時費事，往往吃力不討好，如果有人邀你翻譯，你會答應嗎？

吳：在外文學門裡，翻譯比論文較不具「學術價值」，我們清華大學外文研究所也沒有以翻譯作爲畢業論文的替代政策。可不可能在學術建制上改變，把翻譯也列入重要的學術貢獻？

單：當初教改會考慮要廢除國立編譯館時，我們幾個人去跟黃榮村談，他當時既是教改會成員，也是國科會人文處處長，在他的支持下，化危機爲轉機，促成了國科會的經典譯註計畫，希望透過國科會的機制與背書來提升翻譯與譯者的地位。負責承辦這項計畫的魏念怡女士曾告訴我，胡耀恆老師跟她說：「現在國科會補助的這些計畫，五十年後還能留下的就只有這套經典譯註計畫的成果。」我們寫的這些論文，在國內外到底有多少人看？發揮多少影響？可能主要是對個人的學術升等、名氣提昇有些幫助，但眞正的影響何在？値得深思。

然而，翻譯是腳踏實地地引進文化資本。翻譯是硬碰硬的功夫，每一個字都要處理，不像寫文章可以只引述懂的部分，不懂的部分就避而不談。與其做些好像有所謂學術性、卻可能是高來高去的論述，還不如踏實地翻譯一個文本，仔細加註，出版，一本一本地累積。學術與文化不能速成，需要長時間的累積。我這些年來做翻譯，花了很大的功夫處理附文本（paratexts），像是薩依德的譯介便是如此，而花在《格理弗遊記》的附文本的時間與心血更是多少倍於翻譯正文本身。我覺得這麼做更結合了學術與翻譯，也可與其他國家的譯本有所區別，讓譯本「雙重脈絡化」（dual contextualization），也就是說，除了注重一個文本在原來的語言與文化脈絡中的意義之外，也注重經過翻譯後在另一個語言與文化脈絡中產生的意義。翻譯不可能原封不動地搬移文本，一定有得有失，因此如何進行雙重脈絡化是很重要的。

臺灣的翻譯生態很差，學者不願意做翻譯，除了學術建制不鼓勵之外，再就是沒什麼實利可言，在學術上、經濟上的「投資報酬率」很不划算，缺乏誘因，往往要靠所謂的使命感來支持。因此，國科會的經典譯註計畫是一項重大的突破，對身爲學者和譯者的我來說更是一種「奢侈」，因爲一般情況下不可能除了正文以外還加上那麼多的附文本，還好當時即使在研究與家庭的雙重壓力下，依然多年堅持認眞從事，因爲一輩子就只有那一次機會，眞的是「一期一會」。

六、反思與期待

吳：你認爲在臺灣研究華美文學或亞美文學可以爲臺灣的學者帶來什麼樣的省思？

單：相對於原先的經典文學或典律文學研究，臺灣的華美文學或亞美文學研究本身就是反動與挑戰，光是這一點在學術史上就有重大意義。另外有一件弔詭的事，我不知道應不應該說臺灣在這方面做得「太好了」。有一個資深學者向我提過，把那麼多資源投入華美文學或亞美文學研究到底恰不恰當？在比例上是不是過當？因爲美國文學即使在美國的英語系裡都還是弱勢，課程數目遠不如英國文學，而族裔研究或亞美研究的課程，即便在今天國外的英文系課程比例也還不是很高。但在臺灣的外文學門裡，根據馮品佳的統計數字可以明確看到，晚近華美文學研究所佔的比例滿高的——儘管正式的課程可能還不是很多。換句話說，原先的弱勢文學或弱勢文學研究，在臺灣卻因爲學術建制的支持變成了強勢，而且研究者的數量與聲勢很可能凌駕傳統的經典文學。我不知道日本、韓國的情況如何，但在中國大陸也有類似的情況。我去年（2009 年）在中國大陸就聽說，他們召開全國性的美國研究學會、美國文學學會會議，有很多論文都在談華美文學，甚至已經多到讓主辦單位要限制數量。不只是會議論文，期刊論文也有這種現象。是不是華文世界的學者覺得華美文學確實是利基，所以積極介入？是不是有一些夢想、甚至幻想，覺得自己在這個領域會有比較大的發言權？想從自己的利基爭取國際可見度？我想這些都可以從多方面來探究。

另一個省思是，幸好臺灣這邊及早做了一些相關研究。中國大陸那邊現在有不少博士論文就研究華美文學或亞美文學，寫了之後就出書，中文、英文都有，所以單就專書的數量來說，大陸已經遠超過臺灣了。南開大學出版社有一套「南開 21 世紀華人文學叢書」，陸續出版，其中包含了我的兩本書，《「開疆」與「闢土」——美國華裔文學與文化：作家訪談錄與研究論文集》（2006）和《故事與新生：華美文學與文化研究》（2009），是臺灣學者唯二的書。其實，大陸學者的著作，尤其是中文論文，引用臺灣學者的地方不少。像北京外國語大學的吳冰老師和南京大學的張子清老師，是在大陸推動華美文學研究與翻譯最具代表性的人物，就曾公開地說在這方面的研究臺灣起步較早，相關研究對他們的幫助很大。

晚近的國科會計畫申請，據我所知有關日美文學、菲美文學研究的比例逐漸增加，我覺得這是一個很好的現象，使得我們的亞美文學研究不至太局限於華美文學，這是需要越界與突破的地方。

吳：張錦忠老師曾提到，如果我們詮釋華美文學的方式是挪用西方理論，那臺灣的觀點在哪裡？

單：這的確是個重要而且嚴肅的問題，值得我們深切省思。記得有一年史碧娃克（Gayatri Chakravorty Spivak）到臺灣訪問，也曾問過類似的問題。其實挪用理論本身也有它的意義，外來的理論那麼多，爲什麼選擇甲而不選擇乙？選擇本身就是個有趣的現象，值得探討。2000 年國科會人文學研究中心進行的「臺灣地區的英美文學研究」整合型計畫，大約有十位學者參加，由我負責協調。我們把英美文學分期，各個時期由一位學者負責，遍讀臺灣從 1950、1960 年代開始的期刊論文及專書，撰寫書目提要，每個時期之前各有一篇專文介紹。因此，這個計畫不只是書目式的、歷史性的，也是批評的、甚至後設批評的——因爲論文本身已是對作品的批評，而這個計畫是對這些著作的觀察與評述。我們主動要求國科會人文中心把這些資料公開上網，讓更多人分享。但 2000 年至今已經十年，臺灣的外文學術景觀又有一些變化，應該站在現在的時間點去看有沒有什麼新的現象、強處或弱處、未來的展望等等。

還有一點，也許現在言之過早，但我希望可以朝著這個方向邁進，也呼應張錦忠的看法，也就是什麼是「臺灣的」英美文學研究、亞美文學研究或華美文學研究？能不能從臺灣的立場、利基、發言位置發展出一套可以宣稱是我們在臺灣發展出來的方法論或理論，能被其他國家或地方參考或挪用？

吳：是指理論的普遍價值嗎？

單：是，像許多理論家的理論是從閱讀特定的文本而來，然後廣泛應用於其他地方。我們在臺灣閱讀特定的華美文學文本時，能不能歸納或提煉出什麼方法或理論是可以應用到其他地方的？陳光興老師有「亞洲作爲方法」之說，那「臺灣作爲方法」呢？有關華美文學研究，有什麼可以用臺灣作爲方法或理論的嗎？

吳：就我目前讀到的，沒有特別印象有哪位學者提出新方法。我之前上王智明老師的課時，讀過一些做東亞研究的日本學者，像竹內好（Takeuchi Yoshimi）、子安宣邦（Nobukuni Koyasu）等，也讀了陳光興老師的文章，雖然讀得不多，但這些學者分析亞洲、還有亞洲與美國的關係給了我一些想法，比方說，討論亞洲相對於美國作爲既反抗又服從的角色。亞美文學或華美文學研究的知識生產在美國也好，在臺灣也好，似乎也扮演一種既抵抗又服從的角色。雖然上述這些亞洲學者不是針對文學批評提出看法，但我覺得他們從歷史上對亞、美的剖析會是閱讀華美文學時重要的切入點。

單：在這方面至少可能有幾種不同的談法：第一，放在冷戰的脈絡下；第二，把美國當成帝國，檢討美國帝國主義；第三，從跨國與全球化的角度來討論，尤其是亞、美之間的關係。我多少接觸到這一塊，曾研究冷戰時期的美國文學翻譯，也就是香港的今日世界出版社的譯叢。[15] 從那個角度切入就會發覺張愛玲的香港時期與美方的關係非常密切，因爲當時美方以優渥的酬勞邀請港、臺的譯者、作家與學者翻譯了很多文學作品，各種文類都有，我們甚至可以說香港時期的張愛玲之譯者身分超

---

15 參閱筆者〈冷戰時代的美國文學中譯：今日世界出版社之文學翻譯與文化政治〉，《中外文學》36.4 (2007): 317-56；收入筆者《翻譯與脈絡》（臺北：書林，2009），頁 117-57。

過了作者身分。余光中老師也曾為今日世界出版社譯詩、譯小說，甚至自言翻譯狄瑾蓀（Emily Dickinson）影響到他當時的詩風。

另一點要提醒的就是，做亞洲研究或東亞研究，除了所謂的泛亞性之外，要留意亞洲本身的異質性。亞洲內部之間的恩怨情仇，尤其是對日本的恩怨情仇，可能比對美國的關係更複雜且激烈，比方說，慰安婦、靖國神社、南京大屠殺等等都是很明顯的例子。在那種情況下，談亞洲整體會不會偏重於同質性，而忽略了衝突與異質性？因為有時候亞洲內在衝突的程度不下於與歐美的衝突。所謂亞洲的或臺灣的方法站不站得住腳？會不會太同質化？這些問題都必須深入探究。

我現在反而要問你一個我比較好奇的問題。你的論文指導老師王智明博士 2000 年在臺大外文研究所修過我開的華美文學專題研究，就學術史或系譜學而言，你我之間就是很明確的三代，而我與我的老師及他們的老師之間又有好幾代。我的老師學的是主流的英美文學，教的也是主流的英美文學。到了我們這一代，學的是主流的英美文學，但在特定的歷史情境下，開始做美國族裔文學研究，因此自學的我常用「半路出家」來形容自己。但是像林茂竹、許儷粹的博士論文就是研究華美文學，所以「半路出家」這個詞不太適用在他們身上。稍晚一點回國的，包括馮品佳、梁一萍、張瓊惠、劉紀雯等，她們在國外念書時就接觸到亞美文學，算是科班出身。等到王智明這一代，在臺灣讀研究所時就修亞美文學的課，碩士論文也是研究亞美文學。再到你這一代，大學時有沒有亞美文學的課？

吳：沒有。我是到研究所才接觸到亞美文學。

單：你同意真的有我上述那麼清楚的分期斷代嗎？還是你有不同的分析方式？

吳：我會傾向以整個發展的轉向來分。第一階段就像你說的是「半路出家」，這些學者在因緣際會下接觸到華美文學，並決定發展華美文學，這是華美文學研究在外文系從無到有的一個轉捩點。第二階段大概是所謂的專業訓練，一批受過亞美訓練的學者在臺灣發表論文，或在學校教授有關華美文學的課，帶動一股風氣。到了第三階段，亞美文學研究不再只像之前，把亞美社群當作研究對象去討論亞美的歷史文化經驗，而是把亞美文學當作一個媒介，透過亞美文學來看其他的現象。比方說，張瓊惠老師透過華美文學來討論翻譯的問題，王智明老師透過華美文學來討論臺灣美國性的問題，還有你剛剛提到的透過華美文學來看華文文學的問題等等。

單：也許也可以用研究方法來分，早期比較是分析文本，後來是以比較理論的方式，而不同的理論也有興衰，不一而足。在臺灣做外國文學研究不是經常如此嗎？還有，你覺得「半路出家」這個詞代表什麼意思？或者你有更恰當的用語？

吳：我想這個詞和當初劉紹銘先生自嘲「不務正業」有異曲同工之妙。認眞說來，學術研究的過程無法用簡單的線性發展來表示，像你在接觸華美文學之前研究的是美國文學史，不能說那跟華美文學無關，也不能說你開始研究華美文學之後就跟先前做的研究無關。對於「半路出家」這個詞，我比較感興趣的是爲什麼會有這樣的轉向。

單：我了解你的意思。其實，不只是「轉向」，也包括「吸納」。我讀碩士班時研究的是經典英美文學，碩士論文討論的是梅爾維爾的遺作《比利‧包德》(*Billy Budd*)。他早年出版《泰比》(*Typee*) 時很有名，後來沒沒無聞，直到過世。到了第一次世界大戰前後，美國要大力推動美國文學，尤其是強調陽剛的因素，這時他的名聲才又起來，被置於美國文藝復興時期主要作家之列，至今不衰。研究梅爾維爾讓我深切體認到文學史評價的高低起伏，進而研究美國文學史與文學選集。到了 1980 年代，美國文學史的書寫或美國文學選集的編輯，包括艾理特主編的《哥倫比亞版美國文學史》、勞特主持的「重建美國文學」（Reconstructing American Literature）的計畫等等，可以看到性別與族裔成爲很重要的考量因素，而美國族裔文學對我個人的研究來說就是亞美文學這一塊。因此，這一路或許未必是明顯的轉折，而比較像滾雪球，愈滾愈大，裡面還包括了訪談與翻譯。因此，我固然戲稱自己是「半路出家」，但全程有多長？「半路」要怎麼分？「出家」之後有什麼顯著的不同？是不是依然故我，還是按照以往的方式繼續累積成果，而只是討論的題材不同？這些都是可以尋思與反省的。今天則是借助你的提問促使我反省，包括一些先前沒想過的議題。

吳：你對今天的訪談有沒有要補充的？

單：沒有什麼特別要補充的，倒是有一點感受。我最初是在碩士班時翻譯《巴黎評論》的英美名作家訪談，1983 年起自己開始做訪談至今將近三十年，晚近也開始接受別人訪談，今天是我個人接受的訪談中焦點最集中、時間最長的。你仔細讀了我的一些東西，想了一些問題，我也做了一些準備，以同理心來回應你的提問，讓我更親身體會接受我訪談的人的感受，這對我來說也是滿好玩、有趣、深刻的經驗。我要爲此致謝。

出處

論述亞美

〈戰爭・眞相・和解：析論高蘭的《猴橋》〉之英文版“Crossing Bridges into the Pasts: Reading Lan Cao's *Monkey Bridge*”刊登於《長庚人文社會學報》3.1 (2010.4): 19-44；簡體字節本〈戰爭、眞相與和解——析論高蘭的《猴橋》〉刊登於《浙江外國語學院學報》4 (2018.7): 55-64；本文係增訂版。

〈說故事・創新生：析論湯亭亭的《第五和平書》〉刊登於《歐美研究》38.3 (2008.9): 377-413；簡體字版收入筆者《故事與新生：華美文學與文化研究》（天津：南開大學出版社，2009），頁 22-52；英文版“Life, Writing, and Peace: Reading Maxine Hong Kingston's *The Fifth Book of Peace*”刊登於 *Journal of Transnational American Studies* 1.1 (2009), <http://escholarship.org/uc/item/68t2k01g>；正體字修訂版收入紀元文、李有成主編，《生命書寫》（臺北：中央研究院歐美研究所，2011），頁 49-81。

〈創傷・攝影・詩作：析論林永得的《南京大屠殺詩抄》〉之英文版“Photographic Violence, Poetic Redemption: Reading Wing Tek Lum's *The Nanjing Massacre: Poems*”刊登於 현대영미소설（*Studies in Modern Fiction*）21.1 (2014.4): 107-32；中文版刊登於《文山評論》7.2 (2014.6): 1-46；日譯版〈写真が示す暴力の姿、詩的贖罪——林永得（Wing Tek Lum）の『南京虐殺：詩集』〉（北島義信譯）收錄於北島義信編，《リーラー「遊」〈Vol. 9〉戦後 70 年と宗教》（京都：文理閣，2015），頁 405-33；增訂版收錄於單德興主編，《華美的饗宴：臺灣的華美文學研究》（臺北：書林，2018），頁 311-65。

〈黃金血淚，浪子情懷：析論張錯的美國華人歷史之詩文再現〉收錄於孫紹誼、周序樺編，《由文入藝：中西跨文化書寫——張錯教授榮退紀念文集》（臺北：書林，2017），頁 39-96。

導讀亞美

〈創造傳統與華美文學：華美文學專題緒論〉原名〈「創造傳統與華裔美國文學」專題緒論〉，刊登於《歐美研究》32.4 (2002.12): 621-39。

〈臺灣的亞美文學研究：《他者與亞美文學》及其脈絡化意義〉收錄於單德興主編，《他者與亞美文學》（臺北：中央研究院歐美研究所，2015），頁 vii-xxxv。

〈亞美研究的翻譯、越界與扣連：序《全球屬性．在地聲音》（上冊）〉收錄於梁志英、唐．中西、單德興主編，《全球屬性．在地聲音：《亞美學刊》四十年精選集》（上冊）（臺北：允晨文化，2012），頁 6-18。

〈流汗播種，歡喜收割：序《全球屬性．在地聲音》（下冊）〉收錄於梁志英、唐．中西、單德興主編，《全球屬性．在地聲音：《亞美學刊》四十年精選集》（下冊）（臺北：允晨文化，2013），頁 5-13。

〈文史入詩：詩人林永得的挪用與創新〉刊登於《蕉風》505 (2012.8): 129-34。

〈書寫離散，析論華美，解讀女性：序馮品佳《她的傳統：華裔美國女性文學》〉收錄於馮品佳著，《她的傳統：華裔美國女性文學》（臺北：書林，2013），頁 vii-xiv。

〈卜婁杉的笑聲：陳夏民譯《老爸的笑聲》導讀〉收錄於卡洛斯．卜婁杉（Carlos Bulosan）著，陳夏民譯，《老爸的笑聲》（二版）（桃園：逗點文創結社，2017），頁 331-41。

訪談亞美

〈亞美文學研究在臺灣：單德興訪談錄〉，吳貞儀主訪，《英美文學評論》23 (2013.12): 115-43；簡體字版轉載於《華文文學》4（總第 123 期）(2014.8): 111-24。

索引

C

D

E

F

G

H

I

J

K

L

M

N

O

P

Q

R

S

T

U

V

W

Z